精　耕　记

高凤香　著

西北农林科技大学出版社

图书在版编目（CIP）数据

精耕记 / 高凤香著. —杨凌：西北农林科技大学出版社，2019.7（2019.11重印）

ISBN 978-7-5683-0689-8

Ⅰ. ①精… Ⅱ. ①高… Ⅲ. ①纪实文学—作品集—中国—当代 Ⅳ. ①I25

中国版本图书馆CIP数据核字（2019）第140248号

精　耕　记

高凤香　著

出版发行　西北农林科技大学出版社
地　　址　陕西杨凌杨武路3号　　　邮　编：712100
电　　话　总编室：029-87093195　发行部：029-87093302
电子邮箱　press0809@163.com
印　　刷　陕西天丰印务有限公司
版　　次　2019年7月第1版
印　　次　2019年11月第2次印刷
开　　本　710 mm × 1000 mm　1/16
印　　张　25.5
字　　数　340 千字

ISBN 978-7-5683-0689-8

定价：68.00 元

序

我是个搞史学的人，虽然也写一点东西，但就文学而言是野路子来的。不过学历史有一点好处，就是它容易形成过程观念，我想从历史的角度去谈谈涉农题材的时代演变问题。

我基于农牧业历史的研究，对当代陕西作家文学创作的文化背景做过一些分析。现在陕西文学的三个板块、三个方面军，可以从农业历史文化方面予以深层次的解说。我们陕北的作家群及其作品彰显出一种遒劲的农牧气质；关中的作家群及其作品体现了厚重的农耕底蕴；而陕南的作家及其作品则透露出俊逸的巴楚风情。陕北这个地方是农牧碰撞融汇之地，是很容易产生英雄情结的地方，路遥、高建群的文学作品里我也讲是有一种英雄情结的；在关中，陈忠实先生讲胭脂河里流出来的水将关中的土地浸润得充满了文化，有人认为从《白鹿原》中可以破译农耕文明的民族密码；到了陕南，一批“鬼才”诙谐幽默，行云流水，把语言的功夫发挥到了极致。这是陕西的文化三个板块，是三种不同的农业类型孕育出来的，所以陕西文学的三个方面军非常能“打仗”，故文学界有陕军东征的说法。我在这里找到了文史沟通的路径，所以也有了一些文学界的朋友。

我们如果把中国的乡土文学放在一定的历史空间里认识的话，它应该是经历了不同的阶段，不同的层次。我们曾经经历过漫长的农业社会，早期的文学作品大多是对传统农村社会、农业生产与农民生活的记录与描述。早期的“山药蛋派”等，可能就是这样的一批人，他们的笔下写的是那些土生土长的环境以及熟悉的物事。这样的文学作品，随着时代的发展与变迁，它的社会文化史研究价值显得越来越重要。到了后来，现代化的推进带来了城乡二元结构的形成，这时候也有一些涉农题材，但是市民的生活与工业的生产成了文学家关注的对象。即便有一些涉农题材，也更多地反映的是人们对现代化的憧憬与城乡反差的比照，我认为这是涉农题材的第二个阶段。这时人们向往城里的美好生活，若是讲及愚昧、落后的时候，肯定写的是农民，肯定写的是农村。但我们向着现代化往前走了一段时间之后，突然发现我们追求的目标与现实的感受并不完全一样，现代化带给我们的并不全是我们想要的、美好的东西，这样就到了乡土文学的第三个阶段，即人们开始怀念或是回忆那里面有好的东西。前段时间，尤其是现代化脚步加快的时候，我们的精神家园出现了空虚的时候，人们突然发现，原来我们极力想离开的那个地方不是我们想的那么差，而是有温情的地方。农村的田园风光、清新的空气、绿色的食品，甚至出入相助、邻里相扶持的社会结构与生活方式都在逐渐成为稀缺性资源。这就是乡土文学的第三个阶段。

凤香的作品，我认为它可能代表着涉农题材的第四个阶段，我对它的表述是我们如果还停留在回忆、惋惜这种情绪之中，有时会于事无补，只是发些感慨而已。古代是以农业为基础产业的社会，现代是以工业为主导产业的社会，这个时候形成的城乡二元社会是鸿沟、是隔膜。但是在可以预期的未来、在社会进化的高级阶段，城市与农村的对立和差异或将逐渐抹平与消失。理想的居住与生活环境应该是兼采城乡文明之优长的综合选择。就目前而言，是更多的现代、城市与科技要素加入到农业发展、农民致富与农村建设之中，农林高校以其学科专业优势理应发挥着至关重要的作用。在农林高校各类学科专业中，目前活跃着这样一个特殊的群体，他们出生于农村，大学阶段学习的是农林水牧，现在虽然生活在城里，但是他们的教学科研与推广工作又多与“三农”有涉。农事活动的经营主体固然是农民，但是这批人的科技贡献与经营理念引领着现代农业发展的基本趋势与方向。凤香把文学的视角投向了涉农科教人员，我们用一句话来讲，就是打造了涉农文学题材的升级版。

《精耕记》的主人公王征兵教授，出生于上世纪六十年代初。高考制度恢复以后，他作为县上应届高中毕业生预选第一名，也曾锁定北大、清华，并欲借此离开贫穷落后的农村，过上城里人的生活。谁知命运和他开了个玩笑，收到的却是西北农业大学的录取通知书。他也曾仰天长叹，“为什么我就摆脱不了这个‘农’字？！”后来，他逐渐意识到，农村的人逃离农村或是当今农村日趋凋敝的根本缘由，致力于“三农”问题或是当今中国最有用武之地的大学问、大事业。农民的儿子，对中国农村亟待解决的实际问题应有最深切的了解；农民的儿子，对农民科技致富的愿望应有最深切的感受；农民的儿子，理当为自己的父老乡亲做一些力所能及的事情。他所要从事的是直接为数亿中国农民谋利益的事业，这难道不值得骄傲吗？在生活与工作中，王教授是一个兼具城乡两种品性的人，时时都能触摸到两栖经历在他身上打下的烙印。他没有伟岸的气质、俊朗的容颜，衣着也不甚讲究，在某种程度上更像一个农民。在追求新奇的氛围中，学术界好多人种了别人的田荒了自己的地，关注技术经济、工业、城市产业经济，意味着将由此获致更多的项目、经费与学术成果，而太多地执着于农业这个古老、低效、弱质的产业，则很有一些不开窍的味道。然而正是秉承这样一份质朴，王教授数十年如一日地坚守着农业经济学这门与农业息息相关的学问，使他成为一个情系“三农”的著名农业经济学家。在平时的社交聚会场合，王教授稍显木讷、不善言辞，但论及涉农新思想、新理念、新政策、新创意，他则新见迭出，讲课水平演说才能令人刮目相看，在学生心目中具有极高的声望。像王教授这样出身于农家，学农、知农、事农的农业科学家，是特定历史时期涌现、成长起来的学术群体，是当前农业院校从事农业科学研究的中坚力量。随着非农化进程的推进、退休年龄的临近，这批学者对中国当代农业科学研究与农业发展所做的贡献，亟待记录、总结与评价。正是出于对新时代涉农题材的紧迫感，凤香凭她敏锐的直觉，抓到了一个好选题、探究了一个新领域，并且做了有益的尝试。

《精耕记》的作者凤香也是我的好朋友。她作为文学陕军的新生代，尤其在散文方面卓有成就。不过基于女孩那种细腻的情感，原来的作品中关注“小我”的成分较多一些。大概在三五年前，曾约她在办公室有过一次长谈，我当时叮咛她“要走出个人的圈子，要写周围，写社会”，尤其是杨凌农业示范区的发展、杨凌农业科学家的成就与贡献等。大概是因为这个，凤香在很多场合说我是她的精神导师。此后凤香担任杨凌地区文联、作协的领导职务，编辑刊物、联系作家，比较愿意接触、了解、参与社会活动和工作了，性格也源自有了很大的变化。我欣喜于凤香的进步，几年间推出了多篇（部）反映农科城变化、农业科学家事迹的作品，屡获好评。《精耕记》的成书，在她的文学与人生旅途上都应该是一个标志性的成果。

我不是文学家，只能基于涉农文学的时代演替就选题略陈拙见。《精耕记》的文学得失，且留待圈子里的文学专家们去评说。

即此为序。

樊志民

己亥年夏月

樊志民，博士生导师，知名农史专家，西北农林科技大学中国农业历史文化研究中心主任、农业农村部传统农业遗产重点实验室主任，中国农业历史博物馆馆长、人文社会发展学院二级教授。中央电视台《开讲啦》嘉宾。在农史学界率先倡行地域与断代史研究，并以西北与秦汉农业史确立其特色领域与学术地位；在中华饮食文化、农业开发与环境史、农业文化交流史方面皆有独特见解与深入研究。

目录

他喜欢思考，喜欢穷究，喜欢拨开经济迷雾看透问题的本质。农民问题岂止是吃饭穿衣那么简单？一次调研经历让他看到农民的问题还很尖锐，人性又岂是善恶简单的二元标准能够概括？深入挖掘，他挖出了十二种人性在经济管理中的应用价值。他发现，要解决农村的问题，得先解决村干部的工资待遇问题。经过大量调研，他总结出制定村干部工资待遇的标准，并推广运用。他观察研究细微的经济现象，发现了“不在意资金”在市场运营中巨大的潜在价值。他是博士论文的评审官，他被远远近近的高校聘为兼职教授，他担任着十几家杂志的审稿专家，即使酬劳微薄，他也无怨无悔地行走着、工作着、忙碌着。

多少个清晨，他牵着旭日做伴；多少个夜晚，他披着一肩的星月回家。滴滴汗水中，始终不忘的是教书育人的天职；行行墨迹里，洋洋洒洒的只有对学生的期待。五十多个博士生，一百多个硕士生，他的得意门生，在世界各地，开山铸铜，采花酿蜜。他不仅指导岳冬冬等学生总结出生猪生产波动的规律，获得多项国家专利，而且用他独特的人格魅力烛照自己的学生郭斌、仵希亮、宁泽逵、李娟、徐创洲、王海军、李文……让他们看到经济之道、科学之美、人性之光。

第一章

Jing Geng Ji

吹尽狂沙始到金

王征兵出生在一个十分贫寒的农村家庭，由于生计所迫，他打小就有了做生意的意识。从小学到读研究生的二十年间，他一直利用课余时间做小生意：卖桃、卖韭菜、卖西红柿、卖甘蔗、收废品、贩粉条、贩明信片、贩小麦种子……所有的日光都成为贫穷的阅读者。他必须超越，必须改变：必须以桃和韭菜换取笔墨纸张，必须以西红柿、甘蔗换取油盐酱醋，必须以废品、粉条换取蔗糖和化肥。这些经历在他的青少年时代留下一串串与命运抗争的印记，在艰难的人生旅途中，他做生意的经验、理念、营销艺术与智慧也在不断转变和升华。当然，这一切也磨炼了他的意志，开启了他探索经济学的兴趣之门。

征兵摊开手掌，
把攥了一路的五毛钱递给妇女。
妇女说：这堆桃，你能提多少就装多少。

1

清早起来，太阳明晃晃的，照亮了门外雨打下来的一层树叶，秀侠看见征兵踩过的一串泥印子。这娃儿，起来又不知跑哪里耍去了？她拿起墙角的扫帚，把落叶扫到一边，晒上半天，就能烧火用。前夜的风大雨大，砸得房顶噼里啪啦地响，秀侠几乎一夜没合眼。分家后就这一间房，吃住全在里面。她真担心雨水把房泡塌了，一家六口人可咋办哩！放下扫帚，提个簸箕撕些麦秸准备做早饭。麦秸垛四周渗了雨水，秀侠撕掉湿乎乎的外层，又从里面掏出一堆麦秸，端进房里。没钱买风箱，麦秸受了潮，秀侠扯几张征兵用过的草稿本，卷住麦秸点燃，塞进锅灶，又抓了一大把放上去，不一会儿，锅底蒸出浓浓的烟雾。一看麦秸没烧着，秀侠俯下身子，鼓起腮帮子往灶膛里吹气。忽的一下，红红的火焰窜出来，眼前腾起一股热浪，她慌忙朝后躲闪，还是扑上一脸的草灰。秀侠又塞了一把麦秸，放进四五根细木条，起身拿毛巾擦脸。这时候，征兵急扑扑地走进来，说：妈，我要贩桃！秀侠愣了一下，又用毛巾擦了一把脸，打打身上的烟灰，把毛巾放到炕沿上，转身对征兵说：好么，好么！去！

征兵没想到妈能这么快答应。他进门前是准备了一肚子话要给妈讲的。那个大娘能来村里卖桃，他也就能出去卖。他已经读到三年级了，算账应该没啥困难。再过两个月，满打满算十一岁了，个头也擦上妈的耳朵根儿。家里穷得叮当响，顿顿离不开苞谷面，更不用说买一块冰糖买几个桃。木桶漏水几年了，没钱买新的，妈用废旧棉絮塞住漏水的眼眼儿。不管到哪里打水，妈都要叮咛征兵轻提慢放。脸盆不知给谁摔破了，洗脸时得提起来斜靠在墙角，两手撩起水来洗。木头锅盖一揭开，内侧被热蒸气熏得黑乎乎的。看一眼，就没了食欲。前段日子爸又病了一场，征兵要是不想办法赚钱，恐怕开学连两块钱的学费都交不起了。

妈站起来绕到锅台跟前，操起一根擀面杖在锅里搅动。征兵坐到木墩上看锅底的火，他不用起身，就知道妈在做啥饭。灶膛里有一小块硬柴，烧得通红通红，火苗舔舐着黑沉沉的锅底，像征兵涌到舌尖的食欲，一晃一晃地挠心。

饭做好了，征兵端起一碗苞谷面鱼鱼，上面漂着一层绿绿的韭菜叶，没有油星儿，酱醋的味道刺鼻。征兵看爸蹲在门边呼噜呼噜吃搅团，眼泪直往碗里流。他想起六岁那年冬天，出去跟一帮小伙伴捉迷藏。跑得太疯了，头发里的汗甩一下就是一串水珠子。还没到饭时，肠肠肚肚都开始响动。正准备回家吃饭，一扭头，王龙山走过来，手里举个热腾腾的馒头，夹着几片肉，黄亮亮的油不断往下滴。他一口咬出一个月牙儿，还故意拌得嘴巴响，吧嗒吧嗒的声音刺激得征兵肚子里的馋虫顺着喉咙眼儿往出爬。征兵很少吃肉馍，看着王龙山油乎乎的手背，他的口水都流下来了。他对王龙山说：让我吃一口，我爸买下好吃的东西也给你吃。王龙山不同意，征兵跑回家抱住妈的腿，哭着闹着要吃肉夹馍。妈蹲下来，把他搂在怀里，一边给他擦眼泪，一边心疼地说：咱家穷，人家富，再不要看人家娃吃好东西了，莫要再缠大人了。你长大好好念书，书念成了你就能整天吃肉夹馍了。

征兵记着妈的话，去学校读书很用功。念到三年级，他练了一手好看的字，做数学题又快又准。有些难题，别人还要写写算算，征兵想一想就能报出正确答案。暑假里，他有时会去同学家看大人们做棺材。听老人说，从他们王家村一直朝南到渭河一带，刘邦当皇帝的时候，因为打仗需求，老百姓都在养马，这里有过热闹的马匹交易市场，村子叫“马庄”或“马旺庄”。朱元璋当皇帝的时候，有个外号叫“赛鲁班”的王姓木匠，带着他家三个精于木匠活的儿子，从山西洪洞县大槐树下搬到这儿，由东到西分成三家：东户、中户、西户。所以村子里的人都姓王，又因为家家干木匠活，就把原来的“马旺庄”改为“木匠王家村”。新中国成立前，村里还有很多人家做棺材。也不知什么时候开始改成专做棺材的，村里人说不清，征兵的父亲更说不清。征兵问他爸，咱家咋不做棺材哩？他爸说，不会做。咱们这个家我知道的一直都没人会做。往前推多少辈，应该有人会做哩。至于确切到哪一辈丢了手艺，谁也说不清。征兵很羡慕会做棺材的人家。因为那些做棺材的，家家都能吃上白面热馒头夹肥肉片子。

打有记忆起，征兵经常看见外乡人来村里买棺材。村子紧南边是一条东西公路，各种各样的车辆来来去去。最多的是拖拉机，突突突地就开过去了。征兵不知往东能跑到多远，往西能跑到多远。他有时会跟一帮小屁孩去公路上耍，或者在公路南边的河里跳水、游泳，要是被哪家大人看见，告诉了家长，回去准是一顿痛骂，顶嘴的还会招来两个嘴巴。小孩子家，哪里能想到危险不危险。稍大一点，就不敢去公路上玩儿了，相唤着钻到一户做棺材的人家，看刨子推出一卷卷刨花，饶有兴趣地提起刨花往矮个儿的脖子里放，惊得满院子都响起了尖叫声。

今早起来，征兵没事干，出去在路上闲转，看见一辆拖拉机开到王龙山家门口，车上下来一群人，有个干部模样的，从包里掏出一厚沓钱，递给龙山他爸。龙山爸接过钱，拇指和食指撮起来，呸一声吐口唾沫星儿，哗啦啦地数，仿佛树叶子被风吹动一般。征兵看得眼睛都直了，他哪里见过这么多钱啊？虽然不知道这一沓子到底有多少，但征兵知道自己家肯定没有，从来都没有过。他的心一阵阵抽搐，像是给谁拿刀子不经意间扎了一下。趁人不注意，他默默转过身跑出门，一个人耷拉着脑袋走在村里，想哭又哭不出来，想喊又喊不出声。卖桃咧，卖桃咧……又大又甜的离核儿桃……正难过着，征兵忽然听到有人在喊卖桃。他顺着声音撵过去，一伙儿娃围着一笼熟透的桃，有的买一个，有的买两个。撕开皮儿，水汪汪的，散发出诱人的香味。他们津津有味地吃着，笼旁边蹲着一个穿薄衫的大娘。大娘瞅了他一眼，问他要不要，他摇摇头。他很想吃，可就是口袋没钱，老粗布的半截袖，肩膀上还缀着两块磨掉色的黑补丁。

吃过饭后，爸从裤兜里掏了半天，掏出五毛钱，皱皱巴巴的，递给征兵，自己扛着铁锨出门去了。征兵提起爸昨晚刚刚编好的担笼，也跟着出门了。他走到卖桃的大娘跟前，问大娘哪儿有桃园哩。大娘说了个名字，他没听清，想再问问，大娘又低头卖桃了，他不好意思再开口，自己出了村庄朝南走去。

征兵手心里攥着五毛钱，生怕丢了它，走一段路，张开手掌看一看。天气太热了，他脱下半截袖塞到笼里，再看看五毛钱，汗涔涔的，举起来让风吹吹，折好再握进掌心里。他挑杨树下阴凉处走，时时有凉风吹过，知了在树上欢实地叫，呼应着征兵贩桃途中砰砰嘭嘭的心跳。

北马村没有见到桃园。良村也没见到桃园。他就继续朝前走。前两个村子他没问人，绕着村子转了一圈，连个桃树影儿都没见到。到马驹村，他硬着头皮向一个扛着锄头经过他身边的老大爷打听。老大爷领着他，来到村西头的地里。那儿果真有一片桃园，桃园东南角盖着一间茅草房，门口拴着一条黑狗。黑狗朝着他汪汪汪地叫。老大爷带他进去，朝狗吆喝了两声，狗就不对着他叫了。征兵跟进茅草房，看见一个正在扫地的妇女，他走上去说：婶子，我要贩桃。妇女说：行，你要多少钱的？

征兵摊开手掌，把攥了一路的五毛钱递给妇女。妇女接过潮湿的五毛钱，摇摇头，眼睛闪过一丝笑意。她领着征兵去茅草房后面的一棵桃树底下，指给他说：这堆桃，你能提多少就装多少。征兵心想，这婶儿咋这么好！他蹲下身子给笼里装。这些桃明显没有大娘笼里的桃好，很多都有虫眼儿，他挑挑拣拣，选了一些稍好的、个大的，一层层摆进笼里，直到满满一笼，他才穿上半截袖，提起担笼走出桃园。

五毛钱装一担笼桃！征兵斜着身子走在杨树的阴影里，高兴得想大笑，但他最终只咧开嘴松了松腮帮子。他没在马驹村卖。不管咋说，不能把本村的桃卖给本村人吧。人家真要想吃，直接去桃园，既便宜又新鲜。穿过油郭村时，征兵尝试着叫卖，嘴巴却像是粘了一层胶布，怎么都张不开。太阳斜到树梢上了，低头看看，一笼桃还是一笼桃，胳膊上却勒出一道血红的印子。肚子饥得前心贴后背，他趴到正在浇地的水泵上，咕咚咕咚喝了一肚子凉水，井水刺激得他张开了嘴巴，鼓起勇气学着大娘喊：卖桃咧，卖桃咧……谁要桃哩……他顺着最南边巷子喊了一遍，没见人出来。又顺着北头巷子喊一遍，还是没见到个人影儿。征兵沮丧得想睡觉。他脱下半截袖，把担笼提到水渠边，取个软桃放进水里洗洗，举到嘴边刚要咬，一个女的领着个女娃走过来。女娃给妈妈喊：我要吃桃，我要吃大哥哥的桃子！妇女从口袋里掏出一毛钱。征兵问她要几个，女娃伸出五个手指头。妇女说：给五个行不？征兵说：行。那个洗净的桃被女孩一把夺过去了，咬上一口，还挤眉弄眼地朝着征兵笑。

走进北马村，社员们刚好放工了。男男女女扛着锄头说着笑着朝回走。征兵放开嗓门大声喊：卖桃咧……卖桃咧……谁要桃哩……两分钱一个……他把声调拖长，尽量让路过的人都能听到。一时间，呼啦围过来一圈人，你一毛钱，她一毛钱，递到征兵手里。一看人多，他用半截袖盖住一边，露出另一边。收了谁的钱，再递给谁桃。半边卖完了，再揭开另一边。社员们也许是活儿干累了，口渴了，拿到桃就跑到水泵跟前洗，有的吃一个，有的吃两个，剩下的都给了追过来的孩子。人群散了，笼底还有十来个。一个老婆婆领着孙子颤巍巍地走过来。孙子嚷着要吃桃。老婆婆递过来一毛钱。征兵收了钱，把担笼里剩的桃全部取出来放到水里洗干净，给了老婆婆。老婆婆说：这是哪个村里的男娃儿，都会卖桃了。真乖啊！

征兵提着空笼往回走。短裤短袖的四个口袋都装着钱，有纸币有硬币。虽然一担笼桃他没吃到一个，但他的心情比吃了桃还要甜。他笑呵呵地往家里走，觉着路边的树叶儿都朝他笑哩，风都给他摩挲肩膀哩。回到家，他把纸币硬币掏出来放到爸妈跟前。硬币放到一堆，纸币放到一堆。数了数，总共卖了两块五毛钱。除去本钱，净赚两块呀！弟弟们睡着了，妈用铁勺炒了两个鸡蛋，把征兵叫出去，让他站在门口偷偷吃。那是征兵长到快十二岁时吃的最香的鸡蛋，比过生日吃到的鸡蛋还要香。

躺在炕上，征兵觉得两条胳膊火辣辣的，两侧的腰身也火辣辣的。侧一下身子，疼得由不得呻唤出了声。秀侠一看，是斜挎担笼的缘故。皮肤红红的，有些地方磨破了皮，渗出了血豆豆。她抱住儿子，心疼得眼泪在眼眶里打转转，说：征兵，咱别去卖了！你皮肤嫩，经不起这样磨啊！

第二天早上，趁妈不注意，征兵又提着担笼出门了。这次他带着两块钱的本钱，穿着长袖长裤。临出门抓了两个苞谷面馍，边走边啃。

征兵打算再去马驹村桃园。他感觉那个妇女的笑就像早晨的霞光，亮闪闪而又不怎么刺眼。昨晚好像还梦见她在笑。睁开眼睛时，妇女就不见了。征兵小小的心房鼓荡着一种急切走进桃园的兴奋。他走得很快，赶到马驹村桃园，看到茅草房门口聚着一伙人。有四五个人正在给竹筐里装桃。桃明显比昨天给征兵的大，颜色也比昨天他提的红。好像刚从树上摘下来的，满满一圈茸毛。装桃的人给框里放，小心翼翼的。再看茅草房的后面，昨天征兵拣桃的地方又堆起来，看不到他装过的痕迹。

征兵有些不高兴，感觉被人骗了。他提着担笼躲在桃树后面的草丛里，看妇女来来回回跑，热情地招呼装桃的人。不时向园子深处喊一声：摘快一些啊！摘快一些啊！……这边不够装了。石桌上放着一脸盆鲜红的大桃，洗过的，没有茸毛。妇女抓起一个咬着吃，顺手递一个给旁边正在装框的男人，他也跟着吃。男人说：今年的桃熟得好啊！味儿比往年的甜，也能卖上好价钱。昨天到县城卖了一天，净赚十几块哩！说完又咬一口桃，半边鲜红就被咬掉了。

征兵不停吞咽着唾沫，咽得自己都想吐了。那些人把两框桃抬起来架到自行车后座上，吆喝着推出桃园，征兵果真就吐了，吐得哇哇的，嚼碎的苞谷面馍也给吐出来了。黑狗在一边绷紧绳索朝征兵狂吠，妇女听见后走过来，轻轻拍着征兵的肩膀。征兵吐空胃里的食物，难过得眼泪汪汪地流。妇女端来一搪瓷缸子白开水，扶着他的胳膊让他喝。征兵喝下去，胃里好受一些。妇女一看，是昨天提桃的男娃娃，就问他又干啥来了。征兵把一卷钱递给妇女说：婶子，我还要贩桃。末了补充一句：这是我昨天赚的。

妇女睁大眼睛看着征兵，仿佛他不是个贩桃的娃娃，而是天上掉下个神童。昨个儿看这娃娃拿着五毛钱跑进园子，不给吧，觉得娃儿有这样的心很难得；给吧，五毛钱根本没法给他称桃。她不想挫伤娃娃的心，就让他装些风摇落的桃，能卖则卖，卖不了也没关系。家里大人给五毛钱估计也没想着让他赚钱。园子落下的桃没人要，他提就提吧。没想到这孩子，竟然能把落下来的桃卖出去，还赚了两块钱！

她问征兵：还装那些桃不？征兵摇摇头，用手指指石桌上的桃。妇女走过去，拿了两个洗过的红桃给征兵，让征兵吃，说：这两个不要钱的，你吃吧。征兵接过桃，给口袋装一个，手里拿一个，咬一口，牙齿似乎都不是自己的了。水甜味儿在嘴里回旋，征兵觉着自己似乎飘起来了。他用脚踩踩地上的草，草倒下来，他才知道自己是在桃园里，吃到了有生以来最甜最新鲜的桃。

征兵给妇女说：婶子，我不要落下的桃。你看两块钱能贩多少桃，就给我摘多少桃。妇女说：四分钱给你一个。你算算，你应该摘多少桃。她带着征兵走进桃园，让征兵自己摘，看上哪个摘哪个。征兵摘了五十个桃，担笼没摘满，但比昨个拣满一担笼桃要开心得多。他把桃提到清澈的水渠边，一个个洗干净，整整齐齐摆进去。征兵看一眼，再看一眼，他发现洗过的桃，像同桌红红的笑脸，好像还有笑声时不时从担笼里飞出来。征兵走着，自个都跟自个笑哩。这一天，征兵不急不慌，走了一个新堡子村，便卖完一笼桃，净赚了三块钱。

后来，征兵就成为马驹村桃园的常客。方圆的村子征兵都走遍了。每年暑假，他都会出外做生意。哪个村子有什么果园，哪个堡子种什么蔬菜，哪家水果卖相好，哪家菜价便宜，哪些人心地善良，哪些人尖酸刻薄，他都记到心里了。不过，即使走得再远，贩桃子也一直在马驹村。

老爷爷问：娃儿，你卖韭菜是给你赚学费的吧？
征兵说：就是，就是的。老爷爷没再说话，吧嗒吧嗒地吸旱烟。

2

征兵拉着架子车，顺着公路朝西走。前几天，他去卖桃，发现大阜村南边地里，有一片韭菜。他爱吃韭菜，特别爱吃妈烙的韭菜盒子。妈今年还没做过韭菜盒子。她太忙了。征兵想吃，特别想吃，妈却没空做。三月里，妈又给他生了个弟弟。征兵在家里排行老大，老二卫兵比他小四岁，老三护兵比他小八岁。这刚出生的老四全兵要比他小十四岁。征兵望着时不时哇哇叫的全兵，心里闷闷的。夜里，一家六口挤在一面土炕上，爸靠着炕的墙旮旯唉声叹气，妈就给爸宽心，说着说着，不知咋的，声就大起来，大大小小的都睡不成觉。没办法，从五年级开始，征兵睡在了同学王象牛家。

家里的房在老宅子。老宅子是征兵爷爷当年从生产队分来的，有三间宽（约10米），20多米长。爷爷有三个儿子，征兵爸是老二。兄弟三人相继结婚后，爷爷把老宅基地分成两部分，前半边给碎爸（小爸）和爷爷奶奶住，后半边给征兵爸和伯父两家住。后半边是老宅子的院落，弟兄俩把院落一分为二，各盖了一间简易房。征兵爸在不到五米宽的房子盘了一面炕，靠着炕盘了一座锅台。做饭睡觉洗脚纺线全在一间屋子。冬天好些，一烧锅屋子暖烘烘的。夏天可惨了，只要做饭，屋子里滚烫滚烫，人就待不住。

征兵五年级毕业了，眼看要上初中，家里的负担却越来越重。四个男娃扯开身板，张着嘴巴，要吃要喝。爸妈一天不停地忙活，还是穷得捉襟见肘，窘迫到一件衣服征兵穿了，弟弟依次顺着穿，穿到最后都成了补丁片片。征兵看妈抱着小弟还要做饭，就跑过去帮忙烧锅。他很想吃韭菜盒子，但他不敢给妈说。妈舍不得花钱买韭菜。

征兵拉着架子车去贩韭菜，秀侠也没阻挡。儿子大了，能掂量来轻重。这几年，征兵卖水果每次都能赚些钱，多多少少的给了她贴补家用，秀侠很欣慰，总算见到回报了。征兵出去的次数多了，也积累到一些贩卖的经验。要去就去吧，平平安安回来就好。升茂也没拦儿子，给了他五块钱，帮着把架子车推到门外，拿笤帚扫干净上面的灰土，眼瞅着儿子上了公路。

阴历七月的天，亮得早黑得晚，光阴似乎被拉长一大截。征兵走在路上，架子车轱辘在身后咯噔咯噔响，他还以为有人跟着捣乱，拧身一看，没见个人影。起得太早，路上车辆都比往常少。偶尔有汽车闷沉沉地驶过，周围又陷入空阔的寂静里，只有车轮子时不时咯噔咯噔的声响跟在后面。他侧过身子看，发现走得太靠边，一个车轱辘碾在路边的碎石子上才响的。他潜意识里在躲避过来过去的汽车。于是，他稍稍往路里靠靠，继续朝前走。

大阜村跟征兵的王家村端东端西，走过五六里路便到了村南的韭菜地。一个白胡子爷爷正蹴在地里割韭菜。他割一把韭菜胡乱地塞进笼里，也不管是草还是韭菜。征兵问：爷！爷！这么好的韭菜，咋就胡乱塞到笼里？多可惜！白胡子爷见征兵拉个架子车站在路边，笑着问征兵：娃啊，你跑到这儿弄啥哩？

征兵说：我想贩韭菜卖哩。白胡子爷一听，不割了，走到征兵跟前，扶着他的车辕，对他说：这片韭菜地原先是生产队时种的，后来没人管了。我闲了就给拉点大粪浇上，没想到韭菜长得这么旺势。今年雨水多，韭菜割了一茬，这一茬又蹭蹭蹭长上来，人吃不完，老婆子让我割下来喂猪。我家的猪可是吃得膘肥体壮的。你想要，你就自己割，能割多少割多少。征兵看着这一大片绿汪汪的韭菜，心花怒放。老爷爷蹲在一旁抽旱烟，征兵顺着他割过的韭菜茬子紧挨着下镰刀。噌噌噌，噌噌噌，镰刀割过韭菜的声音就像音乐老师在课堂上给他们一群学生唱歌那么起劲。

老爷爷问：娃儿，你卖韭菜是给你赚学费的吧？征兵说：就是，就是的。老爷爷没再说话，吧嗒吧嗒地吸旱烟。征兵割一会儿，把韭菜码整齐，排放到架子车上，再蹲下去割。手上身上全是韭菜的清香味儿，比烙熟的韭菜盒子味道还要清纯浓烈。他忍不住拔下一根塞到嘴里嚼，起初辣辣的，到最后竟嚼出丝丝的甜味儿。他咽下去，又给嘴里填了一根，越嚼心里越是欢喜。他觉得白白的韭菜根比韭菜叶子更有嚼头，更有味儿。架子车割满了，征兵把镰刀递给白胡子爷，顺便掏出五块钱给他。白胡子爷死活不收。嘴里嘟囔着：娃儿们上学都不容易，还要啥钱哩。走吧走吧！征兵觉得自己无论如何都不能白拉这一车韭菜，趁白胡子爷转身的时候，悄悄把钱塞到他的衣兜里。

他紧赶慢赶，把韭菜拉到兴平化肥厂家属区后，工人们才赶着上班，没几个人停下来光顾他的韭菜摊。看看下班时间还早，他就坐到地上摘韭菜。摘了几根，这才想起来，早上走得太急，忘记了带秤。这可咋办哩？分成小把是不是就不用称啦？他为自己突然产生的这个妙计暗暗叫好。于是，把架子车拉出城，跑到水渠边，拔了一大搂毛毛草，打算坐到桐树的阴凉下捆韭菜。他先折了一摞桐树叶子铺在地上，把车厢里的韭菜抔出来放到上面，然后坐到旁边，一根一根掐掉韭菜的黄叶。根上带泥的一层皮儿也撕下来。太阳渐渐升高了，割来的韭菜也全部摘完了，他一把一把分均匀，根部依着地面竖起来墩整齐，用拧起来的毛毛草捆好，摆进车厢。征兵经常在家里帮他妈摘韭菜。妈是个细心人，征兵弄不干净也不狠说他，但会把他摘过的韭菜拿起来重新拾掇一遍，没弄净的黄叶尖一个一个掐下来给征兵看。看了几次，征兵就不敢粗心了。第一次到县上卖韭菜，征兵心里没底，不知道好不好卖，能不能卖上价钱。他想，只要给城里人把韭菜收拾干净，工人们就会喜欢。再说，他们下班都比较着急，用秤称要费事一些，还不如捆成小把，一把卖一毛钱，一手交钱一手拿韭菜，多方便！想到这里，征兵拍拍自己的头，自言自语地说：我还是灵着哩嘛！

征兵站起来抖抖身上的菜叶子黄泥土，把捆好的干干净净的韭菜摆放进架子车，一排排点数，竟然数了八十三把。一把卖一毛钱，也能卖八块三毛钱哩。征兵摘了十几片桐树叶子盖到韭菜上，怕大太阳晒蔫了不好卖。他蹲到水渠边洗干净手上的绿泥，拉着架子车再回到化肥厂时，工人们刚好下班。家属区门口摆着很多菜，西红柿辣子茄子黄瓜青菜等等，就是没有韭菜。征兵把架子车摆正，刚揭掉上面盖的桐树叶子，便有个女的跟过来要买，问征兵价钱。征兵原计划卖一毛钱，看看这里没有人卖，就想多赚些，要一毛五分钱。女的买一捆韭菜，给了两毛钱，征兵没钱找零头，只好收一毛钱。后面的人跟着看样样，也给一毛钱。你一捆，他两捆的，满满一车韭菜，不到半个小时就卖完了。卖完征兵一清点，口袋里只有八块两毛五分钱。是谁少给了五分钱，还是他自己弄丢了呢？

反正是赚到钱了，少五分就少五分呗，减掉本钱，净赚三块两毛五分钱，也值啦！征兵拉着空架子车在街道上转悠。过去都是妈带着弟兄几个来逛会。哥几个跟着妈转，征兵一点儿都不自由。农村娃娃，到城里看啥都稀罕，这儿盯盯那儿瞅瞅。好吃的总想计妈买，好玩的总想凑上去摸摸，但妈没钱，他也只能饱饱眼福。

最热闹的南大街十字，有家卖臊子面的，坐满了吃面的人。锅里咕咚咕咚翻滚着，白面条在沸水里漂来旋去。下面条的男人，眉毛粗得像剑麻叶儿，手脚却利落，一会儿给锅里添凉水，一会儿抓起一把擀好的面条，朝锅里一扔，高声吆喝：臊子面……臊子面……吃了不香不给钱。男人看征兵站在人群外发呆，就大声说：小伙子，来一碗吧。第一次有人把征兵叫小伙子，他心里一惊，继而一喜，说明自己真的长大了。征兵开学要念初中了，他也该长大了，该为父母分忧解愁了。

旁边站着一个女人，大约三十出头，葵花脸盘白白净净，头上裹着一张粉色头巾，系个蓝花围裙，背上吊着一根长到腰部的麻花辫，黑乌乌的。发现征兵想吃饭，就示意他往跟前走，刚好有个人吃完站起来。案板上摆着油盐酱醋油泼辣子和两大盆臊子。一盆素臊子，用红萝卜豆腐块洋芋葱末炒成；一盆肉臊子，其实是在素臊子里加了一些猪肉末。征兵看得舌尖直滚唾沫。女人问他，素的还是肉的？素的一毛钱，肉的一毛五分钱。征兵跟妈来过这条街道，几次都想吃一碗臊子面，妈总是说钱不够用，要买这要买那，等以后有钱了再给他买，哄着哄着就把他领回家了。这次，征兵要自个儿尝尝肉臊子面的味道。他摸摸口袋里的钱，给女人说：阿姨，来一碗肉臊子的。说完，眼窝一热，不知咋的，又想起六岁那年的冬天，王龙山手里拿的肉夹馍。女人把碗端到他跟前，他才知道，自己真的能凭本事吃到肉啊！

臊子面就是香，征兵不能明确说出到底香在哪一点。面条臊子肉油盐酱醋融到一起，香是囫囵的感觉。醋香吗？家里的醋也是这个味道。酱香吗？家里的酱也一样啊！白面条香吗？过生日妈也给他煮过白面条。因为肉？肉过年的时候，也吃过呀！可是，他咋就没吃出过这一碗臊子面的香味？吃完面，他连碗里的汤都喝光了，碗底残留的肉末儿也用筷子刮到嘴里了。吃完抹一把嘴，开过钱，拉着架子车往北走。

路过电影院，征兵忽然想进去看一场电影。距离天黑还早着，他把架子车停到存车处，跑到电影院，一看时间，离电影开始还有半个小时。到窗口买了一张票，花掉一毛钱。征兵觉得看场电影才花一毛钱，真是便宜啊！走进去，里面的座位没有坐满，基本都是些半大的孩子。

电影开始了。屏幕上打出“闪闪的红星”五个红色大字。熟悉的歌曲和旋律让征兵有些激动。这首歌老师教他们唱过，里面的歌词征兵烂熟于心，晚上跟一帮小朋友聚会时，望着天空的星星，齐齐仰起头来放声歌唱：红星闪闪放光彩，红星闪闪暖胸怀……唱着唱着，便握紧了拳头，假扮一个胡汉三，给某个人开批斗会。拳头抡上去，也只是做做样子，并不真打。但那种感觉跟坐在电影院里没法相比。老师唱的时候没有音乐伴奏，他们唱的时候也常常跑调。电影院放的旋律悠扬高亢，给人以无穷的力量。征兵坐在电影院里，心却随着潘冬子跑到柳溪村，跟冬子一起参加游击队，打土豪分田地。他一会儿为红军战士的牺牲伤心落泪，一会儿为冬子母亲的死而难过啜泣，一会儿为胡汉三的残忍奸诈而义愤填膺，一会儿为冬子的勇敢机智赞叹不已……

电影结束时，征兵最后一个出来。出了电影院，推上架子车，走在回家路上，他一点都不觉得累，嘴里一直哼着“红星闪闪放光彩，红星闪闪暖胸怀……”，没人时征兵放开声唱，有人时他就在心里唱。他想，冬子多聪明啊！你看他都知道把盐化成水浸到棉袄里，过了封锁线再用水冲下来。遇事多动脑子，还有解决不了的事情吗？征兵家里是穷，但总有一天，他会改变这种贫穷的现状，让父母住上好房子，让弟弟们吃上肉夹馍肉臊子面的。

征兵说：我想卖八分钱。我们那里都卖五分钱。

大哥说：你这么好的洋柿子，卖八分钱便宜了，就卖一毛钱。

3

征兵骑着自行车，在村里来回转。他先骑到王家小学门口，绕了三个圆圈。转第一个圈时，猛不防，路边一个石子垫了车轮子一下，车胎气硬，石子飞起来，他连人带车差点摔倒。他有点愤愤的，下车一脚把石子踢得老远。接着转第二个圈。转到门边，一只麻雀呼一下擦过他的头皮，他头一歪，车子一斜，又差点摔倒。他正了正身子继续转第三个圈。这次转得稳当，圈转得也圆。站远一步看，校门口留下三圈车轮的印子，最后一圈完美得无懈可击。征兵心里美滋滋的，嗖一下上了车，放空车把，两手做出胜利的剪刀姿势，朝村子东头飞驰而去。

再也不用进王家小学了。他在这里读了五年半小学，三年初中，终于考上了兴平县最好的高中——南郊中学。怎能不美滋滋的？全村才四个学生考到南郊中学，他的分数是最高的。老师告诉了他录取的消息，他以最快的速度跑回家，把这个好消息告诉了妈。他的个头蹿得比妈高了，妈再也抱不动他了，走进厨房又给他炒了两个鸡蛋让他吃。这次妈没让征兵避开弟弟，还给弟弟们说：谁要是跟你哥一样考进南郊中学，我也给他炒两个蛋吃。征兵到底没敢一个人吃完，弟弟们都看着哩。他吃了两口，给弟弟分着吃了。

征兵试探着给妈说：我想学自行车。他妈说：学么学么，学去吧，学会了还要去县城上学哩。征兵学自行车很快。他既没摔过，也没磕碰过。妈一答应，征兵就一个人把自行车推到碾麦的大场里，学着别人的样儿，车子往前一送，右腿往后一抡，就跨上去了。两条腿伸直了蹬脚踏，自行车便一顺顺往前跑。起初还有点心慌，蹬了一个来回，就不慌了。第一天，征兵兴奋得骑到天黑，直到妈撵来叫他吃饭，他才感到肚子饿。

学会了骑自行车，征兵的腿长了，办事效率也高了。妈说：去给你外婆送几个粽子。征兵骑着自行车跑得比谁都快。当然，这车技也是一天比一天好了。这不，征兵风一样快地骑到村东头，看见四五个人围着一个卖洋柿子（西红柿）的，他就急刹车下来了。卖洋柿子的自行车后座上架着两个竹筐，竹筐里装着红得像太阳的洋柿子。满满两框子啊，比征兵见过的都要大都要红艳。四五个妇女站在那里，你拿三个，她拿两个，等着秤称。车座上放着一个掰成两半的洋柿子，红透了心，像撒了细砂糖一样。征兵想买来尝尝，一摸口袋，一分钱都没有。他一想，还不如也去贩洋柿子卖。问那男人：叔，这洋柿子是哪儿的？这么好！男人顺口说是高店的。征兵知道高店村，过铁路朝西北方向走，大约四里地。

征兵没停歇，骑着车子回家跟他爸说：我要去贩洋柿子。他爸一想，娃考上了县重点中学——南郊中学，开学就要学费哩。估计县上的中学比村里的学校花费要大得多，这学费还不知从哪儿来呢，征兵闲着也是闲着，自己去赚两个学费也是好事情，还能锻炼他哩。他爸就从炕席底下摸出六块钱给征兵。征兵找了根粗绳子，把两个竹筐绑在一起，架上车后座，骑着去了高店村。

半下午的，路上也没个人。风也没有，地里的苞谷苗都长到半腿高了。雨好像熬娘家去了。太阳明晃晃地挂在天上，把热量源源不断地往下倒。没浇到水的苞谷叶子拧成了细绳绳。征兵边蹬车子边嘀咕：能活不？看这天！把他的，还让人活不？咋就这么热？他觉得后背的汗跟水一样淌，脚心像钻了火球球。走到高店村，渠里哗啦啦地流着水，水清得能看见倒映下来的太阳。太阳估计也怕热吧，跳下来洗个凉水澡，再飞回天上去。征兵靠了自行车，脱掉布鞋，挽起裤腿，嘭一声跳进水渠里，洗脸洗胳膊洗腿，连耳根都洗了一遍。这下浑身不燥热了，推起车子继续找洋柿子地。

顺着水渠向西走，过一片苞谷地，有两畦密匝匝的洋柿子地。地里没见人看守。一条黄狗蜷着身子，卧在杨树底下，眼睛闭着，好像睡着了。狗耳朵张起来，尾巴软软的，回折到肚子内侧，贴着地面。征兵不敢大声喘气，怕惊醒了狗，狗来咬他。天太热了，他远远坐到狗背身的地上想，要到哪儿找洋柿子地的主人去？想着想着竟打起瞌睡来，顺势倒在树荫下睡着了。

睁开眼睛，征兵听到人说话的声音。抬头一看，黄狗正绕着他睡的地方转圈圈。他坐起来，发现洋柿子地里走进几个人，男男女女都有，正在提个篮子弯腰摘柿子。这狗也奇怪，竟不对着征兵叫唤。一个胖女人提着担笼走到征兵跟前，看看他推的自行车，问他：你也想贩洋柿子？征兵点点头。女人说：三分钱一斤，你自己摘，摘满一笼是五十斤。顺手把担笼递给他，就走开了。征兵把自行车靠到杨树上靠稳当，跑进地里摘柿子。地里没有一根草。洋柿子红了一地。每个蔓上结的洋柿子都很繁实。征兵摘着摘着就花了眼。想摘这个，又看见那个大。刚摘那个，又看见这个红。胖女人喊：挨着摘啊！不能光拣大个的。她喊的时候，征兵第二笼都快摘满了。提到自行车跟前，一个个取出来放到自己的竹筐里，摆得整整齐齐。征兵爱得不行，看一遍又一遍，拔下些路边的草盖到洋柿子上面，付了胖女人三块钱，推着自行车往回走。回家路上，征兵都舍不得骑，怕疙疙瘩瘩的路面颠破了两框红艳艳的洋柿子。

回到家，妈和了面，擀了一大案面条，切了两个洋柿子，烧了一锅滚沸的洋柿子汤，筛上一个鸡蛋。把煮好的面条捞进碗里，浇一勺洋柿子鸡蛋汤进去，全家人吃得呲溜呲溜地直说香。晚上坐在炕上，征兵和爸商量到哪里去卖。他爸说：这么好的洋柿子你驮到咸阳去卖，肯定能卖上好价钱。要是转乡里，卖完卖不完先不说，怕赚的钱要少得多。征兵跟爸去过咸阳一号桥卖白菜，那里人流量大，有钱人也多，的确比乡下要卖得贵一些。打定主意去咸阳，征兵拉个草席就地躺下睡了。

第二天，征兵推着自行车上了去咸阳的公路。那天听爸说，这条路叫西宝公路。西安通到宝鸡。日后去南郊中学上学，就要沿着这条路朝西走。顺着路一直朝东走，就能直达咸阳一号桥。路上有来来往往的汽车，征兵推着自行车出了村子还是不敢骑上去。车头轻，车后架着两框洋柿子，越推越重。征兵个子长高了，但身子单薄，推着负重的自行车，看着身旁嗖一下嗖一下开过去的汽车，心里还是吃紧。咋办？就这样推到咸阳？三十里路哩！要推到啥时候才能到啊？

走过西吴乡，路上出现了一溜带串骑着自行车卖菜的，似乎也都是朝着咸阳方向赶。有个扎马尾辫的女孩子，从岔口拐到公路上，看起来跟征兵年龄一般大，后座上架着两大框紫茄子，一上路就骑上去，还骑得飞快。征兵心一横，加把劲，骑上车子就去追。可是，车头摇晃得很厉害，两只胳膊不停发抖，脚也跟着抖。他想下来继续推着走，又一个女孩子带着两框韭菜从他跟前超过去。他心里一鼓劲，胳膊就不抖了，车头也不摇晃了，脚底下蹬得就有力量了。不一会儿，超了卖韭菜的，又超了卖茄子的。赶到一号桥时，他都说不清总共超越了多少骑自行车卖菜的。

咸阳还是大啊！一号桥上车辆更多！路上过来过去的人大都穿着的确良半截袖，脚蹬黄胶鞋，背着个黄军用包，行色匆匆，也不知是干啥去。印象中今天是礼拜天，工人不该上班的。也有一些老大爷老奶奶，慢悠悠地晃，提个竹篮篮，或者布兜兜，这家菜摊跟前问问，那家菜摊跟前看看。真正买的人还不是很多。许是时间还早吧，人们还没出来买菜哩。征兵找个最边的位置打稳车撑子，让旁边的大哥帮忙，把两竹筐洋柿子放下来。他不想把新鲜的洋柿子摆到地上，地上有灰土。他把竹筐紧摆在大哥的绿辣子旁边，揭开上面盖的绿草，洋柿子的艳红一下子吸引了大哥的目光。他说：这么好的洋柿子！咋卖了？先给我称两斤。回家洋柿子炒绿辣子，白馍一夹，那个香呀？……老婆都不想要咧！呵呵呵……说完自个先笑了。

征兵说：我想卖八分钱。我们那里都卖五分钱。大哥说：你这么好的洋柿子，卖八分钱便宜了，就卖一毛钱。听我的，先给我称两斤。说着，就掏出两毛钱递给征兵。征兵不知道该说些啥，很感动很感动！到哪儿都能遇到好人啊！他把秤从车头上取下来，给大哥称了两斤。顺便再多拿了一个给大哥让他吃。大哥接过洋柿子在衣服上蹭蹭，就往嘴里送。他咬了一口再咬了一口，鼓起腮帮子夸张地说：好吃！就是好吃！大哥还没吃完，有个中年男人要买洋柿子。好像是个干部，穿着蓝色的中山装，口袋里还插支钢笔。中年男人没问价钱，买了五斤洋柿子五斤绿辣子。紧接着又过来母女俩，称了三斤洋柿子两斤绿辣子，没讨价还价装好菜就走了。征兵和大哥忙得都没工夫闲聊。后来过来一个五十多岁的男人，把剩下的柿子和辣子全买了，让征兵和大哥送到附近一个单位。走进去一看，是一所技工学校。放下菜出了学校门，征兵和大哥蹲在梧桐树下数钱，征兵卖了八块九毛钱，除去三块钱本钱，净赚六块九毛钱。大哥卖了五块三毛钱，但大哥的辣子不是贩来的，是自家种的。

大哥说他家就在咸阳城西的一个村子里，邀请征兵去他家坐坐。征兵跟着大哥去他们家玩了半晌午，又跑到他家的辣子菜地看了看。大哥订了个媳妇，还没过门。他妈说这辣子卖了就给他娶媳妇。午饭时，大哥的妈妈果真端上来一碗洋柿子炒绿辣子。征兵没歇气，连吃了三个白蒸馍，喝了一肚子绿豆米汤。回去的路上，征兵骑着自行车，看着太阳一跳一跳地朝他欢呼哩。好像整个世界都给他欢呼哩！

白花花的甘蔗渣吐了一堆，
征兵就觉着他吐出的是一朵菊花，
是开得最盛最美的一朵菊花。

4

征兵踩着搭在火车车皮上的梯子，爬上火车，翻进甘蔗车厢，挑拣匀溜的甘蔗。太粗的不能拿，有十来斤重，不好卖；太细的不能拿，水分不汪。颜色浅的不能拿，没有熟到，甜度不够；颜色越黑越好，越黑说明甘蔗越老，越老就越甜，能卖个好价钱。皮泽光亮挂有白霜的甘蔗卖相更好。弯来弯去的甘蔗不能拿，可能有虫口。节长而又粗细均匀的甘蔗吃起来比较爽，卖得更快。征兵在车厢里走来走去，挑来拣去，挑出两捆最满意的，抱起来顺车厢放下去，弟弟在下面接着。他也跟着下了车厢，两个人抬着两捆甘蔗放到磅秤上过分量。批发甘蔗的人围了一圈，他们都说：这两捆甘蔗挑的好，这小伙子真有眼光。

两捆甘蔗总共一百四十二斤。每斤七分钱，老板收了一百四十斤的钱，零头两斤没算。这两捆比往日批发的要重十多斤。征兵很高兴，跟弟弟一起抱到架子车上放顺溜。弟弟在后面推着，征兵轻轻松松地拉上车子，嘴里哼着“红星闪闪暖胸怀……”的歌曲出了火车站。征兵过去都是从市场贩子手里批发，每斤一毛钱。偶然有一天，他发现有人拉着架子车进火车站批发，他跟进去一看，满满几车皮甘蔗。客商也不往下卸，嫌要加工钱，就跟铁路上的人说好了，直接让小商贩进去到车厢里自己搬，这样可以节省不少钱。据说卸一车皮甘蔗下来，要一百块工钱。征兵去乡里卖过甘蔗，三五天一捆甘蔗都卖不完。一个村子只有两三户有钱人家会给娃儿买着吃。记得到油郭村卖甘蔗，有个男娃娃，站在架子车旁边，黑瘦的手摸着甘蔗就是不松手，他妈不给买，把娃儿拉到井房跟前，狠狠踢了两脚，娃哭得窝了气。后来，征兵再不走村串乡卖甘蔗了。

甘蔗比不得苹果洋柿子，一根甘蔗轻则五六斤，即使每斤卖两毛钱，都要一块多钱；重的七八斤，算下来就更贵了。一个工人一天的工资也不过是一根甘蔗的价钱。征兵小时候，哪里吃得上甘蔗？眼见过做棺材家的同学拿出来半截甘蔗啃，只给他尝了一口。那种甜，跟白糖的味儿不同，水分饱满，口舌就像在糖水里裹卷着，越是嚼越是想嚼，嚼干的渣舍不得吐，一直嚼到吃晚饭才吐到锅灶里。从那时起，征兵经常梦着吃甘蔗，醒来嘴角都挂着咀嚼的口水。有一天，爸去县上干活，天快黑了，妈做了一锅苞谷面糊汤，馏好一井篦苞谷面馍，还不见爸回来。征兵窝在炕上看小人书，他妈就喊他：征兵，去看看你爸回来没有？征兵没听见，看《铁道游击队》正看到激烈处。他妈到底喊了他几遍，他不知道，光看见他妈的手伸到小人书上，拽过去就往锅底扔。征兵急了，跳下炕，从灶门口妈的手里抢回烧黑了边角的小人书。

妈高声对他说：你去看看你爸回来没有！征兵这才知道妈生气的原因，悄没声息地抱紧小人书出了大门，向公路边跑去，老远看见他爸肩上扛了两根甘蔗往回走，边走边甩胳膊。征兵忘记了烧黑的小人书，忘记了他妈的叱骂，高兴得差点跳起来，不由自主朝着爸的方向空咽了几口唾沫，舔舔发胀的嘴唇。嘴唇干得起了皮，征兵用手往下撕，却撕出了血印子。这才想起一整天都在看小人书，竟一口水也没喝。

他爸越走越近，越走越清晰。像是起风了，眯得征兵的眼睛睁不开，看东西有点模糊。虽然是春天来了，却遇到倒春寒，天冷得有点过分。

征兵左脚的鞋子给大拇指头戳破了，冷飕飕的风一吹，脚趾缝里头旋着寒气。他跺跺脚，他爸就走到他跟前。征兵抬头一看，爸的肩上哪儿有甘蔗，竟是两棵桐树苗。征兵失望极了，问也没问候他爸一句，转身就向回跑，边跑边喘气，喘着难过着眼泪就出来了，跟这春天的冷风一样，说来就来了，吹得人冷森森的寒。

第二天，征兵背着书包上学去，走到家门外，发现他爸正在栽桐树，一边一棵。征兵还是没跟他爸说话，甘蔗成了征兵心里抹不掉的伤疤。现在，征兵读高中了，门口的桐树早已长出一蓬树叶，罩下一片阴凉。闲下来时，妈会坐在桐树下纳鞋底，缝衣裳，和左邻右舍说话。

有天放学回家，门墩上坐着外婆，跟妈两个人拐线穗子。三弟拿着一节甘蔗在旁边晃晃悠悠甩来甩去，外婆不住地提醒：慢着点儿！慢着点儿！别摔倒了！全兵才不听，还是转来转去地晃荡。一望见征兵，就晃到他跟前把甘蔗递给他。征兵以为让他吃哩，心里一阵窃喜，接过来塞到嘴里就咬，全兵却哇的一声哭起来。妈说：给他！快给他！屋里给你放着哩！外婆站起来，拉着征兵进到屋里，从墙角拿出大半根甘蔗，从案板上取来切面刀，咔咔咔，砍了三刀，把最大的一截给了征兵。

征兵拿着甘蔗蹴到锅台跟前吃，全兵又晃过来，扑到征兵怀里，把甘蔗往征兵嘴里塞。边塞边咯咯咯地笑。全兵还不到三岁，咬不动甘蔗，舔一下舔一下，也不知他吃出的是什么味儿。征兵吃着甘蔗，一口一口，慢慢咀嚼，每一口都要嚼到寡淡如水，才吐到柴堆上再咬下一口，差点把甘蔗渣咽到肚子里去了。甘蔗皮征兵也要嚼得没水分了才吐掉。征兵想，总有一天，我要吃自己买的甘蔗，想吃多少就吃多少。

再后来，征兵就开始卖甘蔗。只要卖够本钱，征兵先取出一根最好的甘蔗，坐在架子车箱板上，狠狠地把一根甘蔗从头吃到尾。白花花的甘蔗渣吐了一堆，征兵就觉着他吐出的是一朵菊花，是开得最盛最美的一朵菊花，是没有能与它匹敌的一朵特种菊花。下一次，征兵把甘蔗倒回来吃。从头到尾吃，越吃越甜；从尾到头吃，越吃越寡淡。但征兵就想这么吃。白花花的甘蔗渣又吐了一堆，征兵低头一看，觉着他吐出的还是菊花，是比上次还要美还要好看的一朵菊花。再再后来，征兵考上了重点中学，他忽然不想吃甘蔗了，只想着赚钱再赚钱。赚到钱就可以顺顺利利缴学费，赚到钱就可以想买啥书就买啥书，赚到钱就不用看爸的那种愁眉脸，赚到钱就不用再听妈的唉声叹气……

甘蔗卖得有经验了，征兵就知道哪里能卖上好价钱，哪里能大半天把甘蔗卖完。他喜欢去兴化家属区。他到那儿卖菜，认识了几个常年摆摊的大叔大婶。他们对他像儿子一样，无论啥时碰见，手里拿的好吃的都要给他分一半。征兵的菜要是没卖完，便有人给征兵付了本钱，把剩下的菜放到自己菜堆里慢慢卖，至于他们卖完卖不完征兵就不清楚了。第二天他要上学，没时间去看。贩甘蔗后，每次去，他们都要买征兵的甘蔗，买了也不舍得吃，说要给娃儿留着。征兵知道他们心疼自己是学生，还要出来做生意赚钱，称秤时就松一些，再松一些。有时，工人们下班买菜，他们还会推荐征兵的甘蔗，说这娃的甘蔗多甜水分多大，人多憨厚多老实，征兵的甘蔗就不愁卖了，卖的价钱还好，总是比别人高几分钱。

今天，征兵不打算去化肥厂家属区了。他反复哼着“红星闪闪暖胸怀，红星闪闪放光彩……”的歌子一直朝西走，不知不觉到了秦岭公司家属院。周末，工人们不用上班，他们提着菜篮子悠闲地在门口转，男女老幼都有。家属区门口，摆着的多是萝卜白菜土豆粉条红薯之类的菜。甘蔗有四五家。征兵把架子车拉到最北边，取出一捆甘蔗靠住架子车辕竖起来，再把草绳解开。弟弟把一根根甘蔗散开来，征兵才发现，这捆甘蔗就是好，里里外外差不多一样粗细一样成色，每根甘蔗节节都长，比以前贩来的都要长，颜色都要深，肯定很甜，但征兵不想吃，卖完了甘蔗他就想买一本《水浒传》。

第一个买主是个漂亮的姑娘。她脸上的皮肤白得跟雪一样。征兵从来没见过这么白的人，好像雪落在她的周身融进她皮肤里了。她伸手选了一根甘蔗，手指头细长细长，比征兵的指头能长一寸。脚上穿着一双白球鞋，有一根鞋带松开了。征兵称了她递过来的甘蔗，七斤五两，一块五毛钱。她递给征兵两块钱，拿起甘蔗转身走了。征兵想给她提醒鞋带松了，但他怎么都说不出口，张了几次嘴都没喊出声来。姑娘走远了，征兵这才发现手里还攥着要给她找的五毛零钱。

紧接着，又围上来几个买主。他们既不讨价还价，也不谈嫌质量，一人扛一根甘蔗付了钱就走了。卖到半下午，一车甘蔗全卖完了，算上砍头削尾折去的分量，他收到二十五块八毛钱，净赚十六块钱。这是征兵自做生意以来，赚到的最多的钱。他去新华书店买了一本《水浒传》，带弟弟去羊肉泡馍馆咥了一老碗热腾腾的水盆羊肉。

征兵一看见王美丽，
也不回答胖大婶的话了，
拉起架子车就朝反方向走，
越走离王美丽越远。

5

放暑假了，征兵从学校赶回家，把铺盖往炕上一扔，感觉嗓子冒烟哩，就跑到老瓮跟前舀一瓢凉水灌下去，肚子里咕咚咕咚地响，一动弹都能听到水响声。妈在院子里扫树叶，攒成一堆用簸箕撮起往门外走，回来时身后跟着一个五十岁左右的男人，浑身上下的衣服脏得像从破烂山里出来的，脸上却洗得干干净净，下巴颏的胡子刮得只能看见一层黑影，眼睛也格外有神。

男人边走边说：我喝一碗开水就走。妈却说：不急！不急！急啥哩！她提个木凳让男人坐，转身进屋里烧火下面条。男人把凳子挪到一边，蹴在院墙跟前，掏出一盒哈德门烟，摇了摇，拿一根叼在嘴角抽，吸一口吐出一串烟圈，灰白色的烟圈化成一缕青烟，直往天上飘。征兵偷眼望着男人心想：收破烂的，还抽这么好的烟！正想着，妈端出来一碗凉开水，递给男人。男人接过碗，跟征兵一样，没歇气咕咚咕咚灌下去了。男人的脖子瓜长瓜长，喝水的时候喉结像吞了个小青蛙，鼓蠕鼓蠕地动着。男人放下碗正准备走，妈又吆喝征兵：给你叔把这碗面端去。征兵一边往厨房走一边嘀咕：“这叔我咋不认识？哪儿人啊还给吃饭？”

征兵把面条端出来递过去，男人看了征兵一眼，眼里滚过一帘泪花，旋即低下头吃面了。妈出来，递给征兵一碗面，自己端着一碗面。三个人蹴在院里吃面，两个凳子谁也没坐。妈问男人：你一天能跑多少村子？破烂好收不？能赚多少钱？男人说：有时跑五六个村子，有时跑三四个村子。也要看季节，夏忙时卖破烂的就少，冬闲了卖的人就多。好的时候能赚三四块，最少也能赚一两块。妈说：那也很好了呀！在我们生产队，一个劳动日才能挣一毛钱。说着回头看征兵：征兵，你不要光闷着头吃饭，让你叔给你教教，放假了，跟这叔学收破烂去。

征兵一边吃饭一边应答，心里却想：收破烂？这多难为情？万一让同学撞见多难堪。还是个班长哩！转眼一想，这钱确实赚得多。去就去吧。是赚钱要紧，还是自己的面子要紧？想到这里，他响亮地回答妈：好！我去！男人吃完面条，妈又给他舀来一碗煎面汤，他吸溜吸溜地喝了，伸出右手把嘴一抹，拽拽卷进去的衣角走了。他拉着满满一架子车旧布鞋旧书本，在村巷里边走边高声吆喝：收破烂，谁有破烂——太阳斜到村西头的树梢里，村子渐渐暗下来，妈收拾了锅灶也朝西头走了，不知干啥去。征兵想问却也没问，自个儿兴冲冲地回到屋里，抱着一本《水浒传》，竟读出声儿来……

第二天天刚亮，秀侠做好早饭，唤征兵起来吃饭。征兵一看，竟是他喜欢吃的西红柿汤面片。三个弟弟还在睡觉，不见了爸，饭桌上摆着一个吃完的空碗。估计是爸刚吃过，到县上干活去了。自从征兵考上南郊中学，爸经常外出干活。到西安临潼干活时几个月回不来，在县上干活几乎天天能回家。爸日渐苍老了。征兵一想到这儿，心就有些酸，窝了经年的酸菜一般。比起爸受的苦，收破烂算个啥？收！想到这些，征兵穿好衣服下了炕，到院里用凉水洗把脸，三两下吃完了饭。

秀侠把架子车推到门外。征兵喊：妈！妈！你不用管，我自己来！秀侠已把架子车顺路放好了。车头上挂着个馍布袋，晃来晃去。征兵一看，布袋里装的是妈连夜晚蒸的馍，玉米面明显比往日掺得少。这几年，征兵个头噌噌地长，却不见长肉，浑身上下摸着都磕碜，妈总是偏心他。征兵推起架子车朝东头走了，秀侠望着，心里热热的，差点落下泪来。她擤了一把鼻子，狠狠心进门了。

征兵过陇海铁路朝北走。北面村子稀疏一些，但离家远，认识的人少。毕竟是收破烂，不管咋下决心，心里头还是疙疙瘩瘩，有点扬不起志气的失落感。北面的第一个村子是杨村，征兵拉着架子车拐进巷子，看见几个妇女围在谁家门口说话，他就对自己说：喊吧喊吧！女人家细发，家里的零碎东西她们清楚，应该有卖的。他试了试嗓门，喊了一声：收破烂——往前一看，那几个人好像没听见似的。征兵觉得自己明明鼓足了劲喊，她们咋没听见？再喊：收破烂——收破烂—— 一个胖大婶扭头一看，征兵以为她听见了，但胖大婶倏地往旁边吐了一口痰，又转回头去说话。征兵清清嗓子，继续加大了嗓门喊：收破烂哩——废铜烂铁——烂鞋破袜子！胖大婶终于看到征兵了，她往征兵跟前走：布鞋多钱一斤？征兵还没来得及回答，王美丽却闪在了胖大婶的后面，手里掂了一把绿汪汪的豇豆。

王美丽跟她的名字一样，长得真美丽。小学四年级时，王美丽就坐进他们班。有天下午刚上课，老师把一个天仙般的女孩子领进教室时，征兵看呆了，他以为是天女下凡。但班主任王彩云老师领着，肯定不是天上来的。哪来的女孩子呢？脸蛋像粉桃色的花瓣，黑乌乌的两条辫子搭在胸前，辫子梢还用红头绳扎着两个蝴蝶结，一走动蝴蝶就跟着飞。王美丽跟着老师走到征兵跟前，王老师说：王征兵，把你桌子往后挪挪，让美丽坐在你前排。征兵木呆呆的。老师推了他一把，他才恍然醒悟，把自己的桌子往后拉了一下，给美丽留出更大的空隙，让她进去。王美丽很大方，放下黄军用书包，坐在征兵前面，转过身对他说了一句谢谢，征兵闻到一股香胰子的味儿，那是王彩云老师的味道哩。

那节课，王彩云老师讲的啥，征兵一个字都没听进去，光看见老师的嘴唇在动，书在翻页。王美丽白得葱根般的手也在翻书，他的心乱乱的，也弄不清为啥会乱。一下课，王美丽就出教室了，几个伙伴围过来：征兵征兵，啥感觉？美丽坐在前面是啥感觉？不说，不说是吧，把他抬起来。还没顾得上分辩，他们就把征兵四蹄朝天架空了。征兵哎哟哎哟地正喊叫，上课铃声响了，王美丽走进来，他们把征兵一扔，坐了个尻子蹲，害得他尾巴骨疼了好多天。王美丽后来还问来问去，他也不好意思跟王美丽明说。慢慢熟悉了，征兵才觉得王美丽不是天上来的，她也会哭会笑会骂人。不过，王美丽骂人都是文绉绉的，不带一个脏字，比如：真卑鄙！真是卑鄙！能不能别说人家坏话？把眼睛长到头顶啦，踩我脚！……诸如此类，比起他们的口头禅“把你个狗日的。看我不砸死你！”要文明多了。但在王美丽面前，征兵总是不敢盯着她看，不敢大大方方地跟她说话。后来听说，王美丽是城里来的，生在农村长在农村穷困不堪的征兵更是觉得矮人一截。征兵考上高中后，不知王美丽去了哪里。谁知道竟会在杨村碰见？还是在他收破烂的时候。

征兵一看见王美丽，也不回答胖大婶的话了，拉起架子车就朝反方向走，越走离王美丽越远。他一溜烟地出了杨村，坐在高店村的水渠边大口喘气。他一发狠，一脚踢掉鞋子，把裤腿挽起来，踏进冰凉的渠水里，不停懊悔：不就是个王美丽吗？咋把你吓成这样？以前卖菜卖水果又不是没见过同学？为啥就不敢上去打个招呼？唉！唉！唉！我这个没出息的。照脸上啪啪抽了两下，清醒了，继续拉着架子车朝高店村里走。

这次倒是能“收破烂——收破烂——”地喊开了，他在村子转了三个来回，却只收到七双布鞋，心里头没劲却又不甘心，慢羊羊地转到东堡子村，还是收了十双布鞋。出村口时，有个老婆婆端出来一口漏水的铁锅放到征兵架子车上，没跟他要钱，说：这锅放家里净占地方，你卖几个钱买个冰棍吃去。天快黑了，征兵拉着架子车回家，馍布袋空了，肩头酸疼酸疼。

第二天，征兵朝西吴乡方向走，转到茂陵紧南边的豆马村，收了大半架子车废品，布鞋最多。第三天又出去，朝南走，又收了半架子车废品，还是布鞋多。连续收了五天，征兵整理好，装了满满一架子车，拉到兴平县废品回收公司去卖。征兵发现到他家吃过面的男人也在排队卖废品。他却把鞋帮子和鞋底子分开来，各装进一个袋子。算账时，鞋帮子按一毛五分钱结，鞋底子按七分钱结。而布鞋每斤收的价钱是八分钱，这样算来，鞋底子和鞋帮子分开来，肯定要多赚钱。征兵却没这心眼儿，胡乱地装在一个袋子里卖完，虽然这一车破烂赚了三块钱，但征兵想，还可以赚更多一些啊！下次收来先把鞋底子和鞋帮子分开再送回收公司卖。男人看到征兵，走过来对他说：鞋帮子和鞋底子不分开，你娃要吃亏的。他们交上去，还要专门雇人付工钱剪开，还不如咱在家里剪。咱们有的是工夫啊，还能多赚钱。说完拍拍征兵的肩膀离开了。

征兵回家又收了七八天，把收来的废品分类放好。去回收公司的先一晚，他一宿没睡觉，拿个剪刀坐在油灯下剪。只有一把剪刀，他妈要帮他，他不让，自己一个人坐在地上，拿起一双鞋，眼前就出现一双脚：是个男人的，长脚板，但瘦一些，顶头戳烂了，两边还完整着。再拿起一双鞋：是个女娃娃的，鞋底子几乎没怎么磨损，红绒面子却褪了色。再拿起一双鞋：是个细发人，两只黑粗布鞋补了四五块补丁，颜色还不一样，深深浅浅的，洗得褪了色，黑的变成灰黑的。剪了一夜鞋，征兵的眼前出现了一群人的脚，他们在眼前走来走去，像是在赶会。剪完最后一只鞋，征兵用香胰子把手洗了五六遍，才倒头睡觉。他感觉眼睛闭了一秒钟似的，鸡就在院里到处叫。征兵一骨碌爬起来，整理好架子车，吃了两个馍，喝了两碗水，朝县城走去。

他紧赶慢赶，到了回收公司，还是有十几个人排在他前面。天热得像是起了火，烧得浑身滚热，征兵脱了半截袖，拿在手里撩风，撩出来的风都闷热闷热。收废品特别慢，要一样一样卸下来分类称。因为没事干，征兵感觉等一分钟好像等了一个小时，脖子里的汗流到身上，像有虫虫在皮肤里爬，征兵禁不住拍一巴掌又一巴掌，响得过路的人频频看他。一个穿着月白的确良半截袖的城里女人悠悠走过来，手里举着个冰棍，一添一添的，征兵的舌头不由自主地跟着往嘴唇上添，眼睛却紧紧盯着女人嘴上那根吃了少半截的冰棍。也许是征兵的行为让女人发了母心，她走到征兵跟前，把冰棍伸到征兵跟前说：孩子，给你吃！征兵竟然没有拒绝，接过冰棍连声谢谢都没说，一添一添地吃起来。女人走了，他才想起应该说声谢谢。

轮到征兵过秤了。他先把分开的鞋帮子和鞋底子放上去称。鞋底子七十一斤，鞋帮子三十五斤，总共结了十块二毛二分钱。鞋帮子五块两毛五分钱，鞋底子四块九毛七分钱。如果不剪开每斤只能结八分钱，也就是八块四毛八分钱。花点工夫，要多卖一块七毛四分钱。一根冰棍才五分钱，多赚的钱再添一分就可以买三十五根冰棍。征兵觉得，这工夫下得还是蛮值的。

征兵回到宿舍背起装明信片的提包，
走到人流量大的图书馆门前，
把明信片在人行道上一类类摆开。

6

眼看就到元旦了，该给慧莹邮寄一张什么样儿的明信片呢？征兵把装明信片的盒子拿出来，哗啦啦倒了一床。翻来翻去，看来看去，各种各样的图案都不合心意。有几张是在北京读大学的同学邮寄的，比省内同学赠送的都要新奇有档次。特别是古丽邮寄的一张，上面印着雄伟的八达岭长城，让人有登上长城一望塞北拥抱蓝天的冲动。

何不去西安看看，贩回一批明信片，在里面挑选，选最好的一张给慧莹邮寄，剩下的卖掉。这样既能赚钱，又能让慧莹满意。一想到慧莹，征兵就坐不住了，他在宿舍走来走去，看哪儿都是慧莹水汪汪的大眼给他送秋波哩。说走就走，恰逢周末，征兵装好平日省吃俭用攒下的六十五块钱赶到杨陵镇火车站，乘坐一辆闷罐子车去了西安。读高中时，征兵曾跟老师还有几个同学一起到西安参加过数学竞赛，住在钟楼附近，老师带他们到新华书店去转过。他记得里面摆有很多明信片。当时只是好奇，不知道明信片是干啥用的，也没钱买，瞅了两眼就离开了。

出了西安火车站，征兵顺着站牌找到去钟楼的公交车，站上去，沿途看窗外的楼房和街道，还有川流不息的城市人，怎么看都是一张张明信片。这西安，处处是风景，估计那半截古城墙印出来，也是跟长城一样美的明信片。征兵独自一人看稀奇，觉得两只眼睛都不够用了，恨不能化成个孙悟空，翻一个筋斗，把整个西安城看进眼睛里，装在心窝窝里，然后回去给慧莹展示。只顾想心思，没留意，车竟开到北大街，征兵给人带着下了车。他好像有些迷糊了，看街道上的人特别多，下车的人也多，以为到了钟楼，就跟在一个大爷后面，排着队走下来。转了几个圈，找钟楼没找见，才向一个学生模样的女孩打问。女孩说：你跟我走吧，我也要去新华书店。

女孩走前面，征兵走后面。女孩穿着一件白毛翻领的棉袄，皮肤像是敷了一张雪纸，眼神病郁郁的，个头细得像玉米秆，比征兵还要冒出一些。征兵不敢跟她并排走，就把脚步放慢，拉在女孩后面。女孩走一走，似乎觉得征兵有意走在他后面，也没转过身来看他，自顾自地往前走。征兵跟上女孩的节奏，保持着均匀的距离，一直跟到新华书店门口。一路走过来，钟楼在哪里，征兵好像也没注意到。走进书店，女孩一闪影子不见了。周末的新华书店，看书买书的人特别多，出出进进的人也很多。征兵到书店转了一圈，也不敢买其他书，径直走到明信片的橱窗跟前。快到元旦了，看明信片买明信片的人多得征兵挤不到跟前去。征兵挤了半天才顺着人缝穿过去。各种精美的明信片一排排摆放着，征兵看得眼花缭乱，他真想每一种都拿上一套。可是，兜里的钱有限，只能挑上三十套。每套十张，一张一毛二分钱，算下来是一块二毛钱。征兵算了算，得给自己留够生活费，不能全买了明信片，万一卖不了呢？

征兵挑啊挑啊！他最喜欢风景明信片，桂林山水的一套，黄山风光的一套，华山奇峰的一套，长城的一套，西湖的一套，黄河古渡口的一套，颐和园的一套，故宫博物院的一套，天安门广场的一套，西安大雁塔的一套……影视明星的，拿了十套。眼下大学校园里追星很热乎，几乎每个学生宿舍里都贴有一张明星图，邓丽君、张国荣、梅艳芳、关之琳、张学友、成龙，等等，有的是演得好，有的是唱得迷人，这类明信片肯定销路好。《西游记》《红楼梦》的各挑了两套。中国科学技术协会第三次全国代表大会的一套，联合国四十周年的一套，中国人民革命战争时期的一套，亚太国际贸易博览会的一套，这些都是今年的热门事件，也会有人买的。

征兵把这些明信片拿去结账时，售货员都惊讶了：你一次拿这么多？能卖完吗？卖不完是不退货的。征兵摇摇头说：我不会退货的。做了那么多年小生意，这点自信心还是有的。售货员给了他一根捆书的绳子，又给了一张包装纸，让征兵把明信片包好装进提包里。征兵提着沉甸甸的一大包明信片回杨陵。他把那套西湖的明信片先取出来，一张一张看。有一张是偌大的湖面上两只蝴蝶翩翩飞。征兵在新华书店看这一套明信片的时候，一眼就相中了。这是征兵的梦想，心里装了很久的梦，他不敢给别人说，自己家里穷，怕慧莹看不上他，不愿意跟他同甘共苦，更怕一开口慧莹拒绝了他，他的自尊心就会受到极大的伤害。慧莹是不是喜欢她，他也把不准。同学聚会的时候，他觉得慧莹像路旁的杨柳，风一吹飘得婀娜多姿，一回眸，眼里全装着他。可是，慧莹一旦离开他，他又觉得她像雨后天上的虹，美是美啊，但美在天上，他怎么跳跃都无法靠近她。他要借这一张明信片试试慧莹的心哩。他把其他的明信片收起来，开了灯，端坐在桌子跟前，给明信片背面写上一首诗：劝君莫惜金缕衣，劝君惜取少年时。花开堪折直须折，莫待无花空折枝。这是唐代诗人杜秋娘写的，宿舍的每个同学都会背。他们背的时候，还会演绎出一段故事来。而征兵坐在一旁，脑海里呈现的却是慧莹红润饱满的脸蛋，那简直就是水灵灵的红苹果呀。如果慧莹在跟前，他一定会忍不住咬上一口的。

但征兵不能这样写，太直白了，他怕把慧莹吓着。他选了这首诗写进明信片，含蓄地表达对慧莹的心意，再试试慧莹是不是会嫌弃他贫寒的家庭。写好明信片，夹到书里，宿舍的哥们都回来了。他们先一人挑了十多张，连征兵的那套西湖风景的明信片也没放过。第二天，征兵先去邮局给慧莹邮寄。发走明信片，征兵的心里像揣了个兔子，扑扑地跳，等捞上西农路，望着马路上来来往往的行人，心才平静下来。他没有直接回宿舍，而是跑到西农图片社，拿了十套西农大印制的明信片。听说这些很好卖，西农的学生都往外邮寄的。他去得早，没人排队，直接进去选了十套就出来了。西农的明信片不用挑选的，三号楼啊，图书馆啊，麦田呀，苹果呀，该有的风景都在上面了。

征兵回到宿舍背起装明信片的提包，走到人流量大的图书馆门前，把明信片在人行道上分类摆开。西农的明信片放到正中间。摆了一上午，卖得并不理想，只售出去十来张。这是校园，不能张口放声喊，只能苦苦等待。过来过去的男女学生瞥一眼就走了。征兵想，这肯定不行。恰好宿舍几个哥们吃完午饭溜达过来，蹲在他跟前谝闲传。征兵一想，何不把他们几个留住，让他们边看明信片，边招揽生意。这几个哥们，平日在宿舍喜欢听征兵海阔天空地聊天，常常大半夜都不让他睡觉。

征兵问：谁知道明信片是哪一年发明的？张东伟同学说：1949年。征兵说：错！1949年在中国也不是最早的。中国的第一张明信片是1897年大清邮政局发行的，可惜我们看不到。还有一张特别珍贵，是1912年“中华邮政”发行的，加盖着“中华民国”的字样。但这都不是最早的。说到这里，征兵不说了，刚好过来三个女生，抬头往他们明信片上看。高万里同学急得摇着征兵问：到底哪里是最早的？征兵故意清清嗓门，回答道：是1865年10月。……德国一个画家在硬卡纸上画了一副精美的画，要送给一个即将结婚的女同学。征兵故意把“女同学”三个字的音咬得特别重。三个女生果然走到他们跟前来听。征兵又接着说：他拿到邮局去邮寄，却没有那么大的信封。邮局的工作人员一看的确画得美，就建议他不妨直接把地址写到上面邮寄。画家想想，也没有什么隐私，那就寄吧。他的女同学结婚当天收到了画家邮寄的画，激动得哭了，拿到礼堂上展示，这下参加婚礼的人都知道了。大家觉得，要是两人相距遥遥，也可以用这种方式传递情意啊，既简单而又方便，于是就竞相模仿。……征兵停顿了一下，接着说：然后，世界上第一张明信片诞生了。

三个女生听到这里，都蹲下来看征兵的明信片。她们一人挑了两套。不管挑什么内容，最后都会选一套西农的。征兵每张明信片加三分钱，卖一毛五分钱。三个女生付了钱说笑着离开了。又来了五个女生，一看穿戴便知道是城里孩子，她们基本没怎么挑，拿上正准备走。征兵告诉张东伟：德国画家发明了明信片，但是第一个赚钱的国家却不是德国呀！是哪个国家呢？啊？张东伟、高万里同时发问：哪个国家呀？德国有这么傻吗？你不会乱说的吧？征兵不紧不慢地说：德国开始没重视啊！结果，到了1869年，奥地利一位博士发表文章专门谈明信片的好处。奥地利政府采纳了他的建议，三个月发行了三百多万张明信片，成为世界上最早发行明信片的国家。1870年7月，德国政府终于允许明信片在邮局发行，紧接着，英法等国家也跟着发行了。

高万里说：德国还真这么傻啊！走了，不聊了。征兵拉着他说：你看看，刚才离开的五个女生哪个最好看？一听征兵说这话，他又不走了。说吧说吧，哪个最漂亮？一看就知道呀！还用你说。征兵说：此言差矣！有的美看得到，有的美看不到。你没听老子说："大音希声，大象无形，大美无言吗？"他们摇摇头。征兵又开始给他们讲。讲完后，还给五个女生每人打了分，并说哪一个娶到手将来会是贤妻良母，惊讶得他们哥儿几个全张大了嘴巴。征兵讲的时候，陆陆续续有人围过来听，多数听完就会买几张明信片。征兵忽然觉得，这方法咋这么好！我咋还能想出这一招哩。

征兵用这样的营销方法卖了三天，赚了十五块钱，请宿舍的哥们吃了一顿饺子。他们答应征兵来年再卖明信片时继续跟他谝闲传。而慧莹的明信片恰好在元旦那天收到。画面是一片碧蓝的湖水，湖面上荡着一只小船，船里坐着一个姑娘，凝望着翩翩飞舞的蝴蝶，划船的男子脚边写有三个清秀的小字：王征兵！慧莹把明信片抱到怀里笑着睡了一夜……

征兵抱过爸撕出的麦秸盖在爸身上，然后钻进麦草窝，仰头看，雪花飞得更浓更密了……

7

征兵问他爸：爸，天黑了，这粉条没卖完咋办哩？他爸跟在架子车后面，也不作声。征兵拖着架子车继续往前走，也不知道走到哪儿了。路上没有一个人，路过的两个村庄漆黑一片。偶尔能听到几声惊醒的狗的狂吠，旋即又死一般沉寂下来。寒冬腊月，本来就冷，忙起来不觉着，闲下来，冷风满满地笼了脑袋，飕飕地揪两只耳朵。耳朵轮子先是冰凉，再是烧疼，再后来就没一点儿知觉了。征兵两只手把着车辕，掌心好像裂了口子，稍一用力，针扎一样疼。脖颈冷得直往棉袄领子里缩。征兵看不见他爸的表情，只能机械地往前走。走着走着两腿像是灌了铅，眼皮直往下沉，不由得慢了步子，他爸从车后冷不丁地冒出一句话：快走，走快些！你一停下，会冻硬硬的。征兵只好用力提起膝盖，使劲踩下去，恨不得一脚踏出个红艳艳的太阳来。

跟爸出来贩卖粉条，这是第三次。第一次很顺利，下午三四点就卖完了。第二次也比较顺当，天擦黑便卖完了。每次回家，妈都会坐在黑影处等他们，面条早已擀好，锅底架着旺旺的柴火。架子车一进门，妈就开始烧锅煮面条。吃完热腾腾的手擀面，他爬上炕睡觉，醒来时发现外衣都没脱，裤腿上的泥水干结在上面，他脱下来揉揉，在门框上摔打两下，又穿上身。第二天下午三四点，再去散区拉粉条。散区是西吴乡的一个村，改革开放后，建起来的手工作坊比较多，做粉条的有好几家。散区的粉条是玉米淀粉做的，批发价低，每斤只有四毛钱，而红薯粉条要五毛钱一斤。散区人把粉条做得光滑，粗细均匀，盘卷的形状也好看。腊月里没啥农活，村里征兵爸的几个好兄弟都在贩粉条，他们说赚得挺多的。征兵考上了农业大学，虽然不用缴学费，但物价飞涨，征兵的花销一年比一年大。这不，征兵一放寒假回到家，他爸就起了贩粉条的心思。

征兵走到加工粉条的作坊里，看见晒场上挂满白花花的粉条，像是用刷子刷过那么齐整，又像是电影里看到的富人家房门上悬挂的珠帘。很多工人都在晒场上忙碌。有的正从架上往下取，有的正在装车。爸的一个好哥们正往车上装粉条，看到他们过来就打招呼：升茂，你终于来了。看看，咱征兵都长成大小伙子了，也能帮着你卖粉条啦。真是好啊！说完又继续给车上摞粉条。征兵走过去帮着把最后一捆粉条递给叔。叔架上去，转着圈儿用麻绳捆结实。征兵一看，叔装了高高一架子车，就问：叔，装这么多，你一天能卖完不？好赚不？叔说：能哩。好歹都能卖完。赚五六十块，你说好赚不？叔空着嗓门干咳两声，又朝他嘿嘿笑了两下，拉起架子车离开了。

征兵跟爸到底不敢贩太多，毕竟是第一次。他们只装了一百五十斤，付了六十块钱本钱。好像没有捆紧，架子车看起来松泡泡的。拉回家里，放稳车子，爸喊他吃饭，吃过饭早早睡觉。散区离王家村往返有二十里路程，爸走去走回来，倒精神了，征兵却觉得胳膊酸痛，蔫蔫地坐在炕边，不想说话。爸一看，催着征兵快上炕睡，十二点得起来赶路。他们要去卖粉条的地方在武功镇。武功是座古镇，村庄密集，有钱人多，粉条也能卖上价。散区在西宝北线东边，武功镇在西宝北线西边，距离王家村大概八十里路。如果夜里十二点出发，赶到武功镇大概八点左右，天亮了，刚好赶上卖粉条。

后半夜赶路，征兵还是第一次。开始出门浑身都冷，简直想把耳朵嘴巴卸下来揣进衣服兜里暖暖，手背也冷光光的。但征兵睡足了劲，拉着装满粉条的架子车像是拉着一车崭新的钱，两只脚轮换的频率很高。走了一程，棉袄里热乎乎的，额头上开始冒汗。爸跟在后面是不是也冒了汗，征兵看不见，只听他喊征兵：走慢些。小心冒汗着凉！征兵稍稍缓了步子让爸跟上他。天太黑了，只有火车站的灯光远远近近地浮动。其实，灯光根本没动，是征兵拉着架子车在走动，却感觉路灯像萤火虫一样飞动。停下来一看，路灯果然是不动的。有一辆火车哐当哐当驶过，车厢里的人大都歪着脑袋打瞌睡。他们哪里会想到，一个大学生竟然三更半夜拉着粉条在公路跑。

天亮时，他们赶到了武功镇。爸接过架子车在前面拉，征兵跟在车后面推，推两步就仰起头来吆喝：卖粉条来……谁要粉条……征兵吆喝的声音像读诗，轻轻重重，抑扬顿挫，节奏感强，有奇妙的引力。大姑娘小媳妇一听到征兵的吆喝声，原本家里有粉条都要赶出来称上几斤。临走还把小伙子从头到脚打量一遍。她们哪里知道，这是征兵多少年做小生意锻炼出来的。快过年了，精明的人都知道早早储备年货，粉条这类干货又放不坏，趁早买质量又好又便宜。过年搭配粉条的菜挺多，家家户户最少买一捆。大户人家有的买两三捆，直吃到第二年粉条再下来。年前卖粉条是个好时机，征兵在武功镇对岸的西北农业大学上大学，他知道这个行情。这一天他们的粉条卖得挺快，下午三四点，架子车就空了，一算账，赚了五十五块五毛钱。虽说一捆一捆地称，难免折些分量，钱却没少赚。爸破例带征兵到镇上要了两碗滚烫的臊子面，泡着带来的冷面馒头连汤带水吃下去，耳根子都热透了。回到家已经夜里十二点。

第二次拉的比第一天多五十斤，天擦黑也卖完了，多赚了十五块。第三次，爸的心有点重，加了八十斤。二百八十斤粉条，高高一架子车，用两根粗麻绳绑好拉回家。妈转着圈儿看，很是担心：这么多，能卖完不？爸说：咸吃萝卜淡操心！睡你的觉去。妈嘴里咕哝了两句，不知说的啥，拧身上炕坐进了被窝。半夜里妈起来送他们出门。这一夜比往常更冷，风也硬，吹到脸上像是抽耳光。征兵戴着一顶收废品时拣来的军用帽子，耳朵捂得严实，鼻子却裸露着，被风狠着劲儿抽打，疼得直淌眼泪。爸戴了顶夹层帽子，肯定更冷，但爸不吭声，两只手筒在棉袄袖子里跟在车后面。征兵说：这天恐怕要下雪哩！咋这么冷？他爸还是不吭声，征兵就有些闷。征兵很难跟爸交流。爸平日话少，跟征兵聊天更少，经常是干啥去干啥去，或者啥没干好，一个耳光抽上来让征兵蹲墙角想去。有一次，征兵吃饭不小心把粗瓷老碗跌碎了，爸一个耳光扇过来，征兵晃了两晃，眼前直冒金星。征兵不敢跟爸犟嘴。爸脾气不好，他平日都是小心又小心的。这个夜里，漫长的八个小时，父子俩无话可说。即使说话，也都是你问我答，简洁明了。长夜寂静，车轮子碾到霜面上，咯吱咯吱地响，特别清晰。征兵总想说点啥，想来想去还是找不到话说，只好低头拉着架子车朝前奔。

也许是天冷的缘故吧，这一天买粉条的人比往日少得多，卖到天黑才卖了一百五十斤。征兵垂头丧气的。约莫还有一百三十斤吧！黑了回不去咋办？睡哪里啊？白日里跟着爸一直朝北边的堡子走，走得离他们大学不知有多远了。现在，天太黑了，征兵已经分不清东南西北。爸跟在后面只说走，到底要走向哪里啊？整整一个晚上，难道都要这样一直不停地走吗？爸说宾馆住不成；农民家里不敢住。征兵觉着，宾馆当然不能住，关键是住不起。住农民家里，粉条又怎么会被偷呢？爸说：他们一个弟兄黑里粉条没卖完住到一户人家。原本答应住一夜送人家五斤粉条。天亮时却发现车上的粉条少了十几斤，还不敢问谁偷去了，只能吃哑巴亏。征兵明白了，爸是怕粉条被人偷才宁愿自己受冻啊！

大概后半夜了，征兵实在走不动了，仰头一看，像是有雪花飞进嘴里。不一会儿，果真飘起纷纷扬扬的大雪。天空也没那么黑了。征兵看到一个麦秸垛。爸好像也看见了，就给征兵说：咱去那里坐坐。爸走到麦秸垛跟前蹲下，掏啊掏啊，掏出一个洞，让征兵钻进洞里，给他说：你睡去！爸取出来一张旧布单子，盖到粉条上面，然后走到征兵跟前，靠着麦秸垛不出声。征兵不知道爸在想啥，但他真的难过了。他已经是西北农业大学大二的学生，当着团支部书记，整天组织这活动那活动，班里的同学哪里会想到这大半夜，大雪纷纷的时候，他们的团支部书记竟然钻进离家百里之遥的麦草窝里睡觉。读高中时，他经常考年级第一，预考是全县理科第一名，被推荐到国防科技大学上学，但因为他想报考清华大学，便放弃了学校的推荐资格，县里的广播站把这个农家娃预考第一的好消息播出过很多次。那时的他胸怀天下，想要为普天下所有的穷苦老百姓谋幸福，想要让所有的穷人都过上吃白馍夹油泼辣子的幸福日子。如今，自己却连个温饱问题都不能解决！想到这里，他的泪水决堤一样流下来，不自觉地抽泣出了声。

爸也许是睡着了。征兵一想到爸还在自己旁边，抬起袖头擦了一把眼泪，抑住了哭声。爸动了动，换了个姿势又睡着了。征兵抱过爸撕出的麦秸盖在爸身上，然后钻进麦草窝，仰头看，雪花飞得更浓更密了……

征兵不知什么时候睡着的，醒来时天地好像吻合在一起，田野仿佛变成白云密布的天空。征兵揉揉眼睛，才看见脚跟前的雪，远处桐树上的雪，麦田里厚厚的雪。征兵还以为是梦里下雪呢。他梦见自己丢在一个孤立的小岛上，四周全是荒草，深不见底。只有他一个人站在岛心，喊天天不应，呼地地不灵。他冷得受不了，不停地跺脚，不停地搓手揉肩膀，猛然看见不远处有一个黑影，他朝着黑影跑过去，绊了一脚就醒来了。醒来时看见爸正在雪地里抖旧布单子，没卖完的粉条扎在车厢里，沉甸甸的。

爸喊征兵：快起来活动活动你的手脚，咱去苏坊。天一亮爸就有了清晰的方向感。爸说：路太滑，我来拉，你在后面推。征兵要拉，爸又躁了，发火的样子。征兵赶紧退到后面帮爸推车。刚下过雪，雪地踩上去噶扎噶扎响，听着有弹跳的音乐感。征兵睡了一觉，精气神好多了，他又放开嗓门开始吆喝“卖粉条来……谁要粉条……又便宜又好吃的粉条来了……”路过苏坊医院，门口出来一个中年男人，戴着厚厚的黑绒线帽子。他放下手上提的铁锨，走到征兵爸跟前，看了看粉条，问了问价钱，说：拉进来吧。拉到医院的灶上去。他帮着把架子车推到灶房门口，把剩下的粉条全取下来过了秤。征兵跟着去财务科拿了钱，脚步轻快地拉着架子车往出走。征兵想不通，这也不是个大医院呀，能有多少医生，吃那么多粉条啊？征兵问他爸。他爸说：过年哩，给职工发福利么。今天咱们可算是碰上贵人啦！征兵却觉着，男人是看他和他爸可怜，拉着一车粉条大雪天走村串巷叫卖哩！

小伙子问：你跟到这里要干啥？
征兵说：我想贩麦种子。
小伙子说：你是个学生吧，还能做生意？

8

征兵刚一进家门，妈就给征兵说：你再回西农了问问，看能不能弄些小偃6号的麦种子秋里种。都说这种子好哩！你看今年咱家的麦，没换麦种子，锈病严重的，也没个产量，打不下粮食。你叔你伯都说哩，娃在西农上大学，肯定能买上好麦种子。街上卖的不放心么！征兵在学校也听说过小偃6号，去年获得了国家自然科学发明一等奖，广播电视都在宣传，杨陵的大人碎娃都知道，他们的老师上课都在眉飞色舞地讲小偃6号，虽然不是自己的发明创造，但毕竟是杨陵人的骄傲与自豪啊。听说是李振声如何利用普通小麦跟长穗偃麦草杂交解决了条锈病的问题，既抗倒伏，还能耐强光和干热风，在全国推广种植后，小麦产量大幅度提高，老百姓都夸哩！征兵爸一直不愿意换麦种，要花钱的，年年把自家麦囤的麦挖出来种，病虫害一年比一年重，产量一年比一年低。妈这才着急了。

征兵回到杨陵，到处打问小偃6号哪里有卖。他找到培育小偃6号的西北植物研究所，门卫告诉他：你去科研中心看，种子都在那里卖的。他跑去一看，果真有家西北植物研究所的科技服务部，屋子里摆着很多麦种子，大多是小偃系列，有小偃4号、5号、6号等，也有7859等其他麦种子。买麦种子的一群农民，胳肢窝里夹个蛇皮袋子挤在种子跟前，听卖种子的介绍品种特点。征兵只听到说小偃6号最好，抗什么倒没记准，最主要的是小偃6号面粉，擀面条最劲道，蒸的馒头最白。他一问价钱，每斤六毛钱，一袋一百斤，得六十块钱，比其他的要贵一毛钱。正犹豫着，那些农民就你拉一袋他占一袋，有的还占三袋，只有个别的称半袋子。征兵一看，爸临走给了他二百元，说让他看着买。他可以买三袋，带回村里一斤小偃6号换三斤普通小麦，每斤麦市场价是两毛五分钱，卖掉一斤种子能赚一毛五分钱，这样算下来一袋小偃6号可以赚十五块钱，三袋子能赚四十五块钱。说买就买，征兵也给自己拉了三袋，付了钱，叫来三轮车帮他送到汽车站。运费加上他来回的车费共花了五块钱。

小偃6号一下到村口，就有人过来问：征兵，你拉的啥？麦种子？咦，小偃6号？你家用不完吧，这么多！征兵弟弟说：王叔让给他捎些的。征兵说：就是给够王叔，再留下我家要种的，还能剩下些。你想要，就给你分些。征兵和弟弟用架子车把三袋种子拉回家，跟着就进来五六个人，都是大叔大婶的，一看是麦种子，你也要他也要。征兵妈没办法，三袋种子全卖出去了，还没顾上用麦换，给的都是现钱，每斤七毛五分，总共卖了二百二十一块钱，能赚四十一块。分称时折去了一些。减掉车费，还能赚三十六块。征兵爸拿着钱给征兵说：这钱能挣。你再去给咱弄！

学校恰好放暑假了，征兵有的是时间。弟弟和征兵一起到杨陵批发种子，第二次他们拿了六袋子，回去两天便在村里卖完了，还换了一千斤麦。他们把麦拉到粮站一卖，又赚了七十一块。村里没买到的人又找征兵说：你能不能再去弄些麦种子，我家亲戚到家里来，一听说是从杨陵拉的小偃6号原种，也都要哩。征兵一想，那还不如雇个手扶拖拉机拉上一车，放到家里慢慢卖。征兵拉之前多了个心眼，要了一张小偃6号的品种介绍，拿到打印部让他们重新加工出一张宣传单：本人系西北农业大学的学生王征兵，家里新近拉回一批“小偃6号”麦种子，欲购从速。地点：王家村三组王征兵家。他把小偃6号的品种介绍附到后面。还故意把自己名字写到前面。这一次，征兵拉了两千斤。回家和弟弟骑着自行车到周围四五个村子贴了宣传单。第二天，家里就拥进一群人，门口放着十几辆自行车，有的还拉着架子车，车里装的是普通小麦，用来换麦种子的。爸也不出门做活了。一大家子人都在忙，称秤的，收钱的，装粮的，倒麦种的，撑口袋的，忙得不亦乐乎！老四全兵也跑前跑后地帮忙。他到底是长大了呀！

卖了十多天，剩下两袋种子，眼看要开学了，征兵爸说：你再去拉上一千斤。我看还能卖些。征兵答应着回到杨陵。下午三四点，买种子的人不是很多，卖种子的低头在里面整理种子袋子。征兵还没走进去，擦着征兵身子很快过去一个男的，他着急慌忙地问：去哪儿拉种子？手里还提了个拖拉机摇把。卖种子的回到柜台上写了一张纸条，递给男的说：就去这个地方。快去快回啊！明天就没啥卖了！抬头看见征兵，问征兵是不是要拉种子，让他明天再来。征兵转过身一想，既然拉到这里的种子卖完了，他就回学校歇一晚，第二天再来。走到路边，看见那个男的正在摇拖拉机，突突突地发动起来了。他灵机一动：这男的是不是到他们基地拉种子去啊？如果真的是，肯定要比到这里买便宜一些。他到底要去哪里拉呢？征兵环视一圈，有个小伙子嘴里叼根烟，坐在路旁一辆自行车座上悠闲地望着天空。征兵一急，就走过去，掏出一根烟，递给小伙子，说：有事没？没事给兄弟帮个忙。小伙子接过烟问：啥忙？征兵说：能不能带着我跟上那辆拖拉机？小伙子犹豫地看了征兵一眼。征兵说：给你钱哩。怕啥？小伙子一听说给钱，马上推起自行车，带着征兵就追。

手扶拖拉机在街道上开得慢，他们慢悠悠地还能跟上。沿着街道朝东走，到姚安之后又朝北拐。上坡时小伙子有些吃力，征兵跳下来推着自行车朝前走。小伙子回过头感激地看了征兵一眼。过后河时，下大坡小伙子骑得超越了拖拉机，估计他是怕再上坡被拉到后面。征兵也担心拖拉机半道上拐跑了，眼睛一直朝后盯着看。快上到坡顶时拖拉机超了他们。征兵又跳下来推着跑。到武功镇跟前的十字路口，征兵一看，拖拉机左拐上了西宝北线。这条路征兵很熟悉，他和他爸在这里卖过几年粉条。又是上大坡，征兵继续推着自行车跑。拖拉机上坡也开得慢。他们总能不远不近地跟着。上了大坡，又跟了一程，拖拉机右拐到一条田间小路，路上人少，他们不敢离得太近，玩着骑着。远远地看着拖拉机进了一个村子。征兵知道这个村叫凉马。进了村，他们把车子撑到距离拖拉机看不见的地方，躲在一棵树下有意无意地聊天。那个男的进了一家红漆大门。过了一阵子，就有四五个人给拖拉机车厢装麦种子，好像他们都在等似的。征兵知道了，这里应该是科技服务部的种子繁育基地。要是能在这里拉种子，就可以出更低的价钱了。

小伙子问：你跟到这里要干啥？征兵说：我想贩麦种子。小伙子说：你是个学生吧，还能做生意？征兵说：我在西农读书，挣学费哩。家里穷。没办法么！说着又递给小伙子一根烟。小伙子把征兵的烟给他装回去，说：我看你也不抽烟。咋还装的烟哩！征兵说：有时要跟人搭话么！比如你。小伙子拍拍征兵的肩膀，给征兵竖起个大拇指，说：我不问你要劳务费了。征兵说：那不行的。说给就得给。小伙子又拍拍征兵的肩膀，看拖拉机突突突地开走了，门口扛种子的也都相跟着出了那扇红漆大门，就用胳膊肘子撞撞征兵，推起自行车带征兵朝那家走去。小伙子说：我在学校学不进去，我爸不让我上学了。咱俩年龄应该差不多，我一天也没事干，街道上胡混哩。结识个大学生朋友是我的荣幸。只要你不嫌弃我，以后有用得着我的地方就尽管找我。我家住在杨陵街道上……说着就到了红漆大门跟前。

门没关，一个四十岁左右的妇女正在扫地，院子里尘土飞扬。妇女头上顶个墨绿的帕子，弯腰扫地时一闪一闪，像只绿蝴蝶。听到脚步声，妇女抬起头，看到不认识的两个小伙子，就问：你们干啥哩！征兵赶快说：姨，我是来贩麦种子的！听人说你家麦种子最好，我就打问着过来了。妇女放下扫帚，拍拍身上的尘土，走过来打量一眼征兵，又打量一眼小伙子，最后说：你们两个拉种子？！我咋不信哩。哪有空着个拳头来拉种子的？说着还朝门外瞅了瞅。征兵赶快掏出学生证给妇女看。妇女接过来看时，征兵又说：我在西农上学哩。家在兴平，父母都在农村，要供我上学，弟兄们又多，我不忍心，寻思着借这个假期赚点钱，给家里减轻负担。妇女看征兵说得诚恳，连连点头，到最后眼里都闪出了泪花，她赶快从头上拽下墨绿色的帕子转过身擦眼睛，说：你两个坐着，我去给你们倒水去！

征兵这才看到，小伙子的蓝汗衫灰裤子全都贴到身上架起了云。低头一看自己，白汗衫上灰尘一绺一绺的，像是谁偷着画上去的一棵棵榆树。征兵看看自己的狼狈相，尴尬地笑了。妇女端来了茶水，还端了一盆鲜红的洋柿子和翠绿的黄瓜。他们两个也不客气，拿起来大口大口吃。的确是口干舌燥了。妇女说：刚才那个拖拉机拉的种子都是五毛钱一斤，还可以给你让两分钱的。不过，不要给任何人说呀。妇女说这话是她心疼征兵，都大学生了，还能下得这蛮力气做生意赚钱。特别是听到他们骑自行车过来的时候，妇女真的落泪了，不停拿帕子抹眼泪。说他儿子在西安上大学，回家从来都没下过地，哪里像他这么乖这么懂事？要是他有个这样的儿子就好了，哪怕只是去地里转转问问，她心里也会乐呵呵的。征兵笑笑，没敢应声。他也不知道咋安慰妇女，就给妇女付了定钱，说第二天来拉种子。妇女问征兵：咋往回运哩！征兵说要雇个拖拉机。妇女说：一千斤，雇个拖拉机太不合算。后天恰好有个兴平的人过来拉麦种子，他都拉过好几年了，让他顺带给你捎回去。征兵说：行，太谢谢姨了！这下我就不用再找拖拉机拉种子了！

第二天早上，小伙子骑着自行车把征兵送到凉马村，帮着征兵把麦种子架上兴平过来的那辆拖拉机，他才离开。征兵看着他骑自行车的身影渐渐从视线里消失，心里热乎乎的！他觉得自己好幸运啊，怎么总会有这么多善良的人在帮他。他以后学成，定要帮助千千万万需要他伸出援手的人。

第二章

Jing Geng Ji

闻鸡久听南天雨

他是一个『学霸』，是父母给了他难以忘却的启蒙教育；他是一个教授，是许许多多的人成就了他：他的博士生导师魏正果教授、高中班主任任崇寿老师、初中班主任王彩云老师、小学班主任边琳芳老师以及他没齿难忘的浩武爷。工作之余，他会想起父亲被独轮车摩擦得粗糙而有力道的手掌，想起母亲变着花样儿给他们做的可口的饭菜，想起浩武爷带着父亲学油漆工的恩德和指导父亲用边角料做风箱的智慧，想起王彩云老师那场开启远大理想的长谈，想起魏正果教授做人的风骨及高瞻远瞩的经济学理念……生命中际遇的每一个人都用他们的道德情操和治学方略影响着他，改变着他，塑造着他，提升着他，让他成长为一个有良知、有营销智慧、有组织管理能力的经济学教授。

征兵提着布鞋，
浑身像是刚从水塘里爬出来一样，
带着两脚黄泥走进家门。
王升茂一看，厉声问他：黄胶鞋哩？

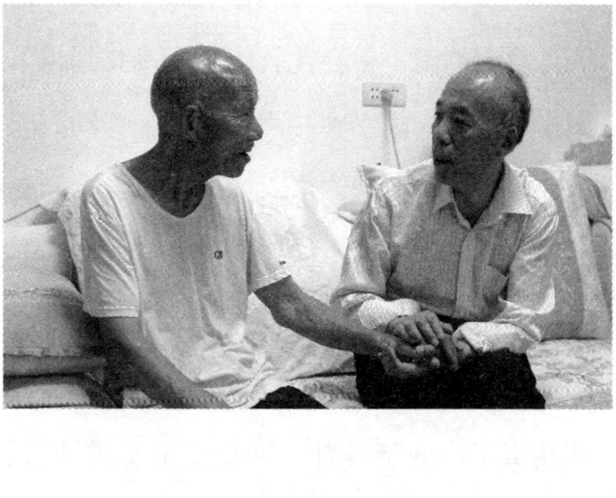

9

征兵提着布鞋，浑身像是刚从水塘里爬出来一样，带着两脚黄泥走进家门。王升茂一看，厉声问他：黄胶鞋哩？征兵说：丢了……升茂一脚飞起，把征兵踢得在门外泥地里打了几个滚才翻身站起。征兵脸上挂满泥水，泪水被雨水混合了，还不敢哭出声，他妈出来拉着他进屋里去了。

五月里，雨说下就下，噼里啪啦地砸下来，征兵便有些招架不住。周六要回家背馍，出校门时还斜阳朗照，半路上忽然刮起黑风，不到十分钟，豆大的雨点就往下落，地面腾起一团团尘土飞起的雾，罩住了吹折在地的杨树股枝。前不着村后不着店，征兵只能抹一把脸上的雨水继续逆着风走。他以为这夏天的雨下一会儿就停了，没想到越下越大，像是谁把天捅了个窟窿，聚集了许久的雨水哗一声开了闸，奔涌而出，一泻千里。干燥了一月的黄土路给雨水一泼，稀汤瓜水的，穿着布鞋的脚踩上去扑哧扑哧响。征兵心疼妈熬夜给他做的黑绒布鞋，就把鞋子脱下来提到手上往回走。

唉，可恶！谁把我的黄胶鞋偷走了呢？黄胶鞋是外爷给买的。外爷有一次到家里来，看到征兵光脚片子冒着雨星往家跑，没吭声就去县上给征兵买了一双黄胶鞋。征兵穿上黄胶鞋沿着操场跑操，两只脚跟飞一样轻快。那天黄胶鞋脏了，征兵洗好放在宿舍外面的窗台上晒忘记了收，傍晚时分，跟着老师坐火车去咸阳参加全国数学竞赛联赛颁奖典礼。那可是国家级数学竞赛，征兵获了奖，而且全校就他一个人获奖了。领奖回来，征兵高高兴兴回到宿舍，一看窗台，黄胶鞋不见了，他以为谁帮着收了，问来问去都说没见。他知道，依他爸那脾气，回去肯定又是一顿揍，但转眼一想，这次数学竞赛获奖了，他爸要是一高兴，说不定就不打他了。可是，还没来得及把这个好消息告诉他爸，他爸的脚就踹到他身上了。征兵坐在厦子房里伤心得泪一个劲儿地流。

王升茂自个缩在前屋炕角里，吭哧吭哧地喘气，他也觉得窝火：黄胶鞋多贵？说丢就丢？从小到大，自己家里穷，姊妹又多，想都没想过，哪里还能穿个黄胶鞋？想到艰难处，眼窝子一酸，差点落泪。

升茂小时候，经常跟着父亲去咸阳卖坨坨馍。推的是独轮车，车轮是用木头做的。前面固定两个编框，放着娘前一夜烙好的坨坨馍。他们天不亮就出发，开始是爹推，爹推累了，升茂换着推。升茂力气弱，车绊挂到脖子上，总是推不稳，车子东倒西歪，他爹就跟在后面骂：你把黑馍都吃到哪儿去了？劲哩，嗯……劲哩！车子往北倒时爹到北边扶一把，往南倒时爹又跑到南面扶一把。扶一程看升茂还是掌握不了法儿，就接过车子自己推，边推边给升茂讲：拣平地走，两只手掌用劲要均匀，脚踩地要实确，心里嫑发慌。慢慢就好了。来，看我的样子，再试试。升茂心里一稳，推起独轮车果真不斜来斜去了。

坨坨馍推到咸阳，找个醋房，留下一口袋卖的，剩下的馍存放在醋缸里。醋缸密闭，坨坨馍不容易冻硬，他们每次来都先把馍存好。人老几辈卖馍都是这样做。世道兵荒马乱的，推一独轮车坨坨馍在街上行走太显眼，稍不留意就会被饿得面黄肌瘦的流浪汉打抢。升茂跟着爹，记住了这个理儿。如果卖不完，爹就会带着升茂去咸阳的一个亲戚家住，第二天起来再走街串巷去卖。卖完回家爹就去买粮，去县里挑选好麦买，拉到村里磨成面，收一些黑面出来，留着麸皮，蒸馍时把麸皮揉到黑面里，那就是全家人的口粮。升茂跟爹卖了好多年坨坨馍，爹没尝过一口，升茂更不敢想尝。

升茂长了个子，饭量大增。姊妹几个也跟树条子一样往高里蹿，家里的口粮越来越紧张。村里一个要好的伙伴让他相跟着去拔棉秆，把一地的棉花秆清理出来。拔一亩地给五毛钱，总共有三亩地，两个人拔了一老晌，挣了一块五毛钱。拔完棉秆，升茂手中捏着七毛五分钱，瘫软到地里，半天拾不起身。就那样，他还是都没舍得花一毛钱买个坨坨馍吃，回家把钱全交给了爹。

后来，升茂跟着浩武叔学油漆。村里做木匠活的人多，箱子柜子棺子梳妆匣子，做啥的都有。浩武叔看升茂一家日子艰难，升茂干活又踏实，手脚又勤快，他就想带着升茂，好歹挣一口白面馍吃。升茂从不偷懒，浩武叔做活时，他站在一边看得很仔细。浩武叔先是用砂纸打磨，力求做到表面光滑没有毛刺，再用泥子补平钉眼和木头虫眼，然后刷底漆打磨再刷底漆再打磨，最后刷面漆打磨再刷一层面漆。工序在浩武叔手里看起来很简单，就跟耍的一样。但升茂第一次油漆出来的柜子浩武叔还是重新打磨了一遍，刷了一遍面漆。浩武叔说升茂：你手上用力不匀就成这样儿了，再好好练练。浩武叔让他先在棺材上刷。买棺材的人一般不会看得太细，即使有些瑕疵也不要紧。刷了半年，升茂就出师了。他跟着浩武叔去兴庆公园刷油漆，去华清池刷油漆，验工的人都夸他手艺好，油漆刷得又匀又亮又平顺。

干的活多了，眼馋人家做棺材挣钱，升茂也想试试。他把木头买回来，放到家里怎么看都不敢下手。没办法就请来木匠，给人家开工钱，做一口棺材卖了。虽然没怎么挣钱，但至少没赔钱。他不甘心，又跟着浩武叔去县里买了木料做柜，回来还是卯不到一块儿，又叫浩武叔帮着做了。

木料不好，解出来的板有些地方被虫咬了。浩武叔让把虫咬的地方拿泥子塞住。升茂多刷了一遍底漆，多刷了一遍面漆，拉到县上去卖。因为油漆用得多，价就要得很高，四十块钱。当时一般柜才卖二十块钱左右。半下午时，有个买主过来看上升茂的柜，说要给儿子结婚用。那人想少点儿钱，升茂不同意，三说两说，就付了订金，写了条子，升茂亲自送到他们家。拉去以后，那家儿子死活不让进门，升茂把绳一解走了。第二天升茂又去，那儿子还是不要。柜在架子车上，不过，已经跟架子车一起挪到院子里，苫着一块旧布单。第三天，那儿子终于同意把柜搬到房间里，付了升茂四十块钱。升茂进去看了，枣红色的柜，既沉稳又亮眼。回来后，他把四十元钱一分不少地给了娘。

升茂手抠得紧，从不舍得给自己花钱。给娃儿买吃的喝的咋都行，但绝不让他们胡乱糟蹋东西，胡乱花钱。老二卫兵跟他一块儿去武功县卖粉条，回来走到兴平县城附近，看见路边卖醪糟的，问他爸：爸！爸！你吃醪糟不？升茂说：我不吃。卫兵说：我想吃呢。升茂说：你吃么，吃去吧！掏出一毛钱给了卫兵。卫兵坐在人群里喝醪糟，升茂离得远远的。他想吃不？赶了八十多里路，又冷又饿，咋能不想吃？可是，一想到四个儿子要上学要娶媳妇，他便打消了吃的念头。升茂曾经一个人在咸阳卖菜，路边有个卖油糕的，油香味儿老远就能闻到。那天他拉的菜卖价好，比往常多卖了一块钱，一个油糕也就五分钱。半下午的，升茂的确饿了，他掏出五分钱走向油糕摊。卖油糕的正给别人包油糕，那个人从裤兜里掏钱，没小心掉到地上了，有四五个硬币。升茂一看，忽然不想吃了。人家那么有钱，才买了五个油糕。自己一个卖菜的，还吃什么油糕！转身就走。但是油糕的香味儿直往鼻孔里钻，他一狠心，又折了回去。卖油糕的看他过来，问他要几个。他嗫嚅着说不出，又转身走了。手在裤兜里一直捏着那五分钱，捏得汗涔涔的。走出咸阳了，他的肚子还在咕咕咕地响。他有些后悔没吃油糕了。只不过这悔意只在脑海里转了一个圈，很快便跑掉了。

升茂整天想的都是他四个男娃。咋能挣来钱？到哪儿挣钱？挣不来钱他就木乱。征兵有天放学回家，升茂忽然从炕上坐起来问征兵：你妈给你那两块钱干啥了？征兵说：买一本书五毛，交班费五毛，买菜票八毛，买本子一毛八。升茂问：还剩几毛？征兵说：剩两分了。升茂伸出手：剩的钱拿来给我。你在学校要注意节约。别乱花钱，要好好学习……听到这里，征兵的心一紧一紧地酸。他哪敢乱花钱呢？连一毛钱一份的土豆丝都不敢吃，哪里乱花钱了呀？不仅没乱花钱，还年年把考第一名发的奖品脸盆毛巾往回拿，爸咋就看不见？今天回家得了奖还被踢一脚，踢到泥水里了。征兵越想心里越委屈，难过得趴到被窝里，泪水汹涌而出。

这日子什么时候是个头啊？升茂在前头屋子的炕上也在生闷气。他哪儿知道儿子获奖的事啊？只想自己的难肠，自己的恓惶。自打分开家，这日子就没松活过一天，男娃娃生了一个又一个。分家时几乎跟光杆杆一样，盖了一回房，娃们长得生快，眼看着住不下，又盖了一回房。肋子骨都要挣断了，还是看不到个出头。好在征兵这娃争气，学习好，村里人见人夸，他妈也欢喜。谁知道这怂，咋就把他外爷买的黄胶鞋丢了呢？我没忍住踢了他一脚，也不知咋样了？不管了，娃娃是不能惯的，特别是男娃娃，惯了就翻天，让他长个记性也好。说着边拍脑袋边叹气：唉！唉！唉……连“唉”了三声躺下睡了。

秀侠看见征兵撕着工分本往火上烧，
她胸中的怒火噌一下冒出来，
三两步跑过去，抢过工分本一看，
只剩下没记工的白纸了。

10

秀侠看见征兵撕着工分本往火上烧，旁边蹴着邻居家的男娃，她胸中的怒火噌一下冒出来，扔掉锄头，三两步跑过去，抢过工分本一看，只剩下没记工的白纸了。秀侠提着征兵的耳朵让他站到院当中，把残缺的工分本举到征兵眼前晃荡，吼叫征兵：咋拿个工分本烧？啊？你知道这是弄啥的？啊？这是记着咱家一年到头的工分的，用这个换粮换钱管你们吃饭穿衣的。你看看，你把这些记工分的撕下来烧完了，这下我们家吃啥喝啥？啊？你说！你给我说！秀侠从没有给征兵发过这么大火气。她气得胸脯一跳一跳的，像是把心脏都能蹦跳出来。

征兵看着他妈，不敢说话，泪汪汪地望着他妈，强忍着泪水不让流出来，嘴里总想说点啥，但就是说不出来。他不想让他妈生气，他最爱他妈。长这么大，征兵从不记得他妈这样吼叫过他。他明白自己犯下大错了，扑通一下跪倒在他妈面前。就在这时，他爸进门了，看到地上的一坨纸灰，一把抢过他妈手里的工分本，翻了一下，朝旁边一撇，工分本掉进水盆里，溅起一盆水花。他妈赶快过去捞。征兵被他爸捏着胳膊提起来，拿起扫帚在尻子上猛抽。抽了多少下征兵记不清楚，开始他还觉得疼，后来就没感觉了。

秀侠站在一边狠着心不拦挡。过去升茂打娃，她总是心疼，跟升茂吵，跟升茂憋气，但这一次，征兵也让她气懵了。工分本是她和升茂辛苦大半年的劳动记录啊！这征兵，咋啥都敢烧哩。虽然村里有个总工分本，但难免有差池，年底分粮分钱队里人都要把自家的工分本拿到生产队对账，全部没差错了才分哩。这下可好！征兵把他们家的全烧了，眼看到年底了，拿啥去对账，能不生气么！唉，这个征兵！

秀侠洗洗手擦擦眼泪系上围裙去做饭了，升茂坐到院里的木凳上骂骂咧咧，征兵缩在院墙跟前不敢动弹。征兵也委屈，他哪里知道这个本本有多重要啊！他以为写字的纸用过了不要了，还专门撕了那些写过字的，留下没写的。手冷很么，他就想隆些火，烤烤手。隔壁家娃娃过来跟他一块耍，他就起了劲。他咋能知道自己闯了这么大个祸？征兵趁他爸去茅厕的档档，溜出院子，朝外婆家一瘸一拐地走去。他怕他爸再打他。他爸的手跟铁锨一样，抽起来跟铁一样冰凉。

秀侠做好饭，把饭舀到饭桌上，到院里一看，不见了征兵，就喊：征兵，征兵，吃饭哩。没见征兵回应。升茂气呼呼地说：嫑管，爱吃不吃！秀侠不敢再说啥，却到前院后院地转，他婆也说没见娃。正准备出去找，升茂走到院里吼：吃饭哩，跑啥跑！秀侠只好进屋里端起了碗。

天黑了，还不见征兵回来，秀侠跟升茂这才着急了，到村里前街后巷寻，都没见个人影儿。几个常玩的伴儿家里他们都去了，都说征兵没来。升茂说：不管了，看他还能跑到天上去，回家睡觉。秀侠一夜没合眼，还不敢出家门。天快亮的时候，她想：这七八岁的娃娃，能跑到啊达去呢？该不会是去了他舅家？秀侠娘家在良村，跟木匠王家连畔种地，征兵爱去他舅家耍。一黑没回，该是跑屋达了吧？秀侠给升茂一说，升茂似乎也没睡踏实，他赶快起来，带着秀侠去了良村。征兵果然在他舅家。秀侠娘狠狠说了他们两口子一顿：看把娃打成啥？黑里睡觉尻子都不敢挨炕，趴着睡了一黑。梦里还喊疼哩。你说你两个，娃好像不是自己生的。咋就能下得了手！

秀侠和升茂不敢吭声，哄征兵回家，征兵躲到外婆身后，死活不跟他俩走。没办法，秀侠和升茂先回去，征兵一直待到快过年，舅舅才把他送回来。开过年，秀侠把征兵送进学校识字去了。秀侠爱上学爱念书。可惜她读书的时间短。家里只让她读到三年级就回家纺线织布，做饭打扫庭院。但是，她却对文字情有独钟。良村生产队扫盲运动开始后，大姑娘小伙子都得到扫盲班识字。老师从姓名教起，再教土地的名称，各种农活、农具和牲口的名称以及记账的格式。秀侠上过三年学，直接从四年级开始，但她语文好，数学差，第一次语文考了99分，数学却考了个零蛋。秀侠觉得丢人，天天熬夜赶数学，第二次考试便考到班级前五名。六年级，秀侠就进了年级前十名。但这时秀侠已经十六岁了，家里把她说到了木匠王家，嫁给了王升茂。

婚后的日子紧紧巴巴，但秀侠读书识字多，待人和善劳动积极，被推作妇女队长。秀侠安排活儿不偏谁不向谁，大姑娘小媳妇都满意，提笼撒籽扬场折行，锄地割麦除草拔棉秆，样样活儿干到人前头。每天她去得最早，回来最迟。路上挖些荠菜，或是掐些灰灰菜，或是捋一布袋洋槐花，变着花样儿给娃们改善伙食。征兵不爱吃苞谷面馍，秀侠拌了翠生生的绿菜，征兵就能比往常多吃两个。秀侠为了多挣工分，每天天不亮起来，拉着架子车去县上淘粪。粪拉回来倒在地头，还不到上工时候，回家赶快吃饭洗锅喂猪，然后一路小跑去上工。她不能落在人后，她是妇女队长，得给人做样样哩。有时候，征兵撵着他妈去地里，妈在人群里拾棉花，他也帮着拾，两只小手摘得飞快，周围的婶婶都夸征兵利索，秀侠高兴得合不拢嘴。

麦收时节，全村的人都在忙活。老人们说龙口夺食，这几天要是不紧地里活儿，白雨一浇，得吃芽芽馍燃燃面。麦收回来天麻麻亮开始摊场，秀侠带着妇女们把麦捆子一圈圈散开，晒到十点多，牛拉着碌碡转着圈儿碾一遍放水。碾过一遍后，她们顶着日头，戴个草帽，两手拿着长长的木杈翻麦，翻完再碾一遍晒到太阳偏西，用木杈挑起来抖散。征兵坐在树荫下看，一排排婶婶都在把木杈戳下去铲上来地抖，他妈的速度最快。一遍过去，塌下去的麦秸又蓬起来了。翻完再晒一程，牛拉着碌碡又开始碾麦。好多牛拉着碌碡在麦上转一遍又一遍，大多转上三遍。有些牵牛的不知想啥哩，转着转着就忘记了，碾四遍五遍的都有。队长一喊，慌忙拉着牛出去了。征兵看他妈坐过来，赶快把军用水壶递上去让他妈喝。妈的脸晒得黑红黑红，征兵把妈额头上一绺头发拨到耳背后，头发里全是湿乎乎的水。征兵看衣服塌在妈瘦骨嶙峋的背上，心里很难过。他用毛巾一遍一遍给妈擦汗，看得王婶羡慕地说：看看秀侠家娃儿，长大了肯定有出息。秀侠搂搂儿子，站起来起场去了。下工时候，还有攒起来的四五堆麦秸没推上麦秸垛。队长说：吃过饭能来的再来，把这些麦秸弄完。

秀侠回家急急忙忙做了饭，又去了麦场。吃饭时妈说：队长临走时跟我说黑里不光记工分还发油饼哩。征兵很想吃油饼，就跟着妈来了。他听到空里有人说话，征兵抬头往上一看，麦秸堆得跟茂陵一样高，都快够着星星了。征兵要上去，升茂用秸杈把他托起来，递到王叔手里。王叔让征兵老老实实坐着，要不然翻下去会扭断脖子。征兵看麦秸不停往高摞，吓得喊着要下去。秀侠忙得顾不上征兵，他却跟屁虫似的跟在妈后面，看她用谷杈挑麦秸，挑得双手抡舞哩。

冬里天长，升茂闲下了会去东头老友家串门子。有一天，升茂回来耷拉个脑袋，给秀侠说：你擀上一案子面，我给维新叔端过去。秀侠知道，王维新是与升茂在生产队饲养室喂牲口的好朋友。王维新的传言比较多，有人说他上过三个大学，学问大得很，有人说他曾经是个名人。“文革”时期他被戴上“现行反革命”的帽子，回到老家劳动改造，被派到生产队当饲养员，升茂那时也在饲养室，两个人相处久了，便成为无话不说的好朋友。虽然王维新参加生产队的劳动很积极，但给他记工分会打折扣，家里一年到头分不了多少粮食。升茂有时会接济他家。秀侠问：今天咋突然要面条哩？咱家都很少吃麦面条啊！升茂说：维新叔得病了，住了几天院。他刚出院回来，想吃口面条，家里没面么！老婆还跑到娘家借去了。你赶快给擀，我拿过去给煮。秀侠一听，急忙舀面。平日秀侠准备着半口袋麦面。前天磨面时多了个心，眼看升茂要过生日了，她要给升茂做碗燃面，地里的活儿把升茂挣得都快直不起腰来。舀黑面还是白面？秀侠犹豫了一下，还是舀出两碗白面，用温水和好，放到火炕边醒，过了一阵子，秀侠取出面来擀。擀面也是个技巧活儿。秀侠把面团揉圆，放到案板上双手压平。擀杖放到中间，上推一遍下推一遍，然后翻个过，转半个圈，再上推一遍下推一遍，撒一层苞谷面，把擀杖卷进去，双手摁到正中位置，均匀地向两边滑，边擀边转动。两手挪到最边上时，从两头提起擀杖，往案头一放，边放边往开里抖，面就比原来的大了一半。再撒一层苞谷面，侧着身子侧过擀杖从最右边卷起，卷紧了提到案板中间再从中间向两边推，提起来抖开，面又大了一半，这样连续四五回，一案子面就擀好了。秀侠又撒一层苞谷面，把擀杖放到面边沿，提起切面刀，紧贴着擀杖滑来滑去，一案子面瞬间变成了粗细匀溜的面条。她取来一张报纸，撒上一层面粉，把面条提起来抖抖放到上面包好，让升茂端给维新叔去了。升茂出门后，秀侠搂着征兵说：你王爷爷可怜啊！想吃碗面都这么难肠！唉……那一天，秀侠搂着征兵唉嘘唉嘘了好长时间。

村西头来了个瞎子，住在队里一个破旧的空房子里，经常卖些零碎货换吃的。村里娃都叫他瞎子爷。秀侠觉着他可怜，每次蒸了馍，都让征兵去给送。秀侠说，去了记得叫爷啊！不能叫瞎子爷。征兵就不敢叫，每次去了高高兴兴地叫爷。瞎子爷爱征兵，有时会给他米花糖吃。秀侠对征兵说：将来考上大学，要记着给你西头爷买好吃的。

征兵读到三年级，老师开始布置写作文。第一次布置的题目是“割草”。征兵想来想去不会写。回来问他妈。秀侠提个担笼领着征兵去割草，边割边讲：你看，是不是先选草长得好的地方。在哪儿？渠岸边。就写“我到渠岸边，发现一大片茂密的青草。”这个是啥草？黑麦草。下面就写“有些草羊不爱吃，比如刺槿草，不要割回家，既费时间又没有用处。有些草羊爱吃，像这黑麦草，长得绿油油的，割一笼回家，羊吃得头都不抬。”再问征兵：你抬头看看太阳在哪儿？太阳快落山了。藏到树叶后面了。好的，你就这样写。……征兵回家很快写完了作文，第二天交上去，老师当着全班同学的面念，他们都鼓掌哩。从此以后，征兵每次写作文前就让他妈先讲，每次拿到学校都能被王老师当范文读。到四年级，征兵就不用他妈讲作文了，每天晚上睡觉前听他妈讲故事，女娲补天，嫦娥奔月，玉兔捣药，吴刚砍桂花树，孙悟空大闹天宫，牛郎织女鹊桥相会，许仙白娘子法海……征兵不知道他妈从哪里听来的这些故事。

秀侠是自学。她有一本新华字典，是扫盲班得来的，出嫁时把字典包在包袱里，带到木匠王家。每天晚上睡觉前，秀侠都要翻上几页，翻了两年，里面的字绝大部分都记下了。征兵拿回来的小人书，秀侠也会翻着看。她记性好，看一遍就能记住故事给征兵讲。秀侠上学时作文写得好。现在，征兵也爱写作文了，到五年级，还天天坚持写日记。有些句子写得很优美。老师有时会给里面画红圈圈。老师说：画红圈圈的，都是写得精彩的。征兵日记上红圈圈越来越多，拿回家给他妈一看，秀侠欣慰地笑了。

升茂经常给征兵说：记着你浩武爷的恩情，没有他的帮扶，我也供不起你读书考大学。

11

腊月二十三，吃过晌午饭，升茂给浩武叔说，我去北十字的集上转转。浩武叔说好，你去吧。升茂跟浩武叔在县里的木器厂干活，干过大半年了。浩武叔跟升茂同村，两家住得不远，相距两百多米。每次揽到活儿，浩武叔就叫上升茂。升茂人勤，做活踏实，关键是好使唤。浩武叔对升茂照顾得比其他人心近一些，家里有事总会额外准他的假。所以，升茂分开家闲的时候就跟着浩武叔四处干些活儿。

县里腊月的会比往常人多，县城北十字有一个集市，年关跟前，婚丧嫁娶准备年货的人挤满了街道。油漆得光亮的桌子柜子椅子凳子摆得高高低低，错落排开，煞是好看。有时候，活儿干完，浩武叔带着升茂到这里转转看看。浩武叔心灵手巧，看啥会啥。他拿起个木凳凳，举高了左看右看，说这个卯榫不圆实，那个缝子没扣紧。回头又给升茂说，油漆时手腕子千万不能抖，一抖就有漆疙瘩，即便打磨了也会留下印子。锯木板不能分心，一分心就跑线，木板锯出来就不平整，打磨起来也很费劲……浩武叔边走边给升茂讲，有些话儿升茂都烂熟于心了，但浩武叔再看时依然会说。升茂也不嫌烦，跟听第一遍一样经心。

今天，升茂自个儿出来是想买个风箱。浩武叔刚把工钱发给他，他就知道得买风箱了。分家另过，没个风箱，秀侠每次做饭撩来撩去，干柴好起火，湿柴就得用扇子扇，黑烟一股子一股子往出冒。升茂圪蹴到当院里，秀侠还在扇火，烟熏得她直淌眼泪。前两天回家，秀侠又在唠叨，发了钱快去买个风箱，过年蒸馍用呀。往年蒸馍是满满一大家子人，和面揉面烧锅也不用升茂操心。现在分家了，秀侠一个人，要管娃，还要蒸年馍，不买个风箱也确实不行。

升茂赶到集上从东走到西，又从西走到东。风箱很多，有一尺二的、一尺四的、一尺六的、一尺八的，价钱都不同。即使同一尺寸，有的用桐木，有的用杨木，个别的还说是楸树木头，要价也不一样，但都在二三十块。升茂一看手里的工钱，要是买了风箱，回家过年就剩不了几个钱。得给征兵做件新衣裳，称上几斤肉，买几斤粉条，买十几包走亲戚的点心，样样都得花钱。升茂转到快上工时，价钱比对来比对去，都降不到十块钱，他又急匆匆赶回木器厂，后晌做活儿也没精打采。买不到风箱过年可咋办哩？想到这里他就唉声叹气。浩武叔一看，升茂咋蔫蔫的，丢了魂似的，问他咋回事。升茂说了买风箱的难肠。浩武叔一听，拍拍升茂的肩膀，跟他说：这还不容易？咱就是做木活的，还做不下个风箱？你愁啥愁？嫑愁！今黑里就给你做。吃晚饭时，浩武叔给几个经常跟他干活的弟兄说，升茂分家没个风箱，黑里给他做个，让他扛回去用。平日升茂对弟兄们很照顾，一听说升茂家里连个风箱都没有，就说：做么做么。简单地跟啥一样。做！

浩武叔说：咱不能用人家老板的好木头，就用边角料。平日里收拾的，最后都烧了柴。今儿刚好用用，试试手艺。说完弟兄们就忙活开了。浩武叔说：升茂你去灶房后边把那一地鸡毛拾来，冲冲血水，晾到锯末上面。升茂不知道浩武叔用鸡毛干啥，但他明白，只要浩武叔要，肯定有用。升茂跑去一看，鸡毛果然在，只不过已经扫进簸箕里。升茂把鸡毛倒进担笼，舀了四五瓢水冲洗后摊开在锯末上。

升茂进去一看，弟兄几个人各忙各的，打线的，锯板的，刨光的，凿卯的，刻榫的，各显本领。浩武叔转来转去，拿把尺子，这儿量量，那儿指指，边干活边给大家讲做风箱的故事：白鹿原有个做风箱的于德明，他是咱陕西做风箱名气最大的。他师傅叫张黑，张黑的师傅叫秦三定。新中国成立前，西安周边的很多大户人家都要派人到秦三定的白鹿原上买风箱。那时候，看家里的风箱都能看出主人的身份和地位。普通人一般用二尺左右，穷人用二尺以下。别看这么个碎风箱，最能考验你的手工。做不好，卖不上价钱，主要是买回去的人没法用，那是害人哩。他拿起一块木板，给升茂说：这块可以做活动插板，有些潮，你拿去烤烤水分。做风箱的木头不能有一点水分，要不然做出来一干就漏气，烧火没劲。你去到外面抱些树皮烤。升茂懂这个，浩武叔经常给他们讲，树皮烤板，不起火头，不会烧坏板子，比其他烤料都强，比锯末子还好用。

浩武叔说：做风箱选木料也有讲究。过去用笨桐，现在很多人都用洋桐。洋桐树长得快么。买木材看质量也有窍门，老远里一看，树身上有蛾子，里面肯定黄烂了，坚决不能买。要是树枝上有蛾子，那要看着选，有的还可以用。于德明师徒三人把木头扛在手里掂量掂量就知道能不能用，这都是靠经验。睁眼买梧桐，闭眼买楸树。有钱人为啥选楸树？楸树木质细，又沉，做出来的风箱耐用，价钱要贵得多。楸树木料要从山里头往下背。背要付工费，自然价钱高。常年做风箱的，都会做几个楸木的，等到有钱的买主来卖个大价钱。做风箱用的是“九五活尺”，要让出5分。说着，就在锯好的风箱板上比画了一下。还要记着，这木料买回来扒的皮不要扔，晾干了烤板子用。浩武叔每次都要讲树皮的用途，升茂听得差点都把树皮当钱了。

弟兄们把板子按照浩武叔的尺寸锯好刨光，聚到浩武叔脚底，浩武叔就开始拼板。“细的牛毛不纫，粗的没有尺寸。”这话是说扣子这个部件很细很细，连牛毛都塞不进去。粗的没有尺寸，是说十个风箱十个尺寸，但也不能离了大把。做板子要标记号，风箱板子碎，不标清楚辨认起来浪费工夫。有个二爷刚学着做风箱，“牛毛不纫”的地方不会做，却把四个角包起来了。赶大集去卖的时候，单独放在一边，有人去买，他说是为朋友做的，偏偏来个婆娘就看中这个做坏了的风箱，一直守在那儿不走，还给二爷说，俺多花两块钱买你的行不行？……你们说说，这二爷最后卖了没？大家说：卖了肯定卖了！升茂说：咋会卖？明明是坏的。浩武叔顿了一圈，朗笑着说：卖了，就是给扛着送到婆娘家里去了。……浩武叔又顿了一下，拿起胶粘合板缝子。他们几个听得着急的，手里的活儿都停下来。浩武叔说：送到家里，二爷发现婆娘是个寡妇。……说着，浩武叔又低头找锉了。升茂赶快把挫递给他。浩武叔又说：寡妇家里有钱，铺的盖的都是绫罗绸缎么！二爷当晚就歇下了。光棍张佑问：二爷没老婆吗？浩武叔说：二爷没么！光棍张佑又问：后来二爷当了上门女婿了？浩武叔说：后来的事还没从传过来嘛。哈哈哈……

浩武叔用心合缝子时，再不讲笑话了。他说：裆（当央）里空不算病，不折不扣算道缝。刨平木料，扣子是关键，扣是斜的，叫“斜扣”。做的时候，先打暗线，再用小锯子割扣子。割好以后，严缝要用胶，用膘最好，比粉皮还薄，见了水也不会开缝。浩武叔把小板拼成大板，用胶合缝一遍，放到一边，开始给挡风板缧鸡毛。升茂把控干水分的鸡毛提到跟前，浩武叔取出鸡毛一根根摆进刻好的槽子里，取根大针穿条线绳子，从下面打好的一排钉眼中戳过去，再从鸡毛上拉过来抽紧，来来回回，鸡毛就像粘到挡风板上似的，再摇晃也掉不下来。

浩武叔把前后两块木板拿过来，用木锉在刻好的风洞四圈挫一遍，翻倒放平，在上面正中位置卯上一根卡子，把小木板放上去，又在左右两侧等距离的地方卯两根卡子。浩武叔说：这两个扇扇很重要，安装不好风就不平衡。安装平衡了，不拉风杆它就耷拉下来，一拉就往里进气，风就呼呼地进灶口。扇扇还有个好听的名字叫“呼嗒”，形象得很。等会儿装好，你们看看像不像？他把拉杆装进去，安装好进风口，天都麻麻亮了。升茂让其他人睡去，他给风箱打蜡。浩武叔坐在一旁抽旱烟，给升茂说：蜡打三遍。两边的帮，拉杆，拉杆的洞都要打蜡。拉杆的洞做的时候要留出一分的空空，但一般人很难做到。咱们做的这个还是差一点儿。说完笑笑也去睡觉了。

打过三遍蜜蜡，升茂激动得还是没有瞌睡，趁着曙色看风箱，转着圈儿一遍遍看，心里潮乎乎的。他觉得，浩武叔是这个世上最贴他心的人了。秀侠还时不时地跟他吵几句，他心里烦。爹活着时，经常骂他笨。娘现在分开过了，见到他也会训几句：看你把日子过的？娃都成骨架架了。升茂心里酸，就跟浩武叔发发闷。浩武叔从不训他，还安慰他：日子总会好起来的。你好好跟着我学手艺。升茂是有些笨，木匠活儿咋教都不会，不是锯得偏了一分，就是凿的卯深了一些，浪费掉一些木头，浩武叔也不说他。后来看看，他确实不是干木匠的料子，但刷油漆却越学越精。日后，浩武叔就让他专刷油漆。升茂对刷油漆有了兴趣，每次刷油漆跟画画一样，刷完一件家具，他还会乐呵好几天。

腊月二十六，浩武叔给大家放假，升茂看着这么大个风箱，却发愁咋从木器厂往出扛哩。浩武叔一听，就给他说：你今个下工就往出扛，大大方方往出走。谁问你，你就说前几天到北十字买的。谁又能知道不是买的呢？咱又是拿边角料做的，没浪费厂里啥。你只管往回拿，肯定没事。升茂下工后，天色已晚，他扛着风箱出去，还真没人问他。只到路上，碰见队里的几个熟人问他：买了个风箱呀！多少钱呢？升茂说：二十块！扛回风箱，秀侠蒸馍烧锅都笑哩。

开过年，升茂跟着浩武叔又去木器厂干活了。后来，升茂一直跟着浩武叔干。到兴庆公园到临潼华清池干活儿，吃得好给的工钱也高。征兵考上西农时，浩武爷给了五十块钱，算是奖励。升茂经常给征兵说：记着你浩武爷的恩情，没有他的帮扶，我也供不起你读书考大学。事实上，征兵后来帮浩武爷办过几件事。只要是浩武爷叮咛的，征兵从来都不马虎。秀侠也常常给征兵说：你浩武爷是咱家的大恩人哪！

下课后，
边琳芳听说王征兵隔着窗户都敢举手回答五年级的问题，
又给王征兵奖励了一个教案本，两颗水果糖！

12

下午第一节课，太阳毒辣辣的，边琳芳把四十多个学生带着，走到操场西北角的榆树下写字。榆树的树冠像个巨型伞盖，罩下一圈厚厚的阴凉，地上没有一星儿阳光。树内树外完全是凉热不同的两个世界。操场上的尘土都是滚烫的，踩上去，不消一刻钟，塑料鞋底子都要融化了，走起路来总觉着往下塌陷。边琳芳怕把学生晒伤了，就挪动到榆树底下。王家小学远离兴平县城，偏居乡村，教室紧张，一二年级学生都在室外上课。王征兵在一年级二班，边琳芳是他的班主任，兼教语文数学两门课。

学生们挪到树荫里，拿根树枝在地上画。男生大多画得深，笔画陷进泥地里，跟刻上去一样。女生画得浅，浮在土层上，轻轻一拨拉就看不见了。边琳芳早晨教的是“我爱北京天安门”，让学生看图读了两节课，大多数背过了，下午重点记每个字的写法。边琳芳要求学生，往正式作业本上写之前，得先在地上写熟练。学生们很听话，散开了各写各的，边琳芳站在一边看，有个男孩写“爱”字，把“友”偏到秃宝盖的外面了，不是偏右，就是偏左。她走过去蹲下来，在旁边写个端端正正的“爱”，扶着他的手腕在空里画两遍，再让他到地上练五遍。写到第十遍，男孩的“爱”写得有模有样了，边琳芳就表扬他，还从口袋里掏出一颗水果糖奖励他。其他学生一看，趴在地上练得更起劲了。

边琳芳抬起头看了一圈，都没见到王征兵。他跑去哪儿了？正想大声喊王征兵，却发现他独自一人蹲在几米远的杨树下。那棵杨树并不大，树干有胳膊粗，树叶子也不茂盛，还有几只轻飘飘的知了壳。阳光透过树叶的空隙筛下斑驳的光影，王征兵乌黑的头发，赤裸的臂膊，单薄的后背，光丢丢的两条腿，都给明明暗暗的光影染上清清淡淡的色晕。阳光太刺眼了，边琳芳眯着眼睛望过去，她仿佛看见一只安静的小鹿，时而仰望天空，时而低头写写画画。她轻手轻脚走过去，发现杨树周围一米开外的地上写满了字。西南方向，“我爱北京天安门”写了十遍。最内圈一行，七个字大的大小的小，有些凌乱。“京”字斜得快要跌倒了，“安”的“女”字旁侧着身子。但是，再往外圈看，两个字都挺起来了，上下比例也变得匀称。最外侧一行，整整齐齐七个方块汉字，哪里像是一年级学生写的？

再往其他地方看：东南方向，写了十遍“毛主席万岁”；东北方向，写了十遍“中国共产党万岁”；西北方向，写了十遍“中华人民共和国万岁”。这三句话都是边琳芳刚开学教他们的，估计王征兵写完“我爱北京天安门”后，自己会写了，写得满意了，没事干就复习以前学的句子。站远一点看，这四句话盘成了一个圆圈，绕着一棵杨树，像是美术老师画的一幅立体画。边琳芳拉起王征兵，右手伸进裤兜掏出两颗水果糖，悄悄塞到王征兵汗漉漉的上衣口袋里，还凑到他耳朵跟前说：一颗给你吃，一颗给你妈妈吃。边琳芳去过王征兵家，他妈妈上过学，很重视儿子的学习，回家有空就教他写字，还没上学前，王征兵便能识二三十个汉字了。

相比语文课，王征兵更喜欢上算术课。冬天，霞光把整个操场照得明晃晃的，雪地上反射着红彤彤的光芒，孩子们拿着笤帚来到学校，跟边琳芳一起清扫积雪。他们在操场边扫出一片空地，把小板凳摆整齐，掏出语文书跟着边老师读课文背课文。第二节算术课，边琳芳发现，王征兵一下课就把算术书拿出来，作业本拿出来，削好的铅笔压到本子上，才和同学一起打雪仗。铃声一响，他又第一个坐回到座位上，翻到先一天讲的内容，嘴里小声念着什么。

王征兵有时也会盯着边老师想，边老师圆圆的脑袋里装了多少知识啊？她有多少钱啊？总是变戏法似的从口袋掏出一颗水果糖，又掏出一颗水果糖，吸引得刚进校门的娃娃紧紧盯着她的手掌。即使头顶扑棱棱飞过一只白鸽，他们的目光也不会转移，对水果糖的渴望远远超过了那只白鸽的吸引。记得有一次，王征兵的妈妈来学校给他送铅笔，“征兵……征兵……”地叫了几声，他都没听见。他盯着老师手里的那颗橘红色水果糖，正动脑子想咋做题呢。还是边老师走过去接住了征兵妈妈手里的铅笔。王征兵的眼睛随着边老师的身影移动时，才发现他妈到学校里来了。边琳芳把铅笔高高举起来，又从前面同学手里再拿起一支铅笔，问同学们：这是几支铅笔呀？同学们齐声回答：两支……她高兴地夸他们。然后越过两个同学把铅笔递给王征兵，又从裤兜里掏出两颗水果糖，并在一起问：几颗水果糖？还没等其他同学出声，王征兵抢先回答：两颗……他的声音很响亮，边琳芳一眼就注意到他，走到他跟前，把两颗水果糖都给了他：一颗是葱绿色的糖纸，一颗是橘黄色的糖纸。下课后，王征兵剥开两张糖纸，同学们围上来，你一口我一口舔着那两颗透明的水果糖，开心得拥着王征兵蹦跳哩。

第二天上课，边琳芳想考考学生对1+1掌握的情况，就把学生领到沙堆跟前，先刨出一小堆沙子，又刨出另一小堆沙子，问大家：这是几堆沙子？同学们回答：两堆沙子。她又把两堆沙子揉到一起问大家：这是几堆沙子？同学们一看，是一堆沙子呀！她又问：为什么刚才是两堆沙子，现在又变成一堆了呀？同学们你看我，我看你，都说不出原因来。王征兵却坐在那里嘀咕：一颗糖和另一颗糖放到一起，是两颗糖。这两颗糖本身的大小好像没变。两堆沙子，合在一起，大小好像变了呀！这一堆沙子比刚才那两堆沙子都大呀！他边嘀咕还边比画。边琳芳一看，这个娃娃好像明白似的，就让他站起来给大家说说。王征兵把他刚才想的大声说了一遍。刚一说完，边琳芳就带头鼓起掌来，还扭身从她的提包里取出一个红苹果奖励王征兵。虽然王征兵没有说到根本原因，但能想到这一步就很不容易了，说明这是个爱思考的学生。她又给同学们补充说：一颗糖加一颗糖，是两颗糖，是它的单位没变呀。而一小堆沙子加一小堆沙子，如果不汇在一起，就是两小堆沙子，但如果汇在一起，就不是一小堆沙子，而是一大堆沙子了，变了一个词儿，是变了单位呀！请大家记住，学习要灵活，要像王征兵同学一样多动脑子，就能想出正确的答案来。

从此以后，王征兵每天都盼着上算术课。几乎每节课，他都说出让边老师惊讶的想法。他反应快，心算快，经常是边老师的问题刚说出口，他就能报出答案来。第二学期的算术要比第一学期难，边琳芳看见王征兵上课没有以前那么活跃，事实上，有几次他的回答的确错了，引得同学们哄堂大笑，他坐下去明显不高兴。边琳芳把他叫到办公室，问他是咋回事。王征兵说：就是有点模糊，想了两个答案，不知该说哪个，一犹豫，就说了一个错误的答案。边琳芳让他说说具体的想法。他把两个答案的解法都说了一遍。再说的时候，错误的那个说到半截就算不下去了。王征兵这才发现，自己是有些着急，才会出错的。边琳芳给王征兵讲：学算术千万不能慌张。有时，只在心里算容易出错，最好多动笔，写一写，就能清楚地看出错误来。说着，给王征兵送了两个教案本，让他好好练习。

升到二年级，一到春天老是下雨。没办法给学生讲课，边琳芳把学生集中到高年级教室的屋檐下，让学生写作业，哪里看不懂再去问她。王征兵每天按时到学校。他把书包卷进一张塑料纸，冒雨跑到学校。雨水从头发里往下流，灌进脖子，顺着身体流到衣服里，他却不管不顾，把书包裹紧搂进怀里，弓着身子跑到边琳芳跟前。边琳芳一看，衣服浇了雨水，全贴在王征兵瘦巴巴的身上，水漉漉的，她赶快进房间拿毛巾帮他擦雨水，关好房门，让他自己脱下衣服把雨水拧干。王征兵取掉塑料纸，放好书包，掏出算术作业本让边老师检查。作业写得工工整整，没有一道写错的题。事实上，边琳芳已经很少在他的作业里发现做错的题了。

有一天，王征兵站在五年级的教室外面，做完自己的作业踮起脚跟听里面的老师讲题。他看见黑板上写着一道题：两辆汽车从一个地方背向而行。一车每小时行31公里，一车每小时行44公里，经过多少分钟后两车相距300公里？老师问下面的同学：谁能说出这道题怎么做？下面没人回答。老师连问了三遍，有一个学生举手回答还说错了。王征兵一看题，鼓起勇气在窗外举手说：我会。他记得舅舅给他讲过这道题。那个老师一听，就让他进去讲，他说：31加44等于75，4个75就是300，再算4个60，就是240分钟。老师让他讲原因，他说不会，他舅就是这样给他讲的，他背下了。老师摸摸他的头，给他说：你说的算法很对，也很勇敢，但是得弄清原因。等你读到五年级时自然就懂了。他站到教室后面听老师讲了一遍，还是不明白。下课后，边琳芳听说王征兵隔着窗户都敢举手回答五年级的问题，又给王征兵奖励了一个教案本，两颗水果糖！

多年以后，王彩云拿把剪刀，
在院子里给月季花剪枝，
眼前时不时浮现出家长们到学校找她的情形……

13

多年以后，王彩云拿把剪刀，在院子里给月季花剪枝，眼前时不时浮现出家长们到学校找她的情形：娃这几天回来咋这么迟？一天比一天迟啊，王老师！问娃咋都撬不开嘴么！这娃儿是咋的了？一个家长刚走，又一个家长来了：王老师，学校是给娃加自习哩，还是咋的？咋就回去这么迟？女娃娃家，我不放心么！……一个接一个家长来找，不仅女孩子，还有男孩子，这些学生，放学回家都干什么去了呢？王彩云也懵了。她觉得事出蹊跷，得好好问问。结果发现，六（1）班也出现了这种情况。那个班主任已经查明，是两个班的班长带着学生出去打擂台了。

王征兵？怎么可能？自己最得意的学生，踏实，聪明，又懂得节省，这么好一个孩子，怎么可能带那么多学生出去玩，很晚都不回家？她想起他交上来的日记本，粗麻纸正面写反面写，密密麻麻写满了字，连边角的空白都不放过，每一页都是他稚嫩情感的流露，特别是对贫寒家庭生活状态的记录，对爸爸出外做工的担忧，对妈妈操劳家事的不忍，这些都让王彩云怜惜。她经常把节省下来的教案本送给他，让他拿去写作业。有一次，王征兵接过本子，装进书包，给她鞠了一躬就跑了。回到家，还把教案本让他妈看。

有天早上，王征兵看到妈刚刚蒸好的红苕，就要给王老师拿。妈妈一看儿子要给老师送红苕，就从锅里挑出两块最大的，看看没有疤痕，在柜里翻出一条没有用过的毛巾，里层用白纸裹好，外面用厚厚的毛巾卷紧，让他快给老师送去趁热吃了。王征兵一路小跑，赶到学校，其他学生还没有来。王彩云的房门半开着，她坐在桌子前面翻看王征兵的日记，看得眼泪哗哗的，不时抬起手背揉一把眼睛。王征兵探进脑袋，把红苕递给她。王彩云接过热乎乎的毛巾，打开一看，是两块刚从锅里取出来的红苕……转过身去，眼泪哗哗地流……

这个细节是王彩云后来碰到王征兵的妈妈才知道的。她说征兵拿着红苕急慌慌往学校跑，她有点不放心，跟在后面，发现征兵进了老师的房间，她才转身回去了。这么懂事的孩子，怎么可能带着学生出去玩那么晚呢？王彩云觉着，肯定是弄错了，绝对是哪里弄错了！她没有直接叫来王征兵问，怕伤了孩子的自尊。她先叫了副班长，又叫了学习委员，又叫了劳动委员和体育委员，都说是王征兵带他们去的。听到最后，她都要崩溃了。王征兵怎么可能变成这样的孩子？他还是一个班长啊！

王征兵来到她的办公室，是在所有学生都离开之后。她想听他亲自说，并告诉他合理的理由。王征兵到办公室之前，她又把写得满满的日记本拿出来看，还是摇摇头不愿相信。正摇头的时候，王征兵就进来了。她拉过一张凳子让他坐。他死活都不肯，就站在窗外射进来的半圈阳光里，给王彩云讲了打擂台的前前后后：

我不想回家。家里添了弟弟，吵得我每天夜里都睡在同学王象牛家。一个土炕，弟兄三个加上父母五个人就够挤了，后来妈妈又生了一个，就更挤了。王象牛却单独住一间房子，羡慕得我在他家炕头翻来翻去睡不着。有一天，我爸因为我打碎一个老瓷碗抽了我一顿，放学后我就不想回家了，顺着路朝村北边走，王车练看见我，也跟着我一起走。走过铁路，我们继续朝前走，看到一大片芦苇地，就走进去，踏倒一片芦苇，两个人并排躺到上面。我不说话，王车练也不说话。风吹着芦苇，唰唰唰地响，像电影里鬼子进村的感觉。我当时确实害怕了。给王车练一说，他说怕啥哩，是风！没事，我陪你！他知道我心烦，不爱回我家，经常陪着我。我们俩躺在芦苇里看太阳落山了，还是不想回。他说：这里真静啊！听不到老师讲课，听不到爸妈喊写作业，没有人管，真是舒服！我跟王车练不一样，倒是不反感写作业，就是怕回家看我爸那愁眉苦脸的样子。

第二天放学，王车练又叫了王龙山，我们三人一起去。王龙山拿着弹弓，拾起胡基蛋瞄准芦苇花打，一打一个准。我不会，他们两个教我。学了三天，我打得比他们两个谁都准。第五天，呼啦啦跟来一大群，都拿着弹弓比，看谁打得准打得多，输家给赢家带好吃的。芦苇地成了大家玩耍的乐园，每天放学都会去那儿玩上一阵子。开始一个小时，后来两个小时，再后来，一班同学也去了。两个班的女生也跟去一大群，我们就在芦苇地里开始了打擂台，二班学生跟一班学生比赛弹弓。男生瞄准打，女生统计数字。多数时候，咱们班赢。是我把练习打弹弓时的方法总结出来给他们讲，他们才赢的。我告诉他们，打弹弓时，左手臂向前平伸，手掌立起，掌心向前，用右手指扳住左手除大拇指的四指，向身体方向用力，左手腕对抗向前压，右手突然松开，左手手掌既迅速地向前压去。这样既打得快又打得准。他们一听，就推举我做弹弓班长，天天围着我，要我给他们讲经验。我先集中讲，讲完再让他们练习，我转着看，谁的姿势不对，我便帮着纠正。这样练了一个月，咱们班就能天天赢了。

输掉弹弓的一班同学不服气，要求斗鸡，就是冬天冷的时候，同学们挤在教室后面，把一条腿抬起来，放到另一条大腿上，金鸡独立，用手抱着抬起的脚，单腿在地上蹦跳着撞击对方的那种。一班个子高的男生多，斗鸡我们总不能赢，我就注意观察他们。有一个男生，个子不太高，却是最厉害的一个。他眼睛睁得跟牛铃一样，瞪着咱们班的王毛牛，先从气势上震，再蹦跳一圈冲上来，掀拱王毛牛，一会儿前进，一会儿倒退，一时向左，一时向右，看得人眼花缭乱，王毛牛三个回合就失去了重心，跌倒在地，人家一班女生抱成一团哈哈大笑，气得咱班女生叫嚷着骂。我一看，再骂就打起来了，便把他们聚起来开会说：胜败乃兵家常事！拿破仑还滑铁卢哩。拿破仑是我从广播里听来的。

咱班女生一听有道理，再来时都带着沙包，挑战一班女生说，比扔沙包吧！一班女生都同意。两个班的女生各出一名，一个打一个躲。躲不及的就算中枪了。男生在一旁统计数字。天暗得看不见了，她们还不停止。听到沙包打到人身上的响声，就给计数。最终是我们班赢了。再后来不断变换玩沙包的花样。腾出一块芦苇地，一个女生自己踢，对方的女生给数数。踢的人自己也数，最后两个班累计，哪个班多就算哪个班赢。有的女生不但用脚尖踢，还会跳过来用脚后跟踢，这叫耍花子。一个花子计数两个。那些会耍花子的人把沙包踢得跟跳舞一样。然后就有人撕了用过的作业本，做了毽子踢，或者剪了家里的废塑料，做了毽子踢。王老师你没去，简直好看得很。几次我都想告诉你，但我害怕你骂我么！所以就隐瞒你了。

我没想到玩着玩着，参与的学生越来越多，两个班的几乎都来了。有些女生带来了跳绳，男的也有会跳的。两个班又进行跳绳比赛。一看有些乱，我就和一班班长商量，把来的人分成组，打弹弓的一组，斗鸡的一组，踢沙包的一组，跳绳的一组。每天比赛开始前我给他们讲注意事项，结束时集合总结。他们都玩得高兴的。王老师，你想想，七八十个学生跑到芦苇地里，惊得各种鸟儿都不敢停留，飞一圈就走了。那是什么场景，跟演电影一样啊！鸟儿飞走就飞走，我们才不管，只顾自己玩得高兴。老师，说实话，我玩的时候，真的忘记了我爸的愁眉苦脸。每天黑里回到王象牛家，躺倒就睡着了。老师，我们没干什么坏事情，就是想给咱们班争荣誉。谁知道家长把我们告下了。咱们班的娃都很害怕。老师，你会罚我们不？你要罚就罚我一个人，我是班长，都是我挑的头儿。老师，老师……

王彩云发现，这才不到两个月的时间，王征兵的口才真是大长进啊！过去他很少说话，即使上课回答问题，也是简单几句就说清楚了。没想到，芦苇地的打擂台，竟然让他口才大长进！王彩云心里连连惊叹。但是，她不能流露在脸上，这毕竟不是能说在光天化日之下的事情。家长们也有他们的顾虑，女孩子都十四五岁了，万一出个事儿，学校怎么担得起这个责任？她这个班主任的责任就更大了。但王征兵有什么错？他只是想找个地方给自己减减压啊！我又怎么能罚他呢？她把王征兵拉到跟前，尽量放软口气对他说：你没错，我不罚你！但是，你这样会耽误学习的时间，影响你的学习成绩。你跟别人不能比，人家可以十亩耕地一头牛，而你生下来是要干大事的。你很聪明，注定要成为国家的栋梁之材，整天沉迷于小小的你赢我输，能成为国家的栋梁吗？最多是成个搭茅草庵的小椽椽。国家已经恢复高考了，只要好好学习，刻苦勤奋，你就能成功。现在，就看你是愿意成为国家的栋梁之材，还是甘心做一个茅草庵的小椽椽呢？

听完老师的话，王征兵忽然觉出自己的错了，曾经的自卑感完全消失了。没想到他还可以凭借自己的努力考上大学走出农门，成为国家的栋梁之材啊！下午放学，王征兵最后一次去了芦苇地，开了解散的会。他还告诉大家，高考制度恢复了，你们都要努力考上大学报效祖国。

从那天起，王彩云发现，王征兵更加勤奋了。每天早上来得最早，晚上回家最晚。中考时，他考了王家学校的第一名，考上了兴平县的重点高中南郊中学。再后来，就从广播里听到他取得了全县高考预选第一名的好成绩。他考上了西农大，读了研究生，读了博士，当了教授，成为从王家小学走出去的名副其实的栋梁之材。

王彩云又剪了一截荒枝，月季花的枝头就挺起来了。她望望天空，仿佛看到了王征兵越飞越高的曲线，绵延得她无法看到尽头……

全县高考预选考试，王征兵不负众望，考了全县理科第一名。

任崇寿看着这个从农家走出来的男孩子，心里一阵阵自豪！

14

任崇寿站在窗外，低头看满满一教室的新学生。他们都是刚到南郊中学报道的，是从整个兴平县选拔来的成绩优异的学生，彼此之间不熟悉，这会儿安静地坐在教室里，有的托腮凝思，有的抠着手指尖，有的环顾四周的旧标语。只有王征兵，拿着一本书聚精会神地读。读的什么书，任崇寿看不清楚。任崇寿虽然教他们物理，但他喜欢随时随地爱读书的孩子。腹有诗书气自华嘛！所以，站在窗外的任崇寿就多看了一眼王征兵。上课铃声响了，任崇寿走上讲台。他没带物理书，不准备直接讲课。今天是这届学生进入南郊中学的第一天，他作为班主任，得跟他们谈谈南郊，谈谈高中的纪律，谈谈人生的智慧。起立坐下后，任崇寿就发现，王征兵桌子上的书不见了，只摆着一支钢笔和一个崭新的作业本。

任崇寿清清嗓子，目光扫过每一张清新的面孔，收回来后开始讲话：欢迎同学们！欢迎你们来到南郊中学读书。啪啪啪……下面响起一阵掌声。任崇寿又环视一圈问：同学们，你们说说，来这里读书是为了什么？话音一落地，很多人都低下头去……寂静！还是寂静！底下没一个人举手。学生对这个电线杆子般高高瘦瘦的班主任，深感陌生。他的声音落到耳边又往出滑，他的性格是一道刚挂出来的谜语……他们对新班主任有太多的不熟悉，所以，该说什么话不该说什么话，这些优秀的学生不敢开口，生怕刚一开学就暴露了自己，让班主任看低了水平，日后不好再挽回颜面。他们静静坐着，腰身都不敢扭动一下，特别有耐心地等待第一个打破沉默的人。

王征兵也在想呀。他脑子转得飞快，想起了烧掉的工分本，想起了提笼去卖桃，想起了啃不动的苞谷面馍，想起他爸抽过来的带着风声的耳光，想起王彩云老师苦口婆心的谆谆教诲……他想得胸口堵上一块石头，把右手从桌子底下往上抽，刚抬到桌面上，五根手指头微微动了动，又挪了下去。班里坐着不少城里的学生，他们穿得比他好，吃得比他好，皮肤长得比他细腻，读的书应该比他多得多，这个时候站起来说话，弄不好就是自取其辱，合适吗？想到这里，他坐直的身体放松了，左手托住右手，轻轻握住，全身心捕捉周围的声音。忽然，有个声音从后排响起来：我的想法是……他顿了一下，咕嘟一声，咽了口唾沫，接着说：我要让所有的穷人都吃上白蒸馍夹油泼辣子！……

“哈哈哈……哈哈哈……”教室哄一下子爆起一阵阵笑声。王征兵却没笑，他扭过头，看那男生一眼，又转回头来，平着脸坐好。任崇寿发现了，他觉得这个农村来的学生有点特别。不过，他收敛了刚才还温和的笑容，严肃地对同学们说：你们笑哩，我知道你们为什么笑。第一，他说的油泼辣子夹白蒸馍太平常了，不是远大的人生理想；第二，我看了一遍报到册，咱们班有一部分学生现在就能吃到油泼辣子夹白蒸馍。但你们没有想到，还有相当一部分学生吃不上白蒸馍，更吃不上油泼辣子，那又何谈吃油泼辣子夹白蒸馍？再就是，你们没有留意到他说的是“所有穷人”，说明这个学生是毫不利己专门利人的，有着白求恩一样美好高尚的情怀，有着孔子一样周济天下的仁爱之心。任崇寿说到这里，看了那位刚才因哄堂大笑而尴尬的男同学一眼：抗日战争时期，我们缺医术精湛的医生；春秋战国时期，我们缺统一天下的仁政思想；现在，我们国家经历了三年自然灾害，紧接着发展工业，导致老百姓吃不上白面蒸馍，而这位同学恰好就看到这一点，心忧百姓，胸怀天下，不值得我们赞赏吗？说着，任崇寿走到那位同学跟前，拍拍他的肩膀，示意他坐下。同学们都被说到心痛处了，没有人鼓掌，只把敬佩的眼光从班主任身上移到那个男生的脸上，又从那个男生的脸上移到任崇寿的眼里。

你们谁还能知道两千五百年前的百万富翁呢？不知道吧，但你们却记住了孔子和孟子。你们谁还能知道百年前的百万富翁和他财产的数额呢？不知道吧，但你们却记住了爱迪生和达尔文。你们知道孔子的父亲是谁吗？马克思的女儿是谁吗？不知道吧。我想告诉你们的是，财富是会散去的，只有圣哲的思想和科学家的发明创造才能永垂不朽。而这一切也不能依靠他人，即使是自己的生身父母也不要去依靠，要用自己的双手为自己为这个世界的穷人，创造前所未有的幸福生活。任崇寿一口气说完，教室短暂的寂静之后，爆发出他从未听过的山水激荡般的掌声，经久不息，唯有王征兵，木呆呆地坐在掌声里，眼圈红红的，像是憋着两汪不敢奔流的泪水。

第一次月考结束，任崇寿就发现，王征兵的数学成绩遥遥领先，其他科的成绩也都在前几名，英语却不及格，很低很低，只考了十六分，总分自然排不到前头去。他找来王征兵谈话，才知道他初中几乎没学过英语。他叮嘱王征兵，英语必须赶上来。把初中的课本全拿到学校，先背单词，再背课文，然后做题。他告诉王征兵，数学好的学生智商都高，相信他一定能赶上来。听任老师这样说，王征兵从此就跟英语杠上了。周日回家背馍，怕同别人闲聊耽误时间，自己一个人沿着渭惠渠走，抱着一册英语书，单词一课一课地往过背，课文一篇一篇往过背。不会的地方，就到学校问同学问老师。高一学期结束，他的英语成绩赶上来了。英语不拖后腿，王征兵的各科总分跃居全班第一。任崇寿翻开成绩册，心里一阵窃喜。他就知道，自己当初没看错这个孩子，既聪明又有韧劲。

进入高二，王征兵的数学成绩越来越突出。他参加了各级各类数学竞赛，得过好几次奖励，任崇寿让他在班会上谈学习经验。王征兵站起来说了两点：上课听讲要全神贯注；课后的练习题，不管老师布置还是不布置，都要做三遍。任崇寿知道，全神贯注是个形容词，表达程度的，即使是他，也不能说清到底听讲时达到什么程度才算全神贯注。课堂上，你打眼一看，每个学生都在认真听讲，但脑子的转动是看不见的，耳朵输入进去的也看不见。任崇寿相信，王征兵说到的全神贯注肯定跟别人不一样。而课后练习题，一般学生能做完一遍就不错，又有几个人能坚持做完三遍？他忽然想去王征兵家里看看，生出这样一个聪明的孩子，父母到底是什么样呢。他从没有做过家访，第一次想去家访了。借着去亲戚家办事的机会，任崇寿走进了王征兵的家。

木匠王家，很多人都在做棺材，王征兵的父亲却没有做。任崇寿走到门口，王征兵的母亲迎上来，领着任老师往屋里坐。王征兵的父亲，一个木讷的农村男人，不知该坐还是该站，嘴里鼓涌了半天没说出一句话。任崇寿拉着他坐下来，还是无话。王征兵的母亲，一个瘦小精干的农村妇女，又是提水壶又是端搪瓷缸子，一边倒水一边问任崇寿：得是娃在学校犯啥事咧？任崇寿说：没有！没有！娃乖得很。学习成绩又好，我就是来看看，你们两个如何教育出这么优秀的儿子？王征兵的母亲说：他爸是个文盲，我也只读过小学，哪里能教得了高中课程？娃是看家里穷，发奋要念书哩。到南郊中学上学后，每次回来都夸班主任。说他将来也要当个科学家，像啥啥啥顿的，什么什么斯坦，让全天下的穷人都过上好日子。……王征兵的母亲说话头脑清晰，语速也快。而他父亲，却不甚言语，只是看着任崇寿微笑，时不时地把缸子端起来让他喝口水。任崇寿问王征兵父亲：你怎么管儿子哩？王征兵父亲嘿嘿一笑：咋管哩？我又没文化。老是在外面跟别人干活儿，就知道一句话，经常给征兵说：吃得苦中苦，方能人上人。这是他浩武爷给我说的，说得次数多了我回家也跟娃儿们常说。他们记住这句话，就下功夫学习哩。

元旦期间，任崇寿组织学生看了一场电影《牧马人》。这是一部励志片，任崇寿希望学生能汲取影片里的正能量。许灵均的坚强，对妻儿的责任，对祖国的眷恋，都值得学生学习。李秀芝的善良勤劳质朴可以重塑学生的灵魂，敕勒川牧场的纯净、牧民的温情可以教导学生更好地与大自然相处，善待身边每一个落难的人。任崇寿觉得，这样一部好电影，学生不容错过。可是，元旦过后，他每次走进教室，或是去了操场，都会发现有个别男女学生走得比较近。任崇寿相信他们不会谈恋爱，但他还是挺担心的，他要利用班会跟学生们聊聊这个话题。

期末考试前一周，他走进教室，面带微笑，问同学们：麦子几月熟呢？大家说：六月。任崇寿说：四月割麦行不行？学生们你看我，我看你，不知道任老师葫芦里卖的什么药，个个一头雾水：这个道理谁都懂呀？还用问。任崇寿又问：可不可以给五岁的孩子举办一场婚礼？学生们更懵了：这怎么可以！任老师今天受啥刺激了吧？问的两个问题都是小儿科，哪里有他往日的水准？任崇寿说：好！既然大家知道麦子六月熟四月就不能割，孩子五岁不能举行婚礼，那你们现在能不能谈婚论嫁？虽然你们年龄也不小了，但是，人跟植物一样，每个阶段都有每个阶段的任务，不能乱了心思，明白吗？学生们这才明白，任老师是想说什么了。现阶段，只能学习，男女不能走得太近，影响考大学嘛！事实上，的确有个别男生女生起了暗恋思慕的心。多亏任老师敲响警钟，要不然真的会耽误了学习。而任崇寿最放心的就是王征兵，他经常一个人独来独往，不是手里提着书，就是胳肢窝里夹着书。

高二第二学期，春里天气好，阳光灿烂，期中考试结束后，同学们考得很好，王征兵的总分考到全年级第一名，任崇寿的心情也很好。晚自习时，王征兵却一瘸一拐地跑到办公室来请假，说他能不能不跑操了？任崇寿问他咋了。他说脚化脓了。任崇寿心想，脚化脓了还能走路呀！王征兵是团支书，如果这样就不去跑操，其他学生会不会跟着看样样儿？班里最近有个别学生总是请假，考试成绩有所下滑，他怕王征兵也走心，就没同意。看着王征兵心有不甘一瘸一拐地出了门，他心里像是被谁揪了一把。但是，一个人要想成就大事，这么点儿困难都不能克服，还能干啥？他硬了硬心，看着王征兵带着怨气一瘸一拐去了教室。

王征兵回到座位上，把书在桌子上翻来翻去，满肚子不舒服。自己从来没请过假。前段日子不小心把脚后跟踢伤了，学着大人用面面土敷，又随手撕了一绺布条缠住，谁知道这两天越来越疼，去门口的诊所一看，竟化脓了。医生说，要刮脓水，没有麻药，你能忍住疼不？王征兵怕到县医院去，他没那么多的钱，忍着疼让医生一刀一刀在脚后跟上刮，疼得他都快要晕过去了。任老师还不给他批假？他发狠对自己说：不批就不批！我就是一瘸一拐也能去操场。他每天果真一瘸一拐地走到操场，站在树影里看别人跑操，边看边背单词。任崇寿看到王征兵这样，也的确心疼，在班会上表扬了他，让全班同学学习他这种重伤不下火线的顽强精神。后来，任崇寿的眉头舒展了，班级再也没有人敢随随便便请假了。

高三一年，王征兵的成绩一直很稳定。全县高考预选考试，王征兵不负众望，考了全县理科第一名。任崇寿看着这个从农家走出来的男孩子，心里一阵阵自豪！他不仅成绩优秀，还很善良、很聪明，做事情很有毅力，又不是那种张扬的学生，总是稳稳当当地学习，稳稳当当地安排班级工作。不管什么事情交给他，他都能出色完成。这是一个极其让人放心的好孩子。谁能想到，正式大考时，他的强项数学竟然考了56分，原本能上清华北大的他却考进西北农业大学。任崇寿怎么都想不通啊！成绩下来时，他把自己关进黑房间里，转来转去唉声叹气，大半天都不想出门。王征兵哪里能想得通呢！可是，面对这种悲惨的结果，他又能怎样？

暑假里，王征兵心痛不已，无心干活，步行去了班主任任崇寿老师的家。任老师的村子在丰仪乡高店村任家巷，距离王征兵家三十多里路。天气热得到处冒白星子，此起彼伏的，怎么都拂拭不去。他的眼里辣热辣热，揉一把，出来的都是泪。他走得很慢，似走非走。看见河渠就跟流水说话，看见花枝就跟凋零的花瓣儿说话，看见鸟儿飞过来他就伸开手掌。鸟儿哧溜一声飞上他的肩头，把他当成一棵树，他就跟鸟儿说：我不是树，我是一棵病恹恹的苞谷苗，你快飞走吧。要不然你会被传染的。后来，他又说他不是苞谷苗了，是麦秸地里最底层的一根麦草，永远翻不得身。任崇寿正在苞谷地里锄草时看见了王征兵。苞谷苗刚刚浇过，即使大太阳晒着也挺得端溜溜的，绿叶子翠色欲滴，他轻轻地举起漏锄，慢慢地落下去，除去近旁的一株株草。就在这时候王征兵站到他面前的，也没戴顶草帽，肩头还有一坨湿湿的鸟屎印子，脸阴得跟寒冬腊月的天空一样。任崇寿说不出一句话，扛起漏锄拉着王征兵向家里走去……

想到这里，王慧莹的脸忽然滚烫滚烫，
心里涌出一种说不清道不明的情愫。
她赶快摇摇同桌：吃饭了！吃饭了！

15

九月的天气，还没有凉下来，教室里很沉闷。同学们坐着，好像给谁用胶布封了嘴，突然全部噤声。一大早，杨树上的秋蝉撕裂了嗓门，一声比一声叫得聒噪，王慧莹的心跳得像是破了膛，给朱老师揪住往出拽，她预感到朱老师会点名叫她起来回答问题，想到这里，她白皙的脸憋得通红。刘社虎，你来说说第二问怎么解。朱老师的声音不高，却把所有的蝉鸣逼出了慧莹的双耳，她的心扑沓一下沉到身体里，涌到两颊的血液朝回退，耳根也不发烧了。朱老师，我想不出来……刘社虎的声音还没落地，朱老师的脸就阴下来，眼睛往王慧莹的地方一瞥，王慧莹的心又开始跳山崖。王慧莹，你起来说说！朱老师果然叫到王慧莹。王慧莹像是沙场被点了兵，起立时两腿僵硬，仿佛两根扫帚棍棍撑着，站立不稳。她心虚得胸口像塞了团棉花，轻飘飘地回答道：我也不会……朱老师没让刘社虎坐，当然也没让王慧莹坐，他们两个尴尬地站到教室里，耷拉着脑袋，继续听朱老师又叫了几个同学，还是不会解答，朱老师就把目光投向了王征兵，示意他上黑板做这道题。

王征兵站起来，走向讲台，拿起粉笔，唰唰唰，很快把这道题做出来了。再转过身来，不紧不慢地给大家讲：这道题第一问是数列求和，第二问是证明不等式，说明它是以数列为载体考查不等式。数列本身就是一个特殊的函数，所以，需要通过构造函数来证明不等式。结合第一问告诉我们的数列特点，构造这样一个函数，利用函数的性质进行化简，最后再用放缩法，就可以得出结论。王征兵刚说完，王慧莹看到朱老师腮帮子一笑，她就带头鼓起掌来，竟然忘记自己还站着，忘记了先前的心虚与紧张。

王征兵是他们班的数学天才。每次上数学课回答问题，他都是压轴的。他学习扎实，基础牢靠，脑袋瓜子转得又快，能灵活运用课本上所学的知识，常常能把朱老师的数学思维融会贯通，回答问题时时有惊人之处，深得朱老师的赏识。朱老师提起他的这个爱徒，眉眼里都是笑意与自豪。下午自习课，同学们大多去了操场。王慧莹站起来，也准备约同桌去操场打打球，活动活动筋骨，低头一看，同桌却从抽屉里掏出一个作业本，“王征兵”三个字忽地一闪，本子就被翻开了，原来是王征兵写的日记，好像还是高二时写的。王慧莹很好奇，凑到同桌跟前看：你哪儿来他的日记本？她此前听同桌说过，王征兵从高一开始就坚持写周记，从未间断。但她没见过更没读过。王征兵的作文写得好，语文老师多次把他的作文当范文读。王慧莹瞄了一眼日记的开头，就打消了去操场打球的念头，跟同桌一起看：

回家路上，我看见麦田里有几个老农正在锄草，还有几个姑娘正在挖荠菜。姑娘们两条乌黑的长辫子发着光，随着脑袋的摇晃，辫子在她们的红衣服上摆动。她们简直不像在麦田里，好像坐在绿色的丝绸上一般……

读到这里，两个女孩子相视一笑，没想到平日看起来挺严肃的王征兵竟然还能写出这样细腻的文字。观察很细致，还会用比喻，形象得像是给人呈现了一幅田间劳动的画面。再看结尾：

> 我愿这春风继续吹吧！吹出一个文明礼貌的好风气，吹化“十年动乱”积下的残雪。春风，你是向“四化”奋斗的人们进军的号令，激励着人们前进。春光，多么美好的春光，你是精神的象征。在春光中，我看见了社会主义精神文明的春天。我愿我神圣的祖国像春天般繁荣昌盛，我愿我神圣祖国永远如日之升。

读完结尾，同桌指着本子给王慧莹说：你看看，这就是老师平常讲的立意提升吧。标题是《春光赞》，前面用了较长的篇幅写我们看得见的春光，后面却升华到精神上的春光，升华到神圣祖国的春天。这构思真是绝啊！如果说前面是涓涓细流，那么后面就是细流汇聚的大河，波涛汹涌，气势雄浑。你看这笔锋转得多么流畅多么自然，收尾也应该就是我们老师讲的豹尾，很有力量感。慧莹，你说呢？王慧莹偏着头看同桌，觉得同桌更是厉害，简直就是王征兵的知己，读懂了王征兵写作的文路与才情。她把这话说给同桌，同桌还有点不好意思，给了王慧莹一拳：去你的！她们回头一看，教室里没有一个人，是不是都去操场了？还是放学了？不管了继续看：

> 曾经有人问我：“你将来想挣很多钱吗？”我笑着回答：“那当然。”可是，我打算将我终生所挣的钱，一部分给养育我的辛勤的父母，以报答父母对儿子的养育之恩；一部分维持我清贫的生活；剩下一部分而且必须是相当多的一部分捐献给祖国，也许有人说我是“傻子”，那么我就愿意当人民的“傻子”。（《钱》）

我觉得自己十分矮小，知识非常贫乏，同时又感到自己肩负的责任之大，占全世界人口四分之一的中国，应该极早出现几个、几十个、几百个以至成千上万的爱因斯坦、牛顿……自己为何不能作其中的一个呢？（《看水晶心有感》）

中华民族有了我们这一代人，还有什么干不成的事业，中华民族大有希望，我们就是希望之所在，等着看吧，一旦我们这一代担起历史的重任，再看中华生色，再看中华富强！中华！中华！二十一世纪你就要成为世界上最强大的国家！（《论中华之希望》）

朋友，社会本来就是复杂的，包罗万象，真正有为的青年，就应该在这复杂的社会中寻找自己的道路。尽管做一个有利人民的人是会遇到很多困难的，甚至在你艰难行进的时候，有的人可能同他的情人正在舞厅跳舞；当你咬着冰冷的馒头攻关的时候，也许有的人正在同自己的情人推杯换盏，吃着美味佳肴；可是，当你捧着胜利的果实站在地球的东方，向全世界宣告的时刻，无数的人会投以敬佩的目光，你的生命也将随着你光辉的事业而永存，而哪些庸俗者早就随着他们尸体的腐化而消失。不甘沉沦的青年们，朝着你们的理想而奋斗吧！胜利的花朵将为你们而盛开。（《不甘沉沦的青年，奋起吧！》）

…………

读着读着，王慧莹的热血就沸腾了。跟王征兵同学两年，她的印象里，王征兵就是一个书痴，是一个典型的书呆子。他常常独自一人待在教室学习。初中几乎没学过英语的他，高一刚来时上课听不懂，回答英语问题总是战战兢兢。但一年下来，他的英语成绩就提上来了，各科总分跃居全年级八个班第一名。他不爱上体育课，操场上很难见到他奔跑跳跃的身影。他也不爱说说笑笑，整天绷着一张苦瓜脸，好像憋着一肚子苦水。王慧莹跟他的交流仅止于班级公务，最多是礼貌性地打打招呼。哪里想到，他的家庭这么穷困，生活这么艰难，还能有如此远大的抱负和高尚的情怀？他的志向可与鸿鹄比高远，他的情怀可与赤子相媲美！这样的男孩子终将会成为社会的栋梁啊！

想到这里，王慧莹的脸忽然滚烫滚烫，心里涌出一种说不清道不明的情愫。她赶快摇摇同桌：吃饭了！吃饭了！同桌坐在那里又从头开始看，王慧莹就自个儿去食堂打饭了。没想到正碰上王征兵提着电壶去打水，她想打招呼，却忽然开不了口，低头绕到一群男同学后面悄悄走了。

再有一个月就要高考了，天气出奇地热，教室跟热蒸笼一般，头发梢都有汗水骨碌碌地往下滴，却没有一个学生出教室。当晚恰好是朱老师的数学晚自习。越是临近高考，大家的问题就越多。时间紧迫，每个人都想抓住机会问老师题，万一不会的题刚好被考中了呢。朱老师一进教室就被门口一个同学挡住。他讲得一直没停歇，课间休息都没能出去喘口气。快下自习时，才轮上王慧莹。她把题递给朱老师，手心里全是汗，捏得那张书页都湿乎乎的。朱老师接过练习册看了一眼，拿起笔在王慧莹的本子上算起来。他算了半天，也没算出结论，翻过本子又算了一遍，还是没算出来。放学铃声响了，朱老师给王慧莹说：我下去再想想，明天给你讲。朱老师还从来没有被班里的同学问住过，他刚一离开教室，就有好几个数学厉害的同学围上来，看看王慧莹书上的题，都摇摇头离开了。王慧莹有些失望，她收拾书包正准备走，抬头一看，王征兵还趴在桌子上做题。自从上次王征兵解答了那道数学难题，王慧莹就更加佩服王征兵了。再说前段时间又读了他的日记，仿佛离他的生活又近了一步。他已经成为她心目中的偶像，但两个人平日很少说话，更不要说交流。问他还是不问他呢？王慧莹想来想去拿不定主意，这时，王征兵也站起来准备离开，一看王慧莹还在教室，就问：你咋也没走？王慧莹忽然来了勇气，说：我想问你个问题。能不能帮我看看？刚才朱老师没给我解出来。王征兵一听，起了好奇心：还有大神朱老师解不出来的题？拿来我看看。王慧莹把题拿过去，王征兵咬着笔杆看了一会儿，拿起笔边演算边给王慧莹讲解：这是一道函数建模问题，做的时候关键是设参数。如果参数设的恰当，建立函数关系式就简单，最后求值也容易。他讲完手下也写完了。王慧莹一看草稿本上清晰的解题思路，恍然大悟，茅塞顿开，激动得不知说什么好，竟连一句“谢谢”都没说出来。王征兵却坦然地说：你既然明白了，我们就走吧。

高考预选成绩出来了。南郊中学照例要开隆重的颁奖大会。王慧莹提着板凳往操场走，听到四班有个女生说：哎，你听说没？王征兵这次可不光是咱们南郊中学的第一名，还是全县的第一名哩！广播上都播放消息了。回家我妈还问我：王征兵是不是你们班的？……王慧莹一看那女生，说话时眉毛都翘起来了。两个杏仁眼睁得圆溜溜的。皮肤白里透红，太阳光一照，泛着金灿灿的光泽。两条腿修长笔直，走一步能顶她迈廾腿走两步。她忽然就有些不高兴了，提起板凳风一样从女生面前走过。她是怎么啦？说王征兵呢。他确实考了全县第一，班主任走进教室告诉大家消息时，他的脚底好像安了弹簧似的，嘴里好像吃了糖似的。班主任的话刚一落地，教室就响起震耳欲聋的掌声。王征兵却镇定地坐在座位上，仿佛这个消息与他无关。王慧莹心想：这人！怎么就这么能稳得住呢？现在，别的女生夸王征兵，与她又有什么关系呢？为啥她心里头有点不舒服呢？

全校师生集中在操场上，广播里播放着雄壮的义勇军进行曲，王征兵踏着热烈而又欢快的乐曲走向颁奖台。他双手接过大红电壶和枣红色的脸盆，向着主席台上的领导深深鞠了一躬，又回转身向整个会场的学生鞠了一躬。他的身体折成90度的直角，慢慢弯下又慢慢挺起来。他个头不是很高，王慧莹却觉着他长在了云端，随着天上的云彩飘哩。她摸摸胸口，心脏跳得很不平稳，好像他是她的什么人，站在那神圣的颁奖台上，让她为之心跳不已，激动不已。

高考结束后，王慧莹落榜了，王征兵数学发挥失常，考进了西北农业大学（现在的西北农林科技大学）。她知道他很难过，这不是他想去的学校。他应该进北大清华，他们班十几个学生都考上了名校，其中有两名同学考入了北大和清华，而预考第一名的王征兵为何却没有？她想去问问原因，想去安慰他，但她最终没有勇气。而她自己，原本应该考上的为何却名落孙山呢？

复读一年后，王慧莹考到咸阳师范专科学校（现在的咸阳师范学院），元旦前她竟然收到王征兵邮寄给她的一张明信片，背面有一首诗：劝君莫惜金缕衣，劝君惜取少年时。花开堪折直须折，莫待无花空折枝。她有点不相信，真是王征兵寄来的？她把明信片翻来覆去看，落款的确是“王征兵”。那王征兵写这首诗是什么意思呢。难道他……王慧莹不敢想了。她把明信片贴到胸口上，明信片跟自己的心脏一起跳动，她感受到王征兵那颗因她而疯狂跳动的心脏，在遥远的杨陵砰砰砰地弹跳呢。她终于明白，老天是要把这个男人给自己，是要共度一生的伴侣啊！

王慧莹毕业后分配到兴平县冉庄中学教书，王征兵考上西农的研究生。他们确立恋爱关系后，春节前，王慧莹把王征兵领到井王家里。慧莹的爸妈发现，这男娃几乎不说话，问什么答什么，不问就坐在那里看地面，跟木头似的。慧莹妈悄悄把女儿拉到后屋跟她说：我看这娃儿呆的，你咋找了这么个对象？慧莹还没来得及说话，她姐慧霞进了家门，一听她妈这样评价王征兵，就解释说：妈，你不懂。征兵这叫稳重。人家娃灵得很哩。你日后就知道了。慧莹妈相信慧霞的眼光。慧霞在兴平县西吴中学教书，见多识广。一听大女子的话，慧莹妈便不再坚持，给慧莹说：只要你心里没疙瘩，你就谈去。慧莹摇摇头说：没有。年后，慧莹又跟着王征兵去了木匠王家。当了教师的慧莹更加活泛，几句话说得征兵爸妈心里甜滋滋的。她眼里又有活儿，收拾这儿打扫那儿，一刻也不闲着。但征兵还在读研究生，家里也有三个弟弟在上学，结婚的日子只能往后推。

1992年1月2日，王慧莹跟王征兵走进婚姻的殿堂。没有洁白的婚纱，没有豪华的婚车，没有宽阔的婚房，没有济济一堂的热闹的婚宴，他们步行去了一个大会议室，参加西北农业大学农业经济系为四对青年举办的集体婚礼。王征兵曾问慧莹：我家里穷，举办不起奢华的婚礼，参加集体婚礼你愿意不？王慧莹说：只要是你愿意的，我都同意。婚礼上，王征兵握着慧莹的手，发誓要用一生的拼搏给这个不嫌弃他贫穷的女人创造幸福。王慧莹看着王征兵，征兵的眼睛给她一种朴实无华毫不张扬的踏实感，一种相濡以沫白头到老的坚毅感，一种顶立天地刚正为人的磊落感……

这一夜，王慧莹真的很幸福很幸福。这个曾经暗恋了八年的南郊中学的高才生，这个当年名响兴平县的王征兵，终于陪伴她了，而且是一生一世的相拥相伴啊！她时而有点恍惚，时而泪花盈盈：这是现实的王征兵吗？还是我在梦里呢？天亮的时候，她看到的是货真价实的新郎官王征兵……王慧莹想：这一辈子，我都要陪着他，为他洗衣做饭生儿育女，为他排忧解难，让他像鹰一样冲天而飞，能飞多高就飞多高。

2006年8月到2007年8月，王征兵去新西兰做访问学者。2007年6月，正值他所带的硕士研究生毕业论文答辩期间，他不能回来。张兆胤、储伶丽、郭斌、杨高举、祝兰芳、笪信任、张坤、杨挺、刘艳等九名学生要毕业答辩，王征兵在国外，打电话联系不方便，学生不管什么事都找王慧莹。王慧莹对学生跟对待自家孩子一样，跑前跑后帮他们处理琐碎的事情。答辩时，学生们都因导师不在而忐忑不安，王慧莹给单位领导请假，跑去旁听，鼓励学生，给学生以极大的心理安慰。答辩结束，九个学生全部通过。消息传到新西兰，王征兵很激动，给妻子写了长长的一封信。

魏正果听到敲门声，拉开门一看，是王征兵。他把征兵让进房间，提过来一个小木凳让他先坐，转身进了房内的一个套间。

16

魏正果听到敲门声，拉开门一看，是王征兵。他把征兵让进房间，提过来一个小木凳让他先坐，转身进了房内的一个套间。王征兵局促地坐下来。房间里特别静，就像这个午后的小院一样安静。王征兵进院门时，心一直往上悬，都快要悬到嗓子眼了，他重重地咽了口唾沫，再咽了口唾沫，才轻握拳头敲门。敲了一下，似乎没有反应，又敲了一下，还是没有反应，他又稍稍加重了声音，这下门才开了。他想，肯定是紧张的缘故，前两下敲得太轻，魏教授没听见。魏教授一看是王征兵，扶起眼镜朝他笑了笑，王征兵悬到嗓子眼的心才往下落。魏教授不知干啥去了，王征兵松开拳头一看，掌心里全是汗。五月初的天气，刚下过雨，凉飕飕的，掌心里竟然蓄满了汗，王征兵看看，摇摇头对着胸口笑了。

他来是想报考魏正果教授的研究生。这个有着罗锅身材的小老头，从一进大学校门就征服了他。那时，他还没有从高考失误的阴影中走出来。当魏教授被请来给新生做报告时，王征兵带着厚厚一本小说，准备来个人在曹营心在汉。结果，魏教授一上场就说出一句话：神仙不食五谷，反映的是现实中的人绝对离不开食物。他一字一顿地说，轻轻重重，直入心坎，“绝对”两字咬得很重，使劲往新生的脑袋里送，低着头的学生都抬起头来。王征兵也把头抬起来，看魏教授在台上讲。他的个头小，坐在后排，只能看见他的头部。“食物”两个字一落地，教室瞬间爆出雷鸣般的掌声。王征兵素来爱思考，这样一句思维跳跃貌似不合逻辑的开场白，在他静若死水的脑海里扔下一颗石子，他赶快合了书，放到一边，跟着一起欢快地鼓掌。

那场讲座，王征兵一字不落地刻在记忆里。至此，他知道了农业有多么重要，知道了从事农业科研的人有多么神圣，中国的农民有多么贫穷。他记下魏教授结束讲座时谆谆告诫的一句话，把它写到笔记本的扉页：一个人不在于干什么，而在于干得怎么样。是啊，既然已经进了农业院校，那就沉下心来，把这一件事干到底，干出一番惊天动地的事业来。

大二时，魏正果教授恰好给他们带“农业经济学”课，王征兵很兴奋。魏教授不拘一格循循善诱的教学方法深得王征兵的喜欢。他有着睿智的头脑，总是用出其不意的机智激发学生参与课堂辩论的热情，调节课堂气氛。学生们遇着这样一位老师，也很活跃，争相发言，王征兵发言的次数更多。魏教授问：一个人可以不看电视，不坐汽车，但不能不吃饭，不穿衣服，可是为什么农业那么重要，农民那么勤劳，却那么贫穷呢？这个问题太难了。在座的大多数学生都来自农村，他们百思不得其解。所以，没有人站起来回答。魏教授一看，既然没人回答，他就开始引导：一千年前，一只鸡一天下几个蛋？同学们答：一个。现在一只鸡一天下几个蛋？答：还是一个。那么一千年前，一个人做一双鞋需要多长时间？答：七八天。现在一个人用机器做一双鞋需要多长时间？答：几分钟。王征兵举手说：老师，我明白了。工业之所以能迅速致富是因为它的效率提高很快，可以薄利多销，多中取利。魏教授一看，又是这个王征兵，脑袋瓜子灵，思维转得快，可塑性强，只要老师启发，他就能反应过来。

魏教授上课时，王征兵总觉得时间短。他刚坐进去，正听得如饥似渴，魏教授就说下课了。王征兵一看时间，已经过去两个小时。其他学生陆陆续续离开了，他还坐在那里端详魏教授留下的板书，跟自己记录的笔记仔细对照，遗漏的再补充上去，回到宿舍反复阅读思考。有些问题想一想就懂了，有些问题到现在王征兵也没弄明白，所以，考研究生选择导师时他毅然决然地认准魏正果教授。

魏教授从套间走出来，手里拿着一摞报纸，几本书，递给王征兵，说：把这些拿着，回去了好好看。他坐到另一个小木凳上，跟王征兵聊：你家在哪里啊？父母干什么的？家里有地没？干过农活没？割过麦子吗？会拉架子车吗？王征兵一一回答。魏教授很满意，自己点着一根烟，给王征兵发了一根。王征兵是抽烟，但也不敢在老师跟前抽呀！他捏着这支挺贵的哈德门捻来捻去，不敢点着了抽。魏教授却划着一根火柴帮他点燃，放下火柴后问他：工业上实行分工合作，农业却实行家庭联产承包制，对这个问题，你怎么看？王征兵想了想说：工业依照每个环节考量员工的业绩，农业就不行。比如给果树打农药，老板让员工给每片叶子正反面都打到位，但是否打上了，老板不可能每片都翻着去看，也没办法检查。农业生产却要求经营者对农业生产全过程负责，如果分给不同的员工干，要是歉收了，谁的责任没办法界定呀。魏教授听完满意地点点头。

当时考硕士研究生竞争很激烈，魏正果一年只能招一个。看到王征兵的表现，魏正果就跟他说：你好好复习，只要过了分数线，我就录取你。临走，还把那盒打开抽了两支烟的哈德门给了王征兵。他对这个学生很看好，平时上课就能看出他的聪慧与担当，最主要的是一个农家孩子朴素与诚实的美德让他打心眼里喜欢。王征兵走出魏教授的房门，脚步也轻快了。参加考试他不怕，相信他能考出好成绩。魏教授对他的态度让他直觉自己肯定会被录取，接下来用心复习备考就是。走到院子门口，回头再看一眼，破旧的院落到处都有鸟儿的歌唱，清脆飞扬。王征兵拐上西农路，开心得牙缝都灌满了笑意。

三年以后，魏正果收到王征兵的硕士毕业论文，拿到灯下一字一句批阅。论文的题目是“中国农业的出路：精细密集农业”，这个概念确是一个全新的提法，魏正果很欣慰自己的学生能想出这样一个观点。当初他给王征兵的建议是要创新，不要重复前人的观点，不要搞资料的堆砌，要推陈出新，要想出对中国农业发展有所建树的新观点和新方法。王征兵很勤奋，一方面在图书馆翻阅资料，一方面苦思冥想，经过三年努力，终于写出这份五万多字的毕业论文。魏正果一页页看，每个错别字，每个用得不规范的标点符号，每个表述不准确的句子或者冗长的段落，他都仔细标注，旁批上具体明晰的修改意见，这样，王征兵拿下去修改也就不怎么费劲。

五万字的论文，魏正果改了一个月，每日上完课，处理完事务，赶快回家改论文。他惊喜自己遇到这样一个才华横溢的学生，对农业有着一颗赤诚之心，对农村有着敏锐的观察视角，对农民有着浓郁的赤子情结。这个学生不骄不躁，潜心研究，善于独立思考，深入钻研。精耕细作是中国几千年传承下来的农耕经验，而王征兵想到的不只是精细农业，他依据中国人口众多人均耕地面积少的国情，提出精细密集农业的新模式：依靠现代农业科学技术，充分利用土地、光、热、水、气等自然资源，以及劳动力、技术、资金等社会资源，对农业进行精细的操作和密集性经营，从而有效利用空间和时间，生产出更多更好的农产品。精细，是针对我国农业劳动力充足的特点，对农业实行精细的照料和操作，对农产品进行精细的加工，以多投入劳动来谋求农田单产的提高和农产品的优质化密集；密集，是针对我国地少的特点，对单位面积上的农作物实行劳力、技术、资金的密集和时空的密集。劳动力、技术、资金的密集是谋求高产出。魏正果发现，征兵的论文思路清晰，有理有据，说服力很强，叙述流畅自如，让他很是满意。

1991年6月，王征兵的论文答辩顺利通过，而且获得93分的高分。他与导师联合署名的文章《发展精细密集农业》在1991年3月9日的《人民日报》发表。王征兵独立撰写的论文《精细密集农业初探》发表在1991年第4期《中国农村观察》（原名《农村经济与社会》），《中国农村观察》被公认为农业经济管理专业国内顶尖级的三种学术期刊之一。

1994年9月，王征兵又继续师从魏正果教授，攻读农业经济管理专业博士学位。上课时，魏教授依然幽默风趣，他常常能从普通的生活现象中归纳出深奥的经济学理论，启发引导学生思考现象背后隐藏的经济规律。他问学生：为什么城里人买一辆更贵的自行车，或者更贵的电视机会沾沾自喜，而买一篮子更贵的鸡蛋却懊悔不已？王征兵会回答：自行车和电视机价钱高，消费者会认为它质量更好。而买了更贵的鸡蛋之所以懊悔，是因为消费者觉得质量没有变化。所以，要提高产品的价格，就要想办法提高产品的质量。魏正果再问学生：百万农民进广州打工，为什么政府要拿“铁扫帚”把他们赶出城去（当时报纸的报道）？王征兵会回答：因为农民破坏了城市环境，影响了他们正常的生活秩序。……

博士阶段，王征兵开始研究中国农业的经营方式。他首次把农业经营形式和农业经营方式区别开来，给予各自不同的概念和内涵，解决了这两个概念长期混淆的问题。这在中国是第一次，是开创性的；他又是首次把农业经营方式分为二十二类，是第一个对农业经营方式进行分类的人。西北大学经济学教授何炼成看了他的博士论文后评价说：论文创新之处是对农业经营方式这个农业经济学界尚无定论的概念，对其内含、分类及其与经营形式的区别，提出了自己独到的见解，确实不失为一本力作，在全国农业经济学界同类研究中居于领先水平。清华大学武康平教授评价说：他不是就事论事，不是人云亦云，也不是应付之作，而是一部很有创新性的著作。这本书首次界定了与农业经营方式相似的另一个名词“农业经营形式”，在现有的工具书中尚未找到农业经营形式这个词条。作者首创性地界定其概念和内涵，首次对农业经营方式进行了分类。农业经营方式按什么标准分类，可分多少种，一直是农业经济学科的空白点，作者按总投入分类法、优势份额分类法、空间分类法、产出分类法等四种分类标准将农业经营方式分为二十二种，填补了此项空白。

1998年7月，王征兵顺利通过了博士论文答辩。参加完学校举办的博士学位授予仪式，拍毕业照时，王征兵急急忙忙跑出礼堂，恰好碰到刚从礼堂走出来的魏老师。魏老师问他：你急匆匆往哪儿跑呢？王征兵回答：准备去学校大门口照相呀！魏老师说：大门口任何时候都可以拍照，不用急。最值得拍照的正是现在这个地方。你不信看看。王征兵看看人丛，再看看魏老师，一头雾水。魏老师说：上百个穿着学位服的人给你做背景，那可是转瞬即逝的机会啊！你以后想再造这样一个背景，几乎是不可能的。王征兵恍然顿悟，赶紧让旁边的同学给他抓拍了一个镜头。

2003年的一天，王征兵接到《西北农林科技大学学报（社会科学版）》常务主编王倩的电话，向他约稿，并计划在刊物封底做一个专版介绍王征兵的研究成果。王征兵按照规定时间提交了论文和相关资料，后来主编却通知王征兵不能刊发，理由说得很是诚恳。一个多月后，王征兵去看望魏老师。魏老师告诉他，杂志社请他审阅王征兵的论文《人性探论》，他看完后认为不适合刊发。王征兵这才知道论文没有刊发的真正原因。魏老师说：这篇论文写的是十二人性，对争论了两千余年的人性善恶问题进行了具体的补充和分类。研究选题的观点具有创新性。但是，每条人性里列举的论据不够确凿翔实，对经营管理的作用没有体现出来。你现在是教授，发出去的论文有很多专家盯着，漏洞太多会影响你的威信，对杂志、对社会、对你自己都是不负责任的。

依照魏老师的意见，王征兵又对论文进行了反复修改，发表于2003年第10期的《科技导报》。《科技导报》的常务副主编苏青专门从北京来到杨凌，召开了座谈会，学校的两位副校长参加了会议。《科技导报》也对这篇论文给予了高度评价，并着重谈了这篇论文产生的巨大的社会影响，还鼓励王征兵多写诸如此类的具有创新性观点的论文。

2008年1月19日，王征兵听到魏老师去世的消息。他开始以为听错了，师母刚刚去世，相隔二十天，魏老师怎么可能？但是，回想起参加师母葬礼后魏老师说的话，王征兵的心不由得一紧：果真去陪伴师母了。魏老师说，师母文弱，到另一个世界没人陪伴，要受人欺负，她怎么受得了？所以，他要去陪伴她。王征兵跟同学们都觉着，这可能是魏老师哀伤过度说出的话，过段时间就会好的。谁知竟一语成谶啊！

王征兵坐车去西安三兆殡仪馆。那几天天降暴雪，高速公路封闭，普通公路上的车如同蜗牛一样爬行。王征兵一想起魏老师就悄悄抹眼泪。他无法接受可亲可敬的魏老师就这么离去，以后要是有问题了谁来给他把关？他还有很多新的观点要和老师商榷，老师怎么说走就走了呢？老师不仅是一个经济学界的专家，更是一个令人羡慕的爱情专家。他的温情与贴心，宽容与包容，爱恋与责任，让每一个走进家门的学生感动。有一次，他去魏老师家，敲门没人应，门虚掩着，王征兵轻轻推开一看，魏老师正坐在一个矮凳子上，给师母剪脚指甲。看到王征兵进去，他说先坐着等一会儿，再有一个就剪完了。师母坐在轮椅上，他剪完后，到卫生间取来一条毛巾，帮师母擦脸擦手，连手指缝都擦了一遍。放下毛巾，又取来一条毯子盖住师母的两条腿，才坐下来同征兵说话。中途不知师母嘴里咕哝了一声什么，魏老师赶快跑过去，把耳朵贴到她嘴上听，听了一会儿便去倒水，自己尝了尝才用勺子喂给师母。师母喝完后，他又掏出口袋里的纸巾帮她擦擦嘴角，才继续坐下同征兵说话。

师母走了，魏老师承受不住如此沉重的打击，也跟着去了。王征兵无法想象，老师是如何度过师母走后的这二十天的。他的悲痛学生看不见，但他的依恋学生都能理解，毕竟他们都有了自己的爱人，有了自己的家庭。他看一眼身边的妻子，眼泪又流下来了。妻子也不劝他，知道他心里难过，只是抽出纸巾来，递给他擦眼泪。王征兵想，他这一生，也要像魏老师爱惜师母一样，呵护这个在他最困难的时候来到他身边的女人，不让她受一丁点儿委屈。

追悼会上，王征兵看着躺倒在玻璃棺内的魏老师，内心悲恸至极，禁不住泣泪成声。魏老师得过脊柱炎，身子躺不直，缩在一起，越发显得瘦小。王征兵想起一位网友对魏老师的评价：他不幸有着刘罗锅的身材，但幸运的是他有着刘罗锅的才华。这两句话应该是对魏老师的高度概括。魏老师经常用高尔基的话告诫学生：智慧是宝石，如果用谦虚镶边，就会更加灿烂夺目。他也会用法国作家斯达尔夫人的话勉励学生：愈是睿智的人，愈有宽广的胸襟。他告诉学生：守得住清贫，耐得住寂寞，抵得住诱惑，留得下心境，才能做成真正的学问。他常常给学生讲，要善待自己的国家，善待自己的单位：任何时候，人们都只能在既定的历史舞台上演出。离开了舞台就无法演；不了解国情，什么都干不好……

这些至理名言听进耳朵里，镌刻在王征兵的脑海中，时时撞击着他将要膨胀动摇的心房，让他沉稳再沉稳，谦虚再谦虚，宽容再宽容，努力再努力。葬礼结束，站在殡仪馆门外，望着烟囱里袅袅升起的白烟，他仿佛听到魏正果老师再一次告诫他：征兵啊！一个人不在于干什么，而在于干得怎么样。

第三章

Jing
Geng
Ji

清游始觉心无累

他喜欢思考，喜欢穷究，喜欢拨开经济迷雾看透问题的本质。农民问题岂止是吃饭穿衣那么简单？一次调研经历让他看到农民的问题还很尖锐，人性又岂是善恶简单的二元标准能够概括？深入挖掘，他挖出了十二种人性在经济管理中的应用价值。他发现，要解决农村的问题，得先解决村干部的工资待遇问题。经过大量调研，他总结出制定村干部工资待遇的标准，并推广运用。他观察研究细微的经济现象，发现了『不在意资金』在市场运营中巨大的潜在价值。他是博士论文的评审官，他被远远近近的高校聘为兼职教授，他担任着十几家杂志的审稿专家，即使酬劳微薄，他也无怨无悔地行走着、工作着、忙碌着。

王征兵忽然觉着坐的地方又动了一下，
接着整个床板都在动，
然后就听到哼哼哼的声音。

17

王征兵正在做梦。他陷进一堆麦草窝里，直往下掉。他很恐惧，摇晃着两只胳膊，手里总想抓住点什么。他抓起一把是麦草，再抓起一把还是麦草。他就不停地抓不停地扔，满头冒虚汗。他顾不上伸手擦，不知自己还要掉下去多久才能够到地面，心一横，两腿一蹬，踩住了一块木板，扑通就坐下去了。还没坐定，总觉着有女同学朝他嘻嘻嘻嘻地笑。他回过头一看，是班里一起来实习的城里女生。她们掏出雪白的纸巾，把木凳子擦了一遍又一遍。坐下喝水时，一看碗沿儿有残留的玉米糁子，就端起来泼掉，跑到老水瓮跟前舀起满满一碗清水，用手抠抠洗洗，末了还用雪白的纸巾转着圈儿擦，再跑到电壶跟前倒开水。那个系着蓝围裙的农村妇女站在一边，眉头一耸一耸的，满眼的无奈。王征兵想喊她们：知道山里水来之不易么？天旱时，挑一桶水她们要跑多少里地，你们知道不？你们竟然这样浪费水！……但是，他的嗓子眼好像被谁用双手掐住一样，怎么都喊不出声来。

系蓝围裙的妇女端着两碗飘着蛋花的面片朝王征兵走来。他的肚子呼噜噜响，真是饿了啊！接过碗，拿起筷子，也没细看，就往嘴里扒拉。又听到那边传来女生的声音：大婶，手指头进碗里啦？女人以为她们担心烫着她的手，回答说：不烫不烫！结果，又是一阵嘻嘻哈哈的笑声。王征兵这才想起，妇女给他端饭时，舀得太满了，黑黑的大拇指陷到蛋花面片里了。她们肯定是嫌妇女的手脏，才提醒的。只不过委婉了些，妇女没听懂。两个女生接过饭碗，拿起筷子在碗里搅圈圈，转到别人都吃好了，她们还是满满一碗饭。妇女问：不好吃呀？她们回说：不饿！真的不饿！王征兵心想：瞎说，怎么可能不饿？跑了一天山路，前心都贴后背了，还能不饿？不就是嫌山里人家不干净嘛！他真想上去教训她们一顿，忽然觉着身子底下什么东西顶了他一下。

他揉揉眼睛，发现自己躺在一间漆黑的屋子里。没有女生，没有妇女，也没有大山，看不见山一样的麦草，方知刚才是南柯一梦。不过，梦里的场景他的确见过，是1986年老师带他们去陕西省丹凤县实习时遇到的事。后来，那个村子的农民再没人跟她们交流。得不到村民的信息，再这样下去，就白跑一趟。晚上，她们被老师狠狠训了一顿：你们这样嫌弃村民，他们是会感觉到的，从而远远地避开你们。而这正是我们当下农民最真实的生活状态，只有走近他们，跟他们同吃同住，才能取得他们的信任，与他们毫无障碍地沟通，了解他们内心的想法。

漆黑的房间到处回荡着老师的声音。王征兵看不到老师，他睁着眼睛想自己。他是个农家子弟，不会掏出纸巾擦凳子，也不会嫌弃农民的碗脏。即使身在农村，日子过得再穷，农民也有自己的尊严。这一点，从小在农村长大的王征兵很清楚。所以，每次跟老师出来，他都特别注意自己的言行，不要冲撞了这些大叔大婶，也因此深得他们的信任。这一次，跟着马鸿运教授来宝鸡市陈仓区县功镇桃源村调研，是为王广森、马鸿运两位教授主持的国家社科基金课题“中国农户经济行为研究”搜集资料。他和毛加强、陆迁、贾金荣四个人跟着马老师跑了一天，桃源村才走访少一半。最后一户人家说得很多。他们家改革开放以后，种了果园，养了鸡鸭，经济情况宽裕，家里环境也舒适，马老师和其他三个同学都住在那里。再增加人就住不下了，王征兵选择了村里经济条件最差的这一家。他想再聊聊，看看能不能帮这家人找到一条致富的门路。

他觉着身子底下又动了动，仿佛要把他顶起来似的。他想，这次应该不是在梦里。坐起身摸摸床板，的确是真实的。再看看床板，没什么异常啊！他没法睡觉了。不敢点灯。他住的这个床铺是这户人家的堂屋，右侧连着一间偏房，没装房门，只挂了一个布帘。两个大人两个孩子睡在里间。如果王征兵点灯，就会映亮门帘，影响他们睡觉。他只好干坐着，不知是该躺下还是就这样坐到天亮。王征兵没有手表，看不了时间，也不知道现在几点了，还要多长时间能等到天亮。他又想起这户人家的两个孩子：一个即将读初三；一个即将读高三。负担很重啊！家里守了七八亩玉米地，也没能力种植果园。供养两个孩子上学，盖不起新房子，只能住到老祖宗留下的旧房子里。两个老人前多年都去世了，屋子逢雨必漏，潮湿得没个下脚的地方。王征兵一进他家，便想起自己小时候受的苦。他要告诉这两个孩子，即使家里再穷，他们也要动脑子为自己谋条生路。恰逢暑假，两个孩子都在家，明天就找他们好好谈谈。

王征兵忽然觉着坐的地方又动了一下，接着整个床板都在动，然后就听到哼哼哼的声音。怎么像是猪发出的声音？猪怎么可能在我的床下？他吓怕了！赶快找火柴，手抖抖地摸不到，他跳下床来。一个软软的东西贴着他的腿往过滑，他赶快后退，不知撞倒了什么东西，屋子里的灯突然亮了。王征兵看到一头大猪，拖着瘪瘪的大肚子，晃晃悠悠在屋里转。这里拱拱，那里嗅嗅，又跑到王征兵的脚边，刚要把嘴伸上来，女主人出来了。她提着一只布鞋，开了门，赶着猪朝门外走去。男主人出来给王征兵说：覅怕！猪不会伤人！平时我就在这床上睡，猪夜里很少起来乱跑。可能是没喂饱，肚子饿了。这猪比人金贵，年底卖了要给孩子缴学费。要是放到外面，谁拉跑了全家都慌的。

男主人说话时脸上无光，眉眼都是灰的。王征兵给他说：日子总有好起来的时候。你看我，不是从农村考出来了吗？现在读研究生基本不花家里钱。只要肯动脑子，赚钱的机会很多。男主人说：我知道这个理儿。所以，地里的收入全供了娃上学。也没攒下钱盖房。你看你来，都没地方让你住么。唉……

灰黄的灯光下，男人瘦高的个头一寸一寸往下缩。他蹴在门墩跟前，耷拉着头，手在蓬乱的头顶摸来摸去，仿佛能把贫穷拨拉掉。王征兵看着很心疼：都改革开放十多年了，这个四十出头的男人还没有找到自己的脱贫路，又何谈致富呢？天天晚上守着一头猪睡觉。这猪在床板下面，他该是心里踏实吧。难以想象，没有这头猪，开过年孩子的学费哪里来啊？这个浅山区的农民，没有精明的头脑，我们来调研不能光是看看他们穷困的状态吧，更应该帮他们找到脱贫致富的办法。王征兵发现自己好笨啊！农民这么贫困，自己读了四年农业大学，读了两年研究生，还是不能很快想出一个帮他的门路。他回去以后要潜下心好好研究，力争找出解决农民贫困的方子，让他们脱贫致富。

猪哼哼哼地又回来了，肚子也鼓起来了，钻到床底下卧倒不再动弹。男主人和女主人也回屋熄灯睡觉了。王征兵不敢不睡觉，怕伤害这一家人，横着心躺到床板上，熄了灯不敢闭眼睛。床底下卧头猪，怎能睡得着呢？

第二天，他把身上的零钱留给将要读高三的大男孩，叮咛他买几本复习资料，又给讲了几条高考复习的绝招，就跟着马老师回杨凌了。路上，三个同学也提到有些人家猪卧在床底下的情形，只是他们没有亲身经历罢了。

时隔十年，王征兵成了博士生导师，带着五六个学生到宁陕一带的山村调研。村子距离县城太远，他给一家村民交了伙食，午饭在村民家吃。

别看女主人小胳膊小腿，做起饭来很是麻利，不一会儿，端上六盘菜来，有菜豆腐、热米皮、黄瓜丝、小豆芽、绿菜等，摆了满满一饭桌，饭桌边摆着一盒雪白的餐巾纸。卫生条件比王征兵当学生时好很多。菜豆腐和热米皮一人一份。女主人很热情，给每个人搅拌好，端给学生们吃，还说味道不好自己再加调料。热米皮很厚，调料怎么加都难以入味。只有两个男生吃完一碗，再添了一碗。女生个个龇牙咧嘴，剩下大半碗。王征兵一尝，好像把卖盐的打死了一般，咸得难以下咽。他强忍着吃完一碗米皮，却喝下了两大碗水。

刚一出村民的大门，学生就嚷嚷要回县城吃饭。王征兵说：你们吃一碗吃一顿都难以下咽。想象一下，这家的男主人和孩子日日吃，月月吃，年年吃，该是多么痛苦啊！所以，你们想想，广大农村要解决的何止是物质上的贫穷问题，更要解决他们吃饭穿衣的质量问题。学生们一听，王老师就是不一样，吃顿饭都能吃出个农民问题来。

农民的问题又岂止是吃饭穿衣那么简单？王征兵带着学生去秦岭深处的一个山村调研，学生碰见一个老大爷，问他：假如你有一千块钱，是想把它花掉，还是存入银行？老大爷睁大眼睛看她，仿佛在看一个冰山来客，下巴颏的胡子抖得都快要掉地上了。他闷了半晌，说：我没有一千块钱啊！是你给我啊！学生就在一边提醒他：是说假如，是假设你有一千块钱。老大爷生气了：我没有一千块钱，你偏要说我有一千块钱。我明明没有啊！你这不是让我瞎说哩。我本来就没有，咋去花，咋去存银行？说着转过身在鞋底上啷啷啷地磕磕烟锅子，快步走开了。

王征兵站在一旁，想笑笑不出来，想哭没有眼泪。都什么时代了，我们的农民，还不知道“假如”的意思，农民文化素质水平的提高依然任重道远啊！

Allan教授很温和。

他坐在椅子里，一直温和地笑着。

他在用英语跟王征兵交流。

18

早上十点，王征兵收到新西兰梅西大学Allan Rae教授发来的约见邮件，他背个双肩包，出了门站在路边等出租车，左等右等，也看不到一辆出租车过来，偶尔有一辆挂着出租车牌子的车经过，上面都坐着人。他想着是不是自己站错了地方，就按照地图导引的方向朝前走了一段路程，还是没有看到愿意停下来拉他的出租车。北帕默斯顿（Palmerston North，简称北帕）的街道不是很宽阔，公交车也很少见到，来来往往的私家汽车嗖一辆过去了，嗖的又一辆过去了。王征兵没办法，只好按着地图继续朝前走。

九月的天气很好，阳光特别亮特别柔和。王征兵低头一看，自己的怀里好像落了数不清的碎银子，用手一抓，却是空空的，什么也没抓到。路面像是用碎银铺过去的，明晃晃地耀眼。他踩着树影走，心里却不怎么着急。他向来遇事都不着急，这么多年修炼出来的沉稳，在这里刚好派上用场。Allan教授说今天见面就行。那就是说，即使早上见不到，下午过去也可以。第一次到新西兰，顺路看看沿途的风景也挺好。

王征兵来新西兰做访问学者之前，没事就在书房上摆个地球仪，转来转去地端详，或者拿一张世界地图仔细研究，新西兰的位置、北帕默斯顿的位置、梅西大学的位置他都了然于胸。他知道梅西大学是世界上地理位置最东的大学，经度是175度60分，靠近180度经线，是一天中拥抱阳光最早的大学，因此人们也说照在梅西大学的阳光是最纯洁的阳光。相传当年天父与地母是合为一体的，他们怀里的孩子不安心生活在襁褓之中，便劈开自己的父母，天父化为天空，眼睛成了天上的太阳和月亮，而太阳的栖息地就在北帕默斯顿。想到这个美丽的传说，王征兵就笑了。虽然他还没走到梅西大学，但已经感受到阳光的纯洁了。抬头看天空，天蓝得那么纯粹，蓝得那么深邃，五六团蓬松的白云，像在海水中洗过一般挂在他的头顶，陪着他在北帕的街头走路。

王征兵也想去看看梅西大学的火种采集地，这是历届世界大学生运动会的火种采集发源地。第二十一届（2001年）夏运会在中国北京举行，相隔五年，当年在电视上看运动会的情景历历在目。王征兵很好奇，梅西大学的火种怎样取出来，又是怎样一路传递到北京。他还想去看看，世界上第一个在大学建造的橄榄球训练场。当然，更让他好奇的是梅西这所大学的创办者。据说，这所大学是1927年建造的，是新西兰为纪念用毕生精力发展农业的前总理威廉·弗格森·梅西（1865—1925）而改名的。最开始叫梅西农业学院，有人开玩笑说叫“咩咩咩咩咩咩咩咩西”，意思是绵羊的叫声。第一年只招了84个学生，学院只提供很少的几个关于农业学士和硕士学位的课程，而现在的梅西大学早已打造成一所世界性的综合大学，每年来自全世界的留学生高达上千人，全校学生总人数3万左右。

世界一流的梅西大学建在这个只有七八万人的北帕默斯顿，北帕就成了梅西的北帕。学生在学校，北帕就热闹；学生离学校，北帕就寂寞。王征兵报到的九月初，恰好是梅西大学学生报到的时间，北帕的街道显得有些冷清。街道两旁，大都是用木板搭建的平房，房舍简单低矮，没有任何雕饰的图案。楼房很少，即使遇到，也没有太高的。走到这里，王征兵仿佛走进刚上大学时的杨陵镇街道，仿佛走进七八十年代中国平原上随随便便的一个村庄，看不到密集成排的各式商店，看不到拥挤的人流，到处是绿树，到处是浓阴，到处是飞来飞去的鸟儿。忽然，有一只鸟儿扑棱一下擦着王征兵的耳朵飞过，他吓了一大跳，头一偏向，鸟儿却啾啾啾地飞远了。

看看地图，自己好像到了梅西大学，却找不见校园的大门，也没见着有围墙，王征兵转懵了。刚好有一个华人走过，给他说，你站的地方就是梅西大学呀，不管从哪个地方进去都行。王征兵顺着一条长满树的路朝一座小楼走。走到楼跟前，一看表，12点5分，正是下班时间，Allan教授估计不在办公室。他没地方可去，就到校园里走走看看。梅西大学的草坪面积很大，绿旺旺的，没有一丝尘土。每片叶子都像是巧媳妇洗过的，手伸上去，摸不到一点尘灰。草坪外围，有很多花树，开着各种各样的花儿，王征兵此前都没见过。放学时间，校园里很安静，听不到喧闹的声音。他慢悠悠地转了一个多小时，碰见不少学生，他们见到王征兵，微笑着打招呼。王征兵一看不认识，这些人却能这么友好地对待他，心里暖暖的，也就微微一笑表示感谢。

见到有个女孩子坐在草坪上看书，他也走进去，找一处阴凉地坐下休息。走了三个多小时，他的两条腿都僵硬了。记得上次来梅西没走这么久啊！今天不知咋回事，是不是绕路了？到了北帕，王征兵完全没了方向感。看着太阳，他对自己说：早晨起来，面向太阳，前面是东后面是西。但是，北帕的街道好像不是正东正西那么规整。走着走着，太阳的位置就不对了，他的方向感就迷糊了。问路时，人家不会说朝东朝西，只说朝左向右。北帕的汽车行走跟国内也不一样，司机在右，路靠左行。在国内开车，习惯了坐在左边，路靠右行，到这里怎么都倒不过来，显得他走路一点秩序都没有。过马路时，汽车司机一排排停住，招手让他先过。通过十字路口，恰好是红灯，一个中年男子看他着急通过，帮忙摁路边柱子上红绿灯的按钮，结果红灯就变绿灯了。没想到这红绿灯还能让行人操控？看来，这座城市，还有脚下的这座大学，他得有一个较长的适应过程！

到了午后两点，王征兵站起来再去那座小楼，碰见一位像老师的大个子男人，王征兵一问，男人就听明白了，带他上到四楼，把他直接领到Allan教授的办公室。Allan教授一看王征兵，脸笑得跟北帕的阳光一样热情。他皮肤很白，是王征兵从未见过的男人的白，透着深层的红润。脑门没了头发，光秃秃的，后脑一圈却是亮闪闪的银发。眼镜背后的蓝色眼睛泛着智慧之光。王征兵看着他，他看着王征兵，好像又在竭力思索着什么。他们用电子邮箱交流了大半年，看过对方的照片，应该是很熟识的。但是，第一次见面，还是有短时间的陌生感。

Allan教授很温和。他坐在椅子里，一直温和地笑着。他用英语问王征兵来时路上的情况。王征兵有些能听懂，有些词语听不明白意思，只是含笑应答着点着头。简单地交流之后，Allan教授给了他一堆东西，有办公室的钥匙、图书馆的借书证、学校和市区的地图，并领他到隔壁407办公室，告诉他，这一年他一个人就在这里办公，如果有问题方便交流。王征兵一看，办公室里电脑、电话、打印机、宽带网、书架、办公桌以及各种笔和纸张一应俱全，比他在国内的办公环境好得多。Allan教授再领他去看茶歇室。茶歇室也在四楼，里面有免费供应的咖啡茶水，每天上午10点与下午4点，可以来这里歇息。Allan教授又领他去一间办公室。门没有上锁，推开门，里面全是办公用品，还有一大摞信封。Allan教授说：需要纸、笔等办公用品自己来拿，写信可以用这里的信封。而且，这里的人中午都不回去。每周三12—13点有应用经济学课程，你可以去听听。王征兵还以为梅西大学跟国内一样的作息时间。原来中午吃饭的时间还会上课。

到梅西大学后的第一个周三，王征兵去了指定教室听报告。台阶教室，能坐近百人。里面全是地毯铺就，干净整洁，没有一块纸屑。教授来之前，教室里坐满了人，没有一个人说话，有的看书，有的静静坐着等待。王征兵坐在里面，仿佛坐进一个无人的防空洞，安静极了。教授一开始讲课，下面就能听到议论声音了。过了大约十分钟，一个女孩直接站起来打断教授的话问：老师，边际效用递减规律是什么意思？三个苹果明明是完全一样的，你为什么说这三个苹果的效用是递减的呢？女孩坐在后排，其他同学都回头看。王征兵也坐在最后一排，感觉近百双眼光都看向了他。教授说：三个苹果从物理学角度讲是完全相同的，但你在吃的过程中感受是不同的，吃第一个苹果感觉很甜，很香，吃第二个苹果时感觉不是很甜，吃第三个苹果感觉不好吃了。效用就是你的感觉，边际效用就是每次消费增加的效用，所以从个人感觉的角度，三个苹果的边际效用是逐步减少的。女孩好像没有完全理解，又问了一句，问什么了，王征兵没有听清楚，但教授接着解释：你男朋友第一次吻你的时候，你是不是很激动？女生答：是的。教授：第二次吻你的时候，是不是就没有第一次那么激动了？女孩：是的。教授：如果你男朋友第一万次吻的时候，你可能就没有感觉了。女孩：是。教授：这就叫边际效用递减规律……

结果，两个人的对话持续了一个多小时，下课铃声响了。最后那个女孩好像明白了，走上前去感谢教授。王征兵英语基础不是很好，他们讲的有些内容没听明白。他不知道这节课教授原本要讲什么，会不会因为这个女孩提问而影响整个课程的进度，他问旁边的同学，他们说不会影响，学校里的教授讲课都这样，本着解答学生疑问而建构课堂教学的形式，学生都很欢迎。

王征兵走出教室，在校园里转，发现每个办公楼楼道的墙壁上都有宣传栏，上面贴着全系员工的照片及简单介绍。浏览一遍，就能知道这个系里有多少老师，师资力量如何，取得的成果怎样。旁边还贴满老师们发表论文的复印件，未发表论文的原件，有的则把论文的概要做成大型的彩色版面贴上去，每个人的研究成果一目了然。

王征兵把自己的研究方案交上去后，Allan教授邀请王征兵参加他们一个老师的论文讨论会。十多位老师坐在一起，随意地交流，不像在中国召开学术研讨会那么严肃。王征兵听到一个名词：定量分析。Allan教授说：银行里设置服务窗口，到底设多少个才合适呢？等的时间太长，顾客就会把钱转移到其他银行里去。等的时间太短，又会增加成本。那么，等待多少时间才能有利于主顾双方呢？这个老师通过大量的调查研究统计出来，每个顾客等待八分三十六秒才是合适的。基于这个研究设置服务窗口，银行就可以提高服务质量，保证自己的经济效益。

Allan教授说完，看了王征兵一眼。此前，王征兵把自己的研究方案给Allan教授看时， Allan教授就提到定量分析的意思。王征兵却觉得，自然科学可以定量分析，社会科学中的有些问题很难定量研究，如村干部的激励机制研究。原来今天Allan教授让他参加谈论会就是给他讲社会科学的定量分析方法。他明白了，必须把村干部的激励机制用数字计算出来，落实起来才具体可行。

讨论会结束，王征兵跟随Allan教授去了一个农场。农场在马纳瓦图河岸边，即使秋季，草原依然郁郁青青，如同铺了一层绿茸茸的毛毯，随坡势起起伏伏。遍地的牛儿散落在草丛里，有的在吃草，有的三三两两在嬉戏，有的带着小牛犊一前一后地漫步。时而哞的一声，悠悠长长，整个草原都能听到回音。铃声一阵响后，黄牛黑牛花牛从四面八方朝一个大转盘（挤奶器）跟前跑，一个跟一个地排队，轮到自己跟前，就上了挤奶器，大约几分钟时间，先前圆鼓鼓的乳房便瘪下去了。挤完奶的牛又陆陆续续向草原上走。有的飞快地跑，有的慢腾腾地走，有的离开几步，仰着头朝向天空，仿佛对着蓝天白云诉说心思一般。

农场主给王征兵介绍说：他们的农场都是科学管理，农场种什么草，草长到什么程度才可以放牧，每一公顷养多少只牛等等，都要经过专家的严格测算。每个农场都会参加奶牛合作社，每家生产多少斤牛奶是有规定的，按订单生产。多余的运到海边倒掉也不能私自去卖。农场不仅有第一产业，也会加盟二、三产业，加工企业和连锁超市都有他们的股份，这样，他可以从三个产业赚钱。

王征兵有个同事，现在移居北帕这里。他曾多次去拜访他。同事开了一家商店。他说：在新西兰开办商店，先要上报政府有关管理部门。政府管理部门要根据每个社区的人数、人均购买力等数据进行测算，确定每个社区应该开设几个商店，避免开的太多，大家都赔钱，也不要开的太少，让居民购买东西不方便。也就是说，在新西兰，每个社区开商店，须得经过严格的核算程序。商店一旦开起来，想要赚很多钱比较难，但肯定不会赔本。

王征兵的研究思路越来越清晰。有时，他会一个人去餐厅吃饭，边吃边思考。餐桌在草坪上，四周是蓊蓊郁郁的绿树。原木桌椅上摆放一盘面包一盘水果。他吃着水果，望着蔚蓝的天空，想着遥远的祖国，想着祖国农业的发展前景，想着祖国农村亟待解决的问题，想着数以亿计的农民还处在贫困之中，他便感到研究农业问题意义之重大，从而对自己从事的专业“农业经济管理”有一种充盈心间的自豪感和沉甸甸的责任感。

他想得出了神，不知何时，鸟儿落在自己的怀里啄食面包屑，旁若无人的样子。他静静地坐在那里，连咀嚼面包的动作都停了下来。

证书

西北农林科技大学

王征兵老师：

您指导的作品《村干部工资标准研究》在第九届“挑战杯”飞利浦全国大学生课外学术科技作品竞赛中荣获一等奖。

共青团中央　中国科协　教育部　全国学联

二〇〇五年十一月

他们都说，
王征兵是他们的恩人，
是他们村子永世不能忘记的恩人哪！

19

王征兵带着五名学生到宝鸡的秦岭山区调研。正是午饭时候，他们走进一座村子，看见一户人家门前蹲着五六个村民，端着大老碗吃饭。发现有陌生人过来，村民们警惕地站起来。七月的秦岭，不像关中平原那么热，穿短袖短裤汗都流个不停，村民们挂一身长袖长裤，浑身上下裹得严严实实。年龄最大的那个，满脸白胡茬，愣怔地站在河岸边，望着王征兵的一个学生出神，外罩的深蓝色褂子被风吹得直向后张，蝙蝠一般飞动。山里的确很凉，前几天一直下雨，今天温度就更低了。王征兵上身只穿了件纯棉T恤，站在谷口，山风呼啦啦地吹，裸露的胳膊暴起一层鸡皮疙瘩，他用手搓搓，走到满脸白胡茬的村民跟前，向他打听村长的住处。

白胡茬的好像没听清，问：谁家啊？一个学生大声说：老大爷，是问村长的家在哪里？这下他听清楚了，其他人也听明白了，先后应和着说：我们村就没村长。王征兵一听，很是吃惊，改革开放二十多年了，这儿连个村长都没有。他来之前了解过，从1999年开始，宝鸡市政府为贯彻落实党的十六大和中央农村工作会议精神，探讨新阶段星火计划的战略定位、发展方向、运行机制及政策措施，加快推进农业产业化、农村城镇化、农村信息化、农民知识化，跟西北农林科技大学合作，启动了农业科技专家大院的宏大计划，在田间地头建成小麦、辣椒、布尔山羊、猕猴桃等三十二个专家大院，配备了完善的生活设施和办公条件，把实验室和试验田连成一体。过去，地方政府与农业院校、农户与高校专家、涉农企业与高校专家之间，处在松散型联结状态，缺乏内在的动力和活力，缺乏技术集成功能，制约和影响了技术承包、办点示范、科技下乡等活动的绩效，所以，无法承担破解“三农”问题的重任。现在，农业科技专家大院充分发挥专家的引领作用，调动技术推广机构的参与积极性，及时解决了农民的生产技术问题。这种农技推广的新模式，受到国务院总理温家宝的充分肯定。

但宝鸡市政府很快发现，农民生产的农产品质量提高了，却很难找到畅通的销售渠道，大量的鲜果鲜菜烂到家里地里，造成极大的浪费。经过多方打听，了解到西北农林科技大学的王征兵教授在农产品营销方面积累了大量的经验，有关部门研究决定，聘请王征兵教授到宝鸡市信息指挥中心，成立农业产业政策首席专家大院，让他帮农民出谋划策。

接到聘书后，王征兵决定利用暑假到宝鸡秦岭山区调研，看看农产品的种植和销售的真实情况。第一站抵达的这个村子，到村口却没发现路标。听村民这般说，他才意识到问题的严重性。这个问题估计不是一句两句话能说得清楚的。他坐到一块大石头上歇息，提醒村民们先吃饭，吃完饭他跟大家伙儿好好聊聊。村民听说王征兵和几个学生都来自西北农林科技大学，也热乎起来，把他们让进屋子，端茶倒水，说出了实情。村子刚开始选出一个能人当村长，但后来人家嫌工资低，做的事情又多，没多久就不干了，出外打工去了，一个月赚的钱比在村里干一年还多。再推选上来一个高考落榜的小伙子，应付一次乡上的检查出了岔子，被痛骂了一顿，又撂挑子出外挣钱去了。再后来，就没人管了。乡上干部也是睁一只眼闭一只眼，一年一年的就这样混过去了。村里很多劳力都跑出去打工了，干得好的连老婆孩子都带走了。

王征兵心情很沉重，如果这种情况再持续下去，这座古老的山村总有一天会从地球上消失的。如果一个个村庄相继消失了，中国几千年沉淀的乡村文明也就消失了，那后果将不堪设想啊！他走出村民家，一个红脸汉子带着他和学生在村外的山山沟沟转了一圈，王征兵发现，经济作物猕猴桃、核桃、木耳在这里很有发展前景。村民却说，结得再多卖不出去顶啥用，穷得一年出不了一趟山。有些娃娃考上高中读不起，早早辍学跟着大人一起去城里了。王征兵问：没有村干部你们觉得能行不？他们说：咋不行？这么多年没人管都过来了，大家的日子还不照常过！王征兵提醒他们：你们这山里，是不是经常发生泥石流？村民们点点头。那么，泥石流冲毁房屋时，谁来向上级报告？谁去打120？谁去争取政府的支援？村民们摇摇头。谁带领村民堵缺口、转移留守的老人和孩子？再想想，你们有这么多赚钱的经济作物，谁来带领你们发展经济，谁去和专家大院的技术人员沟通？……

王征兵讲着讲着，有些激动了。他放下茶杯，看着围过来的很多村民。有的穿着补丁摞补丁的衣服，有的脚蹬露出大拇指的布鞋，有的孩子三四岁了还光着屁股，有的则是一脸茫然，他心痛极了。羊群走路靠头羊，这个村子发展不起来是与村干部机构不健全有关，农民不能脱贫致富与没人愿意当村干部有关，而没有人当村干部是与工资补贴太低有关。那么，到底该给村干部发多少工资，村民才能接受，村干部才能调动起工作的积极性？他下决心要研究解决这个问题。

回到杨凌，王征兵组织研究团队编制了《村干部补贴收入现状调查问卷表》，并于2008年4—5月选取陕西省兴平市进行调查。他安排黄越慈、崔珍珍等三十名同学带着调查问卷走访了二百名村干部和三百名村民。他们两人一组，走村串户，遇到村民就把表格递上去。村民接过去一看，有的摇头说不知道村干部发多少钱，有的说太高了，还有个别人说太低。他们继续走访，到另一个村里，恰巧碰见一圈人围着卖菜的三轮车，中间站着一个提秤杆子的中年男子，张大嘴巴正说着什么。他们觉得好奇，就凑到跟前听：我们那村长，别看他长得五大三粗，却是个软头，白天忙着给村里修路，把口袋里的钱买烟招呼人花光了，晚上回家关起门老婆不让上炕，蹲在炕门边睡觉，头磕到火炉子上，碰出蚯蚓粗的一道血口子，血呼啦一下涌出来。跑到医疗站去包扎，口袋里掏不出一分钱。老婆跟在后面吼着骂他：一月挣一百来块钱，自己的生活都管不住，还动不动回家跟我要。卖粮食的钱要是花光了全家人都跟你去喝西北风啊！啊！男人不敢争辩，老婆又举起拳头来，一看他头上厚墩墩的纱布渗着血，拧身就走了，回家收拾包袱带着两个男娃娃回了娘家，再也没回来。村里的路修好了，男人欠了一屁股债，辞了村长，跑南方打工去了。据说在工地推水泥车，累死都不回来。过年回家大伙儿一看，都瘦成干茄子了。

崔珍珍一边听一边抹眼泪，这村干部的待遇确实是太低了啊！但有几个人能体谅他们的苦啊？！有些人还说，村干部工资表面上拿得少，“灰色”收入却没人能看得见，有的村干部假借亲戚之名在城里开店，生意经营得红红火火，吃的穿的不必说，家里盖的楼房都是全村最高的。可是，崔珍珍在调查过程中发现，像这样的村干部是有的，但不全是这样的。村干部调查表收上来，统计数据显示，他们的平均补贴每月只有125.85元，年平均收入1510元。而2007年陕西省农民人均纯收入为2560元，全国农民人均纯收入为4140元。这些村干部的补贴收入比陕西省农民人均收入低1050元，比全国农民人均收入低2630元，甚至比兴平市2007年农民人均纯收入2130元还低620元。据此，王征兵认为，村干部虽然有点所谓的“灰色”收入，但差异性很大，有些村的村干部“灰色”收入很少或没有，“补贴”收入又太低，就像卖菜人讲到的那个村长，不仅影响了他的工作积极性，甚至出现妻离子散的悲惨局面。有些村民虽然认为村干部的工资补贴太低，但又说不出村干部每月到底应该拿多少才合适。有些村民认为村干部收入比较高，但也只是凭感觉说说，没有什么依据。由此可以看出，村民对村干部补贴收入的判断存在一定的误区，这一误区影响了干群关系，阻碍了农村的经济发展。

那么，村干部到底拿多少补贴双方才能满意呢？王征兵通过调查发现，村干部对每月工资平均期望值是641元，而村民认为村干部每月的补贴应该是306元。当然，村干部的"补贴"标准既不能按村干部的期望确定，也不能按照村民的意愿来确定。如果按村干部的期望确定，村民会认为过高而不满意；如果按村民的意愿确定，村干部会认为太低而不满意。王征兵觉得，村干部的合理"补贴"水平应在306元到641元之间。于是，他确定了9套方案，从310元到630元，每隔40元设计一种方案，把学生分成9组，反馈给兴平市随机抽取的50名村干部和50名村民，询问他们对该方案满意的情况。从村干部和村民的满意率之和调查结果中可以看出，村干部"补贴"的合理标准是每月510元，以此推算，村干部的全年收入应该为6120元。2007年兴平市农民人均纯收入为2130元，村干部合理"补贴"水平比当地农民人均纯收入高3990元，是农民人均纯收入的3倍。这个比例应该是最合理的。考虑到地区差异，王征兵又派学生到宝鸡眉县、岐山县、太白县等不同县区调查，发现村干部的三倍"补贴"比例具有广泛的推广价值和借鉴意义。

宝鸡市政府采纳了王征兵的建议，宝市发［2008］17号文件《中共宝鸡市委宝鸡市人民政府关于落实关键举措促进农民增收的意见》，该文件的第21条规定："村支部书记年薪是任职村农民人均纯收入的3倍"。村干部的工资补贴调整之后，干部的工作积极性空前高涨，跟农业科技专家大院联系越来越紧密，曾经没有村干部的村子都在竞争上岗，当上村干部的也能为村民办事。陕西省委年终总结时，宝鸡市长把这个经验写到政府文件中，提到了会议上，省委省政府建议在全省推广。截至2018年，全省几万名村干部均按此标准领到了工资补贴。2017年陕西省农民人均收入为10 265元，10 265×3=30 795元，30 795/12=2566.25元/月，所以，2018年全省的村党支部书记和村委会主任的月工资补贴都在2500元左右。其他一些省份也相继按此标准给村干部发放工资补贴。王征兵很欣慰自己的研究成果能给村干部提供一个合理的激励机制，创造一个公平公正的工作环境。但是，村干部的问题又岂能是一个工资的问题呢？他带着学生继续向村干部的其他领域挖掘，如村干部的考核指标体系、村干部职务行为规律、村干部职业化等，这些都需要投入更多的人力、物力、精力去研究。

2017年，再次走进秦岭深处的山村，王征兵满心愉悦。十几年来，他坚持不懈地组织团队研究村干部问题，从2002年主持国家自然科学基金项目“村干部在农村经济管理中的激励与制约机制研究”开始，到2005年主持教育部新世纪优秀人才支持计划课题“村干部激励与制约机制研究”，再到2006年主持国家留学基金管理委员会西部地区人才培养特别项目“村干部工资标准研究”，再到2012年主持教育部人文社会科学研究规划基金项目“村干部在农村社区管理中的职务行为规律及规范研究”，国家投入了上百万元的经费，资助他搞村干部职务行为研究，跟随他搞研究的研究生发表了上百篇论文，出版了多本专著，其中郭斌的《村干部工作行为规律及激励机制研究》、宁泽逵的《中国村干部激励机制研究》，都产生了强烈的社会反响，以至于有专家开玩笑说：网上一百度，关于村干部的研究论文，不是王征兵的，就是王征兵指导的研究生的。

参加村干部工资标准调查研究的黄越慈、崔珍珍等五名学生，曾经参加2005年举办的第九届“挑战杯”全国大学生课外学术科技作品竞赛，荣获一等奖。“挑战杯”是全国大学生所有赛事中最有影响力的大赛，两年一届，西北农林科技大学每届都有参加，直到第九届才夺得一等奖的殊荣，王征兵怎能不欣慰呢？崔珍珍同学因为这个奖项被推荐上了中国传媒大学的硕士研究生。看到学生们的成绩，王征兵觉得，所有的辛苦与付出都值得。那些女孩子，跟着他跑山沟下河川，脚跟磨破了也不吭一声。第二天走路一瘸一拐他才发现。吃饭时，饭菜难以下咽，不是碗脏就是盐重，他带头大口吃，边吃边安慰学生、引导学生，让他们体谅村民的贫苦，设身处地地为村民着想。学生听完他讲的故事，硬是把一碗准备倒掉的面条吃进了肚子。现在的山村，村村通了公路，家家装了电话，人人有了手机。村民有钱了，买个手机玩微信支付，还时不时地跟远在城里的家人视频通话。再次带着学生去秦岭山区调研时，村干部热情地招呼王征兵，他们都说，王征兵是他们的恩人，是他们村子永世不能忘记的恩人哪！

王征兵掏出准备买录音机的五十块钱递给妇女，妇女抱着孩子站起来，一直说谢谢。

20

王征兵骑着一辆自行车，穿越铁路桥洞子。上坡时有些吃力，他下来推着自行车朝街道走。刚一拐进街口，就看见路边坐着一个衣衫褴褛的妇女，怀里抱着一个男孩。男孩一只眼睛向外翻，白眼仁快要掉出来了。脸上白一块黑一块，两只苍蝇在上面绕来绕去地飞，男孩伸出黑乎乎的手去抓，似乎抓疼了脸，放声大哭。妇女把孩子的嘴摁到奶头上，眼泪唰唰地流。路过的人纷纷掏出零钱，放到女人面前。有的一毛钱，有的五毛钱，有个老太太颤巍巍走到跟前，放了五块钱，还摸了摸孩子裸露在外的光脚，把妈妈的衣襟拉上去盖住，走的时候从头上拉下帕子直擦眼睛。有个年轻妈妈领着三四岁的儿子路过，儿子把手里举得高高的毛票放进一堆零钱里，边走边回头看。王征兵掏出准备买录音机的五十块钱递给妇女，妇女抱着孩子站起来，一直说谢谢。男孩不哭了，沾着奶汁的嘴对着王征兵咯咯地笑。那只外翻的眼睛笑起来更怕人，王征兵不敢再看，推着自行车离开。

五十元钱是王征兵半个月的工资，他捐出这个钱，是有那么一瞬间的犹豫。可是，他想到比他更困难的是这个抱着病孩子的妇女，不知她家在哪里，何时流落杨凌街头，孩子的病情有多严重，乞讨得来的这点钱，帮孩子治病恐怕是杯水车薪，但全社会的人伸出援助的手不就解决了吗？王征兵记不清给路边的乞丐捐过多少次钱了。过去每次还能给自己留够花费，剩下的钱才捐出去，这次却把本来要给父亲买录音机的钱都捐出去了。当然，父亲的录音机下个月买也可以，迟一个月也没关系。父亲心善，要是知道他这样做，肯定会高兴的。说不定他给妇女的这五十块钱还能有大用。

两年以后，王征兵涨了工资，陪妻子去市场买菜，到处能听到讨价还价的声音。妻子挑了一棵大白菜，十五斤重，每斤七分钱，算下来应付一块零五分钱。妻子掏出一块钱递给卖主。卖主伸手问她要差额的五分钱，妻子没有，两个人高一句低一句地争，王征兵掏出五分钱给了卖主，拉着妻子去买肉。后臀肉称下来四斤一两，每斤两块五毛钱，算下来十块两毛五分钱。妻子掏出十块钱，又在钱包里翻找零钱，卖主却说够了够了不用找了。王征兵心想，卖白菜的差五分钱都要，卖肉的两毛五分钱却不要。什么原因呢？他们路过一家卖烤红薯的，男子买一块红薯，两毛一分钱，一分钱卖红薯的老头都要去了。到底是怎么一回事呢？为什么有的零钱买卖双方都在意，有的零钱买卖双方都不在意呢？

王征兵工资涨到两千元钱以后，会抽空带着妻子逛逛街，看看电影。有一次，看到很多人在电影院门前的福利彩票店买彩票，他也跟着凑上去。他知道这个福利彩票，是国家为了筹集社会福利资金，兴办残疾人、老年人、孤儿福利事业，帮助各种有困难的人，团结各界热心于社会福利事业的人士发行的彩票。全国各地都有福利彩票的发行点。很多人不只是为了中奖，更多的是献一份爱心。他跟妻子商量，每个月工资领到手先买两块钱一注的福利彩票，中不中奖看运气，就当是为社会做贡献。妻子觉着，他们两个人都是在苦日子里长大的，体会过生活的艰辛与不易，所以，王征兵的做法她很支持。关键是每个月买两块钱的彩票对他们的生活没有任何影响。如果王征兵掏一百块钱买彩票，相对于他们目前的家庭收入，她就会心疼了，肯定不同意。王征兵买了三年，家里积攒了一大盒福利彩票，但只是中过一次五元钱的小奖。

买过好多年彩票后，王征兵开始研究，他发现，福利彩票体育彩票正是利用人们赌的本性来募集资金。人们在为体育事业和福利事业奉献爱心的同时，它的背后其实附带了人的赌性。如果是纯粹的捐赠，募集到的资金就会少得多。但彩票与赌博是有明显差别的。对赌博来说，赌注大小决定输赢的数额。赌注大，输赢的数量就多；赌注小，输赢的数额就小。而彩票每一注的金额是固定的，一般为一元或两元，获得的回报却是根据中奖的等级来定的，少到数元，多则数万元，甚至数百万元，因而给每一个人提供了瞬间暴富的机会。赌博的回报概率较大，四个人打麻将，每个人赢的概率均为四分之一，而彩票的获奖概率，尤其是获大奖的概率明显要小得多。陕西风采福利彩票，投注者要从1到33中的33个数字中选择7个，若所选的7个数字和摇奖机摇出的7个数字完全相同则为一等奖，而一等奖的概率却只有四百万分之一。彩票与赌博相比，更为简单，只需数秒钟便可学会博彩。赌博往往要花费较长的时间，少则数小时，多则数天，甚至更长，而彩票瞬间即可完成。即开型彩票，刮开兑奖区马上就可知道是否中奖。摇奖式彩票，只有几秒钟就可完成投注，然后等到规定的时间查看是否中奖。赌博是参赌者之间资金的重新分配，也是国家明令禁止的，而彩票是国家募集资金的一种方式，是国家批准和允许的。

彩票获奖概率，尤其是获大奖的概率很小，人们只能用投入的一小部分不在意资金来购买彩票。这样，即使中不了奖，也对自己的正常生活没有什么影响。如果用太多在意的钱购买彩票，在中不了奖的情况下，就会影响正常生活，产生极度懊悔的心理，甚至对彩票的公正性表示怀疑，从而怨天尤人。

这跟买菜卖菜的道理一样，有些零钱人们可以不在意，有些零钱人们却很在意。买彩票时，家庭经济好的，可以买二十到三十注，甚至上百注。家庭经济不好的，比如带着病孩子乞讨的妇女，一注都不会买。王征兵越琢磨越觉得这些零钱里面有门道。2012年，他带着学生到杨凌康乐路蔬菜市场调查，通过200个买菜案例调查发现：两百个舍去零头的案例中，对零头的在意与不在意主要跟交易额的相对量有关，与贫富没有关系。比方说，十元钱能不能被舍去，不在于这十元钱本身，而取决于交易额的多少。如果交易额只有几十元钱，那么十元钱不可能被舍去。如果交易额达到几百元，甚至几千元，那么十元钱就成为零头可以被舍去。这个零头资金是买卖双方都不在乎或不注意的资金，王征兵给它起了个名字叫“不在意资金”。

后来，王征兵通过随机对杨凌蔬菜交易市场中五百例舍去零头金额交易的调查，发现舍去总金额正好等于交易总金额的百分之一，称之为“百分之一定律”。他又在杨凌蔬菜市场做了多次小样本测算，均符合“百分之一定律”，从而得出一个结论：如果在蔬菜交易中欲舍去零头资金等于或小于交易额的百分之一，那么这个零头资金就成为不在意资金。王征兵把他的调查结论及研究结果撰写成论文《蔬菜交易中不在意资金规律研究》，发表在《西北农林科技大学学报（社科版）》2014年第2期。

元旦快到了，王征兵坐在沙发上看电视，手机响个不停，不用看就知道是亲朋好友发的祝福短信，更多的是学生发来的。短信数目迅速增高，有时增加的速度比眨眼还快。你刚抬头看一眼别处，再低头看手机，就会多出二十余条短信。这些短信发一条一毛钱，对于能买得起手机的人来说，一毛钱就是不在意资金。移动公司正是利用了人们的不在意心理发展了公司的业务。过节时，你坐在地铁上望去，几乎每个人都低着头翻看手机，大多是在读短信或是发短信。有个女孩坐在王征兵身边，读着短信竟笑出了声，回头对着王征兵念，念到一半，抬头一看不认识，羞得脸都红到了耳根子，提起包就往出口跑，脚被一个小伙子的腿绊了一下，差点倒下去。小伙子一把揽住她，她竟回手抽了人家一个耳光。小伙子刚抡起拳头，地铁门打开了，女孩趁机夺路逃出去了。

2009年，据中国移动总裁王建宙透露，中国移动日均短信发送量为18亿条，节假日的短信发送量为90亿至100亿条。每条短信收一毛钱，每天就是1.8亿，一年就有657亿的收入。中国移动正是利用不在意资金创造了巨额财富。随后，王征兵不断扩展不在意资金的研究领域，发现这个经济现象不仅存在于购物，还存在于慈善捐赠、友情招待、利益分配等方面。比如在慈善捐赠时，人们所捐的金额，肯定是不在意资金，一般不可能是在意资金，既为在意，那他是舍不得捐的。如果捐到“伤筋动骨”的状态，那他就会痛惜和懊悔。友情招待也一样，朋友来了，自然需要接待，然而用多少钱来接待呢？花十几元钱买一份水饺可以招待，花几十元钱要几样小菜也可以，花几百元吃一桌大菜也行。方案有许多种，但最后选择的方案一般是你不在意资金所能达到的方案。当你与他人合伙做生意赚了一笔钱，最后分配利润时，如这笔钱与参加分配的人相除，不能整除时，参加分配者一般不会要求精确到角、分，甚至不要求精确到元、十元或百元。不要求精确的部分，就是大家不在意的部分，那么谁拿都行，这部分资金就是不在意资金。

不在意资金的大小有其内在的规律。这个规律就是不在意资金的额度与交易额或与个人资产的比例有关。购物时，不在意资金的大小与交易额比例有关。一般情况，交易额的百分之一为不在意资金，交易额的十分之一为在意资金。十分之一至百分之一之间，为在意资金向不在意资金的过渡阶段。在这个比例段内，若接近十分之一，则该金额接近在意资金，若接近百分之一，则该金额接近不在意资金。捐赠时，不在意资金便与个人资产总额比例有关。资产总额的百分之一为在意资金，千分之一为不在意资金，即人们捐赠的金额一般占其资产总额的千分之一，称之为“千分之一定律”。如果支出远远超过千分之一，则会接近在意资金，因其在意，这一毫无回报的支出将会使其痛惜、懊悔。如果远远低于千分之一，虽不在意，但因支出与其身份不符，觉得有失面子，也会产生一种不愉悦的感觉。因而慈善捐赠的金额一般情况下接近其资产的千分之一为宜。

发现了这个规律，王征兵很惊喜。如果把“不在意资金”恰如其分地运用到企业经营管理中，将会产生较好的经济效益。有个超市老板咨询王征兵怎样才能提高超市经营效益。王征兵想起家里几张没用完的购物卡。每一张卡里面剩下的不是五元钱就是十元钱，懒得开车去超市花销，来回跑一趟的费用远远超过了卡里的余钱，而这些卡都已过期了，而卡里的钱便成为超市的隐形收入。这个家庭一张，那个家庭一张。如果超市有一万张购物卡余额没消完，每张卡里节余五元钱，那就是五万元啊！即使是一百张卡，也能轻而易举地收入五百元。这就是不在意资金所创造的经济价值。

王征兵在陕西农村调查时发现：一个老头花八千元给自己买了一副棺材。他问这位老头：如果让你花三千元买次一点的棺材，把节省出来的钱给你买好一点的衣服，比如一千元的羽绒服，你是否愿意呢？结果这位老头很果断地说，他还是喜欢高价的棺材而不愿意买高价的衣服。他还观察到一个现象：一个男人花三十元钱买一包烟是毫不犹豫的，而花三十元买一本书却要思考半天。

不在意资金应该还会受文化习惯和生活习惯等诸多因素的影响。王征兵认为他只是揭开了不在意资金这个金矿的盖子，还需要更多的人花费更长的时间来挖掘这个巨大的金矿。

王征兵一听，这个老板的确会做生意，他正是用了十二人性中的『情感』，所以很吸引那些有怀旧情结的人。

21

王征兵走进杨凌五泰金属设备有限公司，靠西侧有一大片空阔的场地，搭建起一个活动舞台。舞台不大，台上站着一群小朋友，看到有人走来，都跳跃着鼓起小手，欢快得像一群翩翩舞动的蝴蝶。王征兵是今晚公司总经理马玉建邀请的贵宾，当然是坐在前排，晚会准时开始。

今天是中秋节，五泰公司举行一场属于员工自己的中秋晚会，马玉建专门把王征兵教授作为场外嘉宾请来，是表达对他的感恩之情。自从听了王征兵教授的“十二人性理论”，马玉建恍然大悟，他意识到善良、权欲、赌博、贪财、好色、食欲、情感、爱美、好奇、逍遥、嫉妒和乐于被称赞这十二种人性奇妙的“经济效应”，他认真学习并领悟这些人性的神奇魅力，并灵活运用到企业经营管理中，激发出企业员工极大的创造力。

开场是马玉建的答谢词。他特意穿了件白衬衫，系着枣红色的领带，笔直地站在舞台中央，深深地鞠了一个90度的躬，挺起身来时，两个腿面的烫折跟他人一样端正。马玉建爱美，不管是自己的穿着，还是员工的穿着，他都比较讲究。今晚是自己公司员工的晚会，按理可以随意一些，细心的王征兵发现，男员工都穿着白衬衫蓝裤子，系着红领带，女员工穿着白衬衫蓝裙子，脖子戴着红领结，脸上薄施粉彩。这些员工，跟王征兵平时在厂房见到的好像是完全不同的两群人。

初次到公司参观，王征兵走进厂房，工人们都在忙碌。这是一家生产环卫市政设施的企业，企业不大，却有快20年的历史。车间地面上堆放着各种规格的钢板，两三个工人一个小组，各干着自己分内的事。有一个即将制作成型的产品，四五个工人正在完成最后一道工序，似乎结合得有点不合适。马玉建看了看，叫着：刘师傅……刘师傅……把卷尺给我。他拿起卷尺，仔细查找误差在什么地方。他叫来车间主任程老师，指出问题原因，程老师边答应边举起戴着手套的手背擦额头细密的汗珠子，苍白的脸色被马玉建察觉了，程主任，你是不是身体不舒服？

马总，我是肚子有点疼，不过能扛住。程主任说着用手在肚子上揉了一下。

不行，程主任，必须去医院看看，不要耽搁了！程主任被办公室人陪着，去了趟医院，经确诊是胆结石。这件事情，王征兵是见证人。

公司成品库放着一批椭圆形的垃圾箱，样子和王征兵以往见过的不同。他走过国内很多城市，街面摆的垃圾箱方方正正，颜色都是单调的墨绿，而这个垃圾箱的棱角却有了浑圆的流线型，天蓝色的主色面上飘着白云，看着很是柔和舒心。马玉建介绍说，自从听了王征兵教授的报告，他就不只是到国内各个城市观察垃圾箱，而是把目光投向了国际市场。他相信，空间距离越远，人的审美视觉差异就会越大。所以，他每年都要去国外考察。这个椭圆形的垃圾箱就是他到法国的一个小镇看到的。没想到，回来一投入生产，就收到一批订单，公司当年的收益比往年翻了几番。

跟着马玉建参观，王征兵觉着，这个公司的每个员工好像都是马玉建的兄弟姐妹，他叫这个付哥那个张嫂，连看门曹师傅都是不称呼不开口，整个公司上上下下融入一种温馨的家的氛围，钢铁似乎都被融化成情感的容器，铸造出一个个带着五泰人体温的垃圾箱，如同蓝天白云般飘往国内各个城市的大街小巷，美化着城市的环境。怪不得王征兵这几年在杨凌城去转悠，从垃圾箱旁边经过时，怎么都闻不到浓烈的臭味儿了，原来是垃圾箱造成封闭的了。

马玉建边走边介绍：公司成立了五人小组的管理委员会，五千元以下的开支每个人都可以自主决定，不用汇报总经理。充分下放权力，给予管委会的成员独立处理某些事务的相对自由，这样，他们就能放开手脚工作。每个人心里都涌现出一种主人翁的责任感与自豪感，觉着这公司是他们生命的一部分，格外珍惜。公司发红利，也是依照王教授提出的秘密原则和少量多次原则，员工们收到红包，彼此之间不知道对方发了多少，避免了攀比和嫉妒，干工作的劲头更大了。过去公司发红利，出纳造一张表，每个人在上面签字，谁发多少一清二楚，导致员工之间生出嫉妒之心，领得少的人就出现懈怠情绪。每次发完红利，工作效率便会降下来。现在不同了。红包发到每个人的卡里，依据工作业绩考核发，每个人心里清楚发的数额是不同的，但谁的多谁的少他们不会知道。过去总是年底才给大家发奖金，现在每个月都发，有时发些钱，有时发米面油时鲜水果各种福利，还有孩子考上不同大学的各种奖励等等，这些制度让公司的管理更加完善，人性味儿更浓。

公司也会利用周末带员工们去度假，比如到秦岭深处的泥峪，白日爬山观看绿树葱茏，听鸟鸣啁啾，夜晚围着篝火唱歌跳舞，洗去一周工作的疲惫，他们的工作热情就会空前高涨。每个节日，都会开展各种各样的庆祝活动，回报员工，感恩社会各界人士对五泰的辛勤付出。王征兵就是其中被感恩的一位。他坐在前排，月亮已经从东边升起，饱满得就像五泰人的工作热情。他坐在这浓郁的家的氛围里，没觉得是坐在一个生产垃圾箱的厂房里，仿佛坐进一个朝气蓬勃的大家庭，吃着月饼，喝着桂花茶，赏着越升越高的明月，听孩子们欢快地唱童年的歌谣……

王征兵被邀请上台，为孩子们发红包。每个红包都密封着，他不知道红包里装着多少钱，但孩子们不管，拿着红包都大声地说“谢谢爷爷”。王征兵摸摸自己越来越稀少的头发，欣慰地笑了。自己青春年华的逝去，只要能为这些孩子们赢得一个幸福的生活空间，他就知足了。

王征兵想起那年走进魏正果教授家里的情景。魏老师正在研究《三字经》，看到王征兵走进去，他自言自语地说：人之初，性本善。又转过头问王征兵：人的本性真是善的吗？王征兵那时还年轻，哪敢质疑《三字经》的观点，不敢回答。魏老师接着问：在不同时期人们对同一人性判定的善恶结论是相同的吗？王征兵也没有回答。回去以后，王征兵就泡进图书馆，翻阅各种有关人性的书籍和杂志，发现这个问题已经争论了两千余年。孟子是性善论的代表，荀子是性恶论的代表。善恶之争从战国时期一直延续下来。而西方文化认为人性是恶的，他们信奉的《圣经》是这个观点的代表。《圣经》认为罪恶是人的原罪，即人刚一出生就带有罪恶，人生而有罪，罪恶是天生的。王征兵认为：人性善恶不是永恒的，因为判断善恶的是道德标准，而道德标准是不断变化的，从而得出的善恶结论也是不同的。如“女子无才便是德”是封建社会衡量女性善恶好坏的标准，但随着时代的发展，女性从这种陈规陋习中解放出来，走向各行各业，做出了骄人的成绩。由此看来，人性是永恒的，是复杂的。可是，人性到底有哪些？有多少？却很少有人论及。而这才是真正需要研究的东西。只有把人性的具体内容归纳出来，才能明了何谓人性？人为什么是人？也才能通过把脉人性规律，进行人性化管理。经过很多年的观察与思考，王征兵把人性总结归纳为十二条：善良、权欲、赌博、贪财、好色、食欲、情感、爱美、好奇、逍遥、嫉妒和乐于被称赞。他大量搜罗事例撰写论文，关于十二人性的首篇论文《人性探论》2003年发表于《科技导报》第8期，产生了广泛的社会影响。

王征兵认为，人性，是人的本质特征，也是人的本能和本性，是人与普通动物区别的重要标志。人性是与生俱来的。人性如同人心脏和血液一样与人的生命同生共死（精神病患者除外）。只要人的生命倘存，人性便会身不由己地表现出来，尽管由于外在因素的影响，时而强烈，时而舒缓，但它恒久地、永不消失地在人体内跃动。人性并存，且相互交织，互相影响。个性所表现出来的特征，是诸多人性综合的结果。人性决定人的动机，而动机又决定人的行为。了解了人性，便可顺应规律对人进行有效的组织和管理。例如他在谈到"人乐于被称赞"的本性时说：多数学习好的学生一直学习好，学习不好的一直不好。究其原因，是因为学习好的学生经常受到老师和家长的表扬，满足了其乐于被称赞的本性，进一步激发了他们学习的积极性，从而学习更好，也更自觉；而那些学习不好的学生经常受到老师和家长的批评，这种批评使其更不爱学习，从而学习更差，也更被动。所以，他认为就应尽可能多地称赞和表扬他人，少批评和责备别人。

在谈到另一个人性"逍遥"时，王征兵说：人的本性是不愿受约束的，但是如果人人都不受约束，整个社会将变得不可想象。所以人们要制定许多规范来约束人的行为自由，以防止某个人的自由伤害了另一个无辜人的利益。为了众人的和睦共处，规则是不可少的。但在不伤害他人利益的条件下，应给予尽可能多的自由，以满足人逍遥的本性。关于乾隆多次出访的原因。我个人认为有两个：一是暗访民情，二是为了摆脱宫斤烦琐的事务和礼节，过一种逍遥的生活。前者是责任的需要，后者则是本能的需要。鉴于此，管理者要在繁忙的工作间隙，给员工提供放松休息的时间与空间，自由地享受融于自然的惬意，对提高工作效率大有裨益。

随后，王征兵被邀请到全国很多大学以及北京、上海、广州等大城市的企业总裁班讲解"十二人性理论"，马玉建正是听了这场讲座，影响到他企业的超前发展，在同行业领域广受好评。经济要发展，企业要生存，社会要和谐，都离不开人。任何一个企业家，只要研究透彻人性，知道自己的员工要什么，社会上的人渴望得到什么，企业的发展就不会有后顾之忧，还能开辟出一条良性健康发展的阳光大道。杨凌五泰金属有限公司深谙此道，在经济危机摧垮无数企业的时候，它却能接到来自全国各地的订单，这不能不说是研究人性为企业服务创造的奇迹啊！

陕西杨凌，有一家餐馆名叫“杨凌往事怀旧主题餐厅”。王征兵第一次走进“杨凌往事”，就被里面农业学大寨的氛围所感染。到处挂着红标语，农用饰品随处可见。黑瓷老瓮放在门边，一面土炕上摆着黑木箱子，中间有一张炕桌，两个纺线车子，墙上糊着早年的《人民日报》《陕西日报》，斜上角挂着军用书包，红辣椒串子，再上面贴着毛主席像，最顶端架着一个生产队时用的大喇叭。炕外面的走廊，挂着金黄的玉米串，一溜儿笸篮……所有这些都勾起了王征兵对儿时的回忆。他就是在这样的环境中长大的，也正是这样的土炕孕育了王征兵的农民情结。农村的贫穷与艰苦萌发了他的奋斗理想，让他三十年来到处奔走，不断为农民发声，不断为农民出谋划策，助推着农民过上幸福安康的日子。他找个餐桌坐下来，看见每张餐桌都摆有桌牌，写着杨凌某一个地名，像西桥大队、东桥大队、建子沟大队、穆家寨大队、五星大队、徐西湾大队、永安大队、法禧大队，靠东墙一排是包间，上面写着李台乡、杨村乡、大寨乡、五泉乡等四个乡的名称。这些地方有的村庄因为城镇化建设已经消失了，跑到外地打工的游子回到家乡，坐在这样的餐桌前吃一顿饭，是不是就能想起昔日的房椽瓦舍，鸡鸣狗吠？是不是就能想起村前的流水，村后的柳树？是不是就能想起和和睦睦的左邻右舍，想起刘大婶的燃面张大爷的慈爱？

“杨凌往事”的招牌美食是“卤汁面”。王征兵就爱吃面，他吃过很多种卤汁面，不知这家的味道如何，点过菜又要了一碗卤汁面。老板李季给王征兵介绍说：咱们店里的卤汁面是有故事的。关中大旱那几年，死的人太多，据说达到300余万人。国民党为拯救关中平原，派于右任先生、杨虎城将军等一行人来陕西筹备农林学校，选址时路过张家岗，临近饭时，走进农家小院歇脚吃饭。村民一看，来了大人物，出于对爱国人士的爱戴敬仰，纷纷拿出自家的面菜合在一起做饭。用完餐后，杨虎城将军对这一碗普通的面食大加赞赏，说："面条劲道爽滑，汤味浓香微辣，吃完浑身滋润舒适，让人回味无穷。"于右任先生、杨虎城将军他们一走，西北农林专科学校建起来后，这道面食也就传开了。

李季亲自给王征兵端来一碗卤汁面，王征兵一尝，口感的确不一样。李老板说：这种卤汁面，是咱们普通老百姓平时都能吃得上的面食。过去农村条件很差，卤汁只是拿盐醋辣子花椒等简单的调味料调制。我们店做卤汁，是把大骨、鸡架和多种调料同时放进锅里，慢火熬汤，既有营养吃起来又香。搭配的菜有好几种，土豆丝、红萝卜丝、油焙豆腐丝炒好，小豆芽、嫩芹菜煮好。这些配菜夹一些盖在菠菜面上，捏一撮韭菜末，把滚烫的骨汤浇上去，红油与韭菜末飘满一层，吃过的客人都说好，回头客一拨接一拨。不过，来这里吃卤汁面的人，他们更想听的是有关杨虎城的故事。正是因为西北农林专科学校的建立，杨凌才延续了后稷教民稼穑的农耕文明，才发展为今天的高新农业科技城，我们这些开店做生意的也才跟着受益。

王征兵一听，这个老板的确会做生意，他是把卤汁面做出了历史文化啊！这正是用了他十二人性中的"情感"，所以很吸引那些有怀旧情结的人。虽然店面看起来不大，但不管是餐厅的布置，还是有关面食的文化，都能勾起杨凌人的记忆，让走进来再走出去的人舌尖沾满乡情和乡味。每逢寒暑假，"杨凌往事"便成为杨凌同学聚会的最佳场所，电话预约的名单排了一长串。……

“现在，请王征兵教授上台讲话。”正想着杨凌往事，身后忽然响起五泰人热烈的掌声。主持人是五泰公司办公室的小李，她漂亮大方，说话的声音赛过黄莺。王征兵猛然从回忆中惊醒，赶快站起来走上舞台，接过话筒说：祝贺五泰，祝福五泰人，祝愿五泰的事业越来越红火！很欣慰五泰在企业运营过程践行十二人性的举措，给我的理论研究增添了成功的案例！我感谢你们！说完，深深地一鞠躬下去，连八月十五的月亮都感动得落了泪。于是，五泰公司笼在一片明亮的清辉之中，梦一样美丽！

公示消息出来后，
王征兵一看名单里没有自己，
心里的一块石头坠了地。

22

王征兵坐在办公桌前，翻看着刚刚下发的职称评审实施办法。翻着翻着，“破格晋升副教授”七个字跃入他的眼帘，他就有些心动了。晋升为讲师刚刚两年，按常规须得五年以后才能申报副教授，但他年轻火热的心不想再等待，他想试试，看看能不能破格晋升为副教授。十月份，他的论文《中国农业经营方式：精细密集农业》在《管理世界》上发表，引起了小小的轰动。《管理世界》是国务院发展研究中心主办的杂志，是国内管理学领域的顶尖级杂志，创办于1985年，迄今为止，他是西北农业大学第一个在《管理世界》发表论文的讲师。论文发表后，学校领导给予他极大的肯定。他的观点被学术界许多权威人士认可，导师魏正果教授欣慰地对他说：征兵，再加把劲，把研究成果整理成书，争取得到政府的支持，得到农民的认可。

王征兵走到书柜跟前，抽出那本《管理世界》杂志，摩挲着“国务院发展研究中心”一行字，心潮澎湃。他是农民的儿子，来自于汉武帝茂陵脚下，读高中时就萌发振兴中华的宏图大志。暑假，他和好朋友登上茂陵，俯瞰充满生机绿意盎然的大好河山，想起历史老师讲到的汉武大帝，激情振奋，豪情满怀。汉武帝功德盖世，他重农抑商的政策更是得到广大老百姓的拥戴。汉武帝后期，农业的发展使老百姓安居乐业，人丁兴旺，使国库粮仓充盈，内无粮荒、动乱之虞，外无侵扰之虑。现在，正是因为改革开放，实行联产承包责任制，王征兵的家里才有了余粮，才能过上天天吃白蒸馍夹油泼辣子的好日子。我国人均耕地面积少，如果能够像王征兵设想的，发展精细密集农业，那么，土地的利用率就会提高，农民增收的愿望也就指日可待。

他把杂志翻到第195页，看了看题目，又朝后面翻，总共六个页码，密密麻麻的文字，不只是对王征兵研究成果的认可，更是对他振兴中国农业愿望的莫大激励啊！他放好杂志，看到一张红艳艳的证书——国家土地管理局“土地利用优秀成果奖”，是国家土地管理局去年发的。这是他1992.3—1993.10应兴平市土地管理局局长贾喜谦邀请，编制的《兴平市土地利用总体规划》获得的荣誉证书。规划报告书是王征兵写的，他花费了一年多的时间，整理资料条分缕析撰写出来的规划，后来又召开多次论证会，反复修改，获得了他平生第一个国家级奖项。这个证书也是对他研究成果的肯定啊！

职称评审办法里说，特别优秀的可以破格申报。有了这两项成果，他也算是优秀的吧，王征兵想不妨试试看。寒冷的冬日，王征兵关着窗户，坐在热腾腾的暖气房子里，一点也不觉得冷。相反，他的额头沁出了一层细密的汗珠。他喝了一口温开水，在房间里转来转去。脑子一直转个不停：报还是不报？他有这么充足的条件可以上报，那就报啊！但是，他才三十一岁，经管学院比他年龄大，比他资格老的还有十几个人没评呢？……那就不报了！话刚一出口，他又很快推翻了。难道这么多年辛辛苦苦搞学术研究，临到机会到来时却要放弃吗？不行，还是得报！他就这样，脑子里好像有两个王征兵在争论，一会儿报，一会儿不报地拿不定主意了。

他从紧闭的房门背后朝窗口走，是七步，又从窗玻璃照进来的阳光向门背后走，却成了六步。他弄不清是数错了还是步子迈大了，又继续走。边走边敲自己的脑袋。门吱的一声被推开，杨生斌进来了，一看王征兵办公桌上摊开的职称评审实施办法，就知道他心里在想什么。杨生斌说：你完全可以报！报吧！王征兵说：顾虑重重啊！要是评不上，会被人笑话的。杨生斌说：如果不报，就意味着没有一点希望。如果报了，还有那么一丝希望的。你说呢？你这又不是干啥见不得人的事儿。怕人家笑话什么！

杨生斌借了一本书离开了。王征兵不再犹豫。报吧，这世上，要是怕人笑话，什么事都有可能被人笑，那就没办法活人了。他把窗户打开，一股冷风呼一下冲进来，吹到他身上，他打了个冷战，闷热的头脑瞬间清醒了。拉开抽屉，打开书架，整理评审需要的各种资料。打印表格，逐一填写整齐。忙完这些事情，他已经在办公室待了整整十个小时。第二天，王征兵把资料交给评审委员会。接下来就是漫长的等待。

这一年，王征兵正在攻读博士研究生。他一边上课，一边跟着魏正果教授研究中国农业经营方式。自从决定参加破格评审副教授后，王征兵的心就没办法安静。闲暇时，思想很容易就转到职称的事情上去了。有时，他觉得自己不自量力：升讲师才两年就要申报副教授，真是拿块砖头顶天哩。自嘲地笑一笑，就把评职称的事儿扔到九霄云外去了。王征兵喜欢讲课，学生们坐在下面，他站在讲台上，引经据典，援引鲜活的事例，侃侃而谈，风趣幽默。有时引导他们讨论问题，走下去走上来，王征兵觉得自己有指挥千军万马在战场杀敌的英雄气概。课外聊天时，学生们挺怕他。王征兵生就一副不爱笑的脸，跟谁交流都像在思考似的，严肃得跟教室走廊上挂的科学家牛顿一样。但是，课堂上，王征兵的笑就很灿烂，但也不是那种无遮无拦的笑。他的笑爆出来，哈哈哈的，没有荫翳，没有曲径，就像九月的天空，直视过去，蓝天白云就明净净的了。这种笑，不管你看得见看不见，都会让你有一种亲近感。不过，这几天，学生们很少能听到他这样的笑声了。

吃过晚饭，他不愿在家里待着，一个人走出来，在校园里漫无目的地转悠。碰到熟人，也不像往日那样打声招呼，绕个道儿就避开了。其实，他很想听到点消息，看看他到底有没有希望，但一点消息都没有。他就像漂流在茫茫大海中的一艘小船，看不见亮着灯光的一座海岛，找不到靠岸的一个港湾。他发现，平日里匆匆路过的梧桐树都掉光了叶子，刺骨的西北风吹着树梢呜呜作响，像饿极了的婴儿无力地哭泣。夜深了，天气太冷，再没有人在校园里散步，路上偶尔有几片干枯的叶子被风吹着飘过，剩下的就是王征兵棉皮鞋踩到水泥路面上腾腾腾的脚步声。路灯也没有夏日的明亮，像睡不醒的眼睛。

王征兵当然不知道，他正在焦虑的时候，关于他的职称，评委会也有着激烈的争论。按照惯例，学校评副教授和正教授是在一起的。职称评审委员会由25人组成，设主任委员1人，由正校长担任；副主任委员1人，由常务副校长担任；其余的23个委员由具有正高级职称的专家组成。王征兵的其他条件都很优秀，但是，国家土地管理局提供的那张获奖证书拿出来时，有一个评委也拿出来一张参评正教授人选的获奖证书。这张证书跟王征兵的证书都是国家土地管理局颁发的，也是三等奖。但两张证书放到一起时，封皮却明显不同。王征兵的证书封皮上只印有“荣誉证”三个大字，而另外一张封皮下面却写着“国家土地管理局印制”的字样。里面的内容完全一致，鲜红的公章一模一样。那个评委以此推断，王征兵的荣誉证书有问题，给了反对票。接着，也有几个评委给了反对票。结果，王征兵因为一票之差没有通过。

公示消息出来后，王征兵一看名单里没有自己，心里的一块石头坠了地。如果通过，那是意外之喜；没有通过，当然也是在情理之中。自己还年轻，机会很多，只要不放弃，他相信，总有一年能通过。他全身心投入到教学科研之中，论文一篇接一篇发，课题一个接一个研究。他觉着浑身有使不完的劲，每天工作到夜里十二点，早晨六点就起床。妻子包揽了所有的家务，不让他因为家务琐事消耗精力，影响工作。他喝的是妻子熬的小米粥，吃的是妻子蒸的葱油花卷。穿的衣服都是妻子去服装店买回来的衣服，他一试，每件都很合适。每天上班前，妻子给他把衣服取出来，看他平平整整地穿好，才让他出门。王征兵一门心思扑到教学科研里，积累了一大摞获奖证书。隔了一年，他再次申报副教授，终于破格晋升。

得到顺利通过的消息，王征兵激动得不能自已。他骑着自行车，带着妻子去渭河岸边兜风。自行车骑得飞快，车后带起一蓬黄土的尘烟，妻子的后背给黄土扑满了。但是，妻子一点儿都不在意。到河滩里漫步，看着满河金灿灿的晚霞，妻子才告诉他，前年没评上副教授，是那张证书的封皮只印了“荣誉证”的缘故，跟别人的证书封皮不一样。当时没敢告诉王征兵，怕他去找评委会理论。妻子知道，王征兵的证书肯定是真的，他就不是那种作假的人。但同一部门发的两张证书，封皮为什么会不一样呢？她弄不清，王征兵也弄不清。

王征兵是没见过那张封皮印着“国家土地管理局印制”字样的证书。但为什么不一样呢？到底是怎么回事呢？河风吹过来，满河的晚霞都在动荡，像王征兵此刻的心情。不过，弄不清有什么关系呢？好在终于破格晋升副教授了。

五年后，即2002年底，王征兵晋升为教授，成为全校最年轻的教授之一。几个月之后，即2003年8月，王征兵被聘为西北农林科技大学农业经济管理专业博士研究生导师。

吃过晚饭，王征兵惯性地走进书房，坐到电脑前，打开邮箱，满满一屏没有阅读的邮件赫然眼前。

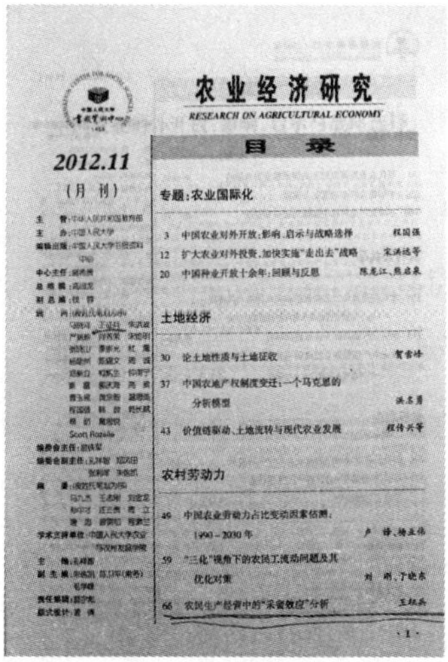
农业经济研究
RESEARCH ON AGRICULTURAL ECONOMY

2012.11
（月 刊）

目 录

专题：农业国际化

3 中国农业对外开放：影响、启示与战略选择 程国强
12 扩大农业对外投资，加快实施"走出去"战略 宋洪远等
20 中国种业开放十余年：回顾与反思 陈龙江、熊启泉

土地经济

30 论土地性质与土地征收 贺雪峰
37 中国农地产权制度变迁：一个马克思的分析模型 洪名勇
43 价值链驱动、土地流转与现代农业发展 程传兴等

农村劳动力

46 中国农业劳动力占比变动因素估测：1990－2030年 卢锋、杨业伟
59 "三化"视角下的农民工流动问题及其优化对策
66 农民生产经营中的"采食效应"分析

·1·

23

吃过晚饭，王征兵惯性地走进书房，坐到电脑前，打开邮箱，满满一屏没有阅读的邮件赫然眼前。天气闷热闷热的，他开了空调，把温度调到十八度，过了五分钟，房间的温度降下来，他才坐到椅子上，静下心来看邮件。最上面是《中国人口资源与环境》杂志发来的一个压缩包，里面装着十二篇论文，是请王征兵对这些论文进行评审，看看是否达到了发表的水平。他必须给每篇论文一个明确的结论：正常发表还是修改后发表，或者退稿。王征兵把所有论文点开，浏览一遍，然后从第一篇开始，仔仔细细阅读。

前三篇论文看得很顺畅，无论科学观点还是行文架构都找不到问题，完全可以通过。到第四篇论文，王征兵被作者独特的观点所吸引，文中的调研资料翔实，分析推理合乎逻辑，整体上找不到任何瑕疵。但是，第三部分作者是用数学模型推演结论，王征兵把推演过程连续看了三遍，都没看明白。他复制粘贴，输入百度查询，找不到类似的模型分析，估计是作者自己做出来的数学模型。

王征兵的数学基础虽然好，可是，面对这样一道从未见过的数学模型，他还是感到力不从心。他又是一个做事执着的人，是一个遇到问题弄不清楚决不罢休的人。怎么办呢？他从电脑跟前站起来，抖抖坐得麻木的双腿，摸摸冰凉冰凉的两条胳膊，回头一看，才发现房间的温度很低，空调已经开了两个多小时，他的后脑勺被冷风吹得隐隐作痛。晃一晃，脑袋里似乎有东西在嗡嗡作响。他不知是思考问题的缘故，还是空调吹得时间太长的缘故。他拿起遥控板，把温度调到二十六度，方才坐下，点开在某知名高校教高等数学的朋友QQ，把数学模型复制过去，请他帮忙看看整个过程有没有问题。朋友半天没有反应。王征兵明明看他在线的，为什么就不回话呢？他发了一个抖动的符号，那边还是没有回应。是不是在忙其他的事情？或者跟王征兵一样，也在审理稿件，没顾得上看？

他犹豫着拿起电话，想拨过去提醒朋友，一看时间，已经夜里十一点了。这个时间打电话不太合适，他又放下手机，坐回电脑跟前，盯着朋友的头像看，恨不得把图像提起来摇两下，好让朋友感受他内心的焦急。实在没办法，他就打开第五篇稿子看，是研究人口数量对环境影响方面的论文，看完第一页，王征兵的眼睛好像蒙了一层纱，他用手揉揉，越揉越模糊，拿起眼药滴了两滴，闭上眼睛，刚才看过的内容一点儿都记不起来了。头脑中飞来飞去的全是数学模型。是啊，上一篇论文的问题没解决，这一篇又怎能看得进去呢？过了两分钟，他睁开眼睛，眼前的一层纱没有了，朋友的头像还是没有闪动，复制过去的数学模型仿佛在嘲笑他。他心里很闷，口干舌燥，拉开书房的门，走进厨房，倒了一杯温开水，咕咚咕咚灌下去，头脑清醒了。

妻子王慧莹坐在沙发上看电视。她知道王征兵在忙工作，也不去打扰。每天吃过饭，王征兵就进书房去了。王慧莹洗碗洗衣服拖地抹桌子，不慌不忙地做家务，没有一点儿怨言。辅导完孩子的作业，看孩子上床睡觉后，她才会打开电视，又怕吵着他们父子俩，把电视的声音调到最低。看到开心处，她不自觉地笑出了声，忙捂了嘴巴，生怕影响王征兵的工作效率。每次收拾完厨房，她会烧一壶开水，倒进玻璃瓶内降温。王征兵思考问题卡壳时一定会去厨房倒水喝。水不能太烫，也不能太凉。太烫会伤了舌头，太凉会伤了脾胃。看见王征兵这么晚还出来喝水，她就知道，肯定有解决不了的问题。王征兵解决不了，她也无能为力，只能默默地看着他走进厨房，咕咚咕咚灌水，又默默地看他走进书房，关起房门。已经夜里十二点了，他还要熬到几点啊？记得有一天夜里，王慧莹熬不住就先睡了。天亮时，看见王征兵没脱衣服，倒在沙发上斜靠着睡着了。也不知他几点睡的。恐怕是怕扰醒妻子才倒在沙发里的。

看样子王征兵今天又要熬夜了。近些年，他担任审稿专家的杂志太多了。国内的有《农业经济问题》、《农业技术经济》、《北京航空航天大学学报》（社会科学版）、《西北大学学报》（社会科学版）、《长安大学学报》（社会科学版）、《西北农林科技大学学报》（社会科学版）、《中国人口资源与环境》等十几家。国外的也有，像美国《Modern Management》（现代管理）、美国《Scientific Journal of Management Science and Engineering》（管理科学与工程期刊）、美国《World Economic Research 》。有些杂志不只是审稿，还要担任编委。他太忙了。多少次，王慧莹都劝他，推掉那些事儿吧，又赚不到钱，审一篇稿件才20元（有的后来增加到30元，个别期刊增加到50元，有的到现在还是免费的），看看花费的时间，值不值得？王征兵不是不想推，当然，他不是因为稿费低，而是他工作上的事情太多了。给本科生上课，给硕士研究生上课，给博士生上课，还要做课题研究。但他想如果大家都嫌审稿赚钱少，不愿意担任审稿专家，那杂志的水平怎么提高？审稿制度是提高杂志论文质量的重要途径之一，也是专家们相互学习的平台，王征兵通过担任审稿专家，从别人的论文也能得到不少启发和感悟。他是个责任心很强的人，不在其位不谋其政，而在其位就要谋其政，既然担任了审稿专家，就要认真审稿。所以，整天忙得很难坐到家里，轻轻松松吃个团圆饭，更不要说节假日出外旅游的奢想。

王慧莹开始有怨言，但是，有怨言也只是说说而已。现在，相处三十年，她懂了王征兵内心深处的那份社会责任感，怨言也没有了，还常常帮着他处理一些琐碎的事情。但学术上的事情，她却爱莫能助。眼看着王征兵头顶上的头发掉光了，都能当暗夜里的电灯泡了，鬓角也是一日比一日地斑白了，她心疼他，每天只要王征兵回家，她就变着花样儿给他补充营养。

王征兵喝过水以后，头脑不胀痛了，他走进房间，还没坐下，就看到朋友的头像不停在闪烁，他高兴极了。朋友果真也在审理一家杂志的稿件，审完稿件才发现王征兵的留言，赶快看了一遍。发现这个作者真是奇才啊！数学模型推演得天衣无缝，还从没有人这样推演过，如此严密精巧，令人叹服啊！王征兵一看，朋友都说没问题了，这下才关了电脑，上床睡觉。《中国人口资源与环境》是一本核心期刊，之所以面向全国聘请审稿专家，就是怕稿子质量出问题。让不同的专家来审，既可以广泛听取意见，又可以弥补学科之间的劣势，这样做才能确保论文的质量。王征兵不知道这本杂志从哪里得知他的邮箱。有一天，他去办公室，打开邮箱，忽然看到《中国人口资源与环境》杂志联系人发来的邀请函，他诚惶诚恐，怕自己能力有限不能胜任，又怕公务繁多不能及时完成任务。好在，五六年坚持下来，反响还不错。虽然特别疲惫时也想过辞掉这个事情，但魏正果教授担任审稿专家时给王征兵说的话，他至今仍旧记忆犹新：征兵啊！我身体一天不如一天，但学报审稿的事情不能推啊！主编信任咱，这不仅是一份工作，更是一份荣誉和责任啊！人活在世上，就是要尽自己的责任，为社会为人民多做力所能及的贡献！永远都不要低着头只顾及自己的蝇头小利。

王征兵秉承魏教授的叮嘱，他一直坚持着。从开始的一家杂志到后来很多家杂志，从国内的杂志到国外的杂志，王征兵都不知道他们如何得知他的邮箱，一封封邀请函发到他的邮箱，他不能拒绝，不能懈怠。这是一个科学工作者应尽的责任。如果他嫌累嫌钱少，那么让谁去干这些工作？如果所有的审稿专家都嫌累嫌钱少，杂志的质量如何把关，如何得到权威人士的认可？有一年冬天，快过春节时，王征兵去办公室取几本书想过年看，发现邮箱又多出一个杂志新发来的邮件包。打开一看，是年后紧急出刊的内容。学校都放寒假了，办公室的暖气也停了。家里来了亲戚朋友，回家没法工作。王征兵坐下来，一篇一篇阅读。有一篇稿子是关于家庭农庄的。作者查阅了世界各国农庄的资料，选取典型事例进行分析，并结合中国国情设想出中国家庭农庄的十种发展模式。整篇文章思路清晰，观点鲜明，数据确凿，值得刊用，值得宣传。但文章里错别字较多，有些句子词不达意。王征兵觉得如果不刊用非常可惜，就一字一句地修改。

修改完稿件，打包发回去，关上电脑，一起身竟跌坐在椅子里。两条腿冻僵了，两只脚没了知觉。他晃晃膝盖，膝盖也动不了。他把手伸下去，提起左腿放到右膝盖上，脱掉棉皮鞋，从脚尖开始往上按摩。那一瞬间，王征兵的确害怕了。万一两腿不能走路怎么办啊？还有好多工作要去做啊！他边揉边唠叨。没想到，揉搓了十分钟，左腿就有知觉了。他又换了右腿，右腿搓了五分钟也缓过来了。他扶着桌子慢慢站起来，两只脚往出挪，像是踩在弹簧上一样软。缓缓地移动了十多分钟，两条腿走路便自如了。他拿起书关好房门开着车回家了。睡到半夜，两只脚的小拇指又疼又痒，王振兵抓挠得睡不着，起来一看，又红又肿，竟是给冻伤了啊！

王征兵对学生对同事对朋友的热情都藏在心里，
他的善和真渗透在灵魂里，
靠近他的人凭借呼吸都能感受得到。

24

2010年12月26日，被聘为常青学者的王征兵教授正在给武汉工业学院做“课题申报方法和技巧”的报告。龙子午坐在下面，听得很专注。王教授讲课风趣幽默，逻辑清楚，事例翔实，关键是他对申报国家社科基金课题的流程很熟悉，讲到的有些技巧龙子午以前从来没听过。王教授讲，研究方法不能写成“定性与定量相结合的方法”，因为太模糊，尽可能具体到某个数学模型，解决什么问题，比如用Logistic模型研究村干部的年龄、工资、学历、是否党员等因素对村干部工作积极性的影响。创新也要具体到某一个点，不能说在某一个方面创新，比如“新型农业经营主体培育方面创新”就不具体，而“家庭农场适度规模方面创新”就很具体，经过研究得出家庭农场适度规模的数量，也有现实指导价值。参考文献要有新文献，不能都是多年以前的，而且必须要有权威期刊的文献。很多申请者不重视这个问题，认为参考文献随便列一些就可以了，试想一下，如果列出一些三流期刊的文献，评委就会认为：你看这些烂文章，还如何创新？就像一个作家，如果不看名著，如何能站在巨人的肩膀上创新？只有阅读新出的和权威的文章，才有可能创新。

其实，2009年初，王征兵教授刚进入武汉工业学院开展工作，就召开过课题申请研讨会，与学院的申请者多次交流，反复修改课题申请书，尽管最终没有项目获批，但申请书的质量及申请者的积极性都有明显提高。为了进一步推进课题申请工作，提高国家级课题的命中率，王征兵教授决定对经管学院所有老师进行一次集中培训，普遍问题讲清讲透，让老师的申请书合乎常规，深层次问题课后再单独交流。毕竟他在武汉工业学院担任的是兼职教授，过来授课的时间有限。

龙子午是武汉工业学院经管学院副教授，他本科毕业后留校从事会计学专业教学与科研工作。期间，先后在辽宁大学和中南财经政法大学攻读硕士研究生、博士研究生。博士毕业论文《股权激励与盈余管理》答辩顺利通过，后续研究一直没有中断。2008年，王征兵教授到武汉工业学院担任教授之前，龙子午申报成功一项教育部人文社会科学研究青年基金项目“非上市公众公司财务报告制度研究”。当时，武汉工业学院还没有人成功申报过国家社科基金项目，他深深知道，只有充分做好准备，才能申报成功。那么怎么去准备呢？这个时候，恰逢王征兵教授来到武汉工业学院担任兼职教授，龙子午就常常和王教授交流学术研究方法问题，但他还是没有勇气申报国家社会科学基金课题。

国家社会科学基金与1986年设立的国家自然科学基金一样，是我国在科学研究领域支持基础研究的主渠道，面向全国，重点资助具有良好研究条件、研究实力的高等院校和科研机构中的研究人员。自设立以来，推出了一大批有深度、有分量的研究成果，培养了一大批功底扎实、锐意进取的学科带头人。国家社科基金项目的导向性、权威性和示范性作用越来越明显。据统计，基金总量从设立之初的每年500万元增加到2010年的6亿元，年度项目申报数量从每年不到3000项增加到2010年的27 171项，资助课题从每年不到500项增加到2010年的2285项，学科组评审专家从1992年的200人增加到2010年的800多人，同行评议专家达到15 000多人。

龙子午清楚学院的现状，目前状况下他们很难申请到国家基金课题。2008年，为了谋求学校的发展，校领导决定不惜重金，从全国聘请四个方面的专家作为常青学者特聘教授，王征兵教授就是其中的一位。这是王教授的学生杜为公推荐的。学校领导又通过网络检索到王征兵教授在经济与管理方面的研究成果，大家一致认为王教授堪托重任，并于当年8月初邀请他到学院商谈此事。学院领导希望王征兵教授能帮助他们凝聚学科发展方向，指导老师申请国家基金课题，督促老师写出高质量的论文，形成浓郁的研究氛围，提升学校在全国高校的影响力。

接到学生杜为公的电话，王征兵也是经过反复考虑，才决定前往武汉工业学院（2013年更名为武汉轻工大学）。武汉工业学院的前身是曾经闻名全国的三大粮院之一“武汉粮院”，是一所专门培养粮油食品行业专门人才的高等学府。看到这所学校的兴办历史与粮食有关，王征兵便生出一种从未有过的亲近感。他想起自己饥饿的童年。吃不饱肚子时，就跟一群小伙伴到路边争相捡拾西瓜皮，把薄薄的一层红啃到发白再到发青。伙伴们也会比赛，比谁捡到的瓜瓤厚，比谁啃过的瓜皮轻。王征兵每次都会把瓜皮啃到最轻。牙齿在西瓜皮上转来转去时，他就发誓，将来要让全家人都吃上西瓜，吃上油香诱人的肉夹馍。现在，王征兵吃西瓜也讲究了。买西瓜要看甜不甜，新鲜不新鲜，皮儿薄不薄。肉夹馍妻子能做，吃得不够味儿了，还会去街道买着吃，哪家肉老哪家肉嫩，哪家坨坨馍用发酵粉哪家用老酵子，比来比去，越吃越讲究。但是，不管怎么吃，王征兵对粮食的忧患情结是种在心田里了。他每天想的都是农民的生活质量，农村的发展前景。

所以，学院领导讨论企业管理的研究方向时，王征兵就想到了农产品加工。他每年都会研究《一号文件》。2008年的《一号文件》提到要支持优质农产品生产和特色农业发展，推进农产品精深加工。他还关注到，关于农产品的生产，2008年的《一号文件》用了较长的篇幅进行阐述，可见农产品在促进经济发展和社会稳定的基础性作用方面有多么重要。2008年，国家改革开放三十年，物质生产比较丰富了，不管是粮食，还是其他农副产品，市场呈现供过于求的状态。这些富余的农产品要得到更好的经济效益，就要进行精深加工。国家看到这一点，用《一号文件》强调其必要性。武汉工业学院又是从粮食起身的学院，既是顺应时代，也应该强化对农产品加工的集中研究，区别于其他农业院校的优势学科，这个落脚点具体明显，教师们的研究针对性也强，也容易取得成果。学院领导听取各方面的意见，最后决定成立“农产品加工企业管理研究所”，并对教师的研究成果进行汇总，出了一期《武汉工业学院学报》研究专刊，影响很大，极大地调动了教师从事农产品加工企业管理研究的兴趣。龙子午在王征兵的启发引导下，成功申报了一项国家粮食局软科学研究课题“我国粮食生产流通储备和销售的协调机制设计与优化”。

龙子午明白，2010年的“股权激励与盈余管理——非上市公众公司财务报告制度研究”课题申报国家社会科学基金之所以能通过，是王教授给了他莫大的信心和勇气。他把课题本子拿给王教授，王教授看完后给予龙子午极大的肯定，并提出了明确的修改意见。特别是研究方法方面，不够具体，没有列出需要运用的数学模型。创新点比较模糊，没有凝练到一个点上，说服力不强。王教授讲过之后，他走基层，做了大量的调研工作，完善了申报的申请书，递交上去，得到评委们的一致好评。

接到课题获批的消息，龙子午很激动。但是，他敛起过于激动的心情，继续投入到研究工作中去。毕竟，学校其他教师的课题还没有通过，他们还在摸索之中。更主要的是王教授对他的影响。记得第一次去宾馆见王征兵教授，房门开着，一个瘦瘦的中年男子，静静地坐在房间看书，看见他们进来，放下书站起来，同杜为公握手，龙子午也跟着上前握手。王教授寒暄几句，就很少说话了，一直都是杜老师和龙子午在介绍学院的情况。王教授偶尔说两句，语气也很平静。他完全没有某些教授的那种狂傲与目中无人。龙子午坐在他面前，就像是见到邻家大哥一般亲切。虽然交流很少，但是龙子午觉得，王教授肯定是一个把全身心精力都投入到教育科研中的人。他是朴实的农家子弟，眼睛透露出一种慈祥与温和。他是个很容易走近的老大哥。那一刻，龙子午恍惚觉着，这个人就是他生命中的贵人，是一定会帮助他拨开学术迷雾的那个人。

此后，龙子午进入到王征兵教授的研究团队。只要有时间，他就会去找王教授探讨问题。有时，会去学院给王教授提供的房里喝茶。进去时王教授不会笑，出来时王教授也不会笑，但是，龙子午能感觉到王教授对他到来的欢迎。王教授原本就是一个不苟言笑的人，他对学生对同事对朋友的热情都藏在心里，相处日久每个人都能觉察到。所以，不在于是否喜形于色，不在于是否巧言令色。他的善和真渗透在灵魂里，靠近他的人凭借呼吸都能感受得到。龙子午很欣慰自己遇到这样一位德高望重的教授，前行的路上让他时时刻刻警惕，莫要人前狂放不羁，莫要人前得意忘形。

有时，他们会一起沿着长江漫步，坐在一个热干面的小摊前，喝一杯啤酒要一碗热干面。王教授边吃边给龙子午讲热干面的经济本质。这也是农产品的加工啊！陕西的面食花样繁多，油泼面、旗花面、蘸水面、连锅面、臊子面……面都做出地方特色来了。每个县区的面做法味道都不同，爱吃什么面就去什么县。就像武汉街头的热干面，也是另一种风味啊！这就是农产品精深加工的好处。当然，面粉可做的产品多到数不胜数。那么，怎样做可以赢得更多的顾客，还有待我们去观察去研究。传统意义的农产品加工要怎样创新才能给企业创造更大的利润，这也是一个值得研究的课题啊！

王征兵教授是一个经济学家，出外游玩，见到一朵开放的花，他能联系到经济学原理；看见江水汩汩滔滔向东流去，他也能联系到经济管理。

雨季时，他总是担忧农民的果园，还有未收割的庄稼；干旱时，他又想到国家的粮仓，想到枯萎的禾苗。他看场球赛，也能想到农产品加工企业的经营之道。他有一双善于观察的眼睛，目力所及之处，无不是经济管理的案例。所以，无论讲多么深奥的经济学原理，他都能深入浅出，形象生动。他的报告，龙子午每场都听，每一场都觉得时间倏忽而过。今天，王教授讲的“课题申报方法和技巧”，虽然有些聊天时王教授都讲过，但依然听得津津有味。他相信，他会继续这样听下去，跟随王教授的研究足迹，一步步走向更加纵深的领域……

第四章

Jing Geng Ji

照眼云山翠作堆

多少个清晨，他牵着旭日做伴；多少个夜晚，他披着一肩的星月回家。滴滴汗水中，始终不忘的是教书育人的天职；行行墨迹里，洋洋洒洒的只有对学生的期待。五十多个博士生，一百多个硕士生，他的得意门生，在世界各地，开山铸铜，采花酿蜜。他不仅指导岳冬冬等学生总结出生猪生产波动的规律，获得多项国家专利，而且用他独特的人格魅力烛照自己的学生郭斌、仵希亮、宁泽逵、李娟、徐创洲、王海军、李文……让他们看到经济之道、科学之美、人性之光。

郭斌掏出眼镜布擦了一遍，
豆大的泪珠滚落下来，滴到镜片上，
如同他此刻想念恩师的心思，密密地落了一层又一层……

25

郭斌现在美国密歇根州立大学留学。忙完手头的事情，他坐在窗前，看白云自由自在地朝家乡的方向飘，恍惚看见恩师王征兵清瘦的身影朝他走来，唤着他的名儿。定睛一看，什么都没有。他心里潮潮的，有一团云雾往胸口里涌，似在酝酿一场浩浩荡荡的雨水。取下眼镜，镜片上蒙了一层水雾，郭斌掏出眼镜布擦了一遍，豆大的泪珠滚落下来，滴到镜片上，如同他此刻想念恩师的心思，密密地落了一层又一层……

没有恩师，哪里能有郭斌的今天啊？郭斌记得清清楚楚，2002年春天，郭斌正在三号楼前面的花园里早读，忽然接到父亲打来的一个电话，说：你妈妈头晕，好像吐血了……郭斌焦急地问：上医院了没？父亲答道：正要往周至县医院走，带的钱恐怕不够……郭斌说：你们先去医院，我马上来。他放下书，在三号楼前徘徊了一会儿，这可咋办呢？他突然想到一个人，那就是教“西方经济学”的老师王征兵，自己崇拜的师者。他听王老师讲课的时间并不多，但王老师心系学生关爱学生的形象却深深地留在郭斌的脑海中。上课时，王老师经常提到自己苦难的童年，并用自己的成长经历激励学生，要刻苦奋进，排除万难，终有一天会抵达云开雾渐散的澄明之境。他还给学生们说，如果生活上有什么困难，一定要告诉老师，他会尽全力帮助，顺便把电话告诉了学生。

好！就去找王老师！妈妈生病住院，救命要紧，不能想那么多了。王老师应该会帮我吧。想到这里，郭斌拨通王老师的电话，问王老师住在哪里。王老师给他说了地址，他急急忙忙走出校门，走进学校西边的家属区，站到楼下，有那么一瞬间，他有点犹豫，但一想到正在受病痛煎熬的母亲，他还是走上楼去敲门。王征兵打开门，把他让进去。说实话，当时王征兵对郭斌的印象不是很深，这个学生听过课，上课不太爱说话，也没有单独接触过，对他的情况不是很了解。郭斌坐在沙发上，不知道借钱的话怎样给王老师提起。王老师陪他坐着，师母端了一杯茶水递给他，他抿了一小口放到茶几上。王征兵看郭斌半天不说话，只是盯着茶杯看，就预感到他有急事。学生一般能找到他家里，肯定是有解决不了的事情，就问他：你找我是有事吧，你就直说。郭斌这才鼓起了勇气说：我妈病了，好像吐血了……我爸打电话说钱不够住院。说着，眼泪快要流出来了。他硬是把眼泪憋回去，等待王老师的答复。王征兵看着这个学生眼睛里闪过一丝泪花，旋即又不见了。跟他当年上学一样，没钱的时候，再苦再难都要自己想办法。王征兵从他的眼神里，看到了孝顺与善良。他知道当儿子的心情，自己父亲得病住过好几次院，每次他都忧心如焚，吃不好饭睡不好觉，直到父亲康复回家，提着担笼去地里干活时，他才安心到学校上班。所以，听郭斌说到母亲得病的事情，他心里一惊，转身进了房间，取出2000块钱给郭斌，让他赶快回家给母亲看病。不够了再来拿。郭斌带着钱走出门，憋了半天的泪水终于畅快地流出来，流得满脸都是。他真感动啊！一个老师，当年的一个月工资也就2000块钱，王老师竟然把这么多钱给一个没有任何能力和信誉力的穷苦学生，心里该是装着多深的慈悲啊！

郭斌拿着钱赶到医院，递给父亲，父亲有点不相信，正在读大学的儿子咋能借到这么多钱？一问情况，才知是从王老师那里借的，也就放了心，带着母亲住院去了。母亲出院回到家，不住地给郭斌说：妈的命是王老师救下的，你要时时记着他的恩情！有一天有钱了，好好报答王老师。从那以后，郭斌就成了王老师家的常客。师母包饺子时，会让王老师叫上郭斌到家里来吃。师母擀面条劲道，郭斌最爱吃她做的油泼扯面。跟导师在家里讨论问题或陪伴老师的儿子天宇时，师母总是能做一桌好菜一起吃着说着笑着，轻松愉快，简直比在自己家里吃饭还温暖。王老师话比较少，但是他说出的每一句话都能引发郭斌的思考。那段时间，郭斌跟着王老师搞村干部激励机制的课题研究，饭桌上总会有个话题能转到村干部上来，听到这里天宇小弟就跑掉了，师母也忙去了，只剩下他们师徒两人面对面坐着聊课题的事儿。

2004年研究生刚入学不久，陕西省人民教育出版社和西北农林科技大学出版社邀请王征兵主编一本陕西省农村普通初中教材《绿色证书教育》（陕南分册）。王征兵打电话给郭斌说：这个事一来，我首先想到的就是你。第一个原因是你参与编写教材有一定的报酬；第二个原因就是你在康华培训中心暑假做过事，更懂得小孩子的心理和阅读兴趣等。郭斌站在林学院2栋217宿舍，望着阳台外边的水杉树，听着老师的照顾与鼓励，心里暖暖的。

临近毕业时，郭斌生病了，医生建议他住院治疗。他能坚持读完四年大学都要靠王老师的帮助，哪里来钱去住院啊？每次王老师接济他时，又怕直接给钱伤了他的自尊，经常会安排他做一些力所能及的事，然后给他发报酬，帮他度过生活的难关。这次要住院，他又怎能向王老师开口呢？郭斌从医院出来，没有坐车，漫无目的地走。天气很热，他走走歇歇，看街道上人来人往，匆匆忙忙，只有他一个闲人似的晃荡。走不动时，他坐到路边的杨树阴影里唉声叹气。路过的人频频回头看他。他们与他没有半毛钱的关系，谁又能关心他病不病，有钱没钱住院呢？只有王老师和师母，还有天宇小弟，把他当作家人一样看待，几天不见，就喊着去家里，总是做很多好吃的饭菜，给他改善伙食。这样想着，不知不觉又走到了王老师的楼下。仰头看上去，家里好像没人。郭斌每次过来，先仰头看看，仿佛一抬头就能闻到王老师一家人的味道，能感觉到他们在家不在家。每次遇到困难，郭斌徘徊着犹豫着，都会走到王老师家里来。相处时间久了，他不开口，王老师都知道他心里想的是啥。看看时间，才下班半个多小时。他坐到路边的树下，撩起T恤擦头上的冷汗。他也不知道，这么热的天，头上怎么会直冒冷汗？

他擦一把汗，揉揉眼睛，就看到师母提着一袋子菜急急往回走，走到他跟前说：这不是郭斌吗？咋坐在这里？赶快回家。师母每次都给郭斌说回家，让郭斌常常觉着，这里真的好像是他的家一样。他跟着师母往上走，脚步没有往日利索。师母进了门，去厨房做饭了。王老师回来后，一看郭斌的脸色煞白煞白，就问他是不是哪儿不舒服。郭斌把病历递给王老师，虚弱得一屁股坐下去，脑袋差点磕到桌子边角上。王老师一看病历，着急地问他住院得多少钱。郭斌说不清楚得花多钱，王老师取出3000元，带他去医院办理了住院手续，并安排几名同学错开时间去医院陪护他。

2006年，学校通知郭斌，他可以提前一年直接读博士，但得交27 000元学费。郭斌看着通知，巨额的学费晃得他难以接受。他很想早日读博士早日毕业，挑起家里的重担，为父母分忧解愁。交不起学费，郭斌只能选择放弃这个机会，但他又不甘心。王老师远在新西兰访学，郭斌不知道跟谁商量，即使王老师在学校，郭斌也不可能再去跟王老师借钱，而且还是这么一笔巨额的学费。他在校园里走啊走啊，路上的每棵树木都被他记得清清楚楚。树的个头，树的粗细，树的位置，树叶的形状，深深浅浅的绿色，还有得病的枯萎的落叶，郭斌都记住了。草坪上有他无数次坐过的痕迹，但是，树不能解决他的问题，头顶飞过的大雁不能帮他出主意，只有王老师，隔海相望的王老师，才能给他提供最无私的帮助。思来想去，他给王老师发过去一封邮件。王老师回信说：明年我给你留着名额。你好好努力！

2007年，郭斌非常荣幸被保送攻读博士学位，继续追随王征兵老师。当时，在经管学院七名硕士生中，王老师果真给他留了一个指标，并向其他同学作了明确解释。他不仅不用掏学费，还能领到一笔生活补贴。2008年，王老师鼓励、支持他去美国留学。2010年郭斌回国，一年后，他博士毕业，王老师又推荐他去武汉工业学院（现更名为武汉轻工大学）任教。2012年，郭斌离开武汉工业学院，调任西南政法大学任教。工作五年后，2017年，郭斌终于迎来他人生收获最大的一年：一是分到最称心的三室两厅两卫的单元房：二是获批国家社科基金项目；三是申请的第二次国家留学基金委资助审批通过，参与出国英语培训半年并顺利通过了考试。所以，今天郭斌才能再次坐在美国一流的密歇根州立大学，继续搞农业经济学研究。

现在，郭斌来美国半年多了，每日忙忙碌碌地做事情，有些人有些事儿渐渐淡忘，但即使工作着，王老师的身影都会不经意间在他眼前闪现，有时似乎都能听到他说话的声音：郭斌啊，做人要有慈悲之心！我不是富翁，资助你，资助很多困难的学生，不是因为我有钱，而是因为我曾经也历经艰辛，知道苦日子的煎熬，知道穷孩子的难处。

郭斌记起2008年的春节，他第一次去山东老丈人家。临行前去给王老师道别。王老师跟师母正在打扫卫生，准备过年，听说郭斌要去那么远的地方，而他当时正在读博士，又没有工资，知道他买不起什么贵重的礼物，就去房间拿出来一瓶好酒，一条好烟，递给郭斌，让他给老丈人带着。郭斌看看这么贵重的礼物，不敢接收。他到王老师家拜年，最多带盒水晶饼，提一塑料袋苹果。作为一个学生，他怎么能收这么贵重的礼物？王老师看郭斌还在思量，就把烟酒递到他手里，推他出了门，让他赶快启程。

远离家乡，远离祖国，远离王老师，郭斌往高处飞，他飞到密歇根州立大学的校园，忽然发现，他生命的影子里刻有太多王老师的印记，比如做人的慈悲，比如教学的严谨，比如面对功名的淡泊，比如善于思索的科研精神……

向来温和的王老师发脾气，
岳冬冬还是第一次见到，
他吓得大气不敢出一声，闷着头站着。

26

2001年9月6日，十八岁的岳冬冬背着行囊来到杨凌，到西北农林科技大学报到。外公和父母帮他办完手续，整理好床铺，就离开了。他站在操场上，看着三个渐行渐远的背影，他的眼睛模糊了，泪水禁不住流下来，一串一串地滑落，濡湿了他胸前的黑色T恤。他的胸膛滚烫滚烫，憋得仿佛堵进了什么东西。他用手轻轻摩挲，告诉自己不要哭，从此以后，要学会独立开辟一个新天地，过自己理想的大学生活。但是，越是对自己暗示，心里越是酸涩，眼眶的泪水就像突然崩开的泉眼……

他低着头往宿舍走，梧桐树的叶子被秋风吹得哗啦啦响。岳冬冬抬头一看，这个陌生的校园，到处都是浓阴蔽日的梧桐树，鸟儿一点也不寂寞，成群地在树冠里穿来穿去，嬉戏的鸽子就像岳冬冬儿时唱过的童谣，他听着听着，扑哧一声笑了，眼泪花瞬间就凋谢了。西边天空落下去的斜阳，把漫天的红霞覆在梧桐树上，给鸟儿一阵踢踏，树色便淡下去了。岳冬冬忽然不想回去了，他一个人在校园走啊走啊，直到角角落落的树都被他看成朋友了，这才踩着路灯光慢悠悠地回到宿舍楼。

岳冬冬天生喜欢创新。2002年5月，学校为营造科技创新氛围，鼓励和引导大学生正确认识科技创新，校团委组织了大学生科技创新讲座，邀请王征兵老师给大学生做报告。岳冬冬看到消息，早早吃过晚饭去会场听报告。他听别的同学说王征兵老师是兴平人，跟他是同乡，心里便生出一种亲近感与自豪感，坐在前排等他来上课。

王征兵老师走进教室，拿起粉笔轻轻松松在黑板上写下三个问题：大学生要不要创新，大学生能不能创新，大学生如何创新。岳冬冬觉得，这些粉笔字仿佛在黑板上轻快地舞动，如同一个个白色的精灵栖落到上面，然后一动不动地注视着听课的学生。岳冬冬专注地望着这个严肃的兴平老乡，听他讲课的声音满教室响起来，内心在开花，开了无数粉红粉红的小花……

王征兵老师说：大学生要创新，大学生能创新，大学生要学会创新。山东有个农民叫李登海，为突破玉米1500斤的大关，购买和订阅了十多种有关玉米育种和栽培方面的书籍报刊，分秒必争地阅读。有时学得入了迷，走路也在思考，有熟人喊，他都听不见。晚上点着煤油灯读。有一天夜里他竟搂着书睡着了，睡着后将忘记熄灭的煤油灯碰倒，枕头被子着了火，差点引起一场火灾。老母亲埋怨了好几天。李登海花了几年时间，学完《遗传育种》等十几种基础理论书籍，写下二十余万字的读书笔记和实验记录。李登海在啃书本的同时，还向一切内行的人求教。他经常登门拜访老农；骑着自行车到一些有功底的农科队长家里拜师；逢到专家们来讲课时，他不光千方百计地争取听课，有时还把他们请到家里来教。历经十七年的艰辛攻关，李登海在海南岛和家乡的土地上，先后培育出“掖单”系列等很多高产玉米良种，其中紧凑型玉米杂交种“掖单2号”，亩产高达903.6公斤，创我国春玉米亩产量最高纪录。

过去的世界昆虫学史，言必称Aristoteles、Linnaeus、Darwin，竟无“中国”二字。我们的周尧教授内心非常难受，为此他开始研究我国的古代昆虫学史，于1953—1956年阅读经史子集笔记小说及地方志等线装书七十余册，研究全国各地考古发掘资料，沙里淘金，于1957年写成《中国早期昆虫学研究》，创立了我国昆虫史的新学科。1980年，周尧教授在前期研究的基础上把这本书改写成《中国昆虫学史》，考证出在益虫饲养、害虫防治、形态学研究等昆虫学诸领域，中国都较欧美国家早几个世纪。这本书出版后，震惊了世界昆虫学界与生物科学史坛，被国外专家誉为“不朽的著作”。

……

两个小时，王征兵老师从山东农民李登海专家的玉米育种创新，讲到我校追逐蝶梦的周尧教授，从牛顿万有引力定律的发现讲到经济学家恩格尔创立的恩格尔定理，从烧水壶盖上打孔的发明专利讲到他自己提出的“绝对收入原理”等等，一个个鲜活生动、具有农业特色的创新案例娓娓道来。讲座结束，岳冬冬回到宿舍，辗转难眠，他站在窗前，遥望满天闪闪烁烁的星星，就像看到王老师讲的一个个专家亮晶晶的眼睛，特别是博学多闻的王征兵老师，那个从兴平南郊中学走出来的高才生，现在是西农大的博士生导师，他夺目的光辉更令岳冬冬羡慕，岳冬冬不由得萌生了拜他为导师的想法。

报告会以后，岳冬冬把自己的思考写成论文《线性需求点弹性几何比较法的推论与推广》。论文完成，他有点小喜悦，想拿给王征兵老师看看。但他不是王老师的学生，他是生命学院的，王老师是经济管理学院的，他没有老师的联系方式，也不知道老师家住哪里在哪里办公。于是，他把论文打印出来装到书包，天天去布告栏看导师讲座的信息安排。跑了一个星期，终于再次看到王征兵老师的讲座。又一次聆听王老师的报告后，岳冬冬通身有一种酣畅淋漓的感觉。报告会休息时，岳冬冬走到王征兵老师跟前，说明了恳请老师审阅稿件的想法。没想到王老师欣然答应，并约定了再见面的时间和地点。接下来的日子，岳冬冬忐忑不安，他生怕王老师否定他的想法，否定他的论文。约定见面的日子到了，岳冬冬跑到王老师的办公室，那份被修改的论文放在桌子上。见他进去，王老师把论文递给他，上面布满密密麻麻的红色批注，工工整整的修改文字，岳冬冬瞬间被震撼了。他发誓，一定要攻读王征兵老师的硕士研究生。他本科学习的是信息与计算科学专业，但他一定要转专业，跟随王老师学农业经济管理。

修改的论文被王征兵老师推荐发表在《陕西教育学院学报》，岳冬冬很激动。这是他人生发表的第一篇论文，是经过王老师修改才发表的论文。这也坚定了他报考王老师硕士研究生的想法。大四第一学期，保研工作开始了，岳冬冬因为科技创新和学习成绩方面很优秀，获得了学校保送研究生的资格，得到消息的他心中无比喜悦，拿着保送研究生推荐表，第一时间找到王老师。王老师说：我就知道你肯定能保送上。看着王老师在表上写“同意”两个字，签自己的名字，岳冬冬激动得连“谢谢”两个字都说不出来，眼里饱含着泪水。他是个极其感性的人，很容易激动。王老师走到他身边，对他说：冬冬，好好努力！你的脑瓜子灵活，肯定能出意想不到的成果。

2005年9月，岳冬冬硕士学习阶段开始，他跟随王征兵老师学习农业经济管理理论，了解案例。王老师对“不在意资金”“精细密集农业”等理论的系统阐述方法让岳冬冬醍醐灌顶，恍然觉悟，原来经济管理学理论和应用离现实生活如此紧密，对企业管理指导作用如此巨大。

有一天，岳冬冬接到王征兵老师的电话，让去办公室，专门给他讲解关于“十个农业经济管理问题”，鼓励岳冬冬在其中找一个问题进行探索研究，完成硕士毕业论文。岳冬冬最后选择“收入差距”作为研究问题，采用“异速增长”和“微分方程模型”解析城乡居民收入差距的演化机理，并结合实际案例，分析城乡收入差距数据演进过程中不同因素的影响机制，顺利完成了毕业论文，得到王老师的高度评价。

在完成硕士毕业论文的同时，导师还注重利用“课题”对岳冬冬进行科研能力的实践锻炼，让他独自承担“农业知识产权转化模式研究”的工作，组织调研、提纲设计、报告编制、专家评审、结题总结等环节都让岳冬冬自己完成。岳冬冬感觉难度很大，压力更大，王老师就找岳冬冬谈论课题进展并给予适当的方向指引和帮助。

2006年1月，他与导师合作完成的“价格策划应用软件V1.0”获国家版权局软件著作权登记证书，该软件对《微观经济学》中的需求价格弹性的应用做出了创新性的贡献。2007年11月，他与导师合作完成的“基尼系数测算软件V1.0” 获国家版权局软件著作权登记证书，该软件找到了一个基尼系数新算法。

……

2006年岳冬冬获第三届中国青少年科技创新奖（全国共100名）。截至2018年，西北农林科技大学共有三名学生获得此荣誉。

硕士毕业后，岳冬冬继续跟随王老师攻读博士学位。当时正值“猪肉价格”过山车式波动的时期，王老师建议岳冬冬选择“猪肉价格波动”为题好好研究，并给他详细介绍了选择此题的背景、目的以及现实意义。岳冬冬确定选题后，关于生猪生产波动周期、生猪生产波动同步性等问题，王老师给岳冬冬进行了详细的指导，并且对他提出的“同步系数”进行了符合相似系数一般性质的证明，后来岳冬冬又提出“同步波动强度系数”，进一步对生猪生产波动的强度进行分析，从而量化研究生猪生产波动的区域性特征以及波动传导机制。这些研究成果先后获得学校研究生学术论坛优秀论文奖。

现在，岳冬冬在上海中国水产科学研究院东海水产研究所工作，他从陕西一个普通的农村家庭走出来，走到中国经济的最前沿城市，继续从事渔业经济与发展战略研究。可是，每当秋风吹起，满街的梧桐树叶翻飞时，岳冬冬总会想起渭河岸边的杨凌，那里住着一个岳冬冬的精神导师。他时常想，倘若能一直是王老师的“学生”该多好，这样就能更多地接受老师的教诲和指导，更深地学习老师平和的为人态度和睿智的研究思路。王老师经常用睿智的思路来启发和指导他的毕业论文，用温和的态度教育他如何做人。接触过他的学生都能感受到王老师的温和与平易近人，师母王慧莹老师说：你们的老师，是一个永远都不会发脾气的人。

王老师偶尔也有着急的时候。岳冬冬记得，他的博士论文开题之后，岳冬冬又生出懈怠之心，王老师知道后，声音突然提高了：你怎么能这样缺乏恒心？这是不负责任的表现，你懂吗？……向来温和的王老师发脾气，岳冬冬还是第一次见到，他吓得大气不敢出一声，闷着头站着，直僵僵地听老师训斥。高声了两句后，王老师的语气又回到往日的温和。他又继续鼓励岳冬冬，安慰岳冬冬。从此以后，岳冬冬再也不敢懈怠了。他爱王老师，发自内心地敬重王老师。他不忍心看着他生气啊！

王征兵问仵希亮：你看看这个女孩子，穿得很好，是不是就没点难肠事儿呢？你仔细看她的眉头，都皱成两块疙瘩了。

27

朋友推开仵希亮的宿舍门，胳膊上挎着一个大背包，呼哧呼哧直喘气。仵希亮赶快接过来，沉甸甸的，他提着都感觉重，更何况一个女孩子！他把背包靠在床头，问朋友：里面装的啥呀？这么一大包！朋友端起杯子灌下一大杯水，擦擦嘴巴说：旧衣服。要回国了，这些半新的衣服舍不得扔，拿过来你看着送人。仵希亮说：行！送走朋友，他就出去打听。走在维也纳大学的校园里，看着一个个花枝招展穿着时尚的女生，他怎么也开不了口。他原本想到一起来这里留学的河南老乡，看看她们有没有谁需要，走到半道又返回宿舍，把那包旧衣服提起来架到橱柜上头，日后再想办法。

转眼间，到了仵希亮回国的时候。他整理衣柜，挑选出一大摞穿过的衣服。有的衣服买回来穿了几次，不是很舒服，扔进柜子再没穿过。他想起朋友带来的那包旧衣服至今还没处理掉，就很发愁。他把自己的旧衣服折叠好，用一个旧布袋装进去，出了校门。维也纳的街道到处摆着同一款式的浅灰色柜子，上面开着一道斜口，下面一扇小门紧紧锁着。仵希亮以前注意过，但柜子上全是德语，他不认识，也就没再留意。现在，要回国了，他漫无目的地在街道上溜达，突然觉得这些柜子很显眼，它们到底是干什么用的呢?

正想着，仵希亮看见一个老妇人，颤巍巍地走到柜子跟前，打开上面的斜口，把手里两件折叠好的旧衣服塞进去，转身离开了。仵希亮走近一看，噢，原来是放旧衣服的。他折回宿舍，翻开词典，把柜子上的文字输进去，一看，果然是旧衣物回收箱。对呀，这些旧衣服回收回去，挑些好的捐给没钱买新衣服的人穿，多好的事情啊！他想起自己的导师王征兵，那个与人为善心怀慈悲的王老师，上课时经常教导他们：多做善事！这个世界有很多过得不如我们的人，少花一毛钱，少吃一口饭，少穿一件衣服，就可以帮到他们。有一次，仵希亮跟着导师到一个小镇实习，吃饭期间，走来一位老大爷，把手伸到桌面上，手心里握着薄薄一沓毛票。王老师正吃面条，抬头一看，没有丝毫犹豫，就从口袋里掏出五元钱，递给老大爷。老大爷感激得呜呜呜地退出了，好像是个哑巴，不会说话。吃过饭，走在街道上，遇到一个中年妇女，穿戴整整齐齐的，竟也伸手向王老师要钱。王老师没说话，从口袋里掏出一张十元钱，递给中年妇女。妇女连声谢谢都没说，转身走了。

仵希亮跟在导师后面，心里气不过。他觉得这个中年妇女健健康康，有手有脚，干嘛不自己劳动，放下尊严伸手向别人讨钱？他嘟嘟囔囔地给王老师说。王老师没马上回答他。走了一程，看见一个穿戴时髦的女孩子，王老师就问仵希亮：你看看这个女孩子，穿得很好，是不是就没点难肠事儿呢？你仔细看她的眉头，都皱成两块疙瘩了，说明是有解不开的心结。但她会告诉你吗？不会。刚才伸手要钱的两个乞丐，哪个是真乞丐哪个是假乞丐，这并不重要。关键是他们撕下做人尊严的一张面皮，在人前乞讨，肯定是有难事，是有解决不了的事儿。所以，每次见到行乞的人，只要他们愿意伸手，咱们就得帮他们。

至此，仵希亮懂得了导师慈悲后面的恻隐。如今，到维也纳大学留学两年，整天忙于学业，都忘记导师的教诲了。看到这些旧衣服回收箱，看到维也纳浓浓的人文关怀，仵希亮的爱心找到了停靠处。在国内，仵希亮还没有见到过这样的旧衣服回收箱，老家没有，西安没有，北京也没有，他不知国内的旧衣服都怎么处理。看来，不是国人没有爱心，只是他们不知道通过什么方式什么渠道表达他们的爱心。

接下来几天，仵希亮把朋友和他的旧衣服放进回收箱，又在街道上转，看见装满旧衣服的回收箱会有人推着车子来取走，不只有旧衣服，还有旧鞋子。仵希亮想，如果能回收旧书也是很好的。他回国做，要加上回收旧书籍。仵希亮还发现，维也纳的人文关怀，不只体现在旧衣服回收箱上，再看看他们的公共电话单，除过公安、消防、急救的电话，还写着心理咨询的电话。公共电话中能有心理咨询的号码，这是维也纳政府对人呵护备至的表现。王老师说：物质穷困是外在的，心里穷困却是摧垮人意志的魔杖。拯救一个人，先要拯救他的灵魂。如果用王老师的标准来衡量，维也纳不仅是一座美丽的城市，更是一颗伤痕累累的心灵停靠的港湾。

2014年，仵希亮到河南师范大学教书。通过调查，他发现新乡市区（不包括其所管辖县）每天有五吨的旧衣服流出，其中绝大多数掺杂在一般垃圾里埋入地下，只有一两吨得以回收，这样既造成资源浪费，又加大了环境负荷。他受维也纳垃圾分类回收再利用的启发，自费一千五百元在河南师范大学社区设立首个旧物回收箱，发起晨星旧物回收公益活动，回收城市居民用过的生活物资，主要以衣服、玩具、图书、电器为主，通过邮寄、变现的方式，发放给边远地区的贫困学生、残障人士和无劳动能力、无收入来源的群体，既防止了旧衣服对周围环境的污染，又疏浚了流通渠道，实现了资源重新利用。

刚刚设立回收箱时，面对居民好奇的眼光，面对摆了半天却没有人放旧衣服的空箱子，仵希亮没有退缩。他想起跟导师王征兵教授到阎良科农甜瓜农民合作社调研的事情。当时，仵希亮还不善于跟人交流，特别是到农村跟大爷大妈搭话，他张不开口。即使走进家门，也难以让老百姓说出心里话。跑了几天，没有一点收获。王老师就跟他说，买个照相机，你去给他们拍照，拍完洗出来送给他们，费用课题组出。王老师这一招真灵验，后来的日子，仵希亮就提个相机，走进农户家，给孩子拍，给大人拍，最后拍全家福。聊着说着，他们的话匣子就打开了，甜瓜合作社的调研就此展开，仵希亮获得了大量第一手的资料，为后面改造合作社，提高农民参与的积极性打下坚实的基础。从此以后，仵希亮学会了跟人交流。来到河南师大，他总能找到一个话题，打开社区居民的心扉，让他们畅所欲言。

为了尽快回收物资，仵希亮进门入户，挨家挨户跑。他从这一栋楼下来，又爬上另一栋楼。不管谁问他，他都要把旧物回收、清洗、整理、捐献的流程介绍一遍，再把旧物回收的理念讲一遍。王老师说：不管做什么事儿，都要能耐得住破烦。王老师不仅是这样说的，也是这样做的。无论谁到办公室咨询农产品营销、企业管理等问题，他都能平心静气地讲。农民也罢，乡镇干部也罢；有钱的也罢，没钱的也罢，他都会一视同仁。接电话时，哪怕是陌生人咨询事情，他都能耐心地解答。因此，王老师才会赢得那么多人的尊重和爱戴。仵希亮知道，选择做慈善，将是一件极其艰苦的事情，但更是一件造福穷苦大众的好事情。他要坚持做下去。王老师说：一个人不在于你做什么，关键是你做得怎么样。仵希亮把慈善事业做到博士的水平，方能不辜负老师的栽培。

过了两天，仵希亮把回收箱的衣服整理在一起，有小半箱，他装进后备厢，开车拉到丰乐里赶集。他在最边的空旷处找个地方，铺上报纸，摆上塑料布，把衣服掏出来放到上面。仵希亮跟随王老师研究过不在意资金，他想，一件衣服收一元钱。真正需要的人，即使再穷困，一元钱也是掏得起的。如果不需要，他掏一元钱也就不值得了。用这种低廉收费的方法，可以辨识出真正需要衣服的人。收费只是象征性的价格，涵盖不了衣服本身的价值。再说，志愿者都是自带干粮，自掏油费，自己买饭吃，更不能谈功夫钱。收取一元钱的不在意资金，就可以防止回收的旧衣服流向不需要的人。卖得好，说不定还能供给志愿者平日的开支。

刚开始，有几个人停下来问问，很快又走了。过了一会儿，旁边的摊贩走过来，挑来拣去，选了几件衣服，还拿走了一个算盘和五本书。太阳攀上树梢了，集市上热闹起来，赶集的人三三两两结伴经过，但也是远远地瞅一眼，脚步都没停下来。仵希亮一看不行，就学着旁人的样儿高声吆喝：慈善义卖，一元一件……慈善义卖，一元一件……他的声音吸引得一些人围上来。有个大娘在衣服堆里反复挑，挑了六件，说是给孙女买；看着便宜，又给自己选了三件，装进她提的布兜里，乐呵呵走了。仵希亮站在那儿也乐了。走来一位大爷，挑走五件老年服装。瘦高个子的男人带孩子买书，三块钱挑走了十五本。买水的大哥，把电动车停在一旁，提走一个包和一件花衣裳。旁边的商贩又过来买走了两双鞋和三张学习光盘。天黑时，仵希亮一清点，总共卖了十九元。临走时，摊贩的阿姨告诉仵希亮：应该把衣服好坏分开，卖不一样的价格。仵希亮没想着赚钱，他有自己的想法，之前还担心农村人不要旧衣服，城中村恐怕就更难卖了。今天这一趟却证明，旧衣服在城中村是有市场的。城里也有经济困难的家庭，这些旧衣服使他们减少了穿着上的花费，生活负担降低些。旧衣服也去了它该去的人家，实现了社会价值。这便是仵希亮最满意的事情。

此后每个周六，仵希亮都会开着私家车，带上志愿者和衣物，到新乡市前辛庄劳务市场义卖，每件衣服以两元的价格卖给劳务市场的农民工，收集到的资金，先后支持了牧野区丰乐里的贫困户马学魁、延津县东崔原庄村的张广礼及李胡寨的一位老人和他所领养的三个孙儿。

晨星收集的旧衣物越来越多，积累了五万余元的公益资金，资助对象也从新乡市周边扩大到新疆、云南、青海等偏远地区。2017年4月22日地球日当天，仵希亮征得团队的同意，捐献给新乡市环保志愿者协会五千元。2017年、2018年暑假，晨星又捐资一万元，对河南省的贫困县郸城县两所学校进行支教。冬天到了，仵希亮把残次的衣服被褥捐献给郑州的三好流浪狗救助站，并通过河南省传统文化协会，前往牡丹江流浪狗救助站捐助旧被褥，以便流浪狗冬天御寒。他把晨星仓库多余的空间，提供给新乡爱狗人士茹呈春师傅收养的二十多只流浪狗，并从晨星公益资金中每月拿出五百元捐助给茹师傅，用于流浪狗救助。

2018年4月，河南师大政管学院的学生谭利华考上了中国人民大学的研究生，但她家庭经济很困难，父亲又得着重病，继续学习的希望很渺茫，仵希亮得知消息后，带领志愿团队为谭利华同学筹资捐款3000元。

现在的仵希亮，已组建115人的晨星志愿团队，志愿者参与上千人次，设置旧物回收箱105个，回收旧物（以旧衣服为主）210吨，开办了晨星公益商店，举办公益活动八十一场，开展旧物回收处理节五场，使三位特困人士得以就业，实现旧物55 973件再利用，回收旧物折合五十余万元，物质发放覆盖新疆、云南、青海及周边卫辉、辉县、原阳等偏远贫困地区，受益上万人，取得了“城市居民献爱心、旧物回收再利用、公益环保相结合、贫困人士得实惠”的良好效果。

宁泽逵总觉得少点什么，
王教授好像连声祝贺都没说，难道他不欢迎我读他的研究生？
还是我刚才蹦得有点过分？

28

同学一进宿舍，手里的书包还没放下，就走到宁泽逵跟前，拍拍他的肩膀，告诉他考研成绩可以查询了。当时，宁泽逵正坐在被窝里看书，一个鲤鱼打挺就从床上爬起来了。他对着床头的镜子理理乌黑的头发，穿了件夹克外衣往出走。走到楼下，天阴阴的，虽然已是三月天气，冷风却像磨薄的刀片一样，飕飕地往脸上刮，宁泽逵揉揉生疼的脸蛋，拉上夹克衫的拉链，双手揣到衣兜里，朝学校研究生处招生办公室走去。快到楼门口时，宁泽逵碰见考试时坐在同一个考场的女生，正低着头往出走。宁泽逵想问问她考得怎么样，女生的头抬起来，泪水汪汪地看了他一眼，又低下头小跑着离开了。这样的表情，不用问，肯定是没考上。宁泽逵走进办公楼，踩着台阶朝三楼研究生成绩查询处走，好像谁忽然给他的两条腿各缀上一块石头，越走越沉重……

宁泽逵原本很自信，参加完2002年的全国硕士研究生考试，他回湖南老家过春节，见到每一个亲朋好友都热情地打招呼，仿佛他已经被录取了。每天在家里出出进进，脸上都挂着笑容。母亲看他这样乐呵，就分派给他很多活儿让他干。搬煤球呀，抱柴火呀，打扫院子呀，刷锅洗碗呀，做过的没做过的，能做的不能做的，宁泽逵都照着母亲的要求去做了。弟弟却跟村里的同伴出去玩，跑得一天没踪影，母亲也不喊叫。宁泽逵刚一出门，后脚跟还没带出去，母亲就叫他：屋里的桌子擦擦去！宁泽逵又折回身去拿抹布。

年味散尽了，村民们都各干各的事儿了。考研成绩还没出来，宁泽逵待在家里着急，决定与几个外出打工的乡亲结伴南下广东找工作。走出广州火车站，背着铺盖卷儿的农民工从全国各地涌向人才市场。宁泽逵随着人流往前走。走了很多家，问了很多家，都没有人愿意要他。招聘的人问他：以前干过什么工作？宁泽逵摇摇头。人家再问：你懂什么技术？宁泽逵还是摇摇头。几乎每家招人的都这样问，宁泽逵的头都快摇晕了，还是没有单位聘用他。他这才想起，两年来全力以赴复习考研，没有参加过招聘会，没有积累到任何求职经验，自己学的农业经济管理专业在这里根本找不到对口的单位。几天后，考研带给他的自信很快被冷冰冰的职场招聘粉碎了，他绝望到极点，跑到中山大学附近的一个网吧翻阅考研信息，发现东北某所高校已经公布了考研成绩查询的通告，宁泽逵没有丝毫犹豫，跑去火车站买了一张票回到杨凌。

宁泽逵有预感，他肯定能被录取，而且还是在王征兵教授门下攻读硕士研究生。宁泽逵清楚地记得，去年三月第一次听王教授讲课的情景。王教授不声不响地走进教室，放下黑提包，给在座的学生每人发一沓讲义。宁泽逵把讲义浏览了一遍，准备跟往常一样，边读讲义边抄笔记。听着听着，却发现王教授讲的跟讲义出入很大，他没有严格按照赠送的讲义章节讲解，而是抓住某一句话、某一个理论、某一个学术术语列举大量实例进行说明，抽象的经济学概念很容易就理解了。王教授去西安讲农产品市场营销时，提到一个转变用途法，列举了一个具体事例，说长安县一个农民，种着三亩地的秦冠苹果，品种不好，质量不高，卖不上好的价钱，准备砍掉果园，参加培训班听了他的讲座后，转变思维，把苹果园变成西安市中小学生掌握生物知识、陶冶情操的场所，让学生认领苹果树。认领以后，学生每个周末去苹果园，给苹果树浇水施肥剪枝除草，观察苹果开花结果，成熟后带着亲戚朋友去园子采摘。虽然苹果不怎么好吃，但每个孩子都吃得津津有味，毕竟是自己的劳动成果，孩子们都很珍惜。一年下来，农民一算，每亩地认领出去110棵苹果树，每棵树收租金100元，纯利润由原来的1000元增加到11 000元。

宁泽逵一听，王教授的这个办法真好啊！他的金点子不仅拯救了长安县的一个农民和他的三亩果园，还给西安市的学校、学生以及家长找到一种普及科技教育的新途径。这是一个多么富有创新思维的教授啊！他坐在教室后排，听得热血沸腾，激动不已，差点手舞足蹈了。课间休息时，他走到王教授身边，很多学生围着王教授，宁泽逵没能说上一句话，但近距离地听王教授说话，宁泽逵的心被融化了。从那天起，只要有王征兵教授的报告，宿舍的同学都会去听。宁泽逵虽然忙着复习备考，但王教授的报告他一场都没错过，并且暗自下定决心，报考王征兵教授的硕士研究生。

应该没有问题的，宁泽逵想。他挺了挺胸膛，迈开大步走到成绩查询处的门口，轻轻敲了敲门，一个女老师示意他进去。他把准考证递上去，心跳得咚咚咚响。女老师操作很熟练，把宁泽逵的名字和考号输进去，电脑很快显示出一行成绩：总分394，英语66，政治82，数学（四）91，管理学71，发展经济学84。女老师说：这个成绩应该是第一或前三名的成绩。宁泽逵的心哗啦一下，仿佛漫漫长夜的幕布突然打开，一缕灿烂的阳光直射进来，宁泽逵的两腿给温暖的阳光带着，飞也似的冲下楼梯，跑到学校大门口的IC卡电话亭，给湖南乡下的妈妈打电话报喜，妈妈在电话那头欢喜得像个孩子。宁泽逵挂了电话，轻快地走到学校大门口东边的小市场，买了一块钱的杂粮煎饼（高粱红、玉米黄、荞面黑揉到一起做成，平日舍不得吃），提着往宿舍走。

宁泽逵高兴极了，恨不能全天下人都能分享他的喜悦。他走进三号教学楼前的松柏林，看看前后没人，把煎饼挂到松枝上面，使劲弹跳着往高处蹦，蹦了两下又继续朝前走，第三次蹦起来，一个身影一闪，王征兵教授就出现在他面前。宁泽逵赶快站稳了向王教授汇报成绩。王教授站在松树下，脸上没有一点笑意。他听宁泽逵说完，微微点了点头，语气平静地说：嗯，好的！话刚说完，旁边过来一位老师，王教授相跟着一起走了。宁泽逵总觉得少点什么，王教授好像连声祝贺都没说，难道他不欢迎我读他的研究生？还是我刚才蹦得有点过分？还是太得意就会忘形？……他忽然想起来，王教授曾经在课堂上说过这个成语，还举例说明，得意忘形会招来嫉恨，任何时候都要保持一颗恒常的心态。即使内心喜悦，也不要在人面前表露得太过分，否则，招致的嫉恨会让你寸步难行。

顿时，宁泽逵被成绩冲得兴奋的头脑瞬间冷静下来。他慢慢地走，沿着落满树影的小道向宿舍走去。王教授是第一年招收全国统招的硕士研究生，当初他选择王教授做导师，是毅然做出的抉择。一般学生不愿冒着不了解的风险选择导师，而宁泽逵觉得，只听王教授的课就足够了。他的研究精神，他的创新思维，他的人格魅力，贯穿于整个课堂教学中，足以慑服宁泽逵渴望上进的心灵。王教授已经取得那么多辉煌的成绩，却能如此沉稳冷静地处事，更令宁泽逵佩服！

暑假，宁泽逵没有回家，送走所有毕业离校的同学，宁泽逵来到王教授家。王教授给他安排一个任务，与人文学院高年级的硕士研究生谷小勇、秦敏一起，参加一个主题为“21世纪中国农民职业教育创新体系与施教模式研究”的农村社会调查，调查区域在杨凌。王教授启发他说：虽然你从小在农村长大，但可能从来没有认真观察过，思考过农村的一些现象与问题。农村社会调查是用自己的专业知识，带着问题，重新认识与审视农村，重新认识自己。……宁泽逵觉得，王教授对农村对农民的这份情感时时处处都能体现出来，不管是在课堂上，还是在课题研究里，还是在跟他的几次交流上。正是王教授的精神感召，宁泽逵参加了这次社会调查，他跑遍杨凌的各个村庄，收集了大量翔实的资料，并主动参与调查数据处理与报告撰写。王教授又提醒他，可以写写论文。于是，经过认真思考，宁泽逵写了两篇关于农民职业教育方面的论文《新世纪农民职业教育需求的调查与分析》《农民职业教育需求决策影响因素的分析》，相继在《河南职业技术师范学院学报（职业教育版）》《杨凌职业技术学院学报》发表，其中一篇还被人大报刊复印全文转载。

2006年，宁泽逵决定继续跟随王征兵教授攻读博士。这一年，弟弟参加了全国硕士研究生入学考试，虽然过了国家分数线，但与目标学校还差一点，不得不面临调剂。宁泽逵当时已在西安财经学院上班，他赶到杨凌与导师商量，看能不能把弟弟调剂到王教授跟前攻读硕士研究生，此前宁泽逵跟父母及弟弟交流过，他们也都愿意。王教授痛快地答应了，还为弟弟争取到国家的公费指标。这对当时经济状况不甚景气的宁泽逵一家人来说，无疑是雪中送炭。2007年，宁泽逵征得王教授的同意，参加了博士生入学考试，并顺利通过。这样，弟兄两人同在王教授门下读书，一时传为佳话。

2009年，宁泽逵的弟弟硕士毕业考到中国农业大学继续攻读博士学位，2012年毕业到中国林业科学院工作。宁泽逵博士毕业后，正式开启了独立从事科学研究的工作与生活。期间也有不少困惑，像怎么平衡个人科学研究与团队课题研究之间的关系，怎么处理教学科研工作与行政事务之间的关系，怎么处理工作与家庭生活的关系等，苦思冥想不能解决时，他总是会跑到杨凌，跑到老师与师母跟前，寻求心理的慰藉，寻求苦闷的化解之道。

闲暇时，宁泽逵总会记起2005年的那个春节，他在湖南老家。正月十五早上起床，跟父亲、弟弟围坐在厨房的灶头，烤着红红的火苗闲聊，手机铃声忽然响了，宁泽逵拿出手机一看，是王老师打来的，他赶快接。王老师平日很少主动打电话给学生，除非有事情。接通电话，原来是王老师在厦门大学出差调研，对方有一位同行的老师提醒他，有一篇署有王征兵的文章发在《中国农村观察》2005年第1期。王征兵猜想是宁泽逵写的论文，把他的名字加上去了。《中国农村观察》是农业经济学界的权威期刊，宁泽逵当时投稿是抱着试试看的态度，没想到竟然刊发了。关键是隔着这么遥远的距离，在万家团圆的正月十五，王老师亲切的声音从电话里传过来，落进他的心坎，暖流一般传遍全身，感染着家里的每一个人。

见过很多次都难见一笑的王征兵老师，
他的课有没有传说中那么生动有趣呢？

29

想起第一天听博导王征兵老师的课，现为西安某大学教授的李娟，仿佛穿越时光隧道，慢慢地，慢慢地，走回西农那间记忆犹新的教室。十月的西农，枫树叶子火红火红，简直就像谁搭着云梯跑到天上，把一团一团的云彩捋下来，罩在树冠上头，蓬松的灿烂的烟霞，勾着来来往往的行者的魂，朝校园深处游走。李娟的眼忙得看不过来，绿的松柏，黄的银杏，还有同样灿烂的一簇簇黄菊，都在朝霞里漫漶着流动的美景，更让她期待的却是自己的导师，见过很多次都难见一笑的王征兵老师，他的课有没有传说中那么生动有趣呢？

走到309教室，李娟往里一看，只有四个学生坐在座位上翻看讲义。王征兵老师站在讲台北面的窗口，端着水杯，凝神沉思。李娟看看手机，离原定的开课时间还有26分钟。李娟也是老师，每次上课，她都会提前10分钟到教室，打开电脑，放上课件，检查一遍，学生就来齐了。李娟喝一小口水，清清嗓子开始讲课。她觉着自己尽职尽责了，没想到王征兵老师来得更早。虽然不知道王老师到教室的具体时间，但看情形，恐怕最少提前来了半个小时。李娟看王老师好像在思考什么问题，她就悄悄走进去，找个最前排的座位坐下来。

八点整，王征兵老师开始讲课。他依然表情冷静，冷静得就像李娟见过的深山老林的湖水，无风无浪，深不可测。李娟翻开笔记本，写下课件上呈现的题目“十二人性”。望着这四个字，李娟的思维在剧烈地翻动。她是学哲学的，深知人性的复杂，儒家弟子孟子荀子简单地把人性归为“善”“恶”，并为此引发两千余年的论争，至今都无法得出定论，王征兵老师又如何把人性归纳为十二种呢？

王征兵老师一开口先抛出一个问题：如果有位男同学娶了三个老婆，你们觉得他是好人，还是坏人呢？李娟背后有个女生站起来，生硬地回答：那就劈了他！教室顿时爆出一阵哄堂大笑。李娟回头一看，女生眉清目秀，说话时却涨红了脸，眼睛里喷射着火焰。王征兵老师说：在当今中国不要说一个男人娶三个老婆就是娶两个老婆都是不允许的，法律和道德都不允许。如果一个人做了法律和道德都不允许的事情，那就是坏人。接着他又问那位女生：如果两百年前一个男人娶三个老婆，他还能算坏人吗？那位女生低声回答：不算。王老师说：对，封建社会是一夫多妻制，三妻四妾都是合法的。那为什么同样一件事现在看来是恶，而在两百年前是善呢？因为判断善恶的道德标准发生了变化，所以得出善恶的结论自然就不同。王征兵老师站在讲台上，脸上没有一丝笑容。他静静地注视着下面因为这个问题而热烈讨论的学生，眉头的川字纹更加清晰了。

教室里安静下来，王征兵老师开始讲他研究十二人性理论的渊源，讲十二人性的要义，讲十二人性在管理艺术中发挥的重要作用。每一种人性他都能结合具体的案例进行分析，故事生动，阐释清晰，最后升华到哲学层面，给你振聋发聩的警醒。特别是他讲的圣人舜的故事深深地触动了李娟。

舜知道父母不喜欢他而喜欢弟弟象，想趁机害死他，把家产传给弟弟，就让他修粮仓挖水井。为了不让父母陷于不慈不义的境地，修粮仓时，当父母从下面抽掉梯子时，他把斗笠绑在两臂上安全落地；挖水井时，当父母往井里填土要埋掉他时，他从提前挖好的地道里逃了出去。即便如此，舜也不怨恨他的父母和弟弟，而是更加孝顺和友爱。他的善良感动了天地。父母将他赶往一座荒原种地时，大象跑来帮他犁地，小鸟飞来帮他播种，风调雨顺，所到之处年年五谷丰登。

王老师还讲了一个故事：1994年9月的一天，在意大利境内的一条高速公路上，一对美国夫妇带着十岁的儿子尼古拉斯·格林正驾车向一个旅游胜地进发。突然，一辆菲亚特轿车超过他们，车窗内伸出几支枪杆，一阵射击之后，他们的儿子中弹身亡。这对夫妇本该痛恨这个国家，因为在这块土地上他们失去了爱子。可是，悲伤过后，他们做出一个令人震惊的决定：把儿子健康的器官捐献给意大利人！在意大利，即使是正常死亡的本国公民自愿捐献器官的也很罕见。于是，一个15岁的少年接受了尼古拉斯的心脏，一个19岁的少女得到了他的肝；一个20岁的妇女换上了他的胃，另外两个孩子分别得到了他的两个肾。这件轰动一时的事足以令所有的意大利人汗颜！1994年10月4日，意大利总统斯卡尔法罗将一枚金奖章授予这对美国夫妇，以表彰他们容纳百川的胸怀以及悲世悯人的情操，还有以德报怨的人生境界。

王老师说，仇恨带给人类的灾难太深重了，该怎样把仇恨化成一种美好呢？这对美国夫妇为我们做了一个成功的榜样。他们的爱子在异国无辜惨死，可他们的理智却抑制了仇恨的烈焰，并毅然做出了惊世骇俗的决定，使五个年轻人获得了重生，使冤死的儿子永远活在了意大利人的心中。

放学以后，李娟的心被王老师讲的故事激荡得久久不能平静。午休时间，她躺在床上，眼睛闭着，却没有一点睡意。李娟的公公婆婆在农村，她怀孕期间，有一次在楼梯上踩空了，摔了下来，情况比较危险，需要去医院及时治疗。自己刚参加工作不久，没有多少积蓄，想到昂贵的住院费用，李娟的丈夫便回家求助自己的妈妈，希望家里能帮忙借钱。婆婆没答应，李娟心里有些不舒服，从此便积下跟婆婆的怨气，丈夫夹在中间左右为难。李娟暑假带儿子回去一趟，又生了一肚子闷气，现在还没消尽，每次想起来肚子都鼓胀鼓胀。听了王征兵老师的报告，李娟忽然觉得，自己这个学了十多年哲学的人，竟然不懂人性。王老师讲的善良、权欲、赌博、贪财、好色、食欲、情感、爱美、好奇、逍遥、嫉妒和乐于被称赞等十二种人性，都是人的本性。王老师说，人性会受地域特征和时代特征的影响，不同阶段不同的人会有不同的表现。李娟忽然觉得，她应该跳出原来的思维误区，了解婆婆之所以那样对待她的深层原因，这样，才能处理好跟婆婆的关系，进而处理好整个家庭的关系。

再次回到家，李娟坐在婆婆身边，帮婆婆摘菜烧火扫地抹桌子，时不时地跟婆婆拉拉家常。聊到最后，婆婆终于说出那次不给她钱的原因。李娟结婚时，公公婆婆拿出仅有的三千元钱。小儿子眼看要成家，不存钱怎么给他娶媳妇？刚刚攒了上万块钱，李娟就跑回家要钱。婆婆想着他们两口子都在西安上班，哪里会连看病的钱都没有，估计是看他们刚攒下钱，专门跑回来要的。谁知道是真的病了！婆婆后来听说了事情的前因后果，有些后悔。但作为长辈也不好提说，怨气就一天天积着。每次见到儿媳妇，心里总疙疙瘩瘩。李娟又何尝不是呢？此后，李娟有时间就回农村老家，婆媳两人聊得越来越投缘。出去逛街，李娟挎着婆婆的胳膊，路人还以为她们是母女。2010年，李娟在西安贷款买了一套带电梯的新房，装修好以后，置办了婆婆喜欢的床单被罩，把老两口接到新房居住，而他们依旧住在学校十几年前分的旧房里，婆婆感动得逢人就夸儿媳妇好。

李娟的儿子数学不好，读初一时有一次考试只考了10分，老师打来电话很严厉地告知她，李娟听到这个消息，心里的火一股一股往胸口窜。她在家里转出转进，准备等儿子回来狠狠教训他一顿。不知怎么的，王征兵老师的声音又在他耳边响起：人都是渴望被夸赞的，这是人的本性。总是批评，会让孩子失去做人的自信。孩子数学没考好，肯定会很自责，如果再批评他，相当于雪上加霜。门铃响了，李娟知道儿子放学了，她很快调整心情，把一肚子的火气压下去，打开了门。儿子垂头丧气地站在门外，手里提着沉重的书包。她把儿子拉进来，抱住他，一句话也没说。晚上，儿子睡着了，李娟把儿子的数学试卷掏出来，看到一道道大题都是空白，她虽然忧心忡忡，但很快就镇定了。她捧起孩子的数学教材细细阅读，把其中的知识点进行系统梳理，借助网上的教案和课件，选择典型例题打印出来，每晚回家给儿子补习，只要儿子理解一道题，李娟就给予他充分的肯定。为了调动孩子的好奇心和求知欲，李娟结合生活生产中的应用事例给他讲解，孩子学习数学的兴趣和自信心很快被调动起来，从原来害怕数学课到急切地盼着上数学课，李娟才放心了。

到了单位，同事絮絮叨叨地说自家孩子，跟李娟的儿子一样，成绩很不理想。李娟把教育儿子的经历和体会分享给同事，顺便给她讲王老师的十二人性，尤其是人具有的好奇和渴望被称赞的本性。再一次考试成绩出来，李娟的儿子数学进步了，同事的儿子成绩也提高了，她一到办公室就感谢李娟。慢慢地李娟学会了跟同事相处。她不再像以前，只站在道德高地一边，用居高临下的道义看待别人，而是从人性的角度出发，考虑其动机和初衷。领导和同事都说李娟变了，到杨凌读个博士好像脱胎换骨一般。单位领导换届，投票时，大家一致把票投给李娟。过去只想着经营好小家的李娟，又开始学着经营大"家"，她做的许多工作都能赢得同事和领导的肯定。李娟常说的一句话就是："王老师的人性十二理论不仅让我受益，也深深地影响了我的家庭和我的工作。"

他的身影，他憨厚的笑容，
他走路稳健的步伐，都清晰地浮现在王征兵的眼前。
他曾说：作为一个男人，就要像雄鹰一样搏击长空。

30

室内的灯光很亮，能看清楚彼此的眼神。王征兵坐在徐创洲的对面，他一边讲一边观察。徐创洲的眼神时而闪过一丝喜悦；时而飞进一团迷雾；时而晃晃悠悠消了迷雾，蓝天白云般澄澈明亮；时而眨巴着眼睛思考，两道蚕眉忽闪忽闪，像两条跃跃欲动的黑蛾子。王征兵不知讲了多久，徐创洲还有问题。房间的温度有些低，穿着单皮鞋的脚掌凉凉的，他把手伸到暖气片上摸摸，只剩下一点点余温。暖气都停了，徐创洲的疑难问题还没解答。他是个非常执着的学生，哪怕极小的细节问题，也要搞明白方才离去。王征兵起身活动活动双腿，示意徐创洲也站起来，动动筋骨。他烧开一壶水，给两个人的茶杯添满，徐创洲端起茶杯，两只手紧紧捂着，他好像也感觉到冷了。

徐创洲比王征兵小十岁，做了王征兵的学生。徐创洲1974年出生，家在陕西省户县一个农村。四岁时，父亲因病去世，母亲含辛茹苦把他养大。1995年，徐创洲考到石河子大学经济贸易学院，学习农业经济管理专业。1999年本科毕业，徐创洲没有找到专业对口的单位，为了就近照顾老人，调配到西安市公交公司工作。2004年，不甘于平庸的徐创洲辞去工作，考入西北农林科技大学，攻读农业与农村社会发展专业硕士研究生，导师是王征兵。当时，王征兵翻看徐创洲的档案，比同年考入他门下的其他研究生年龄要大七八岁，他就挺担心。开学第一天，王征兵把新招的研究生召集到办公室，给他们讲研究方向和研究方法，顺便让他们相互认识。其他人干脆利落地介绍完了，徐创洲站起来，扫视一眼充满青春活力的同门师弟，挠挠后脑勺，嘿嘿一笑，慢吞吞地说：我是大龄青年，以后的学习还望各位师弟多多关照。

正因为如此，王征兵就对徐创洲格外关注。徐创洲接受新知识比其他同学慢，反应也没有年龄小的同学快，牵扯到数学方面的思维推理，他更加茫然。每次上课，同学们都争相发言，徐创洲却坐在靠窗户的一个角落里，木然地听别人讲解题思路，那种焦灼的眼神真让王征兵心疼。课后，徐创洲也不敢像有些同学一样，主动跑到办公室请教。当然，更不敢利用课间休息在众目睽睽之下问他问题，但他渴求知识渴求上进的心思王征兵看得清清楚楚，否则，他就不会到了而立之年，丢下新婚妻子跑到杨凌来求学。王征兵想，他要竭尽所能帮助徐创洲完成学业。于是，每次讲完课，当天晚上，要是没有别的事情，王征兵就把徐创洲约出去一起吃饭，再回到办公室，询问他哪里没听明白，哪个问题理解有困难。有时，徐创洲说不出来，王征兵就提问，把难点问题梳理一遍，徐创洲的疑惑就出来了。王征兵给他举出大量实例，把抽象的理论转化成生活画面，再点拨引导，徐创洲便清楚了。这时，他的脸上会绽出孩子般天真的笑容。

过去两年，王征兵记不清徐创洲来他办公室补过多少次课了。徐创洲进步很快，逐渐懂得研究生该做的事情。他跟师兄师弟们一起，参加了王征兵主持的国家自然科学基金课题“村干部在农村经济管理中的激励与制约机制研究”，交流多了，徐创洲也就慢慢活跃起来。王征兵带着他们下乡调研时，徐创洲跑前跑后照顾师弟师妹，俨然一个大哥哥般，让大家感动。饭桌上，徐创洲有时也会讲个冷幽默，惹得大伙儿抱着肚子前仰后合地笑，他却稳稳地坐在那里说：笑啥！笑啥！王征兵本来没笑，他这样一说，反倒呵呵地笑出声来。徐创洲看老师都笑了，他也跟着笑了。相比那些年轻的学生，王征兵更希望徐创洲活得快乐一些。这样，他学习的负担相对就会减轻一些。

课题研究期间，徐创洲写了一篇有关影响村干部激励机制因素的论文。王征兵拿到论文后，发现徐创洲的论证分析缺少定量指标。这样推荐出去，很难发表，也就是说，徐创洲的研究等于做了无用功。他想约个时间把徐创洲叫到办公室，跟他谈谈研究过程中定量分析的方法。此前，他推荐过徐创洲到经济管理学院听数量经济学等课程。虽然徐创洲在人文学院读研究生，但王征兵是经管学院的老师，他给同事打了招呼，让徐创洲去旁听。不知徐创洲听的效果怎样，从完成论文的情况来看，他还是没有学以致用。

没等王征兵约徐创洲，今天课后，徐创洲却主动找到王征兵，说晚上能不能跟他交流交流论文的事情，有些疑点他怎么都想不明白。王征兵一听，赶快答应了。原本晚上朋友约着吃饭，王征兵却觉得，学生的事情是最重要的，更何况是徐创洲的事。他打电话给朋友，朋友还笑他是老夫子。冬日的天黑得早，王征兵到学校北门口的小饭馆吃了一碗面条，天色就暗下来了。进了南校区北门，西北风吹着哨子尖叫着从耳边飞过。他揉揉耳朵，猫着腰向办公室走去。走到二楼楼梯，徐创洲袖着双手站在门口等他。进了办公室，暖气热烘烘的，两个人脱了棉衣，开始讨论问题。

王征兵说：村干部工作积极性不能模糊地说高或者不高，这种定性判断无法进行定量分析。

徐创洲问：村干部工作积极性如何定量呢？

王征兵说：你可以让村干部对他的工作积极性给一个分值，工作积极性最高10分，没有积极性为0分。

徐创洲问：哦，明白了。那么影响村干部工作积极性的因素如何量化呢？如性别、党员与非党员等。

王征兵说：男定义为1，女定义为0；党员定义为1，非党员定义为0。

徐创洲问：那用什么模型进行量化分析呢？

王征兵说：可以用的数学模型很多，你刚开始学，先用简单的模型，如Logistic模型。把村干部的积极性作为因变量，把影响村干部工作积极性的因素，如工资、学历、性别、是否党员等作为自变量，进行回归分析，最后就能得出这些因素对村干部工作积极性的影响到底有多大。假如计算出村干部学历对工作积极性的影响度为0.7，就准确知道了影响的程度。如果只说村干部学历对工作积极性影响大或者小，就比较模糊，不准确。

……

王征兵原以为两个小时就能解决问题。他住在北校区，办公的地点在南校区。两个地方相距四公里，走回去得一个小时。杨凌这座城市，新发展起来，晚上十点以后，路上很难遇到出租车。王征兵不知自己深夜走过多少次了。大多时候是在看学生的论文，有的论文改着想着就忘记时间了。有时是学生约他谈话，从学术研究到人生规划，从爱情婚姻家庭到职场就业赚钱，什么问题都有，甚至连父母离婚的事情都要告诉王征兵，请他出个主意挽救。有个女生失恋了，跑到办公室哭诉，痛不欲生。王征兵宽慰她，开解她，直到她破涕为笑送她离开，才放心回家。他挡住过出租车，但更多时候走出校门，空荡荡的马路连个人影都没有。他边走路边思考，想着如果碰上出租车，他就打车回家。结果，好几次出租车嗖一下开过去了，看到车尾巴他才反应过来。

今天徐创洲的问题讨论了这么久，估计回家路上又挡不到出租车了。

窗外的风抡着拳头，暴躁地击打窗玻璃，发出砰砰砰的响声。王征兵望望窗外，漆黑的夜空一颗星星也没有，光秃秃的杨树梢子隐没在沉沉的夜色里，看不到剧烈摇摆的幅度，但风呼呼地响，树枝断裂的声音夹杂其中，王征兵觉着，也许今夜有雪啊！他把最后两个问题给徐创洲讲清楚，徐创洲豁然开朗，一身轻松地离开了。看看手表，快十一点了，王征兵收拾办公室，拿起鼠标关电脑，发现答应明天返回的一篇论文还在桌面上没有修改完，他又坐下来，想尽快改完再离开。时间对闲人来说，每一分每一秒都很漫长，可对王征兵这样的人来说，真是分秒必争啊！他想用十分钟改完剩余的内容，没想到这个学生的论文写到最后，很是仓促，标点符号，错别字，都有问题，有些段落前言不搭后语，王征兵不敢马虎，一一改过来。最后一个字改完，王征兵眯着眼睛打印出来放到桌面上，这才放心地走出办公室。天空果真飘起了雪花，地面踩上去咯吱咯吱响。王征兵把棉衣领子竖起来，朝公路上走。估计打不到车了。打不到就慢慢走吧！几十年的修炼，王征兵已经学会坦然面对一切困难。他不后悔给徐创洲辅导论文。这个学生，跟他当年一样有钻劲啊！他就喜欢这样的学生，有昂扬奋进的精神，把对家庭对父母对社会的责任深深刻在了心头。徐创洲住在离他办公室不远的南校区，走十几分钟就回宿舍了。今夜，他肯定能睡个好觉。

王征兵出了大门，紧了紧棉衣，沿着马路向东走，冷风从背后推着他，不走快都由不得他。没有戴帽子也没有围围巾，头在风雪里裸露着，湿漉漉的雪花一朵一朵飘进脖颈，很快融化了。开始，他还用手拂拭，后来就索性不管了。过了立交桥，碰见一辆搭着棚子的三轮车，正慢慢地往北校区的方向走，看见王征兵停了下来。一个中年男子，戴着火车头棉帽子，穿着军用棉大衣，偏着头问王征兵：回家吗？我捎你一程。王征兵往车厢里一看，坐着一个中年妇女，怀里抱着一个孩子。中年男子又说：我媳妇刚下火车。看你一个人走，下着雪，这么冷的天，我还是捎你回去吧！

王征兵的手脚都冻得冰凉了，再走下去，真不知会冻成什么样子，还是坐着走吧，给人家车钱就是。妇女往里让让，王征兵上了车。车厢里铺着一层麦秸，王征兵坐上去，缩作一团。走到五台山下，王征兵掏出十块钱给中年男子，他死活不要，蹬着车就往东卜村的方向去了。王征兵趁机将十块钱塞进了车厢。回到家，王征兵一开门，妻子从床上惊醒了。她已经睡了两小时。妻子一边用毛巾擦他身上的雪，一边埋怨他：这么大的雪，还回来这么晚！她知道王征兵回来晚，定是在办公室加班。但这样的大冷天，依然回来这么晚，她就有点生气了！躺在床上，妻子翻来覆去睡不着，王征兵却累得睡着了……

王征兵的心血没有白费。2007年，徐创洲被学校免试推荐继续攻读博士学位。攻读博士学位期间，由于成绩优异，被派到澳大利亚阿德莱德大学公费留学。2008年10月至2010年10月，他在国外留学期间，用英文在国际著名学术期刊《公共卫生杂志》发表了“中国西北地区农民对合作医疗态度实证研究”的论文，影响很大。2011年，徐创洲毕业后去陕西师范大学商学院工作。2012年，他借调到陕西省科技厅工作。在陕西师范大学及陕西省科技厅工作期间，深得领导和同事的好评。2013年4月19日，教育部公布了获批的“2013年人文社会科学研究项目”，徐创洲申报的“医药费用控制中的协同管理与模式创新研究”项目名列其中。正当徐创洲事业蒸蒸日上的时候，4月24日下午三点，王征兵却听到他因病去世的消息。他才39岁啊！接到电话的一瞬间，王征兵大脑一片空白，好多年再没流过泪水的他，眼泪如同决堤的洪水，汩汩滔滔涌出来。王征兵记得，4月6日（周六），徐创洲还打算专门从西安赶到杨凌看望导师，但他因为乘坐的航班取消，未能在6日赶回杨凌，师徒未能见上最后一面，没想到从此阴阳两隔，成为永别。

多好的学生啊！他如何能预料到啊！王征兵曾千万次地叮嘱他，家里负担重，保重好五尺之躯，待学业有成回报亲人回报社会。徐创洲每次听都会点点头。谁知道他竟先导师走了呢。他的身影，他憨厚的笑容，他走路稳健的步伐，都清晰地浮现在王征兵的眼前。徐创洲曾说：作为一个男人，就要像雄鹰一样搏击长空。事实上，他对工作对家庭对社会，确实做到了尽职尽责。即使远在澳大利亚留学，徐创洲也会牵挂王征兵及师母的身体健康状况。可是，他的心中装满了别人，唯独没有他自己。想到这里，王征兵的心好痛啊！他为失去这样一位赏识挚爱的弟子！为含辛茹苦抚养儿子成人却没享几天福的徐创洲母亲！为坚持陪伴他苦读还没尽情享受恩爱的徐创洲的妻子！……

徐创洲走后，王征兵非常牵挂徐创洲年迈的母亲，在其弟子中倡议为徐创洲父母进行爱心捐助。徐创洲的师兄弟、师姐妹得知倡议后，纷纷慷慨解囊。截至5月13日，共收到来自陕西、北京、上海、广东、浙江、重庆、湖北、湖南、山西、山东、河南、江西、海南、内蒙古、新疆、甘肃等十六个省市（自治区）八十二笔捐款，总额58 407元。第二天，王征兵开车带着自己的两名博士研究生高帅、杨雪梅，亲自把这笔捐款送到了徐创洲母亲手中。看着徐创洲母亲的眼睛，王征兵再一次看到学生那执着而又坚毅的眼神……

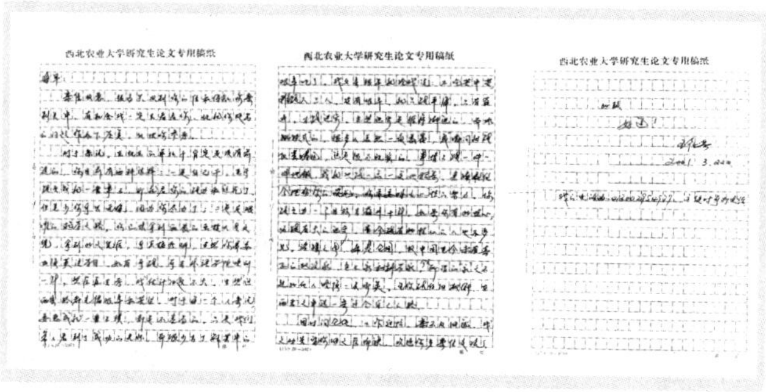
西北农业大学研究生论文专用稿纸

西北农业大学研究生论文专用稿纸

西北农业大学研究生论文专用稿纸

王海军读着信，信纸上的每一个字符都在眼前跳跃，带着橘红的火光，星星点点地燃烧。

31

这是2016年的夏天。王海军终于毕业了，而且是中国农业大学的博士毕业。领到毕业证和学位证，他没有先回宿舍，而是独自一人在校园走了一圈，把学校的角角落落深情地看了一遍。他抚摸坐过的藤椅，摩挲月季的花瓣，钻进柳荫的长廊，细数阳光落下的斑驳的光影，仿佛看到自己年华的点点光斑。他漫步到校门口的花坛前，凝望耸入云天的“中国农业大学”六个红色大字，不禁心潮涌动，泪水潸然。王海军从1998年夏天见到王征兵老师开始，屈指一算，整整十八年了。这漫长而又短暂的十八年，是王海军一生最美的年华，他从安康农业学校出发，从大荔鸵鸟农场出发，听从王老师的建议，把寸寸韶光泡进学习的海洋，任风浪颠簸，凭雨水浇灌，硬是练就出一副钢铁之躯，沉浮潜翔，遨游于深不可测的海底，在丛丛簇簇的珊瑚礁中，打捞属于自己知识宝库的鱿鱼海参。

想到王征兵老师，王海军的内心就会涌动出一股暖流。这个表面看起来冷若冰霜的王老师，他的体内却装着一副别人远望很难看到的赤胆热肠。他有一颗悲悯之心，总是用平等的眼光看芸芸众生。所以，到安康农业学校给西农的函授班学生上课，丝毫不会偷懒。他给学生们讲“西方经济学”，把很抽象的计量概念，演化成一个个鲜活新颖的具体案例，慢慢悠悠地道出来，王海军平静的心湖就被拍击出层层叠叠的浪花，持续不断地在心头荡漾。他家里有个哥哥，正在读大学，为了减轻父母的负担，他放弃考高中，进了这所农业学校。当时，能够考上初中专的学生，都是学校的优等生，毕业后工作包分配，有份稳定的收入，这也是王海军生活的小山沟每个家庭父母都梦寐以求的事儿。进了学校，眼界大开，王海军就不满足了，他参加成人高考，被录取到西北农林科技大学经济管理学院贸易经济管理专业学习，希望争取更多的就业机会。更有幸的是，他遇到了王征兵老师。

课堂上，王老师讲的每一个字都像雨点一样往王海军的心里砸，他干涸的心田腾起一团又一团灰土的尘雾，笼住了往日他对世界的记忆。他觉得很多问题似乎听懂了，又似乎差那么一点儿。他竭力搜索王老师每句话背后的知识背景，但是怎么思考，都是徒劳。他才18岁啊，还是一个没怎么走出过大山的小青年，又如何能走进一个大学老师的内心世界，看懂他知识殿堂深厚的层层积淀。王老师的课讲完了，走出了教室，王海军激动不已，跟在后面，带着一个个疑问跟王老师交流。两个人边走边聊，不知不觉走到宾馆，王老师看看王海军还有问题，就邀请他到房间继续交流。

安康的夏天，雨说来就来。他们一进房间，雨就跟谁用洗脸盆舀着往下倒似的，哗哗地响。隔着玻璃窗向外望，看到的不是接连不断的雨滴，而是一道道厚厚的雨幕，自天上垂直而下。猛一阵狂风吹起，雨幕被卷起来，斜着往玻璃上飘，啪啪啪地击打，仿佛要把窗玻璃击碎一般。窗外的树摇摆得幅度很大，细一些的树枝被折断在地，顺着积起的水流高高低低飘浮。小树弯下去了，老树摇晃得快要斜到屋檐上去了。窗台上渗出一些水珠，眼看着往地上滑，王老师取来抹布，揩干净水珠，把抹布垫到窗台上。他说：海军，我们每一个人就像这风雨中的树，你是小树，我是老树，不管存在多少年，都有可能遇到各种各样的风风雨雨，但是，你要是挺住了，就会变得越来越坚韧。王海军点点头，他不是一个轻易退缩的人，自己选择的路，定会坚持走下去的。王老师又说：不管你将来干什么事，都要有一个意识，人无我有，人有我优，也就是要学会创新。你要发明创造这个世界上不曾有过的东西，引起全社会的关注，这样才能造福社会恩泽百姓。

雨不知何时停住了，太阳出来了，刚才还阴暗的房间忽然亮堂堂的，王海军的心里也跟这天空一样，装满王老师给他播撒的阳光。他懵懂的心变得清晰了，迷茫的双眼看到奋斗的希望了，走路的脚步也变得轻快了。从王老师的房间走出来，他有一种抑制不住的冲动，撒腿在雨后的地面上跑起来，脚跟带起的泥点溅满裤腿，他才不管，自顾自地撒腿跑，全身似乎有用不完的力量，想要向世界的顶峰攀登。

1999年开学，学校统一安排实习单位，王海军没有按部就班跟着去，他的心中充满致富梦。村里几乎家家户户栽培食用菌，都是大棚袋装技术，但质量不高，产量不大，效益不好，王海军想到王老师曾经给他讲的“人无我有，人有我优，人优我新”理念，自己筹钱到贵州学习食用菌栽培技术。他希望通过这门技术，改变家乡贫困的面貌。当时，贵州的秸秆栽培技术很先进，他学成归来，在自家的两亩地里模仿着种。这种技术村里其他人不会，王海军却敢做。他每天早起晚睡，除过吃饭睡觉，剩下的时间全待在地里，看平菇长出一层芽儿，看芽儿一天天茁壮成长，他的心里甜滋滋的。村里人到他地里转着看，都露出羡慕的眼神。收获季节，王海军带着平菇走街串巷去卖，到集市里去卖，但价钱卖不上去。他的平菇品质好，摆在一绺平菇摊里面，肉眼却看不出差别。卖完平菇，王海军赚了一些钱，但没有达到预期目的，打电话征求王老师的意见，王老师一针见血指出他的问题：你这样种食用菌，只是模仿不是创新。王海军明白了，他目前的能力还不足以创新啊！得继续观察学习，他相信，总有一天能想出与众不同的办法。

2000年，王海军中专毕业被分配到大荔鸵鸟养殖场。当他带着行李怀揣梦想来到养殖场时，粪尿的臭味儿让他难以呼吸。转眼一想，就要赚到钱养活自己了，便自我安慰一番，投入了工作。既来之则安之。他不敢懈怠，每天认真完成领导安排的工作任务，每项工作都尽量做到万无一失。他日日去看鸵鸟，观察它们的生活习性，了解它们的饮食习惯，常常跟它们一起极速奔走。他感觉自己体内蕴蓄着一股子冲劲，渴望像鸵鸟一般，吃得惯粗食，耐得住干旱，经得起高温，收获一颗又一颗鸵鸟蛋般的成果。每天晚上躺到床上，望着天花板就在想，他的鸵鸟事业如何发展壮大，如何延续当年的致富梦。他全身心打造鸵鸟梦，却完全没有考虑到当时的实际水平，结果出现很多不尽如人意的事情。没过多久，王海军的鸵鸟梦便如肥皂泡一样破灭了。

痛苦至极，他再一次想到王老师。夜深人静时，他把自己的激情与梦想，痛苦与迷茫，点点滴滴，一条一条写到信纸上。写到半夜，他仿佛觉得，王老师来到他身边，听他诉说。他灵魂淅淅沥沥的雨声，夹杂着雪花冰雹，电闪雷鸣，风霜刀剑，全都倒给了王老师。他的青春，他的激情，他的梦想，他的模仿，他对人事的肤浅认识，他对人性的懵懵懂懂，泉水一般往出奔涌。王老师就是远方的大海，而他则是刚出深山的无名小溪，流着流着就阻塞，就呜咽，就生出恐惧，就停滞不前……他盼着王老师再一次帮他梳理人生的迷途，帮他实现人生的梦想。五更时分，写完最后一个字儿，王海军站起来舒展腰身，打开窗户，新鲜的泥土气息扑面而来，探头一看，窗下的小草开出一圈粉色的小花儿，柔婉极了。他的心也变得宁静极了。

王老师很快来了信。收到信的王海军，回到房间，关上房门，洗干净手，打开信封一看，满满两页纸啊！

海军：

来信收悉。很高兴收到你的信，很高兴得知你来到关中。有机会我一定去看看你。现就你提出的问题作如下答复，仅供你参考。

对于你来说，目前有两种选择：一是自己干，至于能否成就一番事业，那就看你的能力和运气了。但至少你可以无悔，因为你尽力了；二是走艰难的求学之路。你已快拿到西农的函授大专文凭，拿到此文凭后，可以直接考研。当然，你需要加强英语学习。如有可能，可去外语学院培训一年，然后再去考，估计问题不大。不过，这两条路都充满艰辛和苦涩。对于一个人来说，要想成就一番业绩，都是不容易的。只是我们常常看到了成功的光环，而很少去了解其中的艰辛罢了。我父亲很早就给我说：吃得苦中苦，方为人上人。没有艰辛，只能平庸。只有奋斗，才能进步。

进步也是循序渐进的，而非跳跃式的。很多人总想一夜暴富，或瞬间就能飞黄腾达，这都是很不现实的。事情只能一件一件地做，成就也只能一点一点地积累。急躁往往会挫伤你的锐气，你需要持之以恒地努力。就看你能否为一个目标奋斗十年。如果你有此恒心，必能有大的进步。当今能有此恒心的人也不多见。望你仔细权衡，在两者之间选一条适合自己的路。

因时间仓促，工作过忙，来不及细述，我的建议望你细想之后而抉。欢迎你多来信交流。

此致

好运

王征兵

2001年3月22日

王海军读着信，信纸上的每一个字符都在眼前跳跃，带着橘红的火光，星星点点地燃烧，又迅速蔓延出遍地的火红，映亮了他黑暗而又迷茫的天空。他听到王老师沉静博爱的心跳，听到他给予的殷切厚望，听到勇士冲锋陷阵的嘹亮号角声……他不能再这样沉沦下去，他要选择第二条路，跟王老师一样，攻读硕士，攻读博士，给自己开拓更为广阔的科研之路，帮千千万万穷困的老百姓创造幸福生活。

有了目标，有了动力，王海军便付诸行动。他一边工作，一边复习备考，2004年的春天，王海军考上王征兵老师的硕士研究生，攻读农业推广专业。硕士学习期间，他勤思善问，抓紧一切时间学习，不仅在课堂上提问，还常去王老师家里请教。因为是在职研究生，不比那些同门师弟能随时随地跟导师交流，每次集中学习他都格外珍惜，把平日积累的问题拿出来给王老师看。王老师耐心地逐条给他讲解，直到他弄明白为止。王老师很心疼他们这些在职研究生，托儿带口的，单位还有一大堆事儿，凡事总先紧着他们方便。王海军得了这一点便宜，也就不再谦让。他问的问题最多，王老师解答最多。2007年，王海军的硕士研究生毕业了，他不敢欢呼，因为这不是他的终极梦想，他还得努力考博士。

2008年，王海军听从王老师的建议，去西安外国语学院学习英语。外院学习的环境很好，但学习专业的环境只能自己创造。学校没有给在职研究生办借书证，图书馆很多专业书籍看不到。王海军通过网络、新华书店购买一些专业书籍看。要进阅览室看专业期刊，得用在校同学的借书证，王老师说的《农业经济问题》《中国农村经济》《中国农村观察》《经济学消息报》，他能读到的机会很少。他想，如果能坐在自己学校的图书馆看喜欢的专业书，没有那么多外界干扰，静静学习，该多好啊！但这对王海军来说，目前还只是一种奢望。不过，越是不利的环境，越能强化他攻读全日制博士的梦想。

王海军喜欢读王老师的文章，如《农民贫困的根源》《人性探论》等，他把它们看作经济类散文，也读一些高校组织编辑的关于经济领域内老师们的讲座集，最喜欢看的就是山东人民出版社出的《经济学家茶座》，里面没有艰涩的数学内容，读起来很顺畅，让人感受到经济学的魅力，保持了对经济学的兴趣。读书过程中，王海军逐渐了解到一些学者，比如杨小凯、费孝通、张五常、汪丁丁、林毅夫、张维迎等，还有一些在国外攻读学位的学者，他们的人生经历、求学经历充满了磨难和曲折。当然，对王老师的坎坷经历、经受的苦难王海军了解更详细。这些学者经受的苦难，感动着他，激励着他，让他不自觉地以他们为榜样，激发自己的斗志。王海军错过了最佳的学习时机，需要补习很多的课。专业学习上的困难，英语学习上的艰难，处处给王海军设置障碍。但王海军没有被困难吓倒，每次读读学者的经历，他的心中就充满了信心和希望。

2009年，王海军参加中国农业大学的博士考试，报考的是中国农业大学的人文与发展学院，英语差了4分，未能进入复试，被调剂到工学院，因为专业相差甚远，他放弃了在工学院读博的机会。尽管如此，王海军还是没有打退堂鼓。2010年，他又参加了农大的博士考试，报考的同样是人文与发展学院，初试成绩排名第二，英语68分，两门专业分别是80分、79分，总分227分，但面试环节没有通过，没有被录取。两次博士考试都失败了，王海军征求王老师的意见，还要不要再考一次，王老师说：通过几年的学习和考试，你积累了扎实的基础知识，从考试的角度看，已经具备读博的资格了，只要把握好考试的细节，认真准备面试环节，再考一次，应该问题不大。2011年，王海军听取王老师的建议和指点，第三次参加博士考试，终于考上中国农业大学的博士。至此，王老师说的十年奋斗目标，王海军终于实现了。

如今，王海军已经身为某市农业局的副局长。他竭尽所能，为当地老百姓谋福利。每当狂风暴雨的季节，他都会想到王老师，想到第一次认识王老师的那个暴雨倾盆的日子。“人无我有，人有我优，人优我新”的至理名言一直萦绕在王海军的耳畔，深入到他的骨髓，内化成他的奋斗信条，外化成他的坚定行动。他时常对身边牢骚满腹的年轻人说：世上好多“东西”是需要设立门槛的，好多人“天生”就要被拒之门外。也许你们觉得社会不应该分层，就算有“层”也不应该有高低之分,幸福不幸福之分。但是，现实生活中,不仅有“层”，而且每个“层”所获得的“东西”也不一样。如果一个人能跨越“层级”，那么他的命运将会被改变。

王海军风风雨雨，一路走来，不正是逐步跨越层级的典型代表吗？当年，读初中的他，想到的是家庭面貌的改变；读中专大专时，想到的是他家乡面貌的改变；读硕士时，想到的是鸵鸟特种养殖事业的改变；读博士后，他想到的是全中国的贫困者境遇的改变。现在，他积极主动投身于精准脱贫、污染防治两大攻坚战，贫困群众对美好生活的追求和践行“绿水青山就是金山银山”的新发展理念，已成为他新的十年奋斗目标！

王征兵站在明亮的秋光里，
简直就像一棵挺拔的杨树，
李文似乎听到了阳光拂拭树叶的声音。

32

李文跟着王征兵教授去周至。前几天她在学校里遇见王教授，听说他被邀请去周至给农民做一场“农产品营销艺术”的报告，她厚着脸皮请求王教授带她去听听。王教授没有丝毫犹豫就答应了，不过回她的话只一个字：行！李文回到宿舍，兴奋得像个小兔子，洗衣服都蹦蹦跳跳的。王征兵教授是谁呀？经管学院大名鼎鼎的博导。她2014年考到西北农林科技大学经管学院，报道的第一天就听同学们议论王教授了，说他讲课如何生动，吸引得外专业的学生都跟着来旁听；说他如何给老板出点子，三两句话就把一个垂死挣扎的企业给盘活了；说他的十二人性理论如何厉害，教会了很多领导精巧的管理艺术；说他的不在意资金研究，在全国掀起了怎样的滔天巨浪……

李文挺惋惜自己不是王征兵教授的学生。但是，她天生就是一个天不怕地不怕的女孩儿。听过一场报告后，有一天，她直接找到王教授的办公室。王教授正站在窗口打电话，背对着她。秋天的阳光很亮，照得整个房间明晃晃的。王教授站在明亮的秋光里，简直就像一棵挺拔的杨树，李文似乎听到了阳光拂拭树叶的声音，似乎看到了树叶子上经冬累积的尘土唰唰唰地飞落……李文看得有点眼花了，竟忘记自己是干啥来了，就那样木呆呆地站在王教授的办公室门口。

王征兵接完电话，走到书架跟前，伸出手打开书柜，准备取一本书查个资料，电话铃声又一次响起来，他再次把手机放到耳边，回头却发现一个玲珑小巧的女孩子站在门边，瓷呆呆地看着他。他没有见过这个女孩，是西农的学生吗？她看起来年龄很小，怎么可能是西农的学生？如果不是西农的学生，又是谁呢？站在他的办公室有什么事吗？他一边接电话，一边在脑海中搜索，亲戚朋友同事的孩子，一个一个在他脑海中闪过。没有见到过这个女孩子啊？她到底是谁，站在他门口找他？他打完电话，女孩子站到门边，举起手指头轻轻敲门。其实，王征兵看见她了，她还礼貌地敲敲门，示意她的确是来找他的。王征兵把她让进来，请她坐下，脑海里依旧转个不停。

李文坐到王征兵的斜对面，还不等王征兵开口问她就自我介绍：我叫李文。我家在重庆巫溪县的农村，父母都是农民。考到这里上大学，我不想再向父母要学费，想做点生意，自己供自己读书，可是，不知道做什么生意才能供我读完大学。今天听了王教授的报告，知道您肯定能帮到我，我就大着胆子找您来了，还望王教授多多指点。

王征兵一听，是个新来的学生，还是个来自农村的学生，竟然跟他当年一样要挣钱供自己读大学，心里顿时生出一丝怜惜。这么瘦小的女孩子，能有多少力气？还要自己做生意，能做什么生意呢？他正动脑子想，李文却说话了：我看陕西苹果挺多的，我妈过去一直做水果生意，我也想卖苹果。王教授您说行吗？王征兵说：行是行。你可以试试啊！虽然这样答复，但面对如此瘦小的一个女孩，王征兵并没有抱多大希望。他来西农三十年，读大学教大学，见过各种各样的学生，男男女女，有钱的没钱的，脸皮厚的脸皮薄的，很多人都想做生意，能坚持下来的却没有几个，更不要说赚钱养自己。他之所以这样答复女孩，是因为不想挫伤她的积极性。

听到王教授的答复，李文却不这样想。她高考完就在家乡摆地摊。第一次跟着母亲去批发市场，母亲批发了发卡、胸花、袜子、袖筒、皮筋等一堆小饰品。农村过集时，母亲带着她去摆地摊，一米远的距离，一人看一个摊子。大街上人来人往，密密麻麻，起初李文面前的地摊没人问，母亲那边却卖得很快。李文就有点郁闷，她把发卡一个个拿起来戴到头上试，路过的女孩子就走到跟前也拿着在头上试，李文把小镜子举起来让女孩照，女孩一看，脸笑得跟开了花儿一样，随即掏出钱付给李文，还没讨价还价。第一个发卡李文赚了三块钱。女孩一走，陆续有人来买了。李文忙不过来，母亲卷了她的地摊过来帮忙。那天以后，母亲很放心地让李文一个人摆地摊了。现在，李文考到西北农林科技大学，报考经管学院，就是想把生意做大做强。既然王教授说行，那肯定能行。她信心满满地离开了。

从此以后，只要是王教授的报告，李文都会去听。她早早地去坐在第一排，听课时认认真真做笔记，更多的是把王教授讲的销售艺术消化到心里。王教授讲：做苹果生意一定要会讲苹果，讲苹果的地域差异，讲早晚温差，讲品种差异，还要选择消费者。李文没想过这么多，她原本思量，拉上一车苹果，摆到路边，谁想买就买，想买哪个品种就买哪个品种。没想到，卖个苹果还有这么多学问？暑假，她没事就往礼泉、白水、洛川等苹果产地跑，冒着太阳到地里看果树，向果农了解苹果的品性。有时会蹲在苹果摊跟前，看看苹果的颜色形状，掂量掂量苹果的轻重，尝尝苹果的味道。经常跟卖苹果的拉家常，聊着聊着就知道他们在哪里批发的苹果好，价钱还便宜。临走的时候，怕人家生嫌厌，就买上几个苹果以示感谢。慢慢地，她琢磨出苹果的销售技术了。

她开始做校园市场，利用电商在网上卖苹果，销路非常好。2015年，学校支持大学生创业，李文找到校领导，给她批了两万块钱，她决定利用寒假到西安去卖。她到西安察看最佳的摆摊位置，发现西安外事学院鱼化寨人流量大，学生也多。李文请了哥哥跟她一起去乾县拉苹果，在鱼化寨附近租一间房子把苹果存好，每天出去摆摊。按照王教授指导的方法，李文不厌其烦地给过路人说她的苹果，一边讲一边咬开一口苹果让大家看颜色跟水分，再切开一个苹果让过路人尝味道。其他卖苹果的，都是切一小块让人尝，李文却用她灵巧的小手，三两下削掉苹果皮，把苹果切成两半让人品尝。吃完苹果的人，二话不说，接过塑料袋就往里面装。这个人一袋，那个人一袋，一筐子苹果很快分完了。李文的哥哥在一边称秤，忙得顾不上说话。李文记得王教授说过，舍得舍得，有舍才有得啊！卖苹果就要舍得让大家品尝，顾客聚拢多了，买的人自然就多了。卖过两天苹果后，李文觉得王教授讲得太在行了。别人一个摊子每天卖两箱苹果，李文却能卖七八箱苹果。开学了，李文跟哥哥一统计，他们都吓了一跳，竟然卖掉一万斤苹果。

2016年4月，李文用学校给大学生创业发下的八万元立项资金，注册了自己的公司。成立公司的李文压力很大，怎样把苹果的销路打开，李文苦思冥想，都想不出更好的办法。每次有结点时她都会找王教授。这一天，去王教授办公室的路上恰好碰见他，知道了他要去周至做报告的消息。这不，就跟着来了。

路上，李文絮絮叨叨说她的烦恼事，王教授依旧耐心地听着。正听着，王教授的电话响了，他一看，把车停到路边接电话。李文有时想，王教授得有多大的耐性啊，整天这样应对来自全国各地的电话咨询，还要给出谋划策，耳朵会不会起老茧啊？她每次见王教授，即使待一个小时，他的电话也要响好几次。有的时间长，有的三两句话。李文虽然不知道电话里说的具体内容是什么，但从王教授嗯嗯啊噢的表情来看，这次还是个陌生人打来的电话。挂断电话，王教授对李文说：礼泉有个村子种了大量的秦冠苹果，找不到销路，农民都要砍树啊！种了十几年的苹果园眼看着就毁了。村长听人说我能帮忙，就打电话过来了。李文说：秦冠不好吃啊！很难卖的。王教授说：那是你没有找到爱吃秦冠的人啊！李文忽然想起，前段日子在网页上翻看苹果信息，发现有人说俄罗斯、老挝那边的人爱吃秦冠苹果，但语言不通，可是，李文怎样跟俄罗斯人沟通呀。王征兵看着这个满脑子装满苹果的姑娘，就提醒她：咱们学校有那么多外国留学生，还愁没有人给你当翻译？

李文一拍脑袋：是啊！我怎么没想到这一点呢？好，今天回去就找他们。听完报告回到杨凌，李文就去了留学生公寓。俄罗斯的女孩子很坦诚，把李文让到宿舍，热情地问李文需要什么帮助。恰好有个女孩子，说她的一个亲戚也在国内做外贸生意，并且把联系方式给了李文。正当李文要发展国际贸易时，妈妈却生病了，赚到的钱全部取出来给妈妈看了病。没有资金，她的零售生意没法做了。王教授建议她做代办，她就到处去考察苹果。有一次，她搭别人的顺车到一个山区去考察，跟果农聊得太投机了，忘记了看时间。返回时才发现，那个山村距离公路非常远，村民平日出行得走两个小时。李文没办法，咬着牙独自一人往公路上走。太阳往树梢里沉，天色越来越暗，李文一路都在琢磨王教授说过的话：不管做什么事，都要能吃苦！不吃苦中苦，难为人上人！这是王教授父亲给他说的，他后来又讲给李文，这些年，再苦再累，李文都能坚持下去，就是因为王教授给她讲的这个道理。想到这里，她走得更快了。秋天的风，太阳一落下去便生出凉意，李文穿着薄薄的T恤，风吹进去，凉飕飕的，但李文的心里却装着一颗红太阳，时时刻刻都暖暖的。李文走了一个半小时，走到公路上，恰好碰见一辆客车通过，她坐上去，窗外已经黑得看不见树色了。

现在的李文，能用嘴尝出苹果的产地，能用鼻子嗅出苹果的质量，能用手摸出苹果的入库时间。苹果销售的精准定位，厚道的经营方式，为李文的公司吸引了大量的客户与货源，苹果销量不断攀高。在王教授的引领下，销售式的帮扶已经辐射宜川、永寿、富县等十六个贫困县，帮助714家农户脱贫，解决了751人的就业问题。目前公司已累计销售740万公斤苹果，实现销售收入2817万元，有效解决了当地果农的销售问题。

2017年，王征兵教授作为指导老师获得教育部“全国万名优秀创新创业导师”荣誉称号。此前，王征兵由于长期热心指导学生，2009年和2010年，连续两年被全国高校社团评选组委会评为“全国高校十佳社团指导老师”。

截至2018年，光明网、陕西电视台等几十家媒体报道了李文创业的事迹。生意做得再红火，李文还是会去找王教授。每次遇到方向性把控问题，都是王教授给出主意。王教授的办公室种着一盆红薯，紫红的茎干长出绿油油的一簇叶子，散开来，简直就是李文茂盛发展起来的苹果生意。李文回到办公室，腾出一个花盆，埋进两块红薯，浇上水。过了几天，红薯发出嫩绿的芽儿。李文很高兴，又浇上去一杯清水，然后就去忙着接单发单了。出差两个星期回来，红薯芽儿长出一盆绿汪汪的生机，李文还以为是哥哥把王教授办公室的红薯搬过来了。

他解读农业政策，给各个层面关注『三农』的人们解读，每年关于《一号文件》的解读报告高达上百场。他关注杨凌自贸片区的发展，农高会论坛上常常有他忙忙碌碌的身影。他在微信公众号『大农圈』开设专栏『趣说三农』，宣传国家农业政策，传播农业经营新理念，总结营销策划的成功案例。他不分节假日，在自己的办公室义务接待农民咨询，耐心为农民答疑解惑。他感动于郭家村村民集体前来杨凌听课，他驱车百里为闵向阳黑猪养殖谋划经营之道，他找专家为『蜂丫头』柳保莉寻找合作伙伴……作为一个大学教授，他对农民倾注了满腔的热忱和博大的关爱。也许，这是对农业一种天然的情怀，是对农村一种天然的牵挂，是对农民一种天然的热爱。

包产到户以后，他们开始关心中央的一号文件。
只要王征兵到地里来，
碰见的大爷大叔都会问他：征兵，今年有啥新政策没？

33

王征兵回到老家，一看大门锁着，就知道父母又去了麦地。每年四月份，要是没有其他事儿，他们俩吃过早饭，提个担笼，都会到地里拔草。打过除草剂，地里的草不像前几年那样见个缝儿就疯长了，他们不放心，还是会去看看。麦田的梁子总有些稀稀拉拉的草，两个人各踩着一道梁子走，时不时地弯下腰去，拔出几根米蒿，或是几棵灰条菜，举起来给对方看，嘴里嘟囔着说：老三还说地里没草！你看这是啥哩！好几次王征兵追到麦田里，看见他们两人弯腰弓背低头拔草，就劝他们不要拔了，身体要紧，再说那几根草也影响不了麦子的产量。父母答应得快，等他再次回去，他们还是会往地里跑。春里跑，夏里跑，秋里跑，冬里还要跑。有时候，提着空笼到地里，半晌过去了，回家还是个空笼。邻家地里也一样，都是他们这般年龄的留守老人。

日子久了，王征兵才发现，他们拔草只是个借口，其实是聚到地里边干活儿边谝闲传。王家村地北头紧靠陇海铁路，一列列货车就像弥竹竿一样，弥着长长的车厢，拉着各种各样的货物，呼啸着飞驰而过。高速铁路没通之前，这是一条贯通东西的大动脉，绿皮客车一辆接一辆通过。火车冒着白烟通过时，地里拔草的男男女女便齐刷刷抬起头，嘴里嘀咕的都是对坐火车的向往。现在，村里的年轻人，大凡有能耐的都坐着火车去天南海北打工赚钱了，留下的多是老人妇女娃娃。娃娃们上学去了，他们收拾好家里的锅灶，闲来无事，提着担笼一个跟一个往地里跑。火车轮子哐当哐当的声音一过，刘大妈就会高举一把草，把草往顺地捋，嘴里却不说草，而讲谁家儿子考上了大学，谁家女子嫁了有钱女婿，谁家儿子孝顺谁家媳妇乖巧……王大爷挺直腰身，两只手掌捏捏腰杆子，清清嗓子，不聊东家长西家短，却说今年的风调雨顺，说国家的农业政策，说千年的皇粮国税竟给免掉了，说各家各户的补贴谁多谁少，说东头的可怜娃子招到厂里能挣钱养活自己……

包产到户以后，他们开始关心中央的一号文件。只要王征兵到地里来，碰见的大爷大叔都会问他：征兵，今年有啥新政策没？对咱农民有利的都是些啥？粮食价格能涨不？养猪行不行？……王征兵听着很高兴，村里的人不会盲目种地了，他们也知道打听消息了。他耐心地把自己阅读到的、思考到的都告诉村里人。王征兵从中央下发第一个有关“三农”问题的一号文件就开始关注。他是农民的儿子，又在西北农业大学工作，当中央把“三农”问题当作第一号文件下发时，王征兵内心是激动的。党的十一届三中全会以来，实践证明，国家的农村政策是正确的，激发了亿万农民的生产积极性，促进了农村经济的蓬勃发展。但是，农业的基础毕竟比较脆弱，农村的一部分社队基层组织涣散，甚至陷于瘫痪、半瘫痪状态，致使许多事情无人负责，不良现象在滋长蔓延。针对这种情况，国家把“三农”问题放在建设的第一位，足以体现出政府对农业、对农村、对农民的重视。

农民也要关注一号文件的信息，不能做违反国家政策的事情，否则，吃亏的只能是自己。比如，1982年中央一号文件明确规定：严禁在承包土地上盖房，葬坟，起土。社员承包的土地，不准买卖，不准出租，不准转让，不准荒废，否则，集体有权收回。村里有人没看到中央一号文件，也不知道这样的信息，在自家承包地里盖房，盖好后恰巧省里来人检查，当即让乡政府给推掉了。这件事对老百姓的震动很大。此后农闲时，村里的男子聚到一起就会聊国家的农业政策。特别是过春节，王征兵家里聚来一大帮亲戚朋友，静静地坐着，跟听老师讲课似的，听他讲新发下来的一号文件。他知道，给这些农村人讲，不能照本宣科，得举一些与他们生活密切相关的通俗事例来讲，讲完就不会翻来覆去再问。因此，每年年初，他通过各种渠道打听一号文件，拿到文件后坐在办公室从头读到尾，一个字都不漏掉，重要的信息点他反复研究，看看有哪些条款关系着老百姓的切身利益，回家后告知他们。

从2004年起，知道他研究一号文件的人越来越多，市政府县政府乡政府，甚至到村委会，包括他带过的博士硕士研究生，都邀请他去解读一号文件。政府文件理论性强，王征兵却能深入浅出，把抽象的政策化为一个个鲜活的事例讲给他们听，得到与会者的一致好评。每年解读关于《一号文件》的报告，高达三十多场。他也乐于去讲解，这样便把国家的农业政策深入到每一个听报告人的心中，让他们更加关注“三农”问题，让那些资本雄厚的企业家把投资的目光转移到农业上来，真正为“三农”服务。

2018年1月1日，王征兵上网却没搜索到有关一号文件的消息。其他领域的文件陆续出台了，一号文件却迟迟没有下发。每天坐在电脑跟前，他第一个念头是先百度一号文件。输入这四个检索过无数遍的文字，刷一遍没有信息，再刷一遍还是没有信息。他忙完其他事情，回到办公室，第一时间就是刷一号文件。晚上睡觉前，拿起手机再刷一遍，还是没有看到，心里就有些焦急，眼睛闭着总是不能入睡。他想，往年的一号文件都是准时发布，为何今年到了2月1日还没有发布？难道是“三农”问题有了重大变化？如果有，又会是哪一方面的变化呢？这两年，农村问题日益凸显，农民问题日益严重，王征兵就很担忧。他一直思考中国农村的发展前景。前多年，带着学生搞“村干部的激励机制研究”，就是希望能给解决农村问题找到一条出路。好在村干部的工资待遇得到了合理的解决，村干部的工作积极性也得以提高。可是，千头万绪的“三农”难题摆在面前，他得不断思考和探索。

2月4日，他到网上一搜索，第二十个（改革开放后）关于“三农”的中央一号文件终于出台了。“中共中央 国务院关于实施乡村振兴战略的意见”这一行字跳入眼帘，他竟有些泪眼模糊了，好像不是在等待一份冷冰冰的文件，而是在等待一颗火热跳动的心。不！应该说是等待来自全国各地所有怀揣“三农”情结的火热的心。他复制粘贴，排好版面，打印出来，沏上一杯清茶，坐在办公桌前，仔仔细细阅读。他用笔勾画出开头的一段话：

> 实施乡村振兴战略，是党的十九大做出的重大决策部署，是决胜全面建成小康社会、全面建设社会主义现代化国家的重大历史任务，是新时代“三农”工作的总抓手。

他反复念了三遍。念到背过的时候，他走到办公室的阳台上，继续琢磨这段话的分量。学校放假了，楼下的马路没有几个人影。梧桐树排成行，裸露的树枝挺立着，不管寒风如何吹动，他们都簇拥在主干上，迎着冬日的阳光努力朝向蔚蓝的天空。这是多么有力量的梧桐树啊！不知他们在这里长过多少年，王征兵搬来时它们就挺立在这儿，风里雪里坚守着，像是校园的钢铁卫士。炎炎酷热时，它们罩下一路阴凉；春雨淅沥时，无数的桐叶发出沙沙沙的响声，像儿时母亲沿着窗头扫地的声音。王征兵写论文疲惫时，他就走出来，端详这两排梧桐，内心会涌起一阵阵热流。他忽然觉着，这树也是在端详着他啊！

回到办公室继续阅读文件，继续勾画：

走中国特色社会主义乡村振兴道路，让农业成为有奔头的产业，让农民成为有吸引力的职业，让农村成为安居乐业的美丽家园。到2020年，乡村振兴取得重要进展，制度框架和政策体系基本形成；到2035年，乡村振兴取得决定性进展，农业农村现代化基本实现；到2050年，乡村全面振兴，农业强、农村美、农民富全面实现。

看到这些，王征兵很是振奋。提了三十多年的“三农”问题有了具体明确的落脚点，特别是困扰他多年的乡村问题终于有了明确的答案。自从城镇化建设推进以来，年轻一代的农民跑进了城里，部分农业耕地荒废了，农村一些乡风文明眼看着就要消失了，王征兵心痛啊！他也在思考，到底是走西方的农业发展道路，还是创出一条中国特色的社会主义乡村振兴道路来，他迷茫过。如今，中央一号文件帮他理清了思路。他知道该给农民怎么讲了。只要有国家的政策在，农村就不会再凋敝下去，农民就大有希望，农业就会成为朝阳产业，吸引更多的企业家来投资。

春节过后，王征兵又继续到全国各地解读一号文件。这一年的讲解，他的底气很足。他相信乡村振兴战略政策的深入人心。望着绿油油的麦田，望着地里拔草的父母，他不再劝说他们回家歇着了。干些力所能及的体力活，对身体更好，关键是他们到地里和左邻右舍聊聊天，视野就开阔了。听到父亲也能和王大爷李大妈聊聊一号文件的时髦话了，王征兵很欣慰。他走到地头，老同学王争太走到他跟前，给他发了一根烟，向他打听今年的农业政策。他说：比以前更好了，对咱农民更有利了，会有更多有钱的人投资农业。阿里巴巴的马云、京东的刘强东这些大财团都投资农业了。以后的农村，会吸引更多有钱的大老板来建设，农业院校的本科生研究生也会到农村来发展。杨凌百恒有限公司的王小铁是一名研究生，他放弃了北京发展的优厚待遇，跑到杨凌流转了五百亩地，种植优质猕猴桃。他种出的猕猴桃品质好，产量高，价钱也高。今后农村的经营主体会有四大类：家庭农场、农业企业、专业大户、农民专业合作社，这些新型农业经营主体会使乡村振兴战略得到有效的实施。

生态宜居，我们目前还达不到。冬天没有暖气，洗澡也不方便。厕所跟城里的条件更不能比。夏天蚊蝇乱飞，在城里生活惯了的人不能适应。所以，乡村振兴里提到的生态宜居，就是要改善我们农村的环境问题。再过三十年，我们的农村就是城里人向往的天堂。

王征兵给老同学王争太讲的时候，王志红大爷跟一些外村的人不知什么时候也站到跟前来了。父母竟也提着担笼站在人后面听。和暖的春风吹到乡亲们的脸上，花白的头发像一群群灰白的蝴蝶在眼前飞。阳光把他们脸上的沧桑照得格外清晰，但层层皱纹却蓄满乐呵呵的笑意。陇海铁路上面，一列火车穿过浓密的树荫跑出来，又哐当哐当朝西奔去。村东头的高速公路，一辆接一辆小车疾驰而过……

王征兵坐在杨凌国际会展中心的直播间，
透明的玻璃房直视无碍，
抬眼便能望见会展广场上密集的人群。

34

2017年11月5日，早上七点，王征兵坐在杨凌国际会展中心的直播间，透明的玻璃房直视无碍，抬眼便能望见会展广场上密集的人群。直播间位于会展广场的西南角，有四米高。东北方向是圆弧形的会展大楼，楼沿边耸立着半圈红色大字“第二十四届中国杨凌农业高新科技成果博览会”。这一行红字，他太熟悉了。年年这一天，农高会准时举行，只是地点不同，身份不同，他的任务也就不同。农高会的序号从一开始，到今年的二十四，不断变换的数字，汇聚成一条农业高新科技的大河，在他的眼前滚滚东流。他不能预知这条河流最终的入海点，但他清楚地知道，我们的农民需要这场博览会，我们的农村需要这场博览会，我们的农业需要这场博览会。

开幕式还没有正式开始，广场上的人越聚越多。有人见缝插针，侧着身子往里钻。有个中年男子，背对着玻璃房往会展大楼的方向看，肩膀上架起的小男孩回过头，左手举着雪白的棉花糖，不停地给王征兵摇晃。好熟悉的面孔啊！王征兵好像在哪里见过。那粉红的面颊沾满棉花糖的白屑，眉眼里都是嫩生生的笑意。八十多岁的白胡子老人，胳膊弯里挎着个交椅往玻璃房跟前挤，另一只手牵着老太太。他们通过时，人群自动散开一条小道。刚一经过，两边的人又合拢在一起，像河水的交汇，瞬间看不清哪边是哪边的人了。农村大妈头上裹条天蓝色的帕子，两手交叉在胸前，静静地站在人群里，望着滚动的大屏幕。看到这里，王征兵眼窝子一热，就想起了母亲。

昨天下午四点，农高会组委会通知，让他今早六点半准时到会展酒店化妆。电视直播，须得化妆不可。王征兵不管参加什么活动，都喜欢素面朝天。但电视直播不行，脸上的油脂反光，拍摄出来光影效果不好。王征兵刚答应，母亲的电话就打进来，声音虚飘飘的。他心里一惊，知道母亲又不舒服了，赶快开车回家。王征兵的家在兴平西吴，走高速来回也就两个小时，他得回去看看。

赶到家里，天已擦黑，母亲躺在炕上，捂着厚厚的被子，满头冷汗。弟媳妇说，母亲感冒发烧，看了大夫，吃过药刚躺下来。王征兵坐到母亲身旁，不敢离开。他要等母亲的烧退下去再返回。母亲睁开眼叫了一声“征兵”，又睡过去了。他摸着母亲的手，看着上面凹凸不平的血管，眼泪就流下来了。母亲一生受尽了苦，晚年跟着三弟一家过，弟媳妇照顾得跟亲妈一样好。他在外忙碌，回家给钱给买衣裳给盖新房，能做到的都尽量满足。母亲知道他工作的事情繁多，轻易不会给他打电话，但每次得病都会想他，打电话时第一句话就问：你在哪里？干啥事哩？听到儿子在外面忙，再大的事儿母亲也不给他说，寒暄几句就挂了电话。这些年，只要母亲打电话，不管走多远，王征兵都会想办法尽快回到母亲身边。要是离得近，他会立马放下手头的事情先回去看望母亲。母亲的身体一年不如一年，而他陪伴母亲的时间却很有限。想到这里，王征兵的心就揪作一团。

王征兵陪着母亲，一直到后半夜，母亲的烧才退下去，他瞌睡极了，躺到母亲身边好像睡了一小会儿，就惊醒了。天还没亮，王征兵一看表，五点了，赶快起来洗把脸开着车往杨凌赶。路上很多大巴车也往杨凌方向开，离杨凌越近，车子越多，大车小车都往城里开。但他们开不到会展广场跟前，王征兵可以，他的车子有通行证。否则，他可能都不会赶点抵达化妆室。前多年，父母还可以住到他这里，到农高会上转转。这几年，他们不想动，关键是身体虚弱的缘故。看着眼前的农村大妈，王征兵又想到了自己的母亲，那个在黄土地上劳碌了一辈子的老母亲，她现在身体好些了吗？心里一酸，差点掉下眼泪来。他揉揉鼻头，硬是把一腔思念压了回去。毕竟这是在直播间，前后左右都是人啊！况且，那么多熟人站在下面给他举手示意。他听不见外面的声音，只能看见他们朝向他张开嘴说话的表情。

开幕式正式开始了，直播也开始了。领导致辞，当宣布第二十四届中国农业高新科技成果博览会开始的那一刻，会馆里响起了滔滔水浪撞击般的掌声，广场上的人群也举起双手在欢呼。上万只彩色气球同时升空，越飞越高，天空瞬间变成五彩缤纷的世界，梦幻一般美丽。王征兵看得差点忘记自己坐在直播间了。主持人王旭和李莉的对话把他拉回到眼前的直播现实中。李莉问：王老师，您觉得今年的农高会跟往年有什么不同呢？王征兵说：今年的农高会有五个亮点：国外的代表团更多了；参观的人数更多了；展馆的种类更多了；论坛的种类更多了；还能乘坐旅游专车去杨凌的创业示范园、博览园参观了。王旭问：逛农高会农民该怎样获取信息呢？王征兵说：农民朋友买到票以后，先看看介绍，都有哪些馆，需要什么信息就去什么馆。比如需要国际高新农业科技信息，就去A馆；了解苗木信息，就去C馆，不要盲目地跑。今年的馆很多，有些相距较远，跑来跑去，最后跑累了还没有找到自己有用的信息，就得不偿失了。再说，这些馆要全部跑完也很难的。

最后，王征兵告诉农民朋友，利用好农高会也可以赚钱的，但要动脑子。比如，卖苹果就没有卖橘子赚钱快。苹果要削皮，相对比较麻烦，而橘子皮儿一剥就可以吃。水分大，酸甜可口，跑得口干舌燥时，吃个橘子是最舒心的。卖扯面就没有卖酸辣粉来钱快。酸辣粉是现成的，只要稍稍加工一下，放进一次性饭盒，顾客吃完，还不用洗碗。说到吃饭，王征兵的肚子的确饿了，早上走得急，匆忙赶来也没时间吃饭，化妆完就坐进了直播间。走出直播间，王征兵还真跑去吃酸辣粉了。

第二天下午，王征兵被安排到示范区管委会圆楼会议室，主持“中外农民创业论坛”。走进会议室，会场坐满了人，有三百多名中外农民企业家坐在下面。他们来自世界各地，走到杨凌，渴望专家能给他们的企业发展插上飞翔的翅膀。陕西省政协副主席张社年出席开幕式并致辞，他指出：杨凌农高会是陕西对外开放的重要平台和桥梁，经过二十多年的培育发展，农高会已成为我国规模最大、层次最高的农业综合性展会，并日益发展成为丝绸之路经济带上一个重要的国际农业交流合作平台。农高会举办多层次、多领域的交流研讨、展览展示活动，为我国农业农村发展发挥了重要促进作用……

王征兵很少主持节目，他戏谑自己相貌丑陋，表情僵硬，不适合做主持人。刚接到通知时，他是犹豫的，抵触的，但他又是这么一个不会拒绝的人，只在心里犹豫心里抵触而已，在组委会再三邀请下，他还是答应了。农高会是杨凌的盛会，也是全国参会人数最多的农业博览会，更是贴近农民朋友的展会。他深知自己能被选为论坛主持人，也不是随随便便的事儿，是组委会经过深思熟虑决定的，他又怎么能辜负这份信任与委托呢？他喜欢挑战，打从记事起，五十年的光阴里，他一直在挑战，虽然有时不免碰得头破血流，但却锻炼了自己的韧劲，培养了自己挑战的勇气。想起高中刚学英语那会儿，什么都不会，哪怕是字母的发音他都得跟收音机学，更不要说在课堂上念英语课文了。但他就是不信邪，古丽能读得好听，为什么他就不能？于是，他吃饭念，课间休息念，睡觉前躺在床上念，回家路上对着白杨树念，半年后，他终于敢在课堂上背英语课文了。不过，第一次背的时候，后面还是有人笑出了声，他连头都没回，爱笑笑去。课后，他更加用心练习口语了。后来他去了新西兰、荷兰、奥地利等国家，都能和外国人畅通地交流了，也没有谁笑他口语差。

这次被邀请参加论坛的还有美国林肯大学推广中心主任查克·海博德（Chuck. Hibberd）博士，他们交谈得很自如。查克讲完后，王征兵的点评让他频频点头，微笑示意，并竖起了大拇指。主持过程中，王征兵偶尔尝试讲几句冷幽默，会场竟爆出一阵阵爽朗的笑声。他虽然没有跟着笑出来，但心里却乐呵呵的。论坛结束后，很多叫不出名字的农民朋友都跑上来跟他握手交流，希望王征兵能去他们的企业里看看。

王征兵走出会场，绕过管委会大楼，从南面到C馆去。他每年都要到C馆走走。C馆南侧是苗木花卉展示厅。省内省外经营苗木的很多公司都来参展。苹果葡萄鲜桃枣树梨树等新培育出来的苗子都可以找到。王征兵在全国各地行走了三十年，每次出去，不管开什么会，碰见的人都有咨询果木种植的，有些问题他能解答，有些问题他也不清楚，比如绥德县适合种什么苹果，四川广元适合种植哪种经济作物。他不是这方面的专家，只能给他们讲讲营销策略，但有的人执意要问，答不上来时他就找对应的专家去解决。但也不能时时都这样。所以，王征兵也经常会去苗木基地转转，更不会错过杨凌一年一度的农高会，这样集中看苗木了解苗木新品种的机会太难得了。

刚一走进苗木馆，就碰见了周至猕猴桃专业合作社的任冬霞。她提着一捆半米高的猕猴桃苗子往里走，看见王征兵就喊：王老师好！任冬霞领着王征兵走到自己的摊位跟前。摊位外侧摆着两张条桌，上面整整齐齐摆放着各样品种的猕猴桃鲜果，每颗猕猴桃都贴着合作社的标签，里侧放着一大堆猕猴桃苗子，一捆一捆地绑在一起。有十几个人围在里面，听销售员讲解猕猴桃的品性及种植方法。很多话，都是王征兵做报告时讲到的。王征兵记不起给任冬霞作过多少次报告和咨询了。她的专业合作社跟杨凌只隔着一条渭河，来去很方便。任冬霞每次打电话，只要王征兵有时间，就会到河那边去给她们讲讲。合作社有许多社员都认识王征兵。有一个女孩，二十岁出头，见到王征兵，开口就叫“大爷”，任冬霞生气地拍了一把女孩的额头说：乱叫啥？叫王叔王教授！女孩伸伸舌头，跑掉了。王征兵也不生气，这些年头发掉得快，越见苍老了。年龄不大，相貌老得不少男孩女孩跟在后面“大爷！大爷！”地叫，他也习惯了。只要心不老就行，他还有一腔干事业的激情呢，怎么能别人说你老你就老了呀！

他们静静站在渭河岸边观景的亲水平台，倾听王征兵教授讲述杨凌农业自贸区的故事。

35

满天的霞光落进了渭河，整条河道笼在透明的红光里，好像一座金碧辉煌的宫殿落驻杨凌，无数宫女舞起缤纷的长袖，飘到高远的天空，栖息的云彩也跟着飘飞起来，落下一层橘红色的梦幻，氤氲着，晃悠着，进了杨凌作协每个采风会员的心坎，他们静静站在渭河岸边观景的亲水平台，倾听王征兵教授讲述杨凌农业自贸区的故事。

杨凌农业自贸区成立于2017年4月1日，是国务院批准成立的第三批自贸区。第三批自贸区涉及陕西、河南、辽宁、浙江、湖北、重庆、四川等七个省市，陕西自贸区共有三个片区：西安中心片区、国际港务区片区以及杨凌片区，其中杨凌片区是中国唯一的农业自贸区。国家给杨凌自贸片区的定位：把杨凌打造成现代农业国际合作中心。

杨凌成为农业自贸区的消息很快传遍大街小巷。熟人碰见就问：自贸区是个啥样？是实的还是虚的？跟咱们老百姓有啥关系？对咱有啥好处没？咱们能随便进去不？……你问我，我问你，最后都摇摇头，各自带着一头雾水走了。有些做生意的，懂得那么一点点皮毛，胡乱解释说：自贸区就是自由贸易呗！想卖啥就卖啥，不收关税咧！旁边经过的人就问：啥是个关税？解释的人睥睨着神情，鼻子一哼：连个关税都不懂，还打听啥打听！转身就忙活去了。老街道的店铺因为网络电商的冲击，生意日渐萧条，门可罗雀。周内的半下午，整条街道走过来走过去的都是卖货的人，难以见到几个顾客。没事干，又不能关门，四五个人聚到谁家门前聊天：你说，这自贸区到底咋样，能改变咱目前冷清的现状不？区政府是不是看咱这些苦撑门面的人可怜，每月赚的都不够个房费，帮咱想办法哩？七嘴八舌地议论来议论去，最终也没论出名堂来，带着一团子疑问回到冷清的门店里发呆。

政府部门又有几个人能知道自贸区怎么搞呢？没多少人说得清。他们经常聚在一起，讨论农业自贸区到底怎么发展。大家各抒己见，却都是残缺不全的碎片，落在地上连个声响都听不见。他们只看到一纸文件，具体的规划实施的前景怎样，谁也不敢胡乱猜测。农业自贸区是个新生事物，特别是对偏远的杨凌小城来说，无异于站在河边看天狗吞月亮，只是瞅到个影影而已。

王征兵却不同。2016年10月他被邀请到省政府参加过《中国（陕西）自由贸易试验区总体方案》的修订。被邀请的五位专家，都来自不同领域，他主要负责杨凌农业自贸区这一板块资料的审核。2017年，他又应西安交通大学自贸区研究院邀请，主持专项科研项目“陕西自贸区打造现代农业国际合作中心战略与路径研究”（项目编号：Z2017008），这个课题是专门研究杨凌自贸片区的，所以相对于普通老百姓来说，王征兵知道得稍微多一些。

他翻阅了国家批复的十一个自贸区的三十多个片区，发现只有杨凌被这样定位：以农业科技创新、示范推广为重点，通过全面扩大农业领域国际合作交流，打造“一带一路”现代农业国际合作中心。其他片区基本都是工业。这是杨凌最大的特色。所以，他专门写文章表述他的观点：杨凌是全国唯一的高新农业自贸片区。这篇文章发出去，传播速度很惊人，读者点击数量噌噌噌地增加。王征兵盯着猛增的数字，自个儿笑了，这说明关注杨凌农业自贸区的人很多啊！杨凌的知名度越来越高了！

杨凌作协主席贺绪林对自贸区也很关注，杨凌的本土作家对自贸区更是好奇。先一年作协组织会员开展“秋韵杨凌”采风活动，收集上来的征文写尽杨凌的历史渊源以及杨凌示范区成立后城市面貌发生的翻天覆地的变化。但关于杨凌的现代农业写得少，西农大专家的科技成果写得少，有关杨凌未来发展方面的高屋建瓴的稿子一篇也没有。自贸区挂牌成立，贺主席借着这股东风举行“春韵杨凌”采风活动。不过，这次却不只是以前的走走看看，而是请了西农大三位教授：樊志民、牛宏泰、王征兵。樊志民教授搞农业历史研究，可以把作家们知道的历史现象提升到更高的高度。牛宏泰教授长期在学校办公室工作，对西农大的农科专家了如指掌，可以给作家们介绍专家背后的感人故事。王征兵教授搞农业经济研究，可以给作家们讲讲新成立的自贸区。

走过漳河，走过漆水河，走过西农大美丽的校园，三十余名作协会员来到渭河。正是夕阳落山时，四月份的余晖灿烂无比，柔和无比。河水聚成一面巨大的明镜，横在杨凌城区的南侧，滋润着两岸干涸的花草树木。河岸上两行柳树都长出了嫩黄的芽儿，毛茸茸的，像新疆少女头顶垂下来的细长的小辫儿，柔柔顺顺地随风舞动。蒲公英贴着斜坡，开出金黄的花朵，一朵一朵地散开来，点缀着还没绿透的河草，艳丽极了。暖风一吹，点点金黄随风摇曳，像谁顺手撒下的金粒子，布满了河岸。湿地公园的西边，是一大片耸入云天的白杨，斜阳把一束束五彩的光线射进去，密密的树梢像是披了白亮亮的银光，更像星星亮晶晶的眼睛。王征兵真想飞上去，摘一把星星回家……

杨凌渭河的美景真是说不完啊！自从开始“一河两岸”工程，杨凌就走到了前面。修的河堤路路面宽阔，四辆车可以并排行走。路边的绿化树栽种着各种各样的果木，有桃树杏树山楂树，有枣树梨树苹果树，有海棠柿子核桃树……这个季节，正是花开时节，不管是从武功走来，还是从宝鸡回家，一树一树的花儿，粉的绿的紫的，桃红的雪白的浅黄的，缤纷多彩，眼睛忙得看不过来，恨不能把心窝掏出来，把满枝头的花儿放进去，走到哪里都能芬芳肉身情肠。上下两道堤坝聚水，沉淀一冬，河面清亮亮的，倒映出青黛色的秦岭。秦岭再巍峨，浸入渭河，却矮成一道墨影，被河水冲击得摇摇晃晃。蔚蓝的天空落进去，太阳落进去，全跟着流水一起晃动。新修出来的枣红色实木长廊向东边延伸，人走在上面，仿佛浮在河水里一般。通往周至的渭河大桥翻修工程已经结束，车来车往，远远看去，也只是一道细长的影子。两条河堤路之间，修着几块健身广场，打篮球打乒乓球腾挪翻转，任你挑选。昔日的渡船不见了踪影，萋萋荒草不见了踪影，骑自行车驮着两捆猕猴桃苗子的果农不见了踪影，突突突的是摩托车，是一溜带串驰过的小汽车大卡车。

王征兵看着杨凌渭河的变化，他的心中不由得升起一种自豪感，升起一种主人翁的责任感。他不能拿起锄头去种试验田，不能穿着工作服戴上草帽冒着酷暑去给玉米地授粉，不能给农民朋友培育出猕猴桃的新品种让他们增产增收，但他要尽己所能，为杨凌农业自贸区的建设贡献一份微薄之力。这次能被作协邀请来，跟作家们聊聊自贸区的事儿，他真是高兴啊！

霞光把他的白衬衫映得更加白亮，把他的眼睛照得更加明亮。他双手交叉在小腹前面，稳稳地站在实木长廊里，望着渐渐落山的太阳，开始了他的讲解。三十余名作协会员站在面前，没有一个人说话，专注地听王征兵教授介绍自贸区的情况。风飞起女作家的裙角，撩起新烫的发丝，都没有人去管。

他说：杨凌被批为自贸片区是好事啊！有人担心杨凌这弹丸小城，

能发展个什么样的自贸区。这是杞人忧天！杨凌地方虽小，但这并不是制约杨凌片区发展的主要因素，所谓自贸区，就是要把全世界的农业科技、农资和农产品汇聚到杨凌，并通过杨凌卖到世界各地。自贸区要把杨凌打造成世界农资、农产品、农业技术、农业资金交流的平台，而不是只销售杨凌本地的农产品和农资。

他说：杨凌片区是中国唯一的农业自贸片区，这使得陕西自贸试验区有了和其他十一个自贸试验区不一样的特色。如果没有杨凌农业自贸片区，陕西搞工业、信息和电子产业，那就和其他十个自贸试验区没有太大区别，陕西加入了杨凌片区，这就让陕西的自贸试验区具有了独特性。

他说：要把杨凌打造成现代国际合作中心，农业科技合作是其不可或缺的内容。那么杨凌如何能成为国际科技合作中心呢？一个非常重要的举措就是要吸引世界各地的农业科技研究者和推广者来杨凌交流。目前，位于杨凌的西农大已经有了比较好的基础，截至2016年底，西农大有来自美国、日本、俄罗斯、越南、蒙古、中非、埃及等四十六个国家的留学生近三百人，其中以硕士生和博士生为主。他们通过在西农大的学习将中国的农业科技带到世界各地，当然，他们也带来一些自己国家农业科技的信息和技术，这样看来，杨凌已经初步成为世界农业科技交流的中心。但规模和档次还不够，希望西农大增加招收国外留学生的数量，强化农业科技交流、合作、辐射的范围和力度。

他说：杨凌要成为现代农业国际合作中心，要有相应的农业大数据平台。比如甘肃省景泰县的农民想种樱桃，他应该能在信息平台查到樱桃有哪些品种？每个品种有什么特性？能在什么地方栽？陕西省洛川县苹果经销商想把苹果卖到国外，他需要在大数据平台查到俄罗斯人喜欢吃什么苹果？需求量多少？荷兰的种子公司要把蔬菜种子卖到中国，他需要了解中国蔬菜播种面积多少？分布区域如何？中国农民可以接受的价格是多少？等等。所以，杨凌自贸片区要建立一个农业大数据平台，为农业合作服务。

他说：世界各国的农产品需要互通有无，取长补短。如果中国的消费者喜欢新西兰的车厘子、日本的苹果、澳大利亚的橘子，而俄罗斯、越南人喜欢中国的苹果、印度喜欢中国的药材，等等，都可以在杨凌交易。杨凌是国家级农业高新技术产业示范区，是国家定位的农业自贸片区，所以杨凌应建立国际农产品交易市场，让杨凌成为国际农产品交易中心之一。目前，杨凌示范区正在积极打造自贸片区内的农产品交易市场。

他说：种子，是农业科技的重要载体和表现形式。要在杨凌自贸片区建立国际种子交易市场，打造世界种子交易中心。如果能在杨凌自贸片区建立一个国际种子交易市场，将世界各地的优良品种汇聚于此，进行展示、示范和交易，一是可以在杨凌自贸区形成种子的聚集效应，品种多，品种全；二是方便农业经营者在此选购种子，形成“买种子去杨凌”的意识；三是吸引世界著名种子公司在此设立分公司，通过广泛宣传以及招商引资策略，将杨凌国际种子交易市场打造成世界最著名的种子交易中心。

他说：杨凌的农高会截至2017年已经举办了二十四届，已经成为中国农业方面最大的博览会。但每年的农高会只有五天时间（11月5—9日），平时展馆关闭，不利于常规化展示和交易。如果自贸区发展起来，就相当于农高会天天举办，国内、国外的农业经营者可以随时在杨凌寻找农业科技。

他说：我们现在站的地方，就是自贸区的最南端。东起新桥路，西到杨凌大道，部分区域延伸至杨凌大道以西。北起西宝高速公路，南到城南路，部分区域延伸至渭河河堤路。这样一个闭合区域，总面积5.76平方公里，它的外形很像我们锻炼臂力时提的哑铃，横在西宝高速公路以南，渭河以北。

讲到这里，王征兵望望被河风吹起来的渭水，再望望北面的杨凌城区，自信满满地说：杨凌自贸片区肯定会发展起来的。只是，如何发展得更好更快，还需无数的志士仁人建言献策。毕竟是中国第一个农业自贸区，都是摸着石头过河啊！说完，他的眼中闪过一丝迷茫，但即刻转瞬而逝。他跟着作协会员在渭河长廊上往东走，边走边聊。背后夕阳落下去的地方，就是迎面太阳升起的地方。他仿佛看到了自贸区发展起来的曙光正喷薄而出……

王征兵讲完，挂了电话，浑身像是从湖水里跳出来一般，衬衫裹住了上身。

36

六月份，太阳把火辣辣的热情释放到杜锡莹的杏李果园，满园的杏子就黄透了，李子就红透了。浓密的绿叶遮不住那一树的黄亮，一树的玫红，隐隐现现，仿佛跟刚走进园子的王征兵捉迷藏似的。王征兵哪里见到过这么多品类的杏子啊！深黄、浅黄、嫩黄、红黄，还有其他各样颜色的黄，他都无法叫出名称来了。眼睛忙不过来，嗅觉也忙不过来，刚刚是浓郁的香甜，换了一树，又是淡淡的芳香，再换过一行树，却是一缕一缕的玫香。每走三五步，就会变出一种香味儿，再走三五步，又出现他说不清楚的另一种香味儿。他只觉得满肺腑都是香，仿佛满园的香味钻进他的七窍，整个身子骨都给香透了。蜜蜂不往黄亮的杏子上飞，却朝王征兵的头上转个圈，飞上他的鼻尖，他稍一摇晃，蜜蜂就给惊跑了。

杜锡莹边走边给他介绍丰园果业的情况。丰园果业是陕西省农业科技的李杏专家大院，是陕西省果业管理局授牌的西安李杏研究所，是中国园艺学会李杏分会理事单位，是杨凌职业技术学院现代农业职业教育集团的理事单位……他介绍着公司一大串称号，言语之间流露出满满的自信。迎面的阳光把他自信的表情凸显出来，王征兵从他的眼神里看到了一个农民专家四十年的奋斗史，四十年的艰苦创业史，更看到了一个执着坚毅的关中汉子搞杏李研究的大爱情怀。

杜锡莹说：丰园果业一直从事杏李桃等果树品种的资源收集、新品种的选育研究和特色高档果品的开发，现有试验生产基地三百多亩，有十多个国家的杏李桃品种资源和自育杂交株系千种以上，截至今年，研究所利用丰富的特异种质资源选育出杏李桃新品种（新品系）二十多个，有八个已通过省级果树新品种审定（登记），有四个获得国家知识产权保护。在中国优质李评选中先后两次获得“金奖”。公司生产的杏李桃产品均已获得了国家“绿色食品”认定。

说到这里，杜锡莹走到一棵杏树前，伸手到树梢上摘下一棵黄透的杏，递给王征兵，让他尝尝。摘杏的时候，他的手指轻轻贴上去，稍一晃动，杏就掉下来。王征兵接过杏，拿到眼前一看，黄亮的杏子表面有微细的红色小点，不留意就看不见。杏子的表皮是柔软的，厚厚的果肉摸上去，就像婴儿软软的胳膊。他不敢用力捏，举起来放到嘴里，牙齿刚一咬进去，饱满的汁水溅出来，纯甜的味儿清正，又不腻味。很多年都没吃出过这样的杏味儿了。他自己又摘下一颗来吃。接连吃了四颗，如果不是怕伤着脾胃，他真想再吃一颗。很多黄透的杏子隐在绿叶里，他一低头下去，就能看到圆圆的杏子，像个顽皮的孩儿，鼓着一张奶油色的小脸，散发着芬芳，朝他逗趣呢。

最里面一棵树，杏子繁密，又大又黄，但底下的草丛太深了。杜锡莹说，因为草太盛，没有人进到那里去摘。树上的杏子熟透都掉下来了。不过，那些杏因为熟到心了，要更甜一些。王征兵想过去摘一颗尝尝，看看到底有多甜。他小心翼翼走着，怕踩到蛇，折了根树枝先到草丛里晃晃，然后再把脚挪过去，踩进深深的草窝。走到树下，头碰到了低处的树枝，呼啦一下，几颗杏子滑过他的眼前，掉进草丛里了。正走着，一脚踩上去，滑腻腻的，赶快把脚提起来，再踩下去，还是滑腻腻的，估计是踩碎了熟透的杏子。他静住不动，摘了一颗，扔了手中的树枝，再摘了一颗，退出草丛。站到小路上，王征兵肩头白亮的衬衣挂了一抹亮黄。他举起杏子看，比先前吃过的所有杏子都大，都黄亮，能感觉到里面软软的一包杏汁。杜锡莹说：这个杏子就是我们小时候吃的大白杏。因为产量低，不易保存，现在很少有人种。但是，这种杏子的味道吃着最香。王征兵刚把杏子咬到嘴里，电话铃声就响起来了。

他接过一听，是陕西人民广播电台打来的。问他现在能不能录节目。他还没来得及细品大白杏的香味儿，赶快咽下去，回答说“行”。自从2010年6月11日被聘为陕西人民广播电台的特约评论员，王征兵还没误过一期节目。他知道电台工作不容易，尽量配合他们。八年来，他坚持每周录一次节目。不管在哪里，他都会想办法完成这个任务。开始是在电台的录播室。他一讲，直接就播出去了。录播室的环境密闭，录音效果好。但做了四五期，王征兵就不能按时去西安录制了。他有教学和科研工作，还有其他很多事务性的工作，而且外出做报告的次数越来越多，有些是公益性质的，他无法拒绝。电台不想失去他这个深受听众欢迎的资深评论员，于是建议他通过电话进行直播，这样可以节省路上往返的时间。电台这边提前一个小时左右联系，沟通好评论的话题，过一个小时直接通过电话直播。这样，两边都方便。除过是非常紧要的会议，他出不来，其他时间都能按时直播。直播的地点一般在办公室，他关好门窗，杂音就会小一些。后来，办公室也不能保证，如果开车，他就把车停到路边，关上车窗电话直播。

有时，他在外地调研。节目赶得紧，他就选个僻静的地方电话直播。播出去再回听，发现因为急促，有些地方讲得不够连贯，就建议电台不要直播了，录好后检查一下再播。最近几年，基本上是前一天录制，第二天播出。前段日子去千河黑猪养殖场，他正考察闵向阳的黑猪养殖情况，主持人的电话打过来了。太阳斜到土塬后面，天快黑了，第二天就要播，只能在当地录节目了。不过，那期节目播出去的效果还不错。今天，王征兵来到丰园果业考察，主持人的电话又打进来了。估计回去得到晚间，王征兵看着毒辣辣的太阳照进杏园里，树叶子都打卷了，草都晒得没精神了，再回身望望半个小时都走不过去的科研所的大楼，他心一横，就说录吧。

他给杜锡莹打个招呼，独自往杏园更深处走去。这个杏园主要是用来搞杏李研究的，培育新品种，一般不会让顾客进来自己采摘。所以，今天的园子，除过王征兵和杜锡莹邀请的几个朋友，再没有其他人。越是往里面走，越是安静。快十一点了，园子里没有一丝风，树梢一动不动。偶尔有黑鸟扑棱一下踩到杏果上，熟透的杏子落进草丛里，也听不到一点儿声响。左侧的树上，一疙瘩一疙瘩玫红的李子，朝着天空，迎着炽热的太阳，静静地继续往深色里红。王征兵站到浓密的树影下，接通电话，开始讲电台提前安排的话题：电商定制版和线下商品质量是否一致的问题。

他说：由于网上的商品大部分比线下实体店的商品便宜，加之在网上购物非常方便，所以许多人选择在网上购物，电商逐渐成为一种时尚的购物方式。但随着网购人数和网购商品的剧增，一个新的问题出现了，一个相同品牌的电视，网上售价900元，而实体店要卖1500元，为什么差价这么大呢？电商告诉顾客说是因为他们电商没有实体店的房租、减少了中间环节，所以比实体店便宜。但越来越多的消费者产生了一个疑问：网上的商品和实体店的商品质量真的一样吗？厂家会不会偷工减料为电商专门生产一种特殊规格的商品以降低成本？越来越多的疑问惊动了相关部门，于是有关部门就在网上和实体店购买相同品牌的商品进行质量鉴定。鉴定结果是：有的商品线上和线下质量是一致的，但也有许多商品线上的比线下的质量差一些。 2018年6月12日，中国青年网报道：浙江宁波市场监督管理局和宁波市消保委通过线上线下不同渠道，购买了40组对比样品，委托宁波出入境检验检疫局做了检测，结果发现“电商专供”有猫腻：不同渠道购买的多功能电磁炉，外观、功能标示是一样的，但是拆开以后发现，网购电磁炉比线下款少了一些电器元件；同样型号的吸尘器，网购的吸尘器吸口直径居然比线下的小10毫米。电器如此，服装亦然，凡此种种，不一而足。“同款不同质”，大概就是电商定制版的真相。

王征兵说：建议厂家和电商诚实守信，不要再欺骗网购消费者。凡是欺骗消费者的厂家都是“走钢丝”，真相大白的那一天就是他们灭亡的时刻。“三鹿”奶粉曾经欺骗消费者，以次充好，结果老板锒铛入狱，工厂被关闭。2017年，有人举报西安市地铁三号线电缆有质量问题，几个月后，依法对涉案违法生产企业八名犯罪嫌疑人执行逮捕，依法依纪问责处理相关地方职能部门一百二十二名责任人，包括厅级十六人、处级五十八人。

王征兵拿着手机，汗水从他的手背往下流，流到胳膊上，像是好多条蚯蚓在胳膊上蠕动，痒痒的，但他不敢停下来擦汗。他要一鼓作气，把该讲的讲完。太阳偏移了方向，他的半个脸，半个肩头裸露在阳光里，腮帮子晒得火辣辣的疼。他用左手摸摸，全是汗水，脖颈里也沁满汗水。衬衫贴紧了后背，裤腿也黏糊糊的。他稍稍挪了挪地方，继续讲。他从杜锡莹的杏李经营理念，想到了电商应该恪守的良知。如果老百姓买回去跟在实体店里买的有差距，下一次就不会买了。天长日久，电商的生意肯定不会再兴旺下去。杜锡莹是一个有良知的人，他把产品质量关当作第一要务，把信誉看作立身之本，发往全国各地的杏子都普遍得到好评。虽然他的杏子价钱高，苗子价钱贵，但老百姓却愿意买，还会给自己的乡邻推荐。所以，为长久考虑，还是要保持线上和线下产品质量的一致。

王征兵讲完，挂了电话，浑身像是从湖水里跳出来一般，衬衫裹住了上身，他撕一下想透透气，结果一放手，又贴到身上。他想脱下来拧拧汗水，却觉着不合适。边往出走，边用手从前后两个方向拽着。正走着，吹过来一股风，又是一阵风。风越来越大，王征兵的衬衫就松脱了身体。看着树梢的黄杏一个一个被风吹落，他觉得挺可惜。杜锡莹却说：那是很好的有机肥啊！我们的杏子为啥这么好吃，就是不用化肥，上的全是有机肥啊！王征兵望着这个满脸沧桑的关中汉子，心头油然升起一种敬佩之情。

走出杏园，王征兵回头一望，满园的黄杏都好像在向他挥手哩。他想，如果做生意的人能变成一颗黄杏，无论风雨阴晴，挂在枝头，等待瓜熟蒂落的那一天，就不会出现线上线下的质量差问题了。但人毕竟不是丰园果业的杏啊！

他望着窗外梧桐树浓密的枝叶，枝叶中闪闪烁烁的绿影，还有绿影中飞来飞去的小鸟，心情愉悦极了。

37

2014年12月21日，上午10点，杨凌上岛咖啡。窗外，冬日的阳光照亮了梧桐树粗粗细细的树枝。王征兵发现，每根树枝都是从不同角度向天空伸展，渴望得到阳光的眷顾，可是，不管伸出的枝条有多高远，他们的根底却紧紧依附着粗壮的主干。横在高处的树枝遮住了暖融融的阳光，把一绺儿黑影印在低处的树枝上，几片还未坠落的枯叶的阴影，更是分明。这一树明明暗暗的和谐光影，不也彰显出一种生存哲学吗？每个生命体都有沐浴阳光的机会，不是上午就是下午，不是今天就是明天，不是在这个地方，就是在那个地方，即便是蝉的生存，不也靠四年黑暗中的苦工，才换得一个月阳光下的歌唱吗？

王征兵搓搓冰冷的双手，坐下来。与室外的寒冷相比，这里真暖和啊！黄小星和曹昂热得脱了棉衣，王征兵却没敢脱，只是拉开了棉衣拉链。他不是个惯于在陌生人面前侃侃而谈的人，妻子王慧莹陪他来，冷场时总能说上几句话，调节气氛。黄小星是他的老朋友，在陕西广播电台“村里村外”栏目以及杨凌电视台工作多年，是资深农业媒体人，也是广大农民的好朋友。曹昂却是第一次见面。黄小星昨天打电话邀请王征兵教授时，介绍过曹昂，说曹昂毕业于西安电子科技大学，有过十年的农业信息化咨询服务经历，目前他们一起经营“农业大市场”微信公众号。

曹昂跟王征兵的冷面不同，说话时一脸微笑，每句话都不拖泥带水，吐字清楚，声音清亮。黄小星的音色纯正，普通话标准，说出来的音儿就像清泉洗过一般。王征兵曾经听着广播跟随黄小星练普通话，校正自己的不规范读音。可惜，有些字儿，到现在也变不过来。坐在他们中间，王征兵还是喜欢当个观众，倾听他们的谈话。

其实，邀请王征兵教授参与“农业大市场”微信公众平台之前，黄小星和曹昂是经过充分权衡对比过的。他们之前利用工作机会给农民提供服务，但普及率不高，农民很难及时得到有效的农业信息。2014年微信出现后，几乎每个农民都拥有一部智能手机，这就提供了一个与电视、广播、报纸完全不同的信息平台。他们两人抓住这个机遇，注册了“农业大市场”的微信公众号，黄小星负责编辑内容和信息发布。运营一段时间后，发现粉丝来得特别慢，黄小星便和曹昂商量，聘请一位有影响力的农业经济学专家进驻公众平台，助力农业信息的推广。他们把目光投向西北农林科技大学经管学院，锁定王征兵教授。王征兵教授自从2008年成为国务院学位委员会学科评议组成员，社会影响越来越大，加上他对“三农”问题极为关注，又跟黄小星合作过多年，深得黄小星的信任。黄小星熟知王征兵教授为人处世的温和与善良，便推荐给曹昂，约了在上岛咖啡聊聊。

王征兵不知黄小星叫他来有什么事，但肯定有事。只要有时间，他绝不推托朋友的盛情邀请。即使是陌生的来客有求于他，他也不会找借口推辞。能求助于他，必有难处。俗语说：饿时给一口，强过饱时给一斗。黄小星也是大忙人，能约他出来，必是有要事相托。恰好周末无事，他就过来一起坐坐。

到底是年轻气盛，黄小星和曹昂聊得很热火。两杯咖啡喝下去，他们的话题就越来越丰富。黄小星说他读大学时的梦想，曹昂说他工作遇到的瓶颈；黄小星说他错过办乡镇企业，曹昂说他错过收购国有企业；黄小星说他错过了抢购原始股，曹昂说他错过了炒房地产……最后，黄小星说不能再错过移动互联网的浪潮，曹昂说对，不能再错过移动互联网的浪潮。聊到这里，两人的话题达成高度的默契，相互望一眼，笑出了声，端起咖啡一饮而尽。王征兵也受他们的感染，端上咖啡，小口慢慢地喝。咖啡真苦啊！喝一口下去，舌尖上全是涩涩的苦味儿，真像小时候被强迫灌下去的中药味道。他不明白，为什么这个世界上会有那么多甘愿吃苦的人呢？

聊着聊着，黄小星和曹昂就聊到农民种地的辛苦，聊到改革开放后农产品丰收时的滞销，聊到农民日子的艰难，聊到目前急需解决的“三农”问题……这两个人，跟王征兵一样，是对农民有悲悯情怀的志士。他们有一腔热血，创立“农业大市场”公众平台，但目前推广不开，找王征兵教授，是帮他们出谋划策啊！听到这里，王征兵终于明白，黄小星邀请他过来喝咖啡的原因。

他原本想静下心来，腾出时间尽早完成《不在意资金》和《论十二人性》两本书的撰写工作。此刻，却被两个年轻人的激情所振奋，浑身的血液都沸腾起来。他们的话题聊到了他的心结处。自从大学毕业，自从跟了魏正果老师，他立志为农的梦想就从未改变过。近三十年来，他致力于“精细密集农业”的研究，致力于“村干部激励机制”的研究，致力于“农业经营方式”的研究，致力于“不在意资金”和“十二人性论”的研究……这一切，目的都是想为农业服务，为农村服务，为农民服务。他做过大量的工作，也取得一些成效，但“三农”的问题依然很多，越研究越焦虑。有时，夜深人静，梳理自己的过往，偶尔也有置身高原独自呐喊的恐慌与寂寞。但是，很多时候，跟谁诉说呢？前天夜里，他大半夜还跟妻子说起自己心头蛇一样爬行的寂寞。妻子宽慰他说：能干到什么程度就干到什么程度，别给自己那么大压力。

昨天接到黄小星的电话，王征兵心里还在猜测，小星约他会是什么事儿呢？聊到现在，他的心头才一阵豁然。但是，他又能为公众平台出点什么力呢？黄小星建议他在“农业大市场”开个专栏，取名叫“趣说三农”，每周六推出一期，围绕“三农”问题来谈，文章可长可短，有趣味就好，关键是要吸引农民读进去。

王征兵说：坚持下去肯定没问题。毕业这么多年，我一直在写博客，经常发表日志或文章，但那仅停留在“触网”层面。如果要深入到网络里，就得熟悉并遵从网络世界的规则，不管是话语风格，还是表述方式和内容处理，都得按照网络的规矩走。对一个多年习惯用学术语气表达思想的人来说，这是一个不小的挑战。不知道自己能不能融入这种语境，能不能学会网络环境里的表达，传播出去的是不是微友们想要的，喜欢看的，这个确实有太多的不确定性。

说到这里，他端起咖啡抿了一口。咖啡放凉了，喝着比热咖啡苦味儿更重，舌尖在口腔转了一圈，他就坚定了想法，对黄小星说：干！我愿意接受这样的挑战。毕竟，互联网已经改变并将继续改变世界，信息经济正在迅速崛起，呈现出了超乎我们想象的强劲势头。“三农”格局在互联网的改造下，旧体系必将摧枯拉朽，新格局终究会成型。我可以利用好这个平台，面向我的学生和学员以及广大的涉农朋友分享我的观察、思考和实践。

王征兵教授低头濍咖啡的时候，黄小星和曹昂的眉头凝成一个疙瘩，唯恐王教授不答应。他们也是费尽心思，筛选再筛选，才敲定邀请王教授加盟团队。目前，“农业大市场”没有收入，投入的时间和精力还看不到回报，团队的几个人都是出自公益爱心在做这个平台。如果没有报酬，王教授会答应吗？黄小星挠挠头，喝了一杯咖啡，又喝下去一杯咖啡，眼看就到饭点了，他还是不知怎么开口。曹昂一看，知道黄小星担心人熟悉，没办法谈这个事儿，他鼓起勇气说：王老师，咱们这个平台刚刚起步，还没赚钱，给您的报酬……话还没说完，王征兵就懂了他的意思，打断他说：我不要报酬！黄小星一听，大出一口气，忙端起咖啡，跟王教授碰杯。曹昂也端起了杯子。王慧莹看看丈夫，跟着也一起端起来。四个人的咖啡杯紧紧碰在一起时，王征兵这才微微一笑，爽快地喝下一杯咖啡。

2014年12月27日，“趣说三农”栏目正式刊出。从《“苹”什么卖高价？》第一篇开始算起，到2018年8月，共刊出147期。这147期里，王征兵谈到苹果的营销策略；谈到农民的盲目跟风现象“采蜜效应”；谈到家庭农场和职业农民的定位；谈到一斤大米卖三百元的大米哥李治民；谈到秦岭蜂丫头的土蜂蜜；谈到水果滞销的原因，蔬菜产销差价大的原因……

2015年2月25日的春节特刊《马嵬驿乡村旅游为啥这么火》，公众微信号“农业胡一刀”转发此文，两天后阅读量超过4万；2月27日刊发的文章《农业三产要真融合，不要假结合，第六产业不能光说不练》，“凤凰新闻”转发此文，两天后，阅读量超过14万；第43期刊发的文章《二十年后，中国农业将变成什么样》，被“今日头条”转发，当天的阅读量达到20多万……“农业大市场”的粉丝由起初每天增加几个，到后来增加几百个，累积粉丝数已超过55万（2018年8月）。每周六早晨，王征兵一想到数以万计的粉丝没洗脸没刷牙，蜷缩在被窝里，通过微信阅读自己的文章，就有些激动。他写的不是小说，而是探讨“三农”如何发展，没有点儿追求和品位的人，肯定不会看。能通过微信与有追求、有梦想、有品位的人进行交流和互动，王征兵觉得很欣慰，很幸福。

王征兵参加过大学的开学典礼和毕业典礼，几千人的会场，黑压压一大片。开学典礼和毕业典礼每年只有一次，而周六竟有几十万人在看他的文章，责任重大呀。想到此，他便有了继续写作的冲动。尽管辛苦写作一年，没有分文报酬，他却乐在其中。2016年，“农业大市场”更名为“大农圈”，关注的粉丝遍及全国各地。王征兵写微信的内容更丰富了，劲头也更大了。

2016年3月19日，天天关注大农圈的陕西省蒲城县龙池镇党委书记邵新刚，来到西北农林科技大学找王征兵。最近几年，龙池镇大力发展西瓜和甜瓜，全镇90%的土地种上了大棚西瓜和甜瓜。前些年，经济效益非常好，甚至出现瓜农结队去西安买汽车的壮观场面。但从去年起，由于全国西甜瓜面积不断扩大，价格呈下降趋势，龙池镇的瓜农开始焦虑：继续种西甜瓜，价格下跌怎么办？不种西甜瓜，还能种什么？虽说农产品滞销是市场使然，但身为党委书记的邵新刚仍不遗余力，四处奔走，目的就是让龙池镇的五万亩西甜瓜卖出去，还能卖上好价钱。

邵新刚来之前提前电话跟王征兵预约过，但这一天很奇怪，好像故意考验邵书记，王征兵手头的事情就不断，邵书记从下午两点一直等到五点半。王征兵既愧疚又感动，愧疚的是让邵书记等得太久，感动的是邵书记为了瓜农利益，竟甘愿坐三个半小时的冷板凳。

深入交流后，王征兵清楚了邵书记来找他的原因。隔了四天，王征兵带领两名博士研究生亓红帅、杨雪梅去龙池镇调研西甜瓜产业，并把龙池镇西瓜产业的发展状况写成文章发表在《农业科技报》。4月2日，王征兵在“趣说三农”发表《龙池西瓜五把火，特色农业就得这么玩》，大农团队将这篇文章通过微信公众号、今日头条、一点资讯、天天快报、搜狐新闻、凤凰新闻、新浪微博等自媒体平台分发，集中火力宣传。4月13日，杨雪梅策划撰写词条“龙池西瓜”，在百度百科开通。4月16日，大农团队策划发起“蒲城龙池西瓜杯‘最美新农人’评选活动”，一个星期，就有五万多人参与投票，全网浏览阅读量过了百万，“龙池西瓜”品牌传播效应初步形成。紧接着，蒲城县政府主动介入，“龙池西瓜”上升为“蒲城西瓜”战略。5月24日，大农团队策划“第二届大农思享会：从蒲城西瓜看农业供给侧改革”主题活动，品牌传播向纵深挺进，蒲城西瓜的品质内涵获得进一步挖掘放大。王征兵与学校有关方面沟通，免费授予龙池镇“西北农林科技大学实践教学基地”，并正式挂牌。第二届大农思享会闭幕，从5月25日起，大农圈推出系列报道，延续品牌热度，持续推波龙池西甜瓜传播效应。王征兵又邀请网络大V朋友，在微信、微博等自媒体宣传龙池镇西甜瓜。

至此，龙池镇的西甜瓜，乃至整个蒲城县的西甜瓜，都在业界高频曝光，产品识别度显著提升，赢得市场“眼球效应”。大农圈铁杆会员、全国知名西瓜经纪人杨亿被邀请到龙池镇收购西甜瓜，他说：大农圈把蒲城西瓜价格至少拉高了20%。有一次，王征兵从蒲城回家坐火车，对面的两个农民在聊龙池镇西甜瓜。王征兵问：你们是龙池镇的瓜农吗？他们回答说是龙池镇埝城村的。王征兵再问：今年西瓜价格和去年相比，是高了还是低了？其中一个说：略微高了些。另一个说：有很多村子价格都比去年低，但和其他地方比，我们镇的价格算比较高的，因为今年整个市场行情都不好。王征兵听完，内心一阵释然。虽然龙池镇的西瓜卖得再高，收入再多，也不会分给他一分钱，也不会分给大农圈一分钱，但能为农民做些事情他还是很愿意的。

现在的大农圈，依托杨凌的农科资源优势，通过农业大数据精准匹配和传播，连接和协同了农业产业链的各群体、各环节，通过“拉上网，送科技，接市场，推产业”的方式助力产业脱贫，吸纳了全国粉丝55万，注册会员覆盖农业专家、涉农企业、家庭农场、种养大户、合作社、农产品代办、经销商等诸多群体。平台每周发布信息阅读量超过300万人次，被评价为农民“用得起、用得上、用得好”的互联网应用平台。2017年7月10日，国务院总理李克强来到杨凌，走进众创田园，称赞大农圈“互联网+农业+扶贫”的创新模式，还说：“你们通过手机把农业科技送下乡，把农产品送进城，既解决了生产的问题，又解决了市场的问题，我代表八亿农民朋友感谢你们！”

2018年7月22日，王征兵再次走进上岛咖啡。依然是窗口靠东的包间。他望着窗外梧桐树浓密的枝叶，枝叶中闪闪烁烁的绿影，还有绿影中飞来飞去的小鸟，心情愉悦极了。他朝着满天的阳光不动声色地笑笑，抿进嘴里的咖啡却再也尝不到当年苦涩的味儿。

王征兵坐在讲台上，
望着满满一会议室的郭家村村民，
竟一时不知从何说起。

38

王征兵坐在讲台上，望着满满一会议室的郭家村村民，竟一时不知从何说起，喉头像是梗着一块没咽下去的馒头。他吞口唾沫，装作低头收拾讲桌，迅速平静自己的情绪。截至2014年5月，王征兵做过的报告有五百场之多。他给厅级干部讲过，给市级县级干部讲过，这三年，他又频繁地给乡镇、村干部讲。每一次登讲台他都很从容，每一次报告他都讲得很顺畅，每一次都能赢得热烈而持久的掌声。可是今天，底下坐着的听众却跟往日不同，他们来自于富平县白庙乡郭家村。

吃过早饭，王征兵接到郭家村村委会主任郭炳行的电话时，他正慢悠悠地往会议室走。时间尚早，他也不着急，只要提前半个小时到就行。接通郭炳行的电话，王征兵一看，三辆大轿子车停放在研究生院大楼前，陆续走下来很多村民。这些人面色黝黑，是常年暴露在光天化日之下，风吹雨打沉淀的黝黑，粗糙的肌肤没有一点儿水润的光泽。而那一双一双望他时怯怯的目光更令王征兵心疼。他是农村长大的，最了解农民的心态。跟土地打了一辈子交道，只有在自家的黄土地里，他们才是最自信的生命个体。你要问他种什么苞谷，撒什么麦种，几时浇水几时搭镰收割，他们都会给你讲得清清楚楚。现在忽然被带着来听大学教授讲课，他们的脚步是迟滞的，反应是迟钝的，眼睛里全是好奇。

王征兵带着他们走向会议室。他们悄无声息地坐进去，找后排的座位坐。有些胆大的坐到前面。后排没座位时，他们才依次往前坐。郭炳行说，今天来的这一百多村民都是组长用心选的，脑瓜子机灵，又愿意为村民服务。昨夜里他一宿没睡，跟村委会的同志及各组长商量到凌晨。先是给确定好来听课的村民逐个打电话一一落实，强调集合时间，又安排专人负责车上的纪律安全和注意事项。具体事情安排结束，各个组长都回家了，郭炳行躺到床上却睡不着觉。他一个村主任，带这么多村民出远门，要是发生什么安全事故，他该如何承受。但是，要想让村民的视野打开，思想解放，就必须得这么做。翻来覆去睡不着，郭炳行的眼前过电影般闪现两年来当村主任的情景。

2011年底，郭家村周围的村子都开始发展，而郭家村却原地踏步。村委会换届时，村里十几个管事的人跑到西安找他，希望他能回去主持大局。郭炳行打从初中毕业起就开始做生意。四十多年来，他开过水泥厂，经营过酒店，搞过建筑。他会木工活儿，能做犁耧耙耱织布机，绘画雕刻样样拿得出手。他凭自己过人的本事积累起令村民羡慕的财富。他又有一颗慈悲的心，谁家有难他总会帮一把，出了大事他也能出面帮着调解。郭家村位于乔山脚下，是个半山区。郭炳行2000年响应国家的号召关了水泥厂，一直住在西安打理他的酒店生意。但只要村里谁家有事，一个电话打过来，他立马赶回去，解决完事情才返回。他的爱心与办事的不遗余力为他在郭家村赢得了很好的口碑。这次村子有困难，大家找到他跟前，他怎么能拒绝？

2012年正月，郭炳行走马上任，第一个任务就是修桥修路。郭家村东边是河西边是沟，每逢洪期，桥危路窄，摩托车面对面行走都不能顺利通过。村里没钱，他就自己垫资，发动村民，在正月十八动工。村里人一看是修桥，大多数扛着铁锹加入劳动的队伍。两个七八十岁的老人也扛着铁锹一起干活。村民们热情高涨，三百人赶来参加义务劳动，还有送烟的送啤酒的送糖果的。只有少部分人远远地站着看热闹。他们不相信郭炳行拿自己的钱能把桥修起来，怕桥修到一半时收集资款。村民郭立本怕他动摇，拉住他的手说：群众对你的支持率越高，你的压力就越大。但这是积德行善的大好事，你一定要坚持啊！郭炳行点点头。为了感化这些人，他每天把参加劳动的好人好事张榜贴到村里的显要位置，让耍奸溜滑的人学习。果然，过了几天，那些人也陆续扛着铁锹到工地来了。

傍晚收工，村干部在郭炳行家里开会，走进一个颤颤巍巍的老人，老远就问：是炳行家吗？炳行！炳行！郭炳行抬头一看，是郭积仓叔。郭叔八十五岁了，眼睛又不好使。他跑来干啥？郭炳行心里正纳闷，郭叔走到他跟前，抖抖索索地从腰里掏出一百元钱，摸索着往他手里递，他不敢接，郭叔又摸索着往炕桌上放，说：你修桥修路，是造福郭家村子孙后代的好事。我年龄大了，扛不动铁锹铲土，这一百块钱给你，你去给干活的人买点吃的喝的。郭炳行听到这话，心里难受极了。这一百块钱对郭叔来说，是他一个月的生活补贴啊！他怎么能收郭叔的高龄补贴呢？他把钱拿起来，往郭叔的口袋里装。郭叔揽住他的手说：虽然这桥这路我走不了几天，但我的孙子，孙子的孙子也会走啊！这钱你不收，我心里不踏实啊！说完转身又颤颤巍巍地走出了大门。郭炳行赶忙搀扶着送他回去，痛下决心说：我一定要把村子的桥建好路修通。

两年多时间，郭炳行不知给村民做过多少工作，往各级政府跑过多少路，吃过多少苦头，听过多少风凉话。人常说生活充满了酸甜苦辣，郭炳行却觉着，村委会的工作哪里有甜头啊？有的全是多多少少的酸苦辣咸。他家住在西安，仅2012年，他往返郭家村就170趟，没有人看得见他起早贪黑的两头奔波。老婆问他图个啥，放着轻松自在的日子不过，却讨那苦头来吃。

郭炳行嘿嘿一笑，还是继续在西安到郭家村的路上穿梭。这两年，郭家村硬化了二十九条泥泞的小巷子，水泥路面打起来了，旧的村委会建成卫生站，旁边盖起了幼儿园。更换了变压器，自来水引进来了。昔日的土桥坝变成了繁华的集贸市场，百余盏路灯使村子的夜景变得跟城里一样美，宽阔的文化广场响起了音乐。郭炳行写了一篇《郭家堡村志》，历数创业之艰，山水之盛，刻在东面的村口，时时刻刻警示自己，告示村民。村里九十六岁的郭诚杰老人为此给他写了一幅寄语：

执政于民，艰苦创业。任劳任怨，不计前嫌。为民造福，奔赴小康。是国之福，是民之盼。践行成真，梦想成实。功不可没，永记史册。

郭炳行偶尔也会听到极个别人的流言蜚语，说他破坏生态环境如何糟蹋先祖基业。他很生气，真想撂下挑子不干了。可是，读读郭诚杰老人这幅字，他浑身上下就充满了挑战的蛮劲。群众有些不好的声音是警钟，说明自己的工作干得还是不够好啊！虽然他为老百姓做了一些好事，但还应该做得更好。村民的思想意识不开通，即使路修得再宽敞，也不能引来金凤凰，创造更大的财富。接下来就要想办法请人开药方，治治他们的思想病。2014年4月，他到杨凌参加了陕西省第五期村官培训班，听取了王征兵教授为富平县村党支部书记和村委会主任做的“新型农业经营体系建设”报告。王征兵教授讲得很接地气，每一个实例都能让郭炳行得到新的启发。他越听越激动，要是让村民们听听王教授的报告，他们一定会大开眼界。报告会结束，他跟王征兵教授谈了他的想法。不巧的是，接下来的一个多月，王教授的活动安排得满满的，很难抽出一整天时间去郭家村。郭炳行有些失望，回家后想了又想，还不如拉着村民到杨凌去听报告，这样就可以为王教授节省出大半天时间。

郭炳行打电话跟王征兵沟通，王征兵查查活动安排表，答应在5月26日这天上午给村民们讲讲。因为当天下午要准备陕西广播电视台“陕广新闻”的评论录播，杨凌电视台在西北农林科技大学录制“三农讲坛”的节目他还有讲座。他上午讲两个小时，休息两个小时，下午录制节目时精神状态就会好一些。

王征兵怎么也没想到，郭炳行带着村民是当天早上八点钟赶到杨凌来听报告的。郭炳行说：村里没钱。村民来听报告的费用都是我掏的。回去还有很多事情要干，能节省就节省吧。整夜几乎没睡的郭炳行有些兴奋，但也难掩他的疲惫。郭炳行说：早晨五点半集合，大家很准时，就是没来得及吃早饭，空着肚子，我有些于心不忍。问他们，他们都说不饿，听完报告再吃饭。好在路上没有啥耽搁，按时到达了。

王征兵看到郭炳行坚毅而又充满期待的目光，瞬间平静下来了。他的报告题目是“农业致富之道”。他讲如何选择致富项目，如何运用科学技术，如何销售农产品……他尽量讲故事，讲鲜活的案例，尽量用通俗易懂的语言表述出来。他讲得比往日的语速要慢一些，唯恐他们听不懂，记不到。他讲得忘记了时间，忘记了下午的事情，甚至都忘记了端起杯子喝一口水。村民们听得特别专心，他没见一个人打瞌睡，没见一个人出来进去走动，没见一个人交头接耳。他们的皮肤苍老皱缩，衣着简朴老旧，但眼神却亮晶晶的，满含着脱贫致富的渴望。他讲得比任何时候都投入。村民们也听得投入极了，偶尔也会情不自禁地鼓掌。掌声响在耳边，王征兵却觉得好像响在富平的乔山脚下，响在郭炳行新修的路桥上，响在他新铺的水泥巷道里……他讲完最后一个案例，已经是中午十二点了。

走出研究生院大楼，太阳升到了头顶。王征兵摸摸后背，衬衫已经湿透了，他这才感到口渴难耐，咕咚咕咚喝进一大杯水。村民们排着队上车，很多人坐到车里还在跟王征兵招手。调解主任郭肖华更是感慨万端，他走到王征兵跟前，握住王征兵的手，激动地说：四个小时，怎么觉得时间这么短呢？好像一眨眼就过去了。大家伙儿都是这样说的。有机会再请您到郭家村给我们所有的村民再讲讲。王征兵答应着，目送着他们都上了车。直到三辆大轿子车开出他的视线，他才离开。

郭家村依着乔山，是优质花椒产地。但花椒树长得太高了，没有办法采摘，一树一树的花椒熟透后被风吹进泥地，发出花椒的芽儿，又被当杂草一样锄掉。听完王征兵的报告，村民们幡然醒悟，他们身边原来是有发家致富的宝藏啊！何不挖掉老品种的花椒树，栽种矮化的新品种花椒树？说干就干，老花椒树一棵接着一棵被挖掉了。郭炳行帮他们打听新苗子，栽种到地里。他们不再像以前那样粗放式管理了，除草施肥浇水，把一地的花椒树当孩儿一般养护。结出的花椒颜色鲜亮，颗粒又大又圆，客商们纷纷上门，不等花椒晒干就拉走了。郭肖华说：听过王教授的报告，这几年，村里的花椒产量比原来增加了三分之二，创造的财富比原来增加了三分之二啊！过去安排村民听报告，无论你怎么吆喝都不去，现在他们尝到了科技致富的甜头，只要有报告会，都争着往前坐哩！

2018年8月，王征兵再次走进郭家村，漫山遍野都长起矮化的花椒树。树枝从距离根部一尺的地方分出很多粗壮的股杈，低低的树枝挂满红红的花椒，男女老幼戴着草帽在树下摘花椒。他们不用踮起脚跟，就能摘到树梢鲜红芬芳的花椒。郭炳行对王征兵说：村民们的科技致富思想，是王教授您给打通的啊！王征兵只是笑笑。这里面不只是他的功劳啊！郭炳行主任付出的更多。王征兵看到，郭炳行又在原来的水泥厂旧址上建造艾草加工厂。乔山山脉的野生艾草是优质中药材，郭炳行要利用这个优势资源为周边的贫困户谋福利。他这次来，是给郭炳行投资300万修建的艾合瑞艾草制品有限公司作岗前培训，帮助策划营销方案的。

柳保莉站在讲台上，
满含热泪地讲。
她又想起了无数次帮助她的王征兵教授……

39

宝鸡陈仓山区的柳保莉提着一大包行李，站在清华大学门口，用标准的关中方言反复念着“清华大学”四个大字，没留意自己竟念出了声，旁边经过的男子停住脚步，用异样的眼神看了看她，才朝前走去。柳保莉掐了一下自己的胳膊，疼疼的，这才如梦初醒。没错，她的确来到了清华大学，不是参观旅游的，而是上学的，是上四个月的学啊！她一个只有小学二年级读书经历的秦岭山里的女人，又怎么会被邀请到清华大学学习呢？

三月份的北京，寒意还没有褪尽，树梢子还光秃秃的，西北风呼呼地吹，柳保莉的一缕头发被吹到眼睫毛上，遮住了她的视线。她伸手拂下来，看到一朵雪白的云彩往她的头顶上飘哩。她顺着白云的方向往上看，天空蓝得跟秦岭山顶大爷海的湖面一样。白云飘啊飘啊，飘到更远的地方去了，她忽然就想到了王教授，那个整天想着农民事儿的西农大的王征兵教授。她掏出手机，要给王教授报个喜，让他也高兴高兴！电话拨通，一听到王教授的声音，泪水却跟泄洪一般，哗一下奔涌出来，落得满脸都是。没有王教授的培养与引导，她柳保莉怎么能走到清华来学习？

五年前的夏天，柳保莉到杨凌参加陕西省农村致富带头人培训班。王征兵教授讲营销技巧时，讲了一个和尚买梳子的故事：生产梳子的公司招聘业务员，面试后剩下三个人，布置的最后一道题是让他们各自去卖梳子，而且必须把梳子卖给和尚，谁卖得好就录用谁。半个月后，甲卖了一把梳子，乙卖了十把梳子，丙卖了一千五百把梳子。甲卖的梳子是因为有个和尚头痒痒，乙卖的梳子是发现女香客的头发有点散乱。丙却不同。经过对寺院的仔细观察和深入了解，他发现寺院不仅要传经布道，还要搞基础设施建设，很多地方都需要钱。如果把梳子变成寺院增加收入的工具，不是很好吗？于是他跟寺院的主持商量，在梳子上刻出各种字样，如虔诚梳、发财梳、状元梳、爱情梳、平安梳、健康梳……这些梳子在香客求签时卖，肯定卖得好。寺院尝试后的确不错。于是，越来越多的寺院找他购买梳子。

故事讲完后，王教授说，你们想想，丙为何能卖出这么多梳子呢？大家七嘴八舌地议论，却没有人敢站起来回答。王教授启发他们：丙赚到钱了，寺院赚钱没？大家说：赚了呀！这不是双赢的智慧嘛！王教授接着开导：对！这就是双赢的智慧。也就是说，你自己赚钱的同时，还要让别人赚钱。你们再想想，故事讲的仅仅是这一个道理吗？同学们又哑声了。王教授说：寺院是买一次就不买了吗？每天去寺院的信徒有多少，你统计过吗？有多少陌生面孔你清楚吗？从这个角度看看，你会发现，寺院不仅今天能赚钱，明天还能赚钱；不仅今年赚钱，明年也能赚钱。天天赚钱，年年赚钱，是不是就为寺院创造了反复循环的经济效益？生产公司过去哪里能想到把梳子推销给没头发的和尚呢？丙是不是为公司开拓了崭新的梳子市场？

柳保莉是生产蜂蜜的。她的家乡在秦岭山区。秦岭是一座植物宝库。柳保莉打小在山里长大，见过数千种不同类型的树木花草。每年从春季到秋季，各种各样的花儿次第开放，秦岭山就变成花的海洋，成群结队的蜜蜂穿梭在花丛里采蜜。秦岭山里的花蜜没有丝毫污染，她吃着纯净甘甜的蜂蜜长大，声音跟百灵鸟一样动听。1995年，十五岁的柳保莉跟得来订婚了。公公家一直经营蜂蜜，柳保莉结婚后就开始学养蜂，从此走进蜜蜂的王国。柳保莉没想到，蜜蜂的蜂王竟是雌性的，很厉害，一天一夜能产出上千个卵，一生能养出十万个蜜蜂，长大后的工蜂围绕着它，凭着它发布的信息很有规律地出去采蜜。如果收不到蜂王的信息，工蜂就躁动不安，不好好采蜜了。蜂王如果活得很健康，蜜蜂的世界就很安静很有秩序。蜜蜂的寿命很短，只有三个月。柳保莉跟蜜蜂相处了八年，对蜜蜂产生了一种特殊的感情，仿佛它们已经不是一个个小飞虫，而是融入生命中的小精灵。她积累了丰富的养蜂经验，生产出的蜂蜜得到很多人的夸赞，市里知道后，推荐她到西北农林科技大学来参加培训。能从大山里走出来，她就很感激，何况又遇到王教授这样一位智慧的教授，她更是激动不已。她要把家乡的蜂蜜卖出去，跟卖梳子一样，用双赢的办法，打开一个能够创造持续经济效益的市场。

下课了，柳保莉跑出教室，追上王征兵教授，要了他的电话号码，留了自己的电话。她想让王教授帮她搞策划，实现她宣传推广土蜂蜜的梦想。培训结束后，柳保莉回到家，天天盼着王教授给她打电话。直到农高会开始，她还是没有接到。柳保莉哪能想到王征兵教授没有时间给她回电话的原因呢？那几个月，王征兵的报告会一场接一场，学员一批接着一批。前一个咨询的还没走，后一个就在门外等着，甚至连示范区领导的约见都不能按时去。他记得有柳保莉这个事情，但对柳保莉的情况一无所知，必须得去看看才能谈啊！他又走不开身，就一拖再拖。直到柳保莉再一次出现在他面前。

柳保莉带着两斤土蜂蜜，提到王征兵办公室。王教授给她说：我先尝尝你蜂蜜的味道，再让食品学院的教授尝尝。柳保莉一看还有人在等，她就先离开了。过了一段时间，王教授给柳保莉打电话说：你的蜂蜜的确好，品质不错，我走不开，让大农圈的黄小星去你那里看看，把情况汇总过来我们再商量。

第二年春天，黄小星带着一个广州的设计师吴老师去了柳保莉家。满山沟的槐花开得正盛。柳保莉带两位老师在村里村外的山坡上转，仿佛置身于槐花的香浪里，浑身上下都钻进了浓浓的槐香，把城市里的污浊霉气冲洗得干干净净。黄小星和吴老师站在山坡上，深深地呼吸，再呼吸，好像要把整座秦岭的草木都吸到肉身里去，彻底清洗。他们对柳保莉说：这里的生态资源特别好，包括植被，包括花蜜，都是纯天然的。回去之后就给你们做一个设计包装，包括营销策略。柳保莉一听，这下太好了，有人帮着销售蜂蜜，她就可以不只卖自家的，还能帮村民一起卖。

黄小星回到杨凌把调查资料反馈给王征兵，王征兵看过之后就给柳保莉打电话：你这个目前还不是商品，只能算作土特产。如果要营销，得去办全各种各样的经营手续。柳保莉按照王教授的指点，先到工商局注册商标，再办理营业执照及其他相关手续。

2016年10月，柳保莉正在家里清理蜂箱，镇政府一个人打来电话，通知她说，清华大学要到她村里调研，让她做好准备。挂断电话，柳保莉慌了，清华大学来干什么呢？那可是文化的殿堂啊！她有什么可吸引清华大学的地方呢？自己又没上几天学。一想起上学，柳保莉就满腹心酸。她打小爱读书。母亲改嫁后，继父就不让她上学了。有一天，母亲吃过饭对她说：你明早把牛赶到山坡上，把吃的草料准备好就去学校。柳保莉一听，赶快把藏起来的书包找出来。第二天，柳保莉背着书包去了学校，第三天，柳保莉还去了学校……直到第十天，柳保莉放学回家，还没进门却听到抽打的声音。跑进去一看，母亲被继父用绳子绑住，拿着木棍狠劲抽打。柳保莉吓得大声哭喊，跑过去抢夺继父手里的棍子。继父顺势推倒柳保莉，一边用棍子抽她，一边把书包抢过去，摔到地上用脚踩。书散开来，被继父踩出很多碎片，文字变得越来越模糊。柳保莉心疼极了，伸手拿书包和本子，继父又跑过来踩住她的手：你说你还上学不？说！柳保莉的哭声更大了，没敢回答他的问话。她死死抓住书包和书本不松手，继父又踩她的手，一边踩一边发泄：好，让你上学！让你上学！我把你的手踏烂，看你用啥写字！柳保莉忍着钻心的疼看母亲，母亲满胳膊的伤。继父见柳保莉不吭声，又吼着她说：你要敢上学我就把你妈往死里打。柳保莉听到继父疯魔一般的话，只得告饶说：我不上学了！再也不上了！你别打我妈了！

从此以后，柳保莉待在穷山沟里，砍柴放牛，烧火做饭，跟着母亲缝缝补补，读书的梦想越来越遥远。直到她出嫁，人生才打开一扇通往山外世界的门。走进城里，穿梭在大街小巷卖蜂蜜，柳保莉过上了衣食自主的生活。但每次看到城里女孩背起书包蹦蹦跳跳走进学校大门，她的眼睛都会潮湿。但是，她怎么也不会想到，多少学生梦寐以求的清华大学竟然要来她的山沟沟了，还是直接找她的啊！难道是因为她的土蜂蜜？土蜂蜜与清华大学有什么关系呢？

清华大学的老师和学生果真来了，一下子来了三十多人，还有几名外国留学生。这些从天而降的贵宾和清华大学的教授，走到柳保莉面前，她又喜悦又惊奇，忽然不知道该怎么办了，站在院里，大脑一片空白。西山建委的领导和镇上领导一一做介绍的时候，柳保莉赶快整理思路，询问清华大学的老师和同学需要她说什么。领导说，他们想知道你是怎样创业的，为什么要做一件没有人愿意做的事情，还这么坚持。柳保莉一听，问的都是自己经历过的事儿，她不紧张了。她讲自己的童年，讲母亲的艰辛，讲穷到揭不开锅的日子，讲想通过双手改变家乡贫困面貌的理想，讲秦岭大山土蜂蜜得天独厚的优势……

她一口气说完，泪水长流。那一刻，她也不知道哪儿来的勇气，竟当着这么多人的面把隐藏二十多年的酸苦全都道出来了。她想起远在杨凌的王征兵教授。王教授的报告人人爱听，他就是善于讲自己的故事，把抽象的经济学理论融到里面去，不管你文化程度高低，都能听懂。柳保莉后来还多次听过王教授的报告。每次坐在宽大的会议室里听着阵阵掌声响起，柳保莉不知有多羡慕啊！

收到清华大学经管学院的录取通知书，柳保莉这才知道，她参加的是美国高盛集团在全球培训一万名创业女性巾帼圆梦的项目。现在，她终于站在清华大学的门口，要开启自己人生的另一段追梦之旅，怎能不激动呢？王教授说：这是你自己的努力得来的，你要好好学！柳保莉听得出，王教授也特别高兴。

王征兵也奇怪，他不是那种声色外露的人，但听到柳保莉到清华大学培训的事情，竟高兴得跟孩子似的。柳保莉太不容易了。他认识她五年了，这个被家里人唤作“疯丫头”的山里女人终于跨上人生的另一个平台。他相信，总有一天，柳保莉会把自己的中华土蜂蜜传播得更加辽远。

王征兵放下电话，打开电脑，顺手敲下一行标题：“蜂丫头”的传奇。紧接着，柳保莉的故事源源不断流进他的文字：

柳保莉，陕西省宝鸡市陈仓区一位农村妇女。因为家住秦岭大山深处，又以养蜂为生，所以自称“秦岭蜂丫头”。……她不是一个平静、乖巧、甘于平庸的小丫头，总是不断折腾、探索，父母及村民从小就称她为“疯丫头”。结婚后，因为丈夫家有养蜂的传统，所以便干起了养蜂的行业。

她养的蜂是土蜂，她告诉我：土蜂喜欢采食不同种类植物的花，而秦岭山中植物种类成千上万，这样，土蜂酿的蜜就成了百花蜜、千花蜜……

……

王征兵一口气写完“蜂丫头”的传奇，点击发到网易博客，又被转发到农业信息网站“大农圈”，很快传遍网络，“蜂丫头”的创业故事很快传遍了大江南北。后来，每次讲座谈营销策略，王征兵都会讲到柳保莉的成长故事，讲她的中华土蜂蜜，讲她日渐壮大的德丽蜂果合作社，讲她的德丽人生。

六月份，柳保莉在清华大学的培训即将结束，高盛安排每个学员必须结业答辩。柳保莉又傻眼了，她哪里能写答辩词啊？还要做PPT展示自己，柳保莉更不会了。她再一次拨通电话求助王教授。王教授没有时间给她做，就让他的研究生凡路帮她。柳保莉从北京赶到杨凌，王教授把她和凡路叫到办公室，给她们理清答辩的思路，讲清做课件要注意的问题，又忙去了。

柳保莉和凡路两人天天晚上熬到凌晨三四点。两天后，答辩辞和课件做好了，发给清华大学的老师审阅，回复说有几个课件的内容再改改。凡路又帮着继续修改。过了一天，柳保莉带着答辩辞和PPT匆匆赶回北京。2017年6月12日开始答辩，柳保莉站在讲台上，望着下面的学员和老师，满含热泪地讲，从从容容地讲，大大方方地讲。讲着讲着，她又想起了无数次帮助她的王征兵教授……

闵向阳说：好！我这就发。

听上去，

闵向阳的声音就像春天被阳光炸开的一树花儿，瞬间明亮了。

40

王征兵送走最后一位咨询的果农，已经是晚饭时分。正值暑假，经管学院的大楼空荡荡的，没有一个人。忙碌了一天，脚踩到地板上，像是踩在棉花里，软绵绵地飘浮。他站住静静神，朝地下停车库走去。刚启动车，电话铃声又响了。这一天，他接了无数的电话，解答了数不清的问题。这个点儿，又是谁呢？

掏出手机一看，是闵向阳，古千河黑猪养殖场的老板。这个老板已经打过多次电话，邀请他去养殖场看看，想想办法，让黑猪养殖的生意能够再发展发展。自从前年王征兵在眉县职业农民培训会上认识闵向阳，他隔一段时间就打个电话，或者发条短信，盼着王教授亲自去一趟千河镇。如果王教授有时间，他就开车来接。闵向阳的养殖场在陕西省宝鸡市陈仓区千河镇田胥崖村，紧临千河西岸，距杨凌近百公里，没有直通高速，交通不方便，开车过来过去得走半天时间。闵向阳要是来接，就得跑两个来回，时间更长。想到他花费的人力精力财力，王征兵就不忍心。再说，闵向阳的养殖场规模不大，夫妻两个人经营，这两年生意刚有起色，让他们破费，王征兵如何承受得起？所以，这个事情一拖再拖。

前段日子，王征兵在深圳出差，闵向阳打来电话，说他在王教授的办公室门口，正好到杨凌办事，忙完事情，想碰碰运气，看看王教授在不在，有问题要请教。王征兵挂断电话时，话筒尾音里传来重重一声叹息，他心里咯噔一下。现在，闵向阳又一次打电话，王征兵该怎么跟他说呢？无论如何，再不能拒绝他了。王征兵果断接了电话，对闵向阳说：我明天自己开车过去，你给我发个具体的路线图。闵向阳说：好！我这就发。听上去，闵向阳的声音就像春天被阳光炸开的一树花儿，瞬间明亮了。

第二天，王征兵到办公室给学生安排好课题调研的事情，开车拉着妻子沿渭河河堤路朝西走。每次出远门，只要妻子有时间，王征兵就带着她，累的时候，她可以替换开车。王征兵休息一会儿，精气神便缓过来了。考虑到今天要赶路，王征兵昨晚睡得早，踏踏实实睡了一觉，劳碌一天的疲惫消失得无影无踪。刚下过雨，天空像是升高了一大截，几团雪白的云追着蓝天往更远的方向飘。王征兵觉着，该是往千河的方向飘去了吧。出发前，王征兵跟闵向阳通过电话。闵向阳说，他会到渭河岸边接他们。拐向千河的路，有一段正在翻修，怕王教授依着导航找不见。其实，即使闵向阳不来，他也能找得到的。鼻子底下是大路嘛。不过，可能会费些时间而已。闵向阳却等不及，联系两年了，王教授终于答应到养殖场看看，还要自己开车过来，他激动得一夜都没睡着。天还没亮，闵向阳就起床了，屋里屋外地收拾，他怕给王教授留个不好的印象。媳妇马春侠说：你娶亲那天也没这么勤快吧。两人一个蒸馒头，一个炖红烧肉，忙得合不拢嘴地笑。自从办了养殖场，还没来过王教授这样有学问的大人物，咋能不激动呢？

驶出河堤路，闵向阳的车在前面带路，沿着曲曲折折的乡间小路行进，绕来绕去。坑坑洼洼的路段，车子颠簸得很厉害。王征兵挺担心，他好几年都没在这样的路上开过车了。开了一程，拐上另一条河堤路。王征兵觉得，应该到千河了吧！都走了快三个小时。河对岸是绵延不断的高原，宽阔的河道里到处长着芦苇，各种不知名字的水草被风吹得摇摇晃晃。水草深处，蜿蜒着一条薄薄的河水。

约莫走了十五分钟，车子向左拐，开出河堤路，就到了古千河黑猪养殖场。顺右侧大门开进去停好车，王征兵发现，钢构结构的水泥开间，堆放着几千斤小麦。闵向阳说，都是用来给猪打饲料的。麦子是今年承包地里产的，是无公害产品。走进西侧的房间，两米宽的客厅，摆着沙发茶几桌椅板凳等生活用具。茶几上放着一盆洗好的新鲜水果，有苹果、桃、梨、葡萄等，上面的水珠还没晾干。闵向阳说：水果是从家里树上摘的，没打农药，放心吃。王征兵拿起一个桃，水红的颜色，跟他小时候卖过的桃一样。咬一口，地道的桃味儿一下子把他拉回马驹村那个桃园。那些磨不掉的生意经历，让他记住了苦难，记住了奋斗，记住了穷苦人的煎熬，记住了穷则思变的道理……

闵向阳的媳妇马春侠进来打个招呼，又出去了。她一会儿端来一碟红烧肉，一会儿又端来一盘热蒸馍。闵向阳说：这头猪是昨天刚杀的，肉很新鲜。早晨把肉炖到锅里，才去接你们。炖红烧肉要用硬柴，慢慢炖，要掌握火候，火候拿捏不好，不是太烂就是太柴……王征兵没想到，闵向阳不仅会养猪，还懂得做菜。碟子里的红烧肉，一块一块，切得方方正正，着色均匀，红润鲜亮。现在的王征兵，看见肉已经没有食欲了。童年吃不到肉，工作后天天买肉吃，却怎么也吃不出童年猪肉的纯香味儿，以为是吃得太多的缘故。所以，闵向阳家端上来的这盘肉摆到他面前，也没激起他的食欲。但闵向阳的热情促使他拿起筷子，夹住一块肉放到嘴里，慢慢嚼，慢慢嚼。忽然发现，这肉块还真是越嚼越香，舌尖的记忆即刻被唤醒了。这确实是三十年前王征兵吃黑猪肉的那种味道哩！

王征兵考上大学那年，父母把家里养了整整一年的黑猪杀掉，卖掉猪身上值钱的肉，给他存着读大学。猪头没卖，炖了一大锅。王征兵坐在炕上读小说，母亲在脚地拉风箱，扑沓扑沓的声音渐渐消失了，王征兵的耳边只有水浒英雄林冲躲进山神庙时怒吼的风雪声。不知看了多久，王征兵闻到一股子香味儿，好像是肉的香味儿。他以为是幻觉，是林冲喝酒吃肉的香味儿吗？可是，香味儿越来越浓，满肺腑都是香味儿了，王征兵跟着就听到肚子里咕隆的一声响，回头一看，母亲已经揭开锅盖，热蒸气呼的一下冒出来，四散飘开，锅里咕嘟咕嘟地冒水泡。三个弟弟围在锅台边，吸溜着鼻子。母亲把他们吆喝开，拿过一个白瓷脸盆，用笊篱和铁勺把猪头捞出来，放进盆子，王征兵就从炕上跳下来了。他帮母亲把盆子端到饭桌上，三个弟弟一人拿个瓷碗围了一圈。母亲先给他们一人撕一块，最后给王征兵从锅里捞出一块纯瘦的肉，让他背着三个弟弟吃。王征兵拿起肉块放到嘴里咬了一口，鲜嫩的肉香味儿让他的心都能飞起来。吃过肉的王征兵一口气跑出家门，跑出村子，跑到小时候玩过的芦苇地，直跑得大汗淋漓。站在芦苇丛里，他卷卷舌头，舌尖上还是消不掉的猪肉香味儿。往后三十年，他再也没吃出过这样的猪肉味儿。瘦肉精之类的丑闻传出来，他吃肉的欲望越来越淡了。

现在，到了闵向阳的黑猪养殖场，他再次品尝到三十年前猪肉的味道。想起母亲，想起弟弟，想起那面土炕，想起苦难岁月里每一个值得怀恋的日子，他的心里暖暖的，眼睛潮潮的，这恐怕就是闵向阳一定要让他亲自来尝尝的重要原因。他吃了一块，又夹起一块。闵向阳媳妇说：馒头是用酵子发酵蒸的。她揉面的功夫厉害，蒸出来的馒头皮儿既劲道又光滑，王征兵只掰了半个馒头，准备象征性地尝尝，不要忤了人家的盛情。吃完后他又不由自主拿起另一半馒头夹着肉吃了。这样的馒头在饭店吃不到，在自己家里也吃不到。妻子慧莹会蒸馒头，但她用的是发酵粉，没有酵面的后味儿香。

吃过饭，王征兵随着闵向阳去后院的猪场看。猪场是露天的，在水泥开间北面，用铁栅栏围着，有五亩地大。地面上零零散散铺着一层拳头般大小的石子，不知是干什么用。西墙外长着一排高大的杨树，给圈里遮下半边阴凉，两三头黑猪沿着阴凉慢悠悠地走。猪场里耸着几棵新移栽来的大树，最中间的一棵是桑树，叶子葱绿茂密，一头黑猪晃着脑袋在树基围栏上蹭来蹭去。远处北墙边，四五头黑猪散开来，舒展着身体躺在石子地里睡觉。其他十几头黑猪走走停停，这儿拱拱，那儿嗅嗅，看上去不像是饿了，却也不像是在觅食。里面挖出大大小小三四个水坑，一头猪踩进去，打个滚儿，带着一身泥水，边晃边往出走。天气太热，王征兵站到栅栏外的树荫里浑身冒汗，猪估计也感到了热。

闵向阳很详细地给王征兵介绍黑猪养殖的情况。他说这些黑猪喂养的饲料都是用纯粮食加工的，养到十二个月以上才出栏。家里承包了一百多亩地，专门给猪供应饲料。不仅是粮食，还能吃到鲜草。地里不施化肥，上的都是猪场攒下的有机肥，不够了就去买。所以，猪肉的味道跟别人家的不一样。但也不能说人家的不好，只宣传自己的猪肉好在哪儿就行。凡是吃过他们家猪肉的，都成了回头客。目前客源固定，生意稳定。但他还想扩大规模，把黑猪养殖的影响打出去，希望王教授指点指点。

闵向阳说，放养的猪比圈养的猪肉劲道。它们睡在太阳光下面，醒来跑跑走走，吃的是绿色饲料，肉质鲜美，含钙量高，蕴含十几种人体必需的氨基酸，蛋白质含量也比圈养的高。他在东边的一个棚里圈养着一部分白猪，是让前来观看的人对比，生活环境不同，养出来的猪品质也就不同。养了十几年猪，对猪的感情甚至比人亲。打小他就爱观察猪，长大后自己就想开个养猪场。起步时没有资金，在自家后院养了两头，后来慢慢增加。目前的猪场是他家的滩地，他在这里盖了房子，办了手续，得到了政府的支持，正正规规办起养殖场。养什么猪，闵向阳是动过一番脑子的。其他品种的猪生长快，圈养效益高，但吃起来不香。他想起小时候吃到的黑猪肉，就决定发展黑猪养殖，让每个吃到古千河黑猪肉的人都能回忆起三十年前的猪肉记忆。事实上，他的猪肉比别人卖得贵，还卖得快。而且，他的猪肉是限量版，什么时候杀，杀几头，到哪里卖，他都心里有数。这几年网上也能订购了，不过，夏天没办法往很远的省份发。他不想把肉放到冷库里冻，那样，肉味儿就会淡。他希望客户能吃到最鲜美的猪肉。

闵向阳的养殖场远离村庄。站在田胥崖的塬畔，能看到这边养殖场的轮廓，规模的确不大。猪圈的味道重，特别是夏天，不能靠村子太近，只能放到河滩这边。虽然交通不方便，但不影响村里人的生活质量。这几年好了，河堤路修通了，出去进来也容易了。他们说话的时候，十几头黑猪听到声音围过来，撅着嘴巴，好像寻吃的。闵向阳说：猪就记着一个吃。吃了睡，睡了吃。看见人过来，它们就以为送吃的，哼哼哼地围到栏杆跟前。王征兵看见，每头猪浑身都挂满泥水里滚过的痕迹，肚子周围泥迹印子更深。有些已经干进黑猪毛里，变成灰白色。最大的那头猪刚从泥水坑里走出来，湿漉漉的。阳光把它贪吃的表情照得明晃晃的。闵向阳却说：猪的饮食是有时间点的，比很多人都规律。

闵向阳带着王征兵去参观圈养的白猪，刺鼻的臭味儿让他胸口憋闷。苍蝇蚊子嘤嘤嗡嗡，环境极差。王征兵进去打个转身赶快出来了。这样的猪肉又怎么能跟放养的黑猪肉相比呢？他们走回水泥开间，王征兵发现靠着西墙堆放着一大摞牛皮纸盒子，拿起来一看，侧面印着古千河黑猪肉的宣传语，有点生硬古板，没有特色，用在哪种猪的宣传语里都行。王征兵对闵向阳说：你是个积累了大量养殖经验的专业户，养猪养出了一肚子文化。既然这样，黑猪肉的营销也得有点文化色彩，得打出品牌。这名字得换换，叫1230黑猪吧，就是说，咱们养殖场的每头猪都养足了十二个月，还能吃出三十年前的黑猪肉味道。把这一点印到盒子外面，买猪肉的人一看，就记住了你的品牌，给别人讲也就有了故事。买回去再一尝，果真如此，他便成为你的回头客。这样传下去，宣传面会越来越广。闵向阳高兴得直点头，他把王征兵教授叫到里屋，塞给他一个厚厚的牛皮纸信封，说是辛苦费。王征兵接过信封，有点生气地放在饭桌上开车就走。

他觉得闵向阳夫妇两人支撑这样一个养殖场，已经很不容易，又怎么能收取他们的费用呢？免费给那么多农民企业家做过咨询，为何独独要收闵向阳的钱呢？闵向阳拦住他，说不要费用，也得让他补偿补偿心意吧。七岁的儿子赶快跑到西墙跟前抽出两个纸盒子，有板有眼地松开，隆成包装盒的立体形状，再给上面穿好手提的尼龙绳，递给他爸。闵向阳提着两个空盒子进到里屋，装了刚杀好的新鲜黑猪肉，又沉甸甸地提出来，拉开车门，放到王征兵的车里。王征兵想，如果他再坚决不收，闵向阳心里就会过意不去，他没再拒绝。闵向阳陪着王征兵吃过晚饭，七拐八拐地把他送到高速路口，才返回去。王征兵回到杨凌，已经夜里十点了。

第六章

Jing Geng Ji

后园桃李自成蹊

他也许智商很高，但他的情商几乎为零。你坐在他办公室几个小时，他竟然想不起来给你倒一杯水。他沉浸在农业经济学的研究领域执着追求，成为国家最高学术机构国务院学位委员会中的学科评议组成员、『教育部新世纪优秀人才支持计划』入选者、中共中央组织部『好课程』主讲人、『全国十佳大学生社团指导老师』……面对这些荣誉，他竟然说是意外的收获。他的博客里有500多篇文章，转载了1000余篇博文，传递的都是满满的正能量。

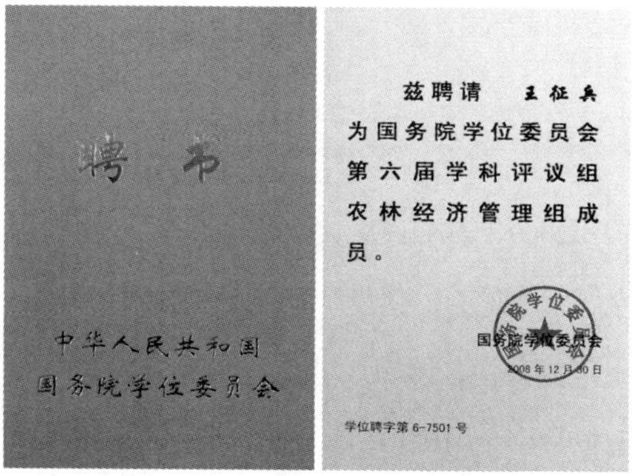

聘书

中华人民共和国
国务院学位委员会

兹聘请　王征兵
为国务院学位委员会第六届学科评议组农林经济管理组成员。

国务院学位委员会
2008年12月30日

学位聘字第6-7501号

他只好走到前排给他预留的椅子里坐好，抱歉地给主持人说：我迟到了几分钟，一直坐在后面，真是抱歉！

41

2009年春节过后，学校刚开学，王征兵把车停到办公楼前，推开车门，左脚踩住地面，还没站稳，手机铃声就响了。已经立春，早晨的太阳光明显比年前亮堂，照在手背上，有了薄薄的暖意。王征兵举起手机一看，前面三位数字是010，这不是北京的区号吗？后面一连串的数字，王征兵没有印象。自从20世纪90年代手机在中国普及以后，王征兵已经很少接到同事朋友的固定电话了。不管什么事，都是用手机联系。即使陌生号码，也能显示出哪个省哪个市，猜一猜大概就能知道谁打来的。而固定电话，大多是搞推销的，或是申请专利的，或是诈骗的，或是说你中了什么奖，让你登记各种信息，最后再留一个银行账号。这样的电话王征兵接过不少，所以，第一眼看到010打头的固定电话，心里一惊，又是做什么的电话呢？

他没有立即接通，任电话铃声响着，不慌不忙地关门锁门，往二楼的办公室走去。走到楼道里，他从裤兜里掏钥匙开门，不小心把手机的接通键给摁了，传来一个说话的女声：王征兵老师您好！我是国务院学位委员会办公室的。请把您的详细通讯地址发给我。王征兵一听，这次骗子的来头还不小啊！竟借着国务院的名来行骗呀！怎么可能给他详细的联系地址呢？他正想挂断电话，女的又说：恭喜您成为国务院学位委员会第六届学科评议组农林经济管理组成员。请把您的具体联系方式给我，我给您邮寄聘任证书。王征兵更是摸不着头脑了，他知道有个国务院学位委员会，是中国最高级别的学术组织。这个组织具体是干什么的，他也不是很清楚。但是，没有得到学校有关方面的通知消息，他怎么可能相信呢？不过，地址给她也没多大关系。说完邮寄地址，王征兵就等着她再问身份证号银行账号什么的。结果对方听完就挂断了电话。

放下手机，王征兵还是将信将疑。这个固定电话好像跟以往的诈骗电话有些不同。到底是真是假呢？他打开窗户，让明亮的霞光照进房间里，提起笤帚扫灰尘，拿起抹布擦办公桌擦书柜，擦得能映出人影时，他才坐在电脑前。何不在网上搜搜，看看国务院学位委员会到底是干什么的。不查他还不是很在意，一查真给吓了一大跳。

国务院学位委员会是中华人民共和国教育部的下辖机构，设主任委员一人，副主任委员和委员若干人，均由中华人民共和国国务院任免。国务院学位委员会负责贯彻实施《中华人民共和国学位条例》，领导全国的学位工作，贯彻国务院关于学位工作的重大方针和政策，统筹规划学位工作的发展和改革，指导、组织和协调各部门、省市的有关学位工作。内设有办公室、评估处、考试处、认证处、综合信息处和编辑部等主要机构。制定和修改学位条例实施办法，报国务院批准后，组织实施并制定有关规章制度；组织并指导国务院学位委员会学科评议组工作；组织制定授予博士、硕士学位的学科、专业目录；组织审批授予博士、硕士学位的单位及其学科、专业；指导和检查博士、硕士学位的授予工作；负责名誉博士学位的审批工作；负责学位工作的国际交流和合作；推动学位工作的改革，提出修改学位条例的建议等。

看到这里，王征兵摇摇头，这么重要的事情咋可能有他？他在西农大见到过国务院学位委员会学科评议组的专家，比如，中国农业大学的何秀荣教授，南京农业大学的钟甫宁教授，民盟中央副主席、华南农业大学副校长温思美教授，但他们都是这个行业的顶尖级专家。所以，王征兵认为，担任这个级别的专家是非常不易的，自己距离这些专家还是有相当大的差距。突然打电话来说他当选为学科评议组成员真的很难让他相信。而且，据说过去当选学科评议组成员的人基本是各个高校的校长、副校长、院长，副院长都很少，自己连个教研室主任都不是。怎么可能当选呢？王征兵关了网页，开始了一天的工作。

五月份，王征兵收到一份竖版的硬纸聘书，聘书上盖着国务院学位委员会的大红印章。王征兵这才觉得自己确实当选为学科评议组成员了。是谁推荐他的呢？他心里迷糊，又不好去打听，只好把聘书收着。接下来半年却没有任何消息，王征兵的心里又犯嘀咕了，这学科评议组成员到底干些什么事情呢？十一月初，终于有人打电话通知他，学科评议组的成员在湖南长沙开会，具体时间为11月6日至8日。王征兵因为路上堵车，赶到会议室晚了三分钟，会议已经开始了。前面黑压压坐了几百人，王征兵悄悄走进去，坐到东北角最后一排。会场很大，主持人的声音洪亮，通过话筒传出来，坐在最边角的王征兵听得清清楚楚。主席台上一排人的面孔有点儿模糊，王征兵只能看到轮廓。电子屏幕显示着一行大字：2009全国农林经济管理高层论坛暨院系主任联谊会。右下方有四排稍小的字：国务院学位委员会农林经济管理学科评议组、教育部农林经济管理教学指导委员会、农林经济管理院系主任联谊会主办，湖南农业大学承办。开幕式结束后，集体合影，王征兵走向主席台，看到写有自己名字的桌签摆在主席台上面，他一愣，原来他可以坐到这么重要的位置上啊！王征兵一看合影的专家，年龄仿佛都比他大，有好几位他都见过，但没有深入交流。他不敢站到头排去坐，走到最后一排靠边站着。安排站队的人却拿到话筒高声喊：请王征兵教授到前排就座！请王征兵教授到前排就座！他只好走到前排给他预留的椅子里坐好，抱歉地给主持人说：我迟到了几分钟，一直坐在后面，真是抱歉！

下午，王征兵主持了西北及西南片的讨论会。会议上，他知道第六届农林经济管理学科评议组的成员除过一位正部级领导外，其他都是各个大学在农林经济管理领域的权威人士，有中国农业大学的校长柯柄生教授、何秀荣教授，北京林业大学的副校长宋维明教授，华中农业大学的副校长李崇光教授，吉林农业大学的校长郭庆海教授，西南大学的党委书记戴思锐教授，华南农业大学的副校长温思美教授，南京农业大学经管学院院长钟甫宁教授，中国人民大学农村发展学院院长温铁军教授，福建农林大学经管学院副院长杨建州教授，东北林业大学经管学院副院长曹玉昆教授。连同他总共是十三人。这些教授都是当时农林经济管理领域的翘楚，都是很厉害的专家学者。有些虽然没有见过面，但听名字都如雷贯耳。王征兵竟然要跟他们在一起担任学科评议组的成员，真是诚惶诚恐。看着名单上的简要介绍，年龄一栏看下去，他排最小；职务一栏倒着看上来，唯有他填着“无职务”。其余人要么校长要么副校长，副院长只有两个。果然跟传说中一样，都是带有身份的人啊！王征兵无形中有了泰山压顶般的沉重。接下来的日子，王征兵唯有虚心，唯有谦和，抱着一颗取经的心态说话做事，倒也赢得各位专家的认可。

2012年7月16日，王征兵应邀到广西南宁参加“2012年全国中青年农业经济学者学术年会暨全国高等院校农林经济管理院长（系主任）联谊会”，在大会上作了“农民生产经营中‘采蜜效应’分析”的主题报告。他说：

所谓“采蜜效应”是指蜜蜂在采蜜时，当第一只蜜蜂或第一群蜜蜂发现了大片值得采集的蜜源时，马上用他们独特的信息传递方式，告诉其他蜜蜂，这些蜜蜂在接到同伴传递来的信息后，立刻蜂拥而至，直至将这片蜜源采得不能再采，或发现了更有价值的蜜源，才离开此地，奔向下一个采蜜地点。我们把这种现象称为蜜蜂的“采蜜效应”。

蜜蜂的这种“采蜜效应”，即采蜜规律，是蜜蜂在长期的生存进化过程中形成的。这也是蜜蜂王国里许多神秘规律的组成部分之一。在自然界中，弱小的动物往往依靠群体的力量得以生存。

蜜蜂的这种“采蜜效应”在人类经济和社会活动中也会经常出现，尤其是我国农民在选择经营项目时常常会出现这种情况。数以亿计的小农户像无数的小蜜蜂一样，面对瞬息万变的市场，他们艰难而无序地在茫茫市场中寻找着致富项目，很难根据市场行情来决定自己生产什么以及生产多少才能赚钱。在无数次的试探中，有一小部分农民首先寻找到“蜜源”，即经济效益比较好的经营项目，其他农民在得知信息后，像无数的蜜蜂一样飞向“蜜源”，都来生产这种农产品，直到这种农产品过剩，价格大幅度下降，没有利润可赚，甚至出现亏损时，他们才停止生产这种农产品，四散而去，重新寻找新的生产项目。当有农民在第二次寻觅中，又找到新的项目并获得比较丰厚的利润后，无数的农民又涌向这个新的项目，直至这个新的农产品市场再次饱和，价格下降，出现亏损，这些农民才停止这个项目的生产，又开始下一轮的寻找。如此循环往复，以至无穷。这就是农民在选择农业经营项目时的“采蜜效应”。“采蜜效应”形象地概括了农民在选择经营项目时“一哄而上”和“一哄而散”的经济现象。

那么，农民生产经营中“采蜜效应”产生的根源又是什么呢？

王征兵从三个方面讲析：

农民无法判断市场的需求量；农民无法控制农产品生产总量；农民无法预知农产品价格。“采蜜效应”利弊相连，它的好处是便于农民决策，有利于农业生产资料的流动，使农产品不可能长期处于高价位。但弊端也很明显，农产品价格大幅度波动，农业资源浪费很大，影响了消费者生活，经济出现周期性波动。

既然“采蜜效应”弊大于利，就应尽量避免“采蜜效应”的出现，可以通过以下途径和方法来破解：

一、科学预测农产品需求量。如上所述，“采蜜效应”产生的主要原因是某些农产品价格过高，吸引农民一窝蜂地生产这些农产品，而价格过高的原因是供不应求。如果能够准确预测农产品的需求量，并让农民根据需求量进行生产，使农产品供需平衡，农产品价格就不会过高或过低，“采蜜效应”就不会出现了。所以，准确预测农产品需求量是破解“采蜜效应”的首要环节。

科学预测农产品需求量的方法有许多，如可以通过对居民户的抽样调查，了解每户每年平均消费的各种农产品数量；也可以通过统计年鉴获得各种农产品的年消费量；还可以通过历年的统计数据建立每种农产品的需求函数，再通过需求函数测算未来的需求量。总之，预测需求量的方法有许多，但这种预测工作必须由经济专家去做，因为这是一件比较复杂而又专业化的工作，农民和政府官员都做不了或做不好这项工作。

首先，由经济专家预测农产品需求量，然后由媒体公布专家研究结果，或由政府相关部门告知农民，当然，农民也可以通过网络查询专家的研究结果，最后，农民根据专家的预测结果决定生产什么以及生产多少。

二、有效控制农产品生产总量。农产品需求量预测出来以后，还必须按照需求量去生产才能做到供需平衡，但中国农民数以亿计，如何才能使分散的农民按计划生产，以至于生产出来的总产量与需求量相吻合是一个困难的问题。

目前最好的办法是：首先让经济专家预测出农产品的需求量，并根据需求量确定生产量；然后再把生产总量分解到各个省区，各省区进一步分解到各县，各县分解到各乡镇，各乡镇分解到各村，各村分解到各户；各户根据分配的生产指标进行生产。这样总生产量就和总需求量相吻合了。

当然，在农户拥有经营自主权和市场经济的背景下，这种指标分配也仅有指导性，没有强制约束力。农户是否按指标生产由农民自己决定，那是农民的权利，但有指导性的指标总比没有要好，而且各地政府可以将本区域实际生产规模与计划规模进行对比，以了解本区域应扩大规模还是缩小规模，以便出台相应的激励或限制政策。

有组织、有计划地进行生产。要真正控制农产品生产总量，生产必须是有组织、有计划的。根据发达国家的经验，组建农民专业合作社是比较好的方法。每种农产品有一个全国性的农民专业合作社，由合作社聘请经济专家预测农产品需求量，合作社根据需求量确定生产量，全国性合作社再把生产量分解到各省、市、县、乡、村合作社，村合作社与农户签订生产合同，农户严格按合同规定的数量进行生产，这样全国的总生产量就与总需求量相吻合了，农产品价格就平稳了，也就不会出现“采蜜效应”了。

报告会结束后，王征兵提出的“农民采蜜效应”被搜狐网、中国日报网、中国–东盟在线、广西新闻网等多家媒体报道。发表在《理论探索》2012（3）上的论文《农民生产经营中的采蜜效应分析》，被中国人民大学复印报刊资料《农业经济研究》2012（11）全文转载；被中国社会科学网转载。

他跟在人群后面，
距离李克强总理只有一米远的距离，
能清晰地听到总理说话的声音。

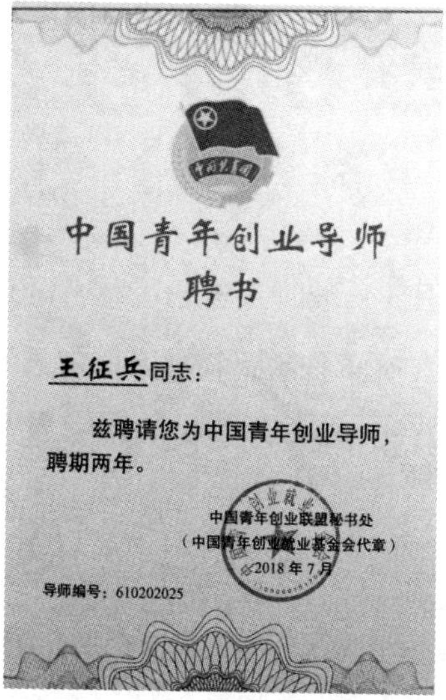
中国青年创业导师
聘书

王征兵同志：

兹聘请您为中国青年创业导师，聘期两年。

中国青年创业联盟秘书处
（中国青年创业就业基金会代章）
2018年7月

导师编号：610202025

42

2017年7月10日，早晨八点，王征兵准时走进杨凌示范区众创田园。路边的草好像跟人一样，歇息一夜，洗了把脸，枝枝叶叶舒展开来，青绿葱翠。太阳起身更早，把万道金光挥手一撒，众创田园错落的亭台楼阁、翘起的房檐屋角、袅娜的层层柳梢，都给照出炽烈的热情来。路面也像是刚洗过一般，没有一点儿灰尘。王征兵踩着自己被阳光拉长的身影往A座一楼大厅走。众创田园管理办公室的工作人员左文革，站在大厅门口正跟两个人说话，看见王征兵，忙上前一步握住他的手，给他介绍：这位是温舸，中国青年创业国际计划创业导师，陕西省人才交流服务中心创业导师，陕西省创业促进会培训委员会副主席；段明启，会计事务所主任，注册会计师，中国青年创业国际计划创业导师。你们三位，是这次被总理接见的创业导师。

王征兵知道，杨凌众创田园是2015年由杨凌示范区管委会投资建设，2016年由创新创业园发展有限公司运营管理的现代农业主题众创空间，示范区每年拿出两百万元作为创客基金，为“创客”成长保驾护航。2015年全国“两会”上，李克强总理在政府工作报告中指出：把“大众创业、万众创新”打造成推动经济继续前行的“双引擎”之一。“创客”被首次提及，并一时成为当下热词。2016年，李克强总理再次在《政府工作报告》中强调，要充分释放全社会创业创新潜能，发挥大众创业、万众创新的乘数效应，打造众创、众包、众扶、众筹平台。为此，杨凌示范区充分发挥农业科技创业创新的引领作用，投资建设了这座“众创田园”。从众创田园开始运营那天起，王征兵就成为这里的常客。他给创业者做报告，给创业者面对面诊断，对创客的创业项目进行指导，借助自己的平台对他们的创业项目进行推广和宣传。

这一年时间，王征兵记不清他往A座大楼跑过多少次了。大农圈，他是联合发起人之一；青团网，他是顾问之一；金栗公司，他是导师之一。还有更多的企业创客咨询他，只要有时间他就不会推辞。他帮创客提供资源对接、优化商业模式、构建团队、解读政策……能提供的服务他会竭尽所能。虽然很多时候都是义务劳动，但看到一个个创客在他的指导下酝酿启动，发展壮大，心里比喝了蜂蜜水还要甜。特别是大农圈，从艰难的起步到这次领导团队被总理接见，王征兵觉着，他每周挤出时间写一篇有关“三农”问题的文章很值啊！目前，大农圈的粉丝已达五十万，渗透到农业经营的各种人群，成为农民朋友获取农业信息的重要渠道。

走进大厅，王征兵一眼就看到众创田园新制作的宣传木牌。木牌紧靠在半人高的格挡巡诊间外面，左上角印着众创田园的菱形标志图案，最上面一行大字“2017年创业导师巡诊第3期”，前面的字是醒目的红色，后面三个字是浅灰色。紧下一行正中间写着“王征兵”三个黑色宋体大字。这三个字，王征兵在高高的主席台上见过，在研究生博士生的答辩教室里见过，在很多很多地方见过，但是，都没有今天看到这三个字醒目。他仿佛看到李克强总理走进大厅的那一瞬间，也望见了这三个字，心中油然生出一种价值感，一种从未有过的被认可感。名字下方，是小两个字号的浅红色字迹：诊断方向：企业管理与市场营销。看到这一行字，王征兵的眼睛有点潮湿。从参加工作以来，他一直致力于农业经济管理的研究，在市场营销方面积累了大量非常实用的案例，他把这些研究成果和生动鲜活的案例分享给多少企业老板，真是数不清了。报告作过一场又一场，作过一年又一年，仅市场营销就有四五百场。惠及的人群不只有企业老板，还有广大的农民朋友。他们在自家的耕地里科学种田，收入翻了一番的，翻了几番的都有。他不收咨询费，但有时他们会提来一箱苹果、一盒甜瓜递到他手里，他怎么都推托不掉，感动得直想掉眼泪。多好的老百姓啊！只要你帮了他们，他们总是想着法子还你的这份情。看着他们诚恳的眼神，听着他们朴实的话语，王征兵又怎么忍心拒绝呢？

其实今天，王征兵原本是要给陕西省2017年第一批持证中高级职业农民继续教育培训班（第三期）作"农产品品牌营销"的讲座，现在却能坐到这里，是费了一番周折的。昨天早晨，王征兵还在给第十一届海峡两岸高校学生"同根·同源"文化交流活动的学员作"创新的奥秘"报告。课间休息时，他接到示范区管委会打来的一个电话，说是让他作为创业导师代表参加第二天李克强总理的接见。听到这个消息，王征兵的心里仿佛扔进一块巨石激荡般翻起浪涛。能得到总理的接见，那真是三生有幸啊！这也说明他担任双创导师的工作得到了广泛的认可。他刚想答应，却想起有件事情冲突了，就是给职业农民培训的讲座。农民出一趟远门多不易啊！他们都是从陕西很多偏远的山区赶来的。只要一提起农民，王征兵就怜惜得心痛！要是他突然改变计划，培训的事情怎么办呢？孔子说："人而无信，不知其可也。"也就是说，一个人如果没有信用，就不知道怎么认可他了。王征兵之所以能被推荐，被李克强总理接见，守信用恐怕也是一条很重要的原因。经过反复权衡，王征兵觉得，既然报告安排在先，他也就只能推掉这件事了。

放下电话坐在教室外面喝水，他又隐隐地不甘心。多好的机会啊！又怎么能错过呢？他试着给负责讲座的人打电话，看看能不能调整到另一天做报告，并说到被李克强总理接见的事儿。负责人一听，赶快给他说：王老师，您这么大的事儿，我无论如何都要给您想办法调开啊！您尽管去吧。王征兵听了又担心管委会这边找了别的导师，不知该不该去电话问问。正犹豫着，电话打过来了，说：王老师，您看看能不能把您的报告调整到其他时间？领导们商量过了，还是希望您能来。这些年来您在杨凌双创工作中做出的贡献有目共睹啊！王征兵一听，还有机会啊！怎么能不去呢？他赶快答应了。再次返回教室做报告，王征兵的声音都变得沉稳有力了。

王征兵坐到巡诊间，几个年轻男女跟进来，聊自己的创业计划。他们的想法很超前，但是风险也很大，有些做法与国家政策有冲突。王征兵慢慢给他们讲，该怎样处理更妥善一些。刚刚讲完第一个女士的问题，谁喊了一声：总理到了！坐在大厅的人都站起来了。王征兵正想往出走，李克强总理周围已经站满了人，跟随总理往创客企业跟前走。他跟在人群后面，距离李克强总理只有一米远的距离，能清晰地听到总理说话的声音。

李克强总理边走边听讲解，不时问问示范区的农业双创情况。走到由四个博士首创的杨凌锦华生态科技团队，他停下来，和姜义亮博士聊起了土壤改良与修复方面的话题。总理对土壤问题很关切，与其他三位博士也进行了交流。经过秾福农牧、金栗科技团队后，总理来到陕西仲欣生态农业科技团队，朱铭强博士给总理汇报了杜仲产业产品的研发工作，总理饶有兴趣地听他讲完，鼓励团队要加油干，国家会大力支持、帮助创业。罗文网络科技团队的郑红勇给总理汇报了青团网的成立、成长、发展情况，总理充分肯定了他们的创业业绩，赞扬他们的创业精神，鼓励他们要加油干。来到大农圈，总经理曹昂激动地给总理汇报了他们为农服务的情况。总理主动伸出手握住曹昂汗涔涔的手心说：你们既解决了农业生产问题，又解决了市场问题，我代表农民朋友感谢你们！

王征兵虽然站在人群外面，但李克强总理的每一句话他都听得到。也许是交流的时间有些长了，还没来得及接见三位导师，前面就有人带路往出走。旁边一个人说：总理到众创田园的时间只给了二十分钟，考察完这里还要去自贸大厦和职业农民创业创新园看看。然后再到宝鸡，日程表安排得满满的。王征兵跟着人群往出走，忽然听到自己的学生王小铁在外面喊了一声：总理，您给我们杨凌农业创业者讲两句！李克强总理转过身，挥起大手高声说：为杨凌农业插上翅膀，飞向全国，走向世界！好吧！炽烈的阳光照亮了李克强总理的眼睛，照亮了他说话的嘴巴。他浑厚的声音在密集的人群中爆出，整齐划一的欢呼声顿时响起：谢谢总理！好！好！……

王征兵站在人群里，很激动很激动，手心里攥出了一把滚烫的汗水。虽然没能受到总理的亲自接见，但杨凌两百多名青年创客的热情感染了他，他也想大喊一声“谢谢总理”，可是，他喊不出口。回味着总理说的三句话，他浑身上下热血沸腾。总理给予杨凌的厚望他会牢牢记住，努力践行。他要坚定不移地行走在乡村振兴的大道上，披荆斩棘，奋勇向前，开拓创新。

李克强总理乘坐的专车缓缓离开了，王征兵个头稍低，埋在人群里谁也注意不到。他想到总理接见的九家企业有三家都与他密切相关，倍感欣慰。总理前去的杨凌农业自贸片区，他参与过方案编制并作过大量的研究宣传工作，职业农民创业创新园他又是顾问之一。想到这里，王征兵抹了一把额头的汗，快慰地笑了一声，走出人群离开了。很多人站在众创田园激动地翻看手机拍摄的画面，不停转发。王征兵的朋友圈被总理冒酷暑考察杨凌的信息刷屏了。他回到家，拿起手机一看，李克强总理眯着眼睛伸手擦汗的镜头呈现在眼前，方方正正的脸庞被晒得赤红赤红，天蓝色的短袖湿透了贴在胸膛上，斑斑点点的汗迹蜇疼了王征兵的眼睛。

窗外是严酷的冬寒，
南绣山活动中心却被西农人的热情鼓荡出一条温暖的河流，
从王征兵的心田流过……

43

2013年12月21日，晚上八点，西北农林科技大学的南绣山活动中心灯火通明，CCTV2013年度“三农人物”西北片区寻找活动在这里拉开帷幕。台下坐着近千名师生。校党委副书记马建华、党委宣传部长吕卫东、校团委负责人曹军会坐在第一排。“三农”寻找团的成员王征兵的位置被安排在会场极其醒目的红色木桌左侧，右侧坐着央视焦点访谈的首席记者翟树杰。他们两人是今晚特邀参加活动的点评嘉宾。面前两张桌签用中国红的硬纸印制，折成三棱体横放在桌面上。名字是白色字体，素净显眼。名字上方印着一行小字，简单写着两个人的身份。桌子正中间摆着一捧鲜花，红黄粉的各色万寿菊有十几朵，夹杂着墨绿色的叶片，簇拥着一朵淡绿色的百合，百合的花蕊细细的，闪出丝线般柔和的光泽。王征兵坐在桌前，嗅到一缕淡淡的花香，他的心也跟着芬芳起来。

王征兵接受过几次央视的采访，但作为特邀点评嘉宾他还是第一次。他的身后坐着近千名观众，头前方悬着一排排耀眼的镁光灯。虽然坐到这里之前他化过妆，但不用照镜子，他都能想象到头顶的反光效果。这几年，原本稀少的头发掉得更加厉害。开始是脑门上一小片，记不清什么时候就往后面扩张，往周围扩张。他平日不爱照镜子，关键是忙得没空照镜子。洗澡的时候总想着报告会的事情，学生论文选题的事情，农民企业咨询的事情，即使洗发液揉到掉光头发的地方，他也没察觉。直到今天坐在化妆间，化妆师帮他清洁脸部，上粉，打腮红，帮他梳理残留的头发，他才看到头顶扩张开来的地盘亮度有多么强烈。化妆师怎么不给他包装头顶呢？他站起来，举起手摸摸光滑的头顶，倾下身子一看，都能当探照灯哩。他自嘲地说了一句：简直是油光可鉴嘛！随后就走进了会场，穿过人群找到他的位置。坐下来的那一刻，他望了一眼比他年龄大的翟树杰长满头发的头顶，生出几秒钟的自卑，但瞬间就消失了。

中国农业银行杯CCTV“三农人物”推介活动是中央电视台三大品牌（感动中国、经济人物、三农人物）活动之一，先后推出过袁隆平、吴仁宝、李振声、李登海等一批“三农”领域的典型人物，西北农林科技大学的昝林森教授也曾入选。王征兵能被邀请坐在这里，是他的自豪！他曾经也有一头茂密的黑发。那时候，王征兵总嫌弃头发长得快，长得稠密，到理发馆剪头发都觉得浪费时间。他有很多课题要研究，有很多论文要完成，有很多课程要给硕士博士讲，有很多学生要个别辅导，每天总觉得时间不够用，恨不能把一个人分成两个人三个人甚至很多个人用。特别是近几年，除过正常的教学任务外，他每年作的报告在成倍增加，参加的学术活动在成倍增加，指导的企业越来越多，打电话咨询的人排着长长一串队。他忙啊！一忙头发就唰唰地落。坐在电脑跟前，修改一早上论文，地上的头发掉一层。起初，他觉得挺好，头发少了洗起来多方便。结果后来越掉越多，睡一夜，床单被罩枕头落满他的碎发。妻子抱怨说：别那么累啊！你看头发都要掉光了！他哪能顾得了这些，该忙啥还忙啥。如同今晚中央电视台的邀请，他能不来吗？

“三农人物”评选活动是以打造“三农”领域典型人物为主要内容的大型电视品牌活动，开始于2005年，原叫“三农新闻人物”，由央视七套农业节目主办，至今已经举办九届。每年的颁奖典礼王征兵都会观看。他关注所有与“三农”有关的话题，很欣赏央视寻找“三农人物”活动的创意，钦佩那些被寻找到的看似平凡的“三农人物”。有的人放弃赚钱的机会甘守清贫仍然坚持研究工作；有的人退休后包山林种草药，最后把自己的土地全部分给贫困学生的家庭；有的人在医疗不发达的地方开私人诊所，病人没钱就给免费看病……散落在中国大地上默默奉献的“三农”人，被活动方花费两个多月的时间征集、寻找、推介、展播，到最终颁奖，需要付出很多人的艰苦劳动。王征兵每看一期节目，心灵都会受到强烈的冲击。还有那么多人挣扎在贫困线上啊！还有那么多深陷疾病无法救治的人啊！还有那么多孤苦伶仃的留守老人和儿童没人照顾啊！他坐在电视机前，听着一个个“三农人物”的感人事迹，发誓要用自己的智慧，帮助他们，让他们赚到更多的钱，资助更广大范围的弱势群体。这些年，他不仅想到了，也做到了。现在，他能从一个观众变成一个特邀点评嘉宾，也是社会对他的认可啊！

本次西北片区推介活动由寻找联盟推介、候选人事迹展播、主持人访谈和嘉宾点评四部分构成。王征兵参加的是最后一个环节。第一位推介的候选人是迪力夏提·艾山。他考上新疆大学，却只读了两年就辍学了。离开时站在学校大门口哭鼻子，立誓要赚很多钱，资助那些因为贫困而不能读书的孩子。经过十年的打拼，迪力夏提如愿以偿。他成立了新疆拜城县笑好出租汽车服务公司，资助贫困学生，截至2013年，累计资助1620名学生，收养127个孤儿，孩子们都管他叫爸爸。听到这里，王征兵心想，他比迪力夏提幸运多了。父母不仅供他读完了大学，还供他读完硕士读完博士。现在他是一名博士生导师，带着更多的学生完成他们的人生梦想。他从贫困的家庭走出来，知道没钱的日子会给爱读书的孩子心灵造成多大的阴影，所以，尽可能帮助家庭经济困难的学生，不只直接给他们提供金钱帮助，还经常帮他们找活儿干，让他们凭借自己的劳动赚取完成学业的费用。他不会让任何一个像迪力夏提这样的学生失去读书的机会。过去不会，现在不会，将来也不会。

雅安地震的前一天，迪力夏提住在医院里，准备第二天做心脏搭桥手术。听到地震的消息后，他拒绝做手术，冒着生命危险组织当地老百姓准备32 000个馕，三天半的抓饭，拉着五吨大米去了救灾现场。看到这里，王征兵心想，现实生活中，每个人都把自己的身体健康放在第一位，而总有一些勇者会置生命于不顾，为他人的利益挺身而出。迪力夏提就是这样的人。现在，他站在舞台上，单薄的身体，沧桑的脸庞，王征兵望着都有些担心。不过，他美丽而又善良的妻子努尔古丽一上台，王征兵就放心了。有这么好的妻子陪着他一起往前走，他行善的路途肯定会走得既踏实又长远。他问迪力夏提：你前面做得这么好，下一步有没有新的慈善计划呢？迪力夏提脱口回答：买二十辆公交车，免费拉儿童、残疾人，还有六十岁以上的老人。估计这个计划迪力夏提已经酝酿很久了吧。要不然这么大的事情他能当着众人的面脱口而出？王征兵看得出来，迪力夏提是个有智慧的人，他的每一个计划都不是盲目的，落实下去，肯定会产生强烈的社会效果。王征兵对他的答复很满意。

第二位推介的候选人王博是甘肃省天水市甘泉镇人。他是一位农民摄影师。1988年的一天，王博在天水洗照片，看见一个小女孩，穿得破破烂烂，看上去病得不轻，跟着她奶奶沿街乞讨。王博心里一惊，走上去问老奶奶，孩子得了什么病。老奶奶说是白血病。女孩紧紧依偎着老奶奶，苍白的脸蛋没有一丝血色，绝望而又对生命充满渴望的眼神深深刺痛了王博，他拍下一张照片洗出来拿回家。那段时间他特别忙，但每看到那张照片他的心就针刺般痛。三个月后，他想出来办法帮助小女孩，去了之后，老奶奶躺在黑暗潮湿的小屋病床上一动不动。女孩早已死掉了。从那天起，王博就开始在全国各地的高校举办农民摄影展。他要组织一个爱心资助社，帮助那些陷入困境无力跟命运抗争的人，把他们解救出来。他一个人的力量虽然微小，但全社会有爱心的人组织起来，就可以让无数个贫困家庭走出困境。他给寻找到的贫困学生建立档案，发起一对一爱心资助计划。截至2013年，他举办摄影展九十多场，给一千八百名学生寻找到帮扶的对象。

王博说：我不能接受善款，直接让资助人和被资助人见面，一对一帮扶，可以把帮扶的任务落到实处。现在已有前赴后继的志愿者加入到我们的队伍中来。我觉得我艰苦一点艰难一点，就能坚持到看到希望的那一天。视频画面里，看见王博执着地行走在弯弯曲曲的山间小路上，王征兵的眼睛蒙上一层雾水。会场后面隐隐约约传来一阵阵师生的啜泣声。小女孩惨白的脸、无助的眼神，老奶奶紧闭的嘴唇、深陷的眼眶，不停在王征兵眼前回放，他的心酸痛酸痛。翟树杰点评说：你讲的这个故事，让大家心情都很沉重。但这种沉重也让人清醒，我们在追求更美好生活的时候，不要忘记还有这些贫苦的地方，还有那么多可怜的孩子，他们多么需要人帮助！王征兵的心被紧紧揪住了，仿佛被放下去提起来，再放下去再提起来，高高悬到嗓子眼就再也落不下去。千言万语涌到嘴边，汇聚成一句动情的话：如果你愿意，如果你需要，欢迎你来到西北农林科技大学举办你的摄影展。会场顿时响起热烈而又持久的掌声。

第三位推介的候选人田霞是甘肃省迭部县支行客户部经理。她克服高寒缺氧、交通不便的困难，入户调查两千多户。调查过程中，田霞热心地给农牧民出点子，与农牧民群众交朋友，面对面了解他们的发展需求和致富想法，为他们答疑解惑。说到父亲临终时家人因为怕耽误她工作而没能见上最后一面时，田霞的喉头哽咽了。

第四位推介的候选人任凤祥是陕西省佳县峪口乡南河底村人。在三十年的摆渡生涯中，无论遇到什么险情，他都不顾个人安危第一时间冲上去，更难能可贵的是他救人从不收费用。任凤祥尽管挽救了无数条生命，可还是有很多人因为抢救不及时而未能幸免于难。为了提高施救速度，他又自己掏腰包买了艘快艇。他救起的苗家洼村民李新民因为感恩任凤祥，出诊二十年来从不收出诊费。任凤祥以实际行动诠释和丰富了上善若水、大爱无垠的雷锋精神。王征兵担忧地问他：要是你将来干不动了，你救人的事业会不会停滞呢？任凤祥回应他：救人的事业我会传承下去的，今年又组织了一支黄河志愿服务队。只要哪里需要，就到哪里去，给老百姓都是无偿的。王征兵满意地点点头。他是大学教授，做事总要考虑到问题的解决办法。任凤祥的做法的确很好，不仅自己要干，还能考虑到将来，考虑到培养有爱心甘愿奉献的年轻人，把黄河救人的事业世世代代传承下去。

四位候选人全部推选出来了。王征兵和翟树杰上台为他们佩戴火红的围巾。整个会场的人都站起来为他们鼓掌。窗外是严酷的冬寒，南绣山活动中心却被西农人的热情鼓荡出一条温暖的河流，从四名选手的心田流过，从王征兵的心田流过……

会后，中央电视台的记者采访了王征兵，让他谈谈对“三农人物”评选活动的看法。他说：“三农”领域一直都是国家和人民关注的重点，“三农人物”以实际行动为“三农”事业做出了实实在在的贡献，以奉献精神引领“三农”事业不断向前。他们不计个人得失，甚至把金钱和时间都奉献给了社会。真是令人感动！这个节目，可以发现更多震撼人心的故事，让更多的“三农人物”走进大众视线！

央视记者夏骏采访王征兵，
让他谈谈美丽大荔建设给中国农村改革的启示，
他想起了袁家村，想起了马嵬驿……

44

2012年5月，大荔县副县长翟玉宝邀请王征兵到大荔县调研。翟玉宝跟王征兵是西北农林科技大学同级同学，对王征兵近几年研究新农村建设所取得的突出成绩早有耳闻。王征兵带着学生到大荔跑过五六个村庄，见到翟玉宝跟他说：先进行厕所革命，再建设文化广场。他给翟玉宝讲了儿子回老家的经历。暑假，儿子回到老家，吃饭前去了趟厕所，看见蛆在粪堆里乱爬，苍蝇在头顶上乱飞，有个苍蝇从粪堆里飞到他裸露的胳膊上，他跑出来哇哇哇地吐。吃饭时，儿子看见馒头上落着一只苍蝇，问他，这会不会是刚才厕所里的那只苍蝇？说着，扔下筷子就不吃饭了。搞得一家人也没心情吃饭。从那天起，儿子再也不愿跟着他回老家了。农民工也一样。到城里打工，厕所用水一冲干干净净，什么气味都没有，他肯定不想再回农村。农村的环境这么差，城里的有钱人一考察，基础设施这么落后，就会打消投资的念头。只有把农村的生态环境建设好了，才能留住老百姓，才能吸引更多的企业家到农村发展。

翟玉宝说：这个问题我也看到了。但是改造起来还是有难度的。城里住房密集，管道连接方便，农村地域面积广阔，修管道花费的代价太大。王征兵说：肯定能找到解决问题的途径。还有一个现象，就是传统农业留下的涝池，基本都被毁坏了。调研的贺家洼村，光二十亩大的臭水坑就好几个。过去农村的涝池是蓄水池。劳作之余，女人们忙完家务，各自挎着一篮子脏衣服，提个洗脸盆，坐在涝池旁边，边洗衣服边聊天：你家麦子打了多少？你家苹果卖啥价钱？你家苞谷棒大不大？甚至谁家两口儿吵架了都能在涝池跟前说和，谁家儿子适合娶谁家女子，聊着聊着就变成一家人。男孩子脱个光屁股在涝池里游来游去，谁家的牛喝过水对着天空高高地哞哞叫。那时的涝池，是中国农业文明的缩影啊！现在，农村留守的人都各干各的，忙完回家看电视玩手机，邻里乡亲的关系淡漠了，乡村文明也渐渐衰落。

2013年8月，刚刚上任的大荔县代县长王青峰到各个村镇视察，顺便认认门。出发之前，他的耳边总是响起七月份习近平总书记到鄂州市长港镇峒山村考察时讲的话：实现城乡一体化，建设美丽乡村，是要给乡亲们造福，不要把钱花在不必要的事情上，比如说“涂脂抹粉”，房子外面刷层白灰，一白遮百丑。农村绝不能成为荒芜的农村、留守的农村、记忆中的故园。城镇化要发展，农业现代化和新农村建设也要发展，同步发展才能相得益彰。王青峰想，这是给他这个刚上任的县长敲警钟哩！

车子穿过乡镇的大路，缓缓行驶在村间小路上，路两旁的枣树挂着红红绿绿的枣子，不时从树上掉下来，落在泥地里。他的目光转移到树下，看到一层还没红透的枣子，有的已经腐烂。不远处的村口，倒着一堆垃圾，各种颜色的废旧塑料袋被风吹着在空中乱飞，有的挂到枣枝里，有的落在房檐旁。谁家女孩子刚洗过的红裙子就晾在屋檐下的铁丝上。车靠近垃圾堆，苍蝇蚊子嘤嘤嗡嗡，腐烂刺鼻的气味让王县长禁不住打了个响亮的喷嚏。他让司机开车穿村而过，发现家家户户门前盖着一个旱厕，有的厕所外面是刚铲出来的粪便，没用土苫住，奇臭无比。厕所旁边是柴草堆，柴草堆旁边是垃圾堆。出了村子，王县长给司机说：不转了回县里。

这样脏乱差的环境老百姓都能在里面生活？很多疾病的传染源应该就在这里。如果不治理，美丽乡村的建设如何实现呢？

王青峰回到县政府，召开县委常委会，把他看到的现象摆出来，说：这是个啥环境？柴堆、粪堆、草堆，牛圈、猪圈，跟客商跟老百姓跟农产品混到一块儿，乌烟瘴气，很不协调。当然，大荔农村这种脏乱的现象，并不是个例，中国的许多农村肯定也存在。这是客观历史原因造成的。过去，国家搞城镇化建设，发展工业经济，城市建设投入是农村人均投入的二十五倍，这个数字足以说明，国家对农业的投入大大落后于城市。现在国家富裕了，开始加大对农业的投入比例，但对城市的人均投入还是农村人均投入的二十二倍。所以，我们大荔美丽乡村的建设，要想走到全国的前列，就不能光靠国家给输血，我们自己也得造血。无论如何，得先发动党员群众，从清理“三堆”工作开始做起。

紧接着，县政府成立“美丽办”，整合各种涉农资金，压缩其他财政开支，加大对环境整治的投资力度。实行包联，让每个部门包一个示范村，资金自行筹措。每户收取十元清洁费，聘用九名保洁员清理街道。贺家洼村的董兴林，动员村民收拾家门前的垃圾堆、柴草堆、粪堆。大多数家庭都能自己动手，把门前清理干净。但是，还有少部分人只看不动。董兴林带着保洁员去帮他们清理。有一家村民，比较顽固，董兴林磨破嘴皮也不动弹，各家各户门前都整洁一新了，唯独他家的柴草还堆放着。今天说没时间，明天说没时间，一推再推。董兴林知道他不是没时间，而是不想挪，当即带领两个保洁员亲自去给他搬，还没走近，他就锁了门扛着铁锨去地里了。董兴林一看不行，第二天早晨五点堵到他家门口。大门一开，董兴林示意保洁员迅速抱柴草，不到一个小时便清理完毕。女主人一看董兴林这么执着，也不好意思了，进门拿起笤帚自个打扫底摊上残留的碎木屑。

2014年4月的一天清晨，赵渡镇乐和村的支部书记上官新良打开门，发现门前被人泼了一地的粪便。他一看，知道是冲着改厕的事情来的。旱厕是粪堆的主要来源，不移动门口的厕所，村里的粪堆就没办法清理。他挨家挨户跑，给村民做工作，让把厕所建到院子里，上面礅了一个冲水马桶。村民不听，他动员弟弟家跟他一起率先建，弟弟不同意。他在自家后院修了一个双瓮漏斗式厕所。村民们进去参观，无蚊无蛆无味，是个很干净的“三无”厕所，卫生实用，心头的疑虑全都消失了，回去后效仿上官新良改建厕所。仅仅两个月时间，乐和村三百五十户村民便完成了旱厕改建。

清理“三堆”和厕所革命是对农村固有生活习惯的改变，很多地方都寸步难行，大荔县政府之所以能全面推开，并取得巨大成功的秘诀，是因为他们从百姓利益出发，秉持施政为民的信念。百姓的生活环境改善了，生活质量也就提高了。这也是王征兵做报告时经常讲到的以人为本的理念。

涝池的改造，大荔县政府也是想了很多办法，特别有效的是鼓励企业家回村投资建设。翟玉宝给王征兵说：有些企业家赚了大钱，回村投资不只是建一个。一个涝池五十万元，两个一百万，企业家纷纷投资，真是让人感动！他们给这个村修，给那个村修，投资两三座涝池的大有人在。截至2018年底，大荔县各个乡村的生态涝池基本恢复，涝池数量和建设水平在全国县城排第一。

王征兵再次走进大荔县各个村镇做报告，搞调研，昔日脏乱差的环境得到彻底的改观。村里一泓碧水上架着曲曲折折的长廊，年轻媳妇抱着小女孩走在长廊里，女孩喊：妈妈，你看鱼，水里有鱼。还是金鱼！柳荫下，白发苍苍的老奶奶坐在轮椅里，旁边像是儿子的中年男人在给他剥香蕉。她咬一口，高兴得眼睛眯成了一条缝。广场上，二三十个妇女穿着连衣裙欢快地跳舞，手里的彩扇挥来挥去，像翩翩飞舞的蝴蝶。西渠头村的退休老教师杨长生站在桥头给央视记者说：我每天早晨来，在涝池周围转一转，心情就是不一样。现在锻炼的人多得很。过去农村没有这个习惯。有疾病的人，上了年纪的老人，都高高兴兴出来转了。支部书记宋雪源说：有了广场和涝池，群众没事就到这里走走，碰见了打声招呼聊聊天。人和人接触多了，交流多了，邻里之间的气氛就和谐了，矛盾也就减少了。国家住建部总经济师赵晖说：修建生态涝池，农民群众最高兴。政府改善这些基本卫生环境以后，老百姓对政府的拥护、满意度一下子提升，而且是发自内心的。

大荔县不仅环境整治工作走在前列，而且现代设施农业也搞得轰轰烈烈。王征兵清楚地记得，很多年前，他去大荔调研，一户农民拉住他，让他到冬枣地里看看。刚下过大雨，繁密的冬枣眼看着就要成熟了，却被暴雨浇得全都裂开了口子，变成一树树的裂果，惨不忍睹！一个大男人，说着说着就抹起了眼泪。他家里还有三个孩子读书，一个大学，两个高中，花费就靠这三亩枣园。去年刚开园，收入还不错。今年一场暴雨，家人的希望全泡汤了。王征兵安慰他说：我知道你心里难过。但自然灾害谁也左右不了啊！现在有很多地方都在种大棚蔬菜，你试试看，能不能给冬枣树也盖上大棚。这样不是可以减少风雨造成的灾害了吗？农民听了，贷款给他的枣园建塑料大棚。结果，第二年下大雨的时候，别人家枣园裂果很多，他家的枣子又大又光亮，收购的价格也比别人高。第三年，简易大棚遇到大风，上面的塑料薄膜全被风揭掉了。他又一次找到王征兵。王征兵推荐西北农林科技大学这方面的专家前去大荔，帮助很多村民修建坚固耐用的大棚。现在，大荔到处都是这样的塑料大棚。室温能够控制住，水肥也能保证。冬枣的成熟期提前了十多天，价格卖得比原来高出一倍，农民的收入也翻了一番。

2016年11月30日，央视记者夏骏采访王征兵，让他谈谈美丽大荔建设给中国农村改革的启示，他想起了袁家村，想起了马嵬驿，想起了白村烽火村，这些村的成功经验都值得推广，就说：在一个国家，当它的经济实力还不是很强的时候，因为钱比较少，就要讲究资金的投资效率。投资在城市里，毫无疑问，利用的效率是很高的，而投资在农村，利用的效率就很低。目前，我们国家的综合实力增强了，城市的生活环境生活质量都大大提高了，乡村振兴战略就要落实了。大荔美丽乡村的建设能走在全国的前列，走出一条切实可行的光明大道，是因为政府领导的眼光好，有前瞻性，这也给全国各地的乡村振兴带了好头，让前仆后继者少走一些弯路。

王征兵改完最后一篇学生论文，
眼睛酸疼酸疼，
挂在北墙上陆青拍的照片看起来都有些模糊。

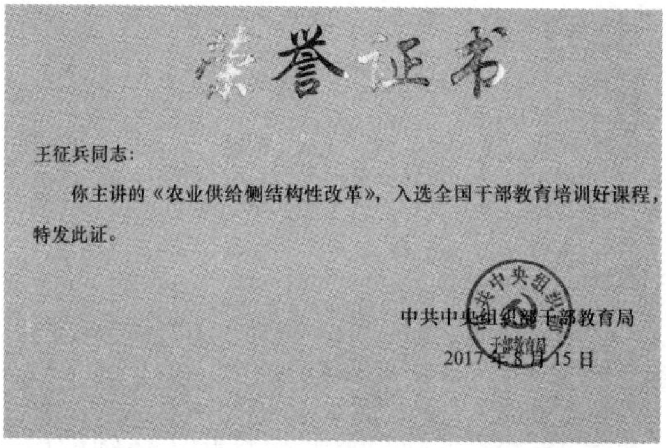

荣誉证书

王征兵同志：

你主讲的《农业供给侧结构性改革》，入选全国干部教育培训好课程，特发此证。

中共中央组织部干部教育局

2017年8月15日

45

王征兵改完最后一篇学生论文，眼睛酸疼酸疼，挂在北墙上陆青拍的照片看起来都有些模糊。他揉揉太阳穴刮刮眼眶，拿起水杯到门口的自动饮水机冲上一杯热茶，端着走向阳台。推开玻璃隔挡，一阵冷风吹得他趔趄着往右侧歪斜了一下身子，脚尖差点勾倒种着辣椒的花盆。阳台没有封闭，下了一天的秋雨被风吹进来，红薯辣椒仙人球的花盆灌满了水。辣椒树叶子凋零了，四五个线辣椒红了蔫了又干掉了，悬在枯萎的辣椒树上给风吹得簌簌作响。脚底下漫了薄薄一层雨水，王征兵一看，下水道给三片梧桐树的叶子盖住了，他蹲下捡起来放到仙人掌的花盆里。雨水很快流完了，他双手捂着水杯，抿一口热茶，看见学生三三两两的撑着伞，低头弯腰往宿舍走。天到底是冷下来了，王征兵没穿外套，风好像个孩子，撕扯他单薄的白衬衫，把冷气从扣眼布眼往身体里送，他浑身起了鸡皮疙瘩，赶快回转身穿外套。又要放学了，时间过得真快啊！难得这两天清静地给学生上课，清静地给学生改论文，没有外出的活动安排。刚放下水杯，准备回家，却响起了清亮清亮的敲门声。打开门一看，是学生送来一封信。

王征兵接过来一看，是中共中央组织部干部教育局的信件。要是普通的信件，到了下班时间，妻子还在图书馆等他接，他定会放下信第二天再来看。中组部来的信件，是什么内容呢？这些年，王征兵接过无数封信件，培训机构的，杂志约稿的，大学招生宣传的，……什么样的信件都有。群发信件，打开来就是换个抬头名字，其他内容给谁看都可以，百分之九十九的都没有意义，看看信封就知道需要不需要打开了。不用打开的信件，王征兵顺手丢到一边，过段时间就是厚厚一摞。他有时也会叹息着说：真是浪费了这么好的纸张和信封啊！卖废品都不值钱。不过，中组部的信件他还从来没有接到过。放下车钥匙，撕开信封，抽出来两个文件，表头印着大红的“中共中央组织部”七个红色大字，红线紧右下方，是一行黑色宋体字“干教函字【2017】72号”。文件标题是“关于商请支持中国干部网络学院精品课程库建设的函”，抬头是他惯见的“王征兵同志”一行字。内容如下：

近日，中共中央组织部办公厅印发了全国干部教育培训好课程推荐目录，由您主讲的《农业供给侧结构性改革》一课入选该目录，我们向您表示祝贺。

为更好推介全国干部教育培训好课程，让更多领导干部从中受益，希望能征得您的同意，授权我们将全国干部教育培训好课程推荐目录中您讲授的课程制作成网络课程，在我部主办的中国干部网络学院上使用。

……

感谢您的大力支持！

落款是中共中央组织部干部教育局，字上面盖着鲜红的印章。落款时间：2017年9月13日。看到醒目的大红印章，王征兵这才想起，成教学院吴磊曾经组织人给他录过这么一节课，说是要参加全国干部教育培训好课程的评选活动，同时参加的还有学校其他几位老师。王征兵记不清各个机构到教室录课有多少次了。开始他还能抽出时间去西安他们的工作室录制。但是，后来太忙了，根本没有时间过去。再说在密闭的录音棚上课，没有学生，他无法调动自己的激情，讲课也找不到感觉。只有在教室，面对满满一教室的学生，他的思维才会灵动飞扬，即使不拿讲稿，也能讲得条理清晰，重点突出，鲜活生动。学生越多，他越是感情充沛，站在上千人的会场里，他有驾驭千军万马征战沙场的豪迈感。所以，当北京世纪超星信息技术发展有限责任公司要录课的时候，让他去西安，没有学生对着镜头连续讲十多天，把他的“农业经营方式”“十二人性理论”“不在意资金”三门课讲完，他坚决拒绝了。超星公司不放弃，跟他反复沟通二十多次，最后达成协议，超星公司组织三个人长期住在杨凌，他讲课时他们带着两台摄像机放在教室录课。这样的课堂是真实的，是温情的，是生动活泼的。王征兵相信享用这个课程资源的学员也喜欢听。超星公司付出的代价很大，三个人的生活费算起来也不是小数字。王征兵推荐过西安的其他专家，他们不同意，坚持要录王征兵的课。即使花费再多，他们也觉得值。

这样录课还有一点好处，就是这一次讲授没录成功，下次讲时再录。如果哪节课有瑕疵，再录一小节补充修改。有一次，王征兵讲精细密集农业，说了一个笑话。他没笑，下面的学生却笑得声浪鼓荡，有个学生激动得吹起了口哨。录课的工作人员也不敢叫停，毕竟课堂的时间有限。过了几天，王征兵再次给学生讲这堂课，他主动打电话给超星工作人员，让他们来录。每次录课，工作人员都很辛苦，提前半个小时摆好各种录像设备，清理场地中影响录课质量的各种杂音。录完后回到酒店再反复回放，有什么问题及时给王征兵反馈，及时加以修正。超星公司的录课断断续续持续一年时间。后来，他的课程在各个大学资源库里上网后，点播量一路飙升，好评如潮。

成教学院吴磊给王征兵打电话，也是商谈录课的事情。他当时特别忙，三四月份，到处邀请他做报告，日程安排得满满的。吴磊把表发给他，他没有时间坐下来填。眼看征集的最后期限就要到了，吴磊对他说：王老师，您没时间，把您的个人信息给我发过来，我帮您填。选哪一门课要您自己决定。吴磊的热情让王征兵感动。他利用下班时间，填了表发过去。选课时他是慎重考虑过的。农业供给侧结构性改革是在2015年12月中央农村工作会议上提出的。会议强调，要着力加强农业供给侧结构性改革，提高农业供给体系质量和效率，使农产品供给数量充足、品种和质量契合消费者需要，真正形成结构合理、保障有力的农产品有效供给。正是在这次会议上，“农业供给侧结构性改革”这一新鲜表述，通过中国最高级别的“三农”会议，首度进入公众视野。2017年中央一号文件的主题也是农业供给侧结构性改革。王征兵平日很注意关于“三农”的会议和政策性文件。这个会议召开以后，他就开始研究农业供给侧结构性改革。截至2017年9月，王征兵不知跑过多少地方，给多少人作过报告。保守估计，光讲农业供给侧结构性改革，恐怕都有上百场了吧。

即使同一内容，王征兵也能举出不同的事例。他关注来自于各个方面的成功案例，规避失败的做法。他不只给领导讲，也会给更基层的普通老百姓讲，让他们通过自身的努力，调整生产出的农产品，包括质量和数量，尽量符合消费者的需求，实现产地与消费地的无缝对接。

他说：为什么我国的苹果滞销而且价格连续两年下跌，2016年我们还要进口6万多吨苹果而且平均售价高达50元/斤？那是因为我国高端消费者需要优质苹果，而我国却很少，难以满足其需求，只好依靠进口。所以，我们农民要减少普通苹果生产，尤其是非优生区劣质苹果的生产，增加优质苹果生产，这就叫苹果的供给侧结构性改革。

他说：目前我国农业生产主体主要是小农户。小农户由于规模小，难以挣到太多的钱，所以他们一是没有经营积极性，大部分年轻人都逃离农村进城打工去了；二是对农业科技没有兴趣，即使把农业科技培训班办到村子里，他们都不愿意参加培训，常常要给他们发两袋洗衣粉或30元钱，他们才参加培训班。这咋能把农业搞好呢？！现在应该积极培育家庭农场、专业大户、农业企业等新型农业经营主体，因为这些新型农业经营主体经营规模大，所以他们千方百计、昼思夜想、一心一意想把农业搞好，另外他们对农业科技有着强烈的追求。试想一下：如果一个养了10万只鸡的农户，连一个养鸡专家都没有，要是来一场瘟疫，一下子死了5000只鸡，这个农场主还能赚钱吗？因此他对鸡的科学防疫肯定是十分重视的。所以，在农业经营主体方面，要让新型农业经营主体逐渐替代旧主体（小农户），这就叫农业供给主体的结构性改革。

他说：我们要买一个好的工业品很容易。比如，我想买一辆好汽车，立刻能想到宝马、奔驰、保时捷；我想买一套好西装，我能想到皮尔卡丹；我想买两瓶好酒，我知道有茅台、五粮液；我想买一个好皮包，我知道有LV；但是，如果我想买二斤好黄瓜，谁能告诉我最好的黄瓜叫什么牌子？在哪里能买到？以此类推，最好的西红柿叫什么牌子？最好的核桃叫什么牌子？最好的香蕉叫什么牌子？……我们常常是拿着钱买不到好的农产品，尤其符合个性化需要的农产品。这就说明当下的农产品缺乏品牌，特别是知名品牌。这同样是农业供给侧改革的内容，即要进行农产品品牌建设。

最近几年我国每年要进口大豆9000多万吨，占到国内消费量的80%以上。为什么要进口这么多大豆呢？因为我国大豆成本太高，只好进口国外低价的大豆。为了减少进口，就要降低国内大豆的生产成本，这同样是农业供给侧改革的问题。

……

关于农业供给侧结构性改革，王征兵思考的问题很多很多。也许是讲得多了，也许是积累的案例多了，也许是提出了一些跟别的专家与众不同的观点，成教学院推荐了他。没想到这门课程竟然通过了，还是西北农林科技大学唯一通过的一门课程。干部教育好课程总共审核通过133门课程。有五所大学入选，共通过七门课程。清华大学和武汉大学各两门，哈尔滨工业大学一门。北京大学入选的是章政教授的“供给侧结构性改革与产业结构转型升级”，跟王征兵有共同点，但也有差异。选中的课程将存入中国干部网络学院精品课程库，为加强和改进干部教育培训工作提供强有力的支撑。

王征兵拿着中组部的红头文件，激动得竟然忘记下班了。坐在电脑前，他把文件从头至尾再仔细读一遍，确认无疑后，提起笔郑重地在《课程使用授权协议书》上签下自己的名字，这才安心地走出经管学院的大楼。站在梧桐树下，王征兵发现，雨早已经停了，西边的楼头现出一抹橘红的霞光。

他提前十分钟到会场，
没想到他们到得更早，
整整齐齐坐在会议室。

46

王征兵走出家属楼，天还没亮。路灯的光圈仿佛都比往日缩进去大半圈，看着像谁夜里悄没声息地爬上去挂了个灯罩子，路面上落下来的灯光朦朦胧胧，罩了一层纱似的。冷空气直往王征兵的脖子里灌，刚从热乎乎的被窝钻出来的他不由得打了个寒战，浑身一哆嗦，赶忙竖起羽绒服的领子裹住脖颈。风带着呼啸的哨音在树上跳跃，在台阶上回旋，在楼群里冲撞，仿佛要把遮挡它的万物摔得粉碎。他刚坐进车里，还没来得及关门，便听到冷风纠缠车皮的啪啪声嘶嘶声。王征兵这才想起，昨晚看天气预报，今天寒潮来袭，将是三十年来气温最低的一天。五月份的汶川地震给国家造成巨大的损失，还没有从伤情中复原过来的国人又要承受这种极端恶劣的灾难性天气。不知这次会给农民造成怎样的损失呢？而他却必须在这样的天气去延安做报告，还得义无反顾。

前几天，王征兵正在教室给学生讲课，手机铃声炸响了。“死了都要爱，不淋漓尽致不痛快，感情多深只有这样才足够表白……”，声嘶力竭的声音从裤兜里跳出来，传遍了整个教室。底下的学生哄一声爆出放肆的大笑，好像能把天花板笑得掉下来。王征兵一向严谨，人前总是板着一张冷面孔，突然发生这种事情，他慌得手忙脚乱。右手拿着粉笔，手机装在左侧，他一着急，却伸手到右侧的裤兜里掏。“死了都要爱，不哭到微笑不痛快，宇宙毁灭心还在……”铃声还在嘶吼，学生们都笑得直不起腰来。王征兵放下粉笔，又到左侧的裤兜里掏。刚一掏出手机，铃声更响亮了，像插了翅膀般满教室飞旋，“把每天当成是末日来相爱，一分一秒都美到泪水掉下来……”王征兵使劲摁住关机键，歌声不见了，嘶吼的声音不见了，学生的哄笑声也戛然而止。寒冷的冬日，他却冒出一身的汗。他擦擦额头，继续上课。平日手机是关静音的。怎么回事？竟然忘记调静音了？他记得昨晚调过的呀！怎么能不是静音呢？这个智能手机是新买来的。昨天晚上，儿子临睡前好奇地翻看他的手机，拿着手机听歌，好像放过这个歌曲。是不是他胡乱摁，摁到铃声了。王征兵忐忑到极点，觉得自己这下把人丢大了。

课上到十点，王征兵回到办公室，打开手机，去了趟厕所，回来又听到“死了都要爱……死了都要爱……”的吼声。他接通电话，是延安市委打来的，邀请他12月2日为延安市委中心组及全市干部两百人作题为“现代农业建设”的报告。王征兵掏出记录本一看，12月1日安排有活动，12月3日安排有活动。而从杨凌到延安坐火车得十个小时左右，没有直达火车，还需要在西安倒车，坐汽车也得五六个小时，往返没有两天时间是不可能的。虽然12月2日他闲着，但也去不了呀！他回复说：去不了，时间有冲突。你们找其他专家吧。那边的人说：我们就是专门请您做报告的。现代农业建设这一块您是权威，领导说必须请到您啊！王征兵说：不是我不答应，是太远了。那天倒是没事，但飞不过去啊！那边的人叹息着挂断了电话。

第二天早晨，王征兵刚走进办公室，就接到学校党委副书记王万忠的电话。王书记问：征兵啊，延安市的报告你去不了？王征兵又把原因解释一遍。王书记说：延安市是咱们的合作伙伴，他们邀请你去给干部们讲讲现代农业建设这方面的事情。你不去，对咱们学校声誉有影响啊！你看看能不能把其他活动调整一下时间？王征兵说：调不开啊！王书记顿了一下说：要不这样，让我的司机送你去做报告，当天去，当天回，行吧？王征兵一听，书记都这样说了，他能不去吗？王万忠是学校的常务副书记，日理万机，他又怎能为这样的事儿让王书记发愁呢？于是，他就说行。早上六点半出发，可以吗？王书记说：没问题！到时候让司机去接你。

汽车里很暖和，跟外面是两重天。王征兵坐在里面，敞开衣襟，系好安全带。司机回头跟他说，王书记五点半就给他打电话了。那时他才刚起床。王书记在电话里叮嘱他：寒潮天气，路途又远，你开车多操心！那么多干部等着听王教授的报告，你去早点，别误了时间。他六点开车到楼下，看到整栋家属楼就王教授家灯亮了。

王征兵很感谢王书记周到的安排。他的确担心这样的天气出行。去往延安的高速公路正在维修，路远不说，关键是恶劣的天气有安全隐患。前年冬天，下着大雪，眉县农业局派来的车停到楼下，司机说听课的人夜里都住到县城了。他们冒着风雪不惧严寒提前赶到就是为了听王教授的报告。王征兵一听，便跟着走了。车开到西宝南线公路，路面打滑，司机开得很慢，走到青化，对面过来一辆车眼看着往这边滑，司机把住方向盘往右打，结果滑进旁边的麦田里。王征兵一看，下来帮着推车。怎么都推不动。两个人折腾了半个小时，迎面走过来五个附近的村民，帮着他们一起推，汽车终于推上来了。司机胖乎乎的，着急得头顶直冒热气。汗从两鬓流下来，他伸出袖子擦擦，又继续开车。司机三十多岁，不太爱说话。王征兵平日话也少，遇到比他话还少的人他倒能多说几句。再次上车，司机让他坐在主驾位置后面的座位，说那里更安全。看不到司机的脸，路面又滑，王征兵也不敢找话说了。

快到眉县时，迎面过来一辆手扶拖拉机，行驶在路中间。两侧是半米多深的沟，拖拉机估计是怕滑到沟里，才沿着中间的路走。司机肯定也看到了，他开得特别慢。到拖拉机跟前时，车子被逼得紧靠路边行驶，车头往沟里滑，王征兵的身体也跟着倾斜。那一刻，他觉得自己要完蛋了。临走时，妻子一直嘟囔，让他不要去，雪太大，路太滑，有危险。他没听，还是跟着来了。第一次滑到麦地里还不要紧，这次是往沟里滑啊！弄不好会翻车的。他紧紧抓住前面的靠背，闭上眼睛，任凭车滑下去。好在车速不快，缓缓地栽到沟下的麦田里，王征兵觉得脑袋晕晕的，睁开眼睛一看，他的身体都跟地面平行了，前窗玻璃上全是雪。他揉揉额头，还清醒着，摸摸身体，也没有碰伤。司机不停地在叫他：王老师！王老师！你没事吧？他答应到：没事！没事！司机使劲推开车门，爬到外面的雪地里，站起来变成个雪人。他顾不得拍自己身上的雪，跪到雪堆上，用力拉开后车门，扶着王征兵走出去。

站在茫茫无边的雪原上，王征兵惊出一身冷汗。司机在打电话，好像是要车来接他。他看到北面一大片猕猴桃园，全被雪覆盖了，塑料大棚与厚厚的雪融为一体。几只不怕冷的麻雀飞到车跟前，啷啷啷地啄着。什么都没有，啄啥哩啄！南边的秦岭像条静卧的银蛇，盘曲着一动不动。近处的土原像一排蜡像耸立在秦岭脚下，威严冷峻。小河的水在雪层下面汩汩流淌。王征兵听到生命欢快的律动，感受到大自然的和谐与宽容。他能在危险中保住身体的安然无恙，是上天对他的眷顾啊！应该珍惜才对。接他的车开过来了。他上了车，那个司机还站在雪地里等待拖车的来拉他回去。

那天的报告，王征兵讲得很动情。外面的世界天寒地冻，会议室却热气腾腾。眉县的农民朋友用热情的双手欢迎他的到来，睁着饥渴的眼神听他讲致富之道，会后给他端上飘着一层红油的滚烫的臊子面，天黑前换了一位老司机把他平平安安送回家。他到家没敢给妻子说这件事，但惊险的眉县之行，每次想起都让他脊背生寒。生命只有一次，他还有很多事情没干，还有很多梦想没实现。

这次，又要冒着恶劣的天气出行了。妻子起床给他收拾衣服时，再没嘟囔。因为她知道，凡是王征兵想做的事情，她根本就挡不住。唠叨多了，对他情绪不好，还起反作用，不如早早起床给他做顿热乎乎的饭菜，让他吃好喝好，精神抖擞地出去工作。王征兵喝了一大碗玉米糁子，肚里不空了。车里的轻音乐让他身心放松。恍惚间，他像是坐在自己家松软暖和的沙发上，抱着一个靠枕，迷迷糊糊睡着了。他梦见自己坐在南郊中学的教室里，班主任任老师高大的身影往讲台上一站，朗诵起王征兵写的日记：

> 在科学的道路上所遇到的艰难险阻比夏忙艰苦得多，但为了农民的幸福，中华民族的富强，我愿将自己的一切献给科学！
>
> 如果把自己比作大海里的一滴水，那么，这滴水只有放在大海里才会永远不干。一滴水，眨眼就会消失，许许多多的一滴水组合起来，那就可以漂洋过海，大有作为了。

任老师怎么会拿到他的日记呢？任老师是教物理的，日记本王征兵锁在自己抽屉里，任老师怎么会拿到呢？而且他的声音怎么变了，像是陕西广播电台采访他的那个男播音员。这到底是怎么回事呢？王征兵想睁大眼睛看看，讲台上的人到底是不是任老师，但眼皮沉重得怎么都睁不开，迷糊中又听到任老师在读，王征兵觉得他的脸颊都发烫了。他大声喊任老师任老师，求求您别读了好吗？他是有这样的远大理想，可是，目前的他哪里有这样的能力啊？同学们会讥笑他是蚍蜉撼树，不自量力啊！任老师仿佛听不见，还走下讲台站在过道里继续朗读：

我要尽力为人民多做好事，争做人民的儿子！我应该心怀全球，专心学习，争取为人类做出更大的贡献！

比我家穷的人还很多，不能光为自家的富裕而学习，应该为成千上万的人都过上幸福的生活而学习！

只为家庭活着，这是禽兽的私心；只为个人活着，这是卑鄙；只为自己活着，这是耻辱。为了所有贫民的事业，为了伟大的理想，弃开一切，为之奋斗！

任老师一口气读完这三个片段，转身往讲台上走。王征兵仿佛被任老师施了魔法般，跟着他往天上飞。同学们的身影消失了，教室消失了，南郊中学消失了。他们飞过一片绿油油的麦田，杨树耸入云天的树梢挡住他们的去路。任老师给他招招手，竟然消失不见了。他大喊一声，感觉到身子一颠簸，醒过来了。睁开眼睛，车窗外是被狂风吹得东倒西歪的小树林。再往两边看，连绵不断的光秃秃的山峰，不断从窗边闪过。陕北的黄土高坡，生态环境依然如此恶劣啊！奇怪，他怎么会梦见任老师读他的日记呢？那时，年少轻狂，厚厚的一摞日记本写满他青涩的梦想。不过，那也是他高中时代最纯真的愿望啊！大学毕业，他读硕士读博士，他不断为社会服务，为“三农”服务，做出的一些事情现在想来，这不是高中阶段梦想的延续吗？也许，他这一生都达不到那样的高度，但他不会放弃啊！

王征兵不知来过多少趟延安，很多时候都是跑到基层去，近距离地给农民做报告，给他们讲致富之道。十月份，他来过一次，作了“农民增收的途径与对策”的报告，反响很好。隔了两个月，他又到延安。这次是给全市的干部讲。市里的干部懂得了现代农业建设的方法，指导农民就不是一个村一个镇了，而是整个延安市的村村镇镇了。所以，他感觉这次来得应该更有价值。这样乱乱地想着，车已经开进延安市委了。王征兵一看手机，整整走了六个小时，他的胳膊腿都僵硬了。

吃过午饭，两点开始讲座。他提前十分钟到会场，没想到他们到得更早，整整齐齐坐在会议室。没有人交头接耳，都在静静地等着他。虽然还没到两点，但王征兵走上讲台就开始讲座。他想，这般恶劣天气还是早点讲完早些结束，早些启程赶路回杨凌。没想到一开口讲，竟然又讲到五点整。延安市委的几个负责人走上来，紧紧握住他的手说：王教授，您讲得太好了！我们还要请您来，给我们的科级干部和农业干部讲讲，相信他们收获会更大。王征兵答应着就往车里走。他们几个人拦住司机，非要让吃过饭再走。

当天夜里，王征兵赶回家，已经深夜两点了。他更没想到的是，仅仅隔了两个周，12月18日，他又被邀请到延安市做报告。不过，这次他是坐火车去的。

他边走边给娄季春讲解。
不知讲了多长时间，
讲到最后手机都发烫了，手背还冰凉冰凉。

47

开过年，天气渐渐转暖了。办公室窗前的柳芽儿也冒出星星点点的鹅黄。两只红嘴的黄鹂一前一后从柳树梢头飞下来，落在窗台上，扑棱着啄一阵儿窗花，看看没啄出什么名堂来，转身飞走了。娄季春烧了一壶滚沸的红茶，边喝边在网上检索有关他课题方面的信息。输入“村干部”三个字，检索出来的文章，第一篇作者是“王征兵”，再查一篇还是“王征兵”。继续查下去，这方面的研究论文不是王征兵，就是王征兵和他的学生发表的。王征兵到底是谁？不查不知道，一查娄季春就睁大了眼睛拍着脑门说：啊！啊！这么厉害的专家我以前怎么没听说过呢？

他当即给西北农林科技大学的朋友戴军打了个电话，让他想办法查找王征兵教授的邮箱。过了几天，戴军帮他找到了。早晨一睁开眼睛，看到戴军发来的短信，他立刻赶到办公室给王征兵教授发了一封邮件：

王教授您好！我是新乡学院党总支书记、教授娄季春，今年申请了国家社科项目“土地‘三权分置’背景下农村‘两委’干部激励体系构建研究”，社会学方向。在申请书的撰写过程中查阅了大量的资料，发现您对村干部的激励研究不仅时间早，而且成果丰硕，2003年您就承担了国家自然科学基金。今天我联系您有两个目的：一是想请您对我的课题指导一下；二是您若有时间，想邀请您来我院讲学，方向就是村干部的激励问题，具体题目您自己定，时间最好放在3月中旬至4月中旬。

为了引起王征兵教授的关注，他在附件后面添加上他的个人基本情况与课题的研究内容及创新之处。邮件发出去后，娄季春又煮上一壶红茶，坐在窗前，边喝边浏览王征兵教授的网页。他有两个博客，网易和新浪。网易博客的时间更早。最早的一篇博文《偶然》，写于2009年8月9日，开头一句话：人的一生是无数偶然的堆积。主体部分从出生的偶然、上学的偶然、生活中的偶然三个方面写了人生经历中的偶然事件。最后一句话：世界充满了偶然。我们在偶然的世界里总想探寻那一丝的必然。娄季春读到这里就笑了，他跟王征兵教授的相识，恐怕也会是他一生中无数个偶然事件中的必然吧。他坐在那里想象王征兵教授看到他邮件的很多种可能：要么就跟有的教授一样，不搭理你；要么就是收取相当的费用，然后把他的研究成果提供给你看；要么回一封信，婉言拒绝了你。但也有十分之一的可能性，就是答应你一个方面的请求。

娄季春发过邮件后，没事就坐在办公室看邮箱，等了两天，都没有发现王征兵教授的回复。他翻卅给王教授写邮件的措辞，看看有没有冲撞的地方。他忽然觉得应该把请王教授做报告的要求写到第一条，等他来到新乡学院再跟他谈课题的事情也不迟啊！但是，邮件已经发出去，后悔也来不及了。到第三天，他一去办公室，明亮的阳光把房间照得暖暖的。茶几上的绿萝被阳光照出了清晰的纹路，叶片都显得厚实了。他提起洒壶给绿萝的叶子喷点水，顺手打开电脑，打开邮箱，跳出王征兵教授回复的一个邮件，他急忙打开。

娄书记：

从资料得知，你的成果丰富，也很有思想。

由于我最近在农村调研，大部分时间无法上网，所以暂无时间与你详细探讨课题，请见谅。

一、我乐于就你的研究课题进行交流和探讨。

二、可以去贵校讲学，具体时间随后再商议。

娄季春把这几行字连着读了三遍，还是舍不得关掉邮箱。他复制到桌面，打印出来，放到办公桌上醒目的位置，看一眼窗外的柳芽儿，看一眼王教授的回复。他的心里好像都长出一嘟噜嫩绿的柳芽儿，随风轻轻摆动呢。他又煮了一壶滚沸的红茶，翻开王征兵教授的博客。第二篇博文是2009年8月10日发的。题目是“农民贫困的根源”，文章发表在2004年的《经济要参》上。《经济要参》这本杂志娄季春太了解了，它是国务院发展研究中心主办的经济类中央一级内部刊物，是为党和国家的决策提供依据的重要杂志。娄季春知道，想要在《经济要参》发篇文章，简直比登天还难。没想到王征兵教授2004年都在上面发表了文章。他真是太佩服了！不只是他写论文的能力，更重要的是王教授在文章里流露出来的思辨能力和他对农民朋友的悲悯情怀，让娄季春深深折服。他突然冒出一个大胆的决定，王教授要是能来新乡学院讲学，他就聘请王教授担任学院的兼职教授。不仅如此，有可能的话，他还要去西北农林科技大学跟着王教授学习，当他的学生，亲自到课堂上听他讲村干部激励机制的课程。

娄季春没想到，王征兵教授很快到新乡学院来做报告了，还很快签署了做兼职教授的合同，更让他欣慰的是王教授答应收他做学生了。

2017年8月11日，娄季春带着新乡学院的几位领导一行七人，来到西北农林科技大学，受到王征兵的隆重接待。第二天，王征兵便组织西北农林科技大学的杨文杰教授、淮建军教授、张晓宁老师、韩锦博士、凡路硕士以及王丹博士等人，在经济管理学院C315会议室为娄季春举行课题论证会。

立秋刚过，杨凌的高温天气渐渐凉下来了。这一天，外面下着小雨，梧桐树的叶子被风吹落一地。正值学校放暑假，教学楼很安静。但楼道的休闲桌椅旁还是坐着几个学生，他们在专注地读书，即使娄季春一行人走过，他们也没人抬起头来看看是谁。这西农大的学生就是好学，暑假都不回去，还早早地到这儿来学习，娄季春很惊叹！王征兵说，他每次来都有学生在这里读书。地下停车场停得满满的，要是来迟一点，就没地方停车，开进去转一圈再开上来停到路边。表面上看教授的门关着，其实他们很多人都在里面搞研究。关起门是怕相互影响。娄季春一听，更是叹服！放暑假了，王教授还能招来这么多教授给他开课题论证会，他很感动。如果王教授没有威信，他能在假期召集来人吗？暑假可是老师们放松休息的时间啊！西农大的教授不仅能来参加他的论证会，还有那么多教授和学生跟正常上班一样到学校工作学习，真是不一样啊！

会议室开着空调，凉飕飕的。娄季春搓搓双臂，介绍了他的课题研究情况，谈到他目前研究过程中的瓶颈，诚恳地希望各位专家给他建言献策，帮他解决问题。课题研究资料早已发到与会专家的手里，他们准备也很充分，写了很多意见。杨文杰教授说，题目最好能改改；文献资料引用的不够；个人前期的成果不够；研究方法还需再增加。淮建军教授讲得很多很细。很多细节问题他都提出来了。比如说身份变化的原因没有谈具体，“三权分置”引发的问题是什么，应该阐述清楚。张晓宁提示要注重对现实问题的解决，要研究岗位职责的差异性。王丹博士说，文献引述的方法很重要，方法研究要定量。王征兵教授最后总结，他提出以下几个问题：

1.内容与题目不完全相符；

2.学术价值不明晰；

3.应用价值不明晰；

4.研究方法要明确；

5.创新点不够凝练。

娄季春坐在旁边，他倾听每一个人的讲话，认真写着笔记。每一条都是非常中肯非常实用的意见。特别是王征兵教授的总结，言简意赅，举例翔实，拨开了娄季春心头一直萦绕的云雾，让他豁然开朗。他认为太值得了，认识王征兵教授是他人生偶然中的必然。他要到王教授的身边来学习，提升自己的研究水平。

2017年9月2日，西北农林科技大学迎来一个特殊的学生——新乡学院的党总支书记娄季春。他是作为西北农林科技大学经济管理学院访问学者来学习和交流的。经管学院专门给娄季春独自一人安排了一间办公室，距离王征兵教授的办公室不是很远。有问题方便过去请教。

接下来的日子，王征兵的工作生活中多了一个学生。他们要么在办公室交流，要么在校园的林荫道上探讨。但王征兵的事情太多了，不能时时陪着娄季春答疑解惑。娄季春就发邮件。一封封邮件发过来，王征兵一封封回过去。即使远在外地出差，王征兵也会天天用手机翻看邮箱，只要是娄季春的邮件，他就抽时间阅读，尽快回复。他觉得这样一个比他年龄还大的书记投到他门下学习，是他的荣幸，但更让他感到肩头担子的沉重。经过无数次的交流，娄季春完成了他的课题申请书，发过来以后，王征兵从头至尾细细阅读一遍，发现还有些问题，他就给娄季春回复了一封较长的修改意见书：

申请书论证整体上不错，思路清晰，结构完整，内容比较充实。进一步的完善，建议从以下几个方面考虑：

一、文献梳理部分是研究史梳理，而不是政策梳理。

二、题目及其研究的具体定位。根据我掌握的信息，把这两方面结合起来研究还是比较少的。因这种题目比较宽泛，立意不够精确。你浏览一下往年课题，在社会学中这种题目是多还是少？同时，是研究互动好，还是研究单向度好？值得进一步考虑。相互关系题目往往难以理清思路。建议你最好做单向度的，就是研究如何激励精英回流促进经营主体的培育，经营主体促进精英回流放在条件和机制上去阐述，这样逻辑上就会清晰得多。而且现实中来说，主要也不是先有经营主体然后吸引人才回流，而是精英回流去开拓、培育经营主体。

三、你的大标题和一些总结性表述都很好，但具体内容阐述不够清楚、具体。如第一部分，理论基础是什么？不够清楚，对核心概念的界定，还可以进一步明确，如精英、精英回流等，这些关键概念是一定要在论证中有清楚明确界定。经营主体界定比较具体，但理解上还可以进一步精确化。经营主体这个概念应该首先是人，然后才是实体，不能只强调实体，至少是二者的统一，这样也容易与精英人才衔接。实证研究这一章，不能只是提出研究对象，要具体阐述去实证什么，用什么方法去实证。政策建议这一章内容不够完整，特别是对激励机制要进一步具体一些。这里有两个层次的政策、机制：一是如何激励人才回流，二是如何使回流人才成为经营主体，或创建或发展经营主体。

四、在精英人才回流和经营主体之间有一个关键性的环节，就是经营主体的带头人，精英回流通过成为经营主体带头人，发挥和实现对农村经营主体的培育。你的论证中还缺失这个关键的阐述。

2018年1月10日

娄季春收到邮件，看看是下午快下班时间，就给王征兵教授打电话，他想咨询政策梳理方面该查阅哪些资料。王征兵刚给学生上完课走到楼外面。他一看是娄季春的电话，赶快接通。他耐心地给娄季春解说，该看看什么文件的第多少条款。说完了，娄季春又问起另外一个问题。王征兵不敢怠慢，举着手机的右手裸露在寒风中，冻得僵硬，他也不敢挂断电话，换了另一只手继续交流。他边走边给娄季春讲解。不知讲了多长时间，讲到最后手机都发烫了，手背还冰凉冰凉。娄季春问完最后一个问题，王征兵装起手机，两只手背冻得通红通红的，耳朵烧疼烧疼，但他的心里暖暖活活。他常说的一句话就是：被人需要也是一件幸福的事情！

王征兵拿着手机的手剧烈地颤抖起来，
他想把这个消息给谁讲讲，他心里憋着一团火，
想要喷发出来。

48

立冬刚过，王征兵带着学生去陕北佳县调研，走进坑镇一个村里，空气中弥散着熟透的枣子的甜香味儿。王征兵深深地呼吸，甜香味儿一缕一缕旋着往鼻孔里钻，往心肺里潜游。他觉得整个身体被枣子的甜香味儿泡透了，污浊晦气退出了体外，仿佛变成一枚红艳艳的枣子，挂上初冬的树梢。车开到柏油公路的尽头，还没有看到村子。司机把车停到路边的一家农户院门前，他们下来步行。山道弯弯曲曲，有些地方须得侧着身子通过，两边生长着密密麻麻的酸枣树，树上连一片黄叶都没有，零星地挂着十多颗干透的红酸枣，麻雀啄上两口，发现人一走近便呼啦飞跑了。再往前走，现出一片斜坡地。坡底有窑洞，洞口拴着一条黄狗，听见响动，就绷紧了铁索朝他们狂吠。王征兵和学生被狗的叫声惊得一不留神滑到坡下面。出来一个穿着黑棉袄的老伯，伸手摸摸狗的耳朵，狗不叫了，静静卧在枣树旁边的干草里。王征兵站到窑洞前，深蓝色的裤子铺了一层黄土，脚上新买的白色运动鞋像是被黄土染过一般，深黄浅黄轻轻重重，像小孩子玩了一天泥巴的花脸。

王征兵举起手拍打身上的黄土，学生也跟着拍。刚拍了两下，感觉老伯的眼睛总盯着他看。他觉得不合适了，把手顺势举到耳朵旁边，挠了挠痒痒，又放下来了。老伯的棉袄沾满尘土，不像是今年新扑上去的，陈年的黄土都累积到布缝里了，看不出布的本色了，好像自穿上就没洗过一般。领口被脖颈的体油磨得光亮光亮，能映出对面人的眼。两个膝盖处补着两块大小不一、颜色不同的补丁，补丁已磨出毛茬了。裤脚挂出来一个口子，布片吊在脚脖上，一走一晃。黄胶鞋破破烂烂，顶头戳出来两个大拇指。

跟着老伯走进窑洞，大大小小的器具堆满晒干的红枣。腐烂的枣子的气味隐隐约约浮出来。王征兵问老伯：这个时候了，枣子怎么还没卖掉？老伯说：没有人要啊！去年都收走了，卖的价钱还好。今年八月下暴雨，进村的路塌方厉害，还没修好。枣子熟透的时候，没人来收，只好跟老伴两人背回来晒干堆到窑洞里，看过年能不能把路修好卖出去。王征兵抬头一看，窑洞墙上挂着老伯的全家福，三个儿子长得虎头虎脑，就问老伯：儿子呢？老伯说：大儿子考上大学到城里上班了，另外两个他哥叫出去到城里打工了。山里穷，条件不好。娃儿们待不住。我们老两口去城里，又舍不下这一片当娃儿一样抚弄过的枣树。

老伯带路去看他家的枣树。王征兵走得气喘吁吁，老伯却如履平地。所到之处皆是枣树。有的枣树没人摘，树叶被吹落了，只剩下一树红枣裸露在阳光底下，像一粒粒凝结的血珠子。半山坡的枣树底下，落着一层红枣，像谁铺了一层红毯。红枣早已失去水分，被风浮起来的枣子在草丛间不住地弹跳，找不到落脚点，最后滑到旁边的沟里去了。王征兵看着心疼啊！小时候，想吃颗熟透的红枣多难啊！更不要说陕北红枣了。过年时，外婆趁人不注意，悄悄往征兵口袋里塞颗大红枣，还叮咛他回家再吃。王征兵把手伸进去揉捏着，很想吃又不敢掏出来。外婆家人很多，王征兵捏个枣子手心都捏出汗来。没吃午饭，王征兵就跑出了村子，避开人群，掏出红枣一看，都软得没枣形了。放进嘴里囫囵着嚼，甘甜甘甜的，竟把枣核吞到喉咙了。他使劲咳嗽，眼泪鼻涕全咳出来了，才把枣核吐出来。现在，来到漫山遍野的枣林里，看着荒弃的大片红枣，王征兵却没有一点点吃枣的欲望。农民多么不容易啊！给枣树剪枝，给枣林施肥，爬坡过沟，从树上一颗颗摘下来，再背回家，丰收了却卖不到钱，这一年的生活费从哪里来啊？

返回路上，王征兵应朋友邀请，到临潼栎阳朝邑村看看西红柿制种基地。朋友说：朝邑村的西红柿制种，自联产承包责任制以后没几年就开始了。这里耕地面积大，土壤肥沃，灌溉条件好。有两户胆大的人家率先制种，第二年发了大财。每斤西红柿种子收购价大约100元，种得好一亩地打60多斤，毛收入6000多元，投资大约2000元。有一家种了三亩地，管理得好，毛收入近两万元。村里人一看，就跟着一起种，发展到最后，朝邑村有青壮劳力的家庭全部学着培育西红柿种子。不到三年时间，西红柿制种发展成为朝邑村的朝阳产业。近几年，国家开始大规模城镇化建设，朝邑村的西红柿制种一下子瘫痪了。虽然成立了合作社，但授粉期找不到年轻人去地里干活，年龄大的手脚又不利索，再加上自然天气不好，病虫害越来越难以防治，村里的制种产业远远没有过去红火了。你能不能帮着想些什么办法，村里的耕地很多都荒芜了呀！

王征兵想起十年前来朝邑村看到的情形：那天，到阎良办完事，天快黑了。他开着车走错了路，感觉越走越远。停下车子问路边的人，回答是朝邑村。说话间，他就闻到一股腐烂的酸味儿。风吹过来，酸臭味儿一阵比一阵浓郁，熏得他直反胃。问那人这酸臭味儿咋回事。说是抠掉西红柿种子的瓤子，堆在家家户户门口，天气热得腐烂了。没办法处理，只能这样！前面的沟渠倒满了，苍蝇蚊子咬得人黑里睡不着觉。但种子的价钱高，家家争着扩大面积。这年月，谁还怕钱烧手哩！娃们不管这事，蚊子咬过了，不停喊这儿痒哪儿疼。村里的蝇子满天飞，学习好的娃发誓考出去再不回来了。十年后，果真应验了那人的话。朋友说：老人们敲过警钟的，就是没人听。都只顾眼前利益，哪能想到子孙后代？

王征兵回到学校，写完调研报告，常常反思，造成这种现象的根源到底是什么？国家的城镇化建设没有错。城镇化建设需要大量的农民工付出劳动也没错。农民工脱离开黄土地到城里打工赚钱享受城市人生活，这也没错。可是，土地怎么办？粮食怎么办？中国是农业大国，农业是国家的命脉。假如没有人种地了，拿什么来供应城里人吃吃喝喝？农民在农村生活的条件太差了，跟城里的生活差距太大了。即使一些人靠特种产业发家致富了，也难以得到城里人的尊重。他越想越按捺不住，内心的火焰燃烧得越来越炽热，坐在电脑前，很快写下《建议设立“二·六”农民节》的文章。他希望借着这样一个节日，让农民在这一天欢庆和释放自己的情感，敦促社会各界更加重视农民问题，鼓励更多的人给农民提供帮助。通过关注和支持，要让农民为自己的农民身份感到自豪。写完看了一遍发到博客上，显示日期为“2010-08-05”。王征兵再看一遍，呼出一口气，憋在心中很多年的块垒终于取出来了。他牢牢地记住了这个日子，这是他呼吁设立农民节的日子。他多么希望这一天早日到来啊！2012年9月15日，百度文库收录了《建议设立“二·六”农民节》。看来，王征兵的呼吁有了一定的社会反响。

2013年的春天，王征兵在同学家看到一本书《四千年农夫》，是美国土壤物理学之父富兰克林·H. 金写的。他翻了翻序言就迫不及待地借回家看。这本书在中国翻译出版的时间是2011年，距离富兰克林·H. 金1909年远渡重洋来中国考察已经上百年了。我们是迟了一百多年才看到这本书啊！富兰克林在书中这样高度评价中国农民：

农耕活动是一个充满活力的、拥有五亿人口的中华民族的伟大创举。他们四千年来不断积累农耕经验，并且这个势头还将保持下去。这套农耕体系经过长达四千年的演化，仍然能够产出丰足的食物，养活如此众多的人口，我们渴望了解这是如何做到的。

西方人花费大量金钱，精心制作肥料焚化炉来焚烧垃圾，将粪便排入大海。中国人则是将两者都用作肥料。中国人不浪费任何东西，并且总是将神圣的农业职责铭记于心。对细菌的研究工作表明，处理人粪尿和生活垃圾最好的方法就是将它们埋在干净的土壤中自然净化。

东方的农民是世界上最懂得利用时间的，他们能以一种更迅速有效的方式保证同样的收成。江浙一带的农民会在小麦完全成熟之前套种棉花，用这种方式套种下的棉花要比用传统方式种植的生长时间多三十天。许多地方还会用复种的方式，这种做法使田里的作物变成了多熟制，利用生长季节的每分每秒促进作物的生长。同时，农民利用所有可能的时间来照顾作物。

……

读完这本书，王征兵惊叹了。一个美国大学的农业物理学教授，曾经担任过农业部土壤局局长，美国土壤物理学之父，对中国农民的评价如此之高，他是万万没有想到的，相信很多中国的农业学家也想不到。可惜，我们还一味地埋怨这些在富兰克林看来都是伟大的中国农民。历陈中国改革开放三十多年来所取得的成绩，哪一项能离得开中国的农民，他坐下来，激动得奋笔疾书：

农民，本来只是农产品的生产者，但中国农民不但生产了粮食、蔬菜、瓜果、肉蛋等农产品，还生产和创造了中国，乃至世界人民所需要的数以千计的衣服、鞋袜、锅碗瓢盆以及楼房、道路等非农产品。

三十多年来，在中国大大小小的城市，一座座高楼拔地而起，成为中国城市独特而又亮丽的风景线。然而，在大楼的建设工地，除了少数的工程师外，绝大部分建设者都是来自农村的农民。所以，毫不夸张地说，是中国农民建造了中国无数的高楼大厦。

三十多年来，中国的道路建设同样是突飞猛进，尤其是高速公路和高铁四通八达。三十年前，中国还没有高速公路和高铁，而现在其里程竟然是世界第一。但在公路和铁路的建设工地，除了少数的技术人员外，绝大部分工作者是来自农村的农民。中国农民用自己勤劳的双手让中国的道路延伸到中国的每一个角落。

三十年前，我们可以出口的物品极少，中国的外汇储备少得可怜，而今天中国成为“世界工厂”，国外的货架上充斥着“中国制造”，中国的外汇储备跃居世界第一。但在中国大大小小的工厂，除了少数的技术人员外，绝大部分工人是来自农村的农民，是中国农民为中国，乃至世界生产了衣服、鞋袜和锅碗瓢盆等生活日用品。

三十年前，中国人很少去饭店吃饭，而今天酒店林立，且人满为患。但酒店的厨师和服务员基本上都是来自农村的农民，是中国农民支撑着中国庞大的餐饮业。如果酒店的农民工全部返乡，那么中国的酒店业必然瘫痪。

三十多年来，中国的城市规模翻了几番，但城市反而比过去更干净了，是数以百万计的清洁工给了我们洁净的市容。而绝大部分清洁工都是来自农村的农民，是中国农民在城市人还在睡梦之中的时候，已经披星戴月在清扫城市，塑造了干净整洁的中国城市。

……

我们知道，在国外农民只负责生产农产品，非农产品都是由专门的职业工人生产的，而在中国我们几乎处处都能看到农民的身影。中国农民不仅为我们生产了粮食、蔬菜、瓜果等农产品，他们放下锄头，又为我们建了楼房、修了道路、生产了衣服等许许多多的非农产品，所以，我说：中国农民创造了万物。以此也可证明，中国农民是世界上最聪明和最伟大的农民。

中国农民不仅用他们的智慧和勤劳为我们生产了农产品和非农产品，而且常常夜以继日，没有双休日，甚至晚上还加班加点。一般人一周只工作五天，而农民，尤其是农民工经常一周工作七天！如果把晚上的加班算进去，一周工作甚至达到八天、九天！毫无疑问，中国农民为中国经济腾飞做出了巨大贡献，而农民依然不是很富裕。农民工还要忍受颠沛流离、骨肉分离之苦。中国应该感恩农民，中国人民应该永远铭记中国农民。

谢谢你们，伟大、勤劳而又聪明的中国农民！

从开始写《建议设立“二·六”农民节》那天起，王征兵几乎每场报告都会谈到设立农民节的想法。2017年6月底，西安市农林局五六个人来到杨凌。他们拿着举办西安市首届农民节的草案，征求王征兵的意见。王征兵看过以后建议增加三个方面的内容：

1.举办农民节高端论坛，聘请省内外著名农业专家演讲。

2.举办百名农业专家现场咨询会，邀请西北农林科技大学专家20余名，本市农业技术人员80余名，在广场免费接待农民农业技术咨询。

3.农产品品牌评比。针对西安农业主导产业，评出著名农产品品牌，促进农产品销售。

2018年3月18日（农历二月二），西安市首届农民节如期举行。王征兵主持乡村振兴战略高端论坛。会场气氛隆重，座无虚席。上千只眼睛望着他，他镇定自若地走向主持台，宣布西安市首届农民节乡村振兴战略高端论坛开幕。会场外，天空低沉，时不时飘过一层春雨，瞬间又停歇了。地面湿漉漉的，来来往往的农民举着花伞参观核雕、剪纸、花馍、柳编等各种非遗文化产品。会场内，灯火通明，讲台笼在一片神圣的红光里，浙江省政府咨询委员会委员、“三农”发展部部长顾益康走上去讲，国家发改委农经司副巡视员徐正斌走上去讲，北京大学国际发展研究院院长、北京大学国际发展研究院中国经济研究中心主任姚洋走上去讲，京东集团执行副总裁兼首席公共事务官蓝烨走上去讲，陕西省社科院学术委员会副主任、陕西省有突出贡献专家张宝通走上去讲，陕西省政府研究室主任杨三省走上去讲，西北农林科技大学经济管理学院院长赵敏娟走上去讲，浙江联众休闲产业集团有限公司董事长余学兵走上去讲……

王征兵坐在前排，认真听取每一个人的观点，及时整理思绪，结束时的点评简明扼要，不时爆出一个冷幽默，既引发听众的思考，又能调动他们听课的情绪。封闭的会场不时爆出激越的掌声。

2018年6月21日，王征兵正在浏览微信公众号大农圈发送的消息，中国政府网忽然跳出一个画面：碧蓝的天空下，一辆联合收割机正在熟透的麦田里收割。紧下面是分成两行的深蓝色大字：国务院批复同意设立“中国农民丰收节”，再下面是分成两行的黑色小字：国务院批复同意自2018年起，将每年农历秋分设立为“中国农民丰收节”。看到这里，王征兵拿着手机的手剧烈地颤抖起来，他想扭头跟谁说话，想把这个消息给谁讲讲，他心里憋着一团火，想要喷发出来，他想唱首歌：党啊，我亲爱的妈妈……可是，他坐在椅子里，什么都没做成。他觉得脸上有虫子在爬行，一直爬一直爬，放下手机，两只手抓虫子，却抓着了一串又一串泪水。

八年了，他想了整整八年啊！梦寐以求的这一天，终于到来了。他是农民，是农民的儿子，是农民的孙子，是亿万万农民最知心的朋友。他从进入西北农林科技大学的那一天起，就再也甩不掉农民的标签，而且是一生一世贴上去再也揭不掉的标签啊！这张标签与他的血肉黏合在一起，往他的血脉深处生长，往他的骨头缝里生长，往他的每一个细胞里生长，往他灵魂最敏锐的地方生长……他过上衣食无忧的日子了，可是，有些农民兄弟还在苦难中煎熬，甚至贫病交加，潦倒度日，你让他如何歇得住脚，如何坐得住板凳，如何海阔天空游山玩水？中国的农民丰收节设立了，而要让他科技兴农的梦想完全实现，让所有的农民兄弟过上小康生活，还有很长很长的路要走啊！所以，他还得继续上路，继续行走在扶贫济困、乡村振兴的大道上，跟无数仁人志士一起，为建设美丽乡村，创造生态宜居的美好环境而奔忙。

贴着一个人的灵魂，
跟他一起在纷纭世事中时轻时重地呼吸。
捋尽生存夹缝里的荆棘，即使往昔刺痛心房，
也能生出霞光闪过云翳的欢喜。

贴近一个人的灵魂

清晨，蛋黄般嫩嫩的阳光洒满渭河，整条河道变得比昨夜里开阔了。前段日子被洪水冲平的荒凉的沙滩，长起一层绿油油嫩生生的河草。冲倒的杨树，不知何时挺立在泥沙里，张扬着生命重生的坚毅。消失的白鹭回到缩水的河流里，扑棱着擦水而飞。我弄不清白鹭到底离开这里与否，或许是曾经在河边见过，忙起来的这三个月又不曾再见。而不见的又何止是白鹭？

自从6月5日动笔开始写王征兵教授，我每天在棠樾湖居与渭河之间的路上往返。没有闲杂事，我坚持早上走一趟，晚上走一趟。天气闷热，房间里待不住，六点醒来就下楼，出棠樾湖居北大门，经自贸大道右拐，再向南走一里地，便看到开阔的渭河河面。河水聚了大半年，蓝天白云倒影进去，秦岭主峰倒影进去，盘旋徘徊的鸿雁倒影进去，河岸边走来走去的女人倒影进去，满脑子的采访材料倒影进去，写作思路忽然间就清晰了。回来坐到电脑跟前，王征兵教授的第一个故事《卖桃子》很快写出来。

动笔前，贾平凹的《山本》刚读完，他的语言智慧开启了我混沌的思维。这样奇思妙想的词句，绝不是文学培训训练到的，它应该是作家个体生命与大自然心神交汇孕生的天籁之声。读一章节《山本》，写作的冲动便在胸腔里跳跃，酝酿到的文字感觉极好，故事的画面感极强。后来，每天清晨写作前，都会泡一杯葛根茶，坐在飘窗里，望望落满霞光的渭河，望望沉睡在渭河里岿然不动的秦岭，收回视线读《山本》，里面的场面描写，草木描写，风雨描写，人物的心理情态言语行动，皆有妙不可言之处。贾先生往宏阔里写，往曲折里写，往生活的夹缝里写，往草木的神魂里写，往人性最隐秘的幽暗处写，往政治漩涡里写，往悲到极点喜到极点里写……他的神思妙笔提醒着我，不能往平庸里写，要找到属于自己的文字感觉，找到一条别人走不到的文字通道。

再后来，微信公众号出现万琼的《山本》朗读，我可以边走边听。出门路上，花二十分钟听《山本》；回来路上，花半个小时构思故事。如此，便节省出回家阅读的时间。有时，走进门迫不及待地打开电脑，想了一路的故事泉水一般往外冒，不让它流尽便堵得慌。如果散步归来恰好有事不能写，出外一趟，满脑子活跃着故事的细枝末节，办事也会生出差错。有一次，开车遇到红灯，脑海中想着要写的场景，竟然挂到倒车挡，幸亏后面的白色小轿车反应快，往后退才没发生意外。

忽然觉得，阅读名著是激发写作者语言灵感的捷径。我每天读《山本》之外，还增加了川端康成的作品研读。期间，买回严歌苓的十卷本，坐高铁读全本。写作者的阅读跟一般读者的阅读是有区别的。写作者是为了从经典作品中汲取写作的智慧，他会反复揣摩某个用词某个句子某个情节某段人物的对话，为我所用。比如说：《山本》让我产生创作的冲动，《雪国》让我学到刻画的细腻，《小姨多鹤》让我懂得强化内容的故事性。阅读每部作品都能给我这样那样的创作启示。《山本》连读带听已过三遍。川端康成的小说读过一本中短篇，《睡美人》阅读一部分。严歌苓的十卷本继续读。这些作品会坚持读下去，陪伴我修改书稿，直到自己满意。

写作过程中，体力与精力也很重要。《精耕记》共六大部分：生意经历；亲朋师友；教育科研；指导学生；社会服务；社会影响。累计四十八个章节，写四十八个故事。每天下午回听采访录音，晚上确定写作场景，第二天晨起走路时整理写作思路。八点回家写作，体力充足精力充沛思维清晰时，两到三个小时能写四千字左右。如果牵扯到的理论知识深奥，须得再次查阅，导致写作时间延长，有时会延续到下午两三点。早上要是有事，下午回来写。下午头脑相对来说反应慢，写作时间有时延续到晚上七八点。每个章节写完，休息半个小时，修改一遍，发给王征兵教授或是当事人修改，当天的写作任务算是完成。下午写稿会影响到第二天的创作进展，得熬夜翻阅过去的采访资料。其中有三天为了赶进度，加紧写两篇，累到脑子一晃都能听到响动，隐隐地疼。有一天写完，胳膊疼得抬不起来，头昏眼花，赶快去医院检查，是颈椎病加重了。回家后增加外出走路的里程和时间。这样，坚持到写完整部书稿，头脑反倒清晰了，身体也比之前轻松。

2018年8月18日16点19分，最后一个字写完，有翻越一座高山落到平地的欣慰。没有过度的兴奋，竟然平静得连自己都感到奇怪。这是我写的第一部长篇作品，是要完成百优作家每年的创作任务才动心想的。开始报创作计划时，结合杨凌的地域优势，我决定选西北农林科技大学的农业科学家作为写作对象。爱人在学校搞玉米育种工作，他跟同事育种的艰辛我都看在眼里。播种时天天泡在试验田，一到授粉期天气再热也得钻进密密的玉米地，收获时表现好的棒子得一个个掰下来储存，第二年再试验，直到品质稳定后方能申报国家成果。每次从地里回家，他都是两脚泥巴。新买的皮鞋常常灌满泥土，脱在白瓷砖上提起来都是碎土粒。他的领导，他的同事，他的学生，都是如此。所以，我想写写他们，写写他们身上吃苦耐劳的品质，写写他们数十年如一日的坚持，写写他们风吹日晒的酱紫色皮肤，写写他们为社会做出的巨大贡献……

感谢百优计划，感谢我的导师冷梦和师弟赵韦。2016年我写过“三秦楷模”王辉，近万字的报告文学发表在2017年1月15日的《陕西日报》，这对我是莫大的激励。随后，我确定选西北农林科技大学五十名农科专家来写。每个人一万字左右，五年时间大约写三本书，完成百优作家的创作任务。但是，跟导师和师弟交谈时，他们说：你写一个人要对他全方位调研采访，写十个人也是如此。花费那么大的精力却只写一万字，能写透农业科学家吗？何不选定一个人写，写一本书，全方位展示他的科技成果和精神品质？我一想，还真是啊！写王辉教授时，我查阅了能搜集到的他的所有资料，走访了他提供的全部采访对象，最后只写了三个侧面，并不能完整再现王辉教授的传奇人生。听完导师和师弟的建议，我改变原来的创作计划，决定选两到三个人来写。

2017年2月20日，我无意间读到王征兵教授的新浪博客，发现他社会服务工作做得很多，社会影响很大，农业经济研究的创新理论也不少，就给他留言。通读他的新浪博客和网易博客后，跟王教授谈了要写他的想法。但是，王教授拒绝了。他说他很平凡，没有什么可写的。我告诉他，我是为完成百优作家的任务才找他。王教授心肠软，一听我有任务，就答应了我。6月27日，我正式跟踪王征兵教授采访。跟着他听报告，跟着到他兴平老家拜见他的父母，去他就读的小学初中高中看他的学习环境，约见他的班主任和各级同学。跟他散落在全国各地的部分学生交流，跟他到农民企业家的农场参观。跟他敲定写作框架，商量写作思路。跟他反复沟通生活细节，仔细核对工作的时间与环境……我惊奇地发现，不管什么时候，在什么地方，跟王教授交流，他都不会烦躁。即使有些细节采访过我忘记了，他依然会给我再讲一遍。他的日程表安排得很满，却总会腾出时间安排我的约见，精心回答我的问题。

我不仅采访王征兵教授，还要他不断给我鼓励。没有驾驭过这么浩繁的题材，特别是王教授的社会服务和社会影响，全都关联着国家的

“三农”政策。每每想到这一点，便打退堂鼓。我过去写散文，内容多写个人生活。再说，熟悉的题材写起来相对要容易些。现在要写王征兵教授，写与农业有关的方方面面，即使一个废弃的风箱，我都得仔细研究，这需要多大的勇气啊？我的文字偏重抒情，要写王教授的农村故事，还要写出浓郁的乡土气息，得多难啊！于是，我买来柳青的《创业史》、莫伸的《一号文件》，借来杨争光的《从两个蛋开始》、冷梦的《高西沟纪事》，钻进去研究新中国成立以后各个阶段的农村，了解农村的生活习惯、风土人情，让自己的思维状态回到离开三十年的乡村里去。素材积累起来了，怎么写又是个很大的难题。网上买来茨威格的传记《人类群星闪耀时》、林语堂的《苏东坡传》，买来《贝多芬传》《伊丽莎白女王传》，买来徐迟的报告文学集《哥德巴赫猜想》，摆放在各个房间，随时随地看。这些书，我一直读一直读，从秋天读到冬天，从冬天读到春天，还是不敢轻易下笔。对王征兵教授采访得越多，交流越深入，越是觉出他的高尚与伟大，越是觉出他的博学与浩阔。万一动笔，写不好就对不起他。二十万字的作品，一旦语言感觉不对头，那得浪费多少时间和精力啊！

读完传记，理清写作思路，我找出梭罗的《瓦尔登湖》，细细品读，提高对语言的敏感度。买来《冬日笔记》《山河袈裟》，提高阅读的思想认识。沈从文的中篇小说《边城》读过二十多遍，悟出语言叙事的分寸与度的把握，再下来读《山本》。《山本》的阅读状态是如饥似渴。读完《山本》，忽然想动笔了。而且一提笔，《卖桃子》一口气写了五千多字。然后就一路顺下去。三个月时间，去了一趟马来西亚，去了一趟北京，参加了一场作品研讨会，回家看望老父亲三次，剩下的日子都在写作。多数时候比较轻松。因为，王征兵教授一直在鼓励。他边修改边肯定，每一次肯定都是助推我继续写下去的动力源泉。我在暑假火热的天气里，坚持三个月，有效写作四十五天，完成四十八个故事的创作，这对一个从没有写过长篇的人来说，是一个奇迹。是王征兵教授帮我完成了人生的又一次跨越与挑战！我真诚感谢他不厌其烦的配合和鼓励！更感谢王征兵的妻子王慧莹，她不仅支持丈夫的工作，而且对我的写作也给予了鼎力支持。

收尾那几天，我在渭河岸边走路，望着满天的霞光，想着王征兵教授五十四年来所经历的一切，心里突然冒出一句话：贴着一个人的灵魂，跟他一起在纷纭世事中时轻时重地呼吸。捋尽生存夹缝里的荆棘，即使往昔刺痛心房，也能生出霞光闪过云翳的欢喜。的确，写人物就是这种感觉。是这种感觉啊！回想林语堂笔下的苏轼，茨威格笔下的拿破仑，徐迟笔下的陈景润，哪部作品不是贴着一个人的灵魂，跟他在纷纭世事中时轻时重地呼吸呢？王征兵教授笑着说：你现在是这个世界最了解我的人！曾经很多事情老婆都没敢告诉，却全都告诉给你了。我也笑了。庆幸他对我的信任。好在他讲的都是经得起阳光暴晒的事儿，是光天化日之下人人可阅可赏可圈可点的事儿。孔子说：君子坦荡荡，小人长戚戚。他有什么不敢告诉别人的呢？只是没有机会罢了。

这一年，我的性格也在悄无声息地发生变化。曾经不关注政治的女教师，研究起中央下发的二十个《一号文件》；曾经斤斤计较的小女人心胸也变得开阔和包容；曾经自卑到极点的人也敢玩自拍发照片说自己耐看；曾经只写个人鸡肠小肚家庭琐事的视野投向了农业领域；曾经认为自己是世界上最痛苦的人却把公益的心邮寄到新疆的乡村；曾经漠然周围的恶性事件想逃离红尘的心房忽然萌生出为大家服务的意识……这一切都是源于王征兵教授的熏陶和感染。

感谢所有亲朋好友在写作过程中给予我的包容和支持！樊志民教授很多年前就对我说：凤香，莫要再写“小我”的事情，要写写“大我”。站到高处，把眼光往远处观察，往开阔里看，才能写出大境界的作品。杨凌作协的两任主席王启儒、贺绪林，从我刚到作协担任副主席那一天开始，便激励我写大部头作品。如今，我终于跨出这一步。成功与否，我不知道。但是，我能迈出这一步，就是最大的成功。我的兄弟姐妹，我的亲人，都在鼓励我，坚持下去。坚持下去，就是最大的胜利。在这里，真诚地道一声：谢谢你们！

2018.8.20.13:13初稿

2018.11.24.13:16修改第四稿

附　录

王征兵代表作

发表论文300余篇，其中被SSCI、CSSCI、EI收录70余篇，代表作如下：

1. 王征兵. 中国农业经营方式研究[M].中国科学文化出版社，2002年.

2. 王征兵. 农村普通初中“绿色证书”教育（初中三年级陕南分册）[M].陕西人民教育出版社，西北农林科技大学出版社，2006年.

3. 王征兵. 甫永民.村干部职务行为研究[M].中国农业出版社，2009年1月.

4. 王征兵，魏正果. 中国农业经营方式：精细密集农业[J].管理世界，1995(5)：195−200.

5. 王征兵. 提倡大学生走出课堂作社会调查[R].光明日报，1986−07−04第二版.

6. 王征兵. 村干部合法收入标准的确定——以陕西省兴平市西吴镇为例[J].中国农村经济，2004(10)：76−80.

7. 王征兵，宁泽逵，Allan Rae.村干部激励因素贡献分析——以陕西省长武县为例[J].中国农村观察，2009（1）：51−57.

8. 王征兵.精细密集农业初探[J].中国农村观察，1991（4）：58−64.

9. 王征兵.农民贫困的根源[J].经济要参，2004(26)：36−38.

10．王征兵.陕西省礼泉县土地延包现状调查与评析[J].中国土地科学，2001（6）：39−41.

11．王征兵，不在意资金刍议[J].经济学家，2001(1)：121−122.

12．王征兵，徐永安.论中西部地区农民进入市场的紧迫性，制约因素及实现途径[J].经济问题，1997(3)：55−57.

13．王征兵.失地农民沦为社会新底层[E].人民网，2010−09−06. http://sn.people.com.cn/GB/202106/12647989.html.

14．王征兵，杨高举，杨珽.农大学生不在意资金行为规律研究[E].《经济研究》网站 2011年6月2日.

15．王征兵.西北农林科技大学王征兵建议——防旱须全面推广农业节水技术[J].经济内参，2014（122）.

16．王征兵.蔬菜交易中不在意资金规律研究——以杨凌蔬菜交易市场为例[J].西北农林科技大学学报(社会科学版),Vol.14，2014(2)：48−52.

17．Wang Zhengbing，Allan Rae, Cao Weimin, Ning Zekui. Factors of Village Cadres' Incentive in Changwu County.[J].China−USA Business Review（USA）,2008(4),P4−14.

18．Wang Zhengbing，Meng Fangfang, Qi Huaqing. A Research on Wage Status and Wage Expectations of Migrant Workers in Hulan District.[J].China−USA Business Review（USA）,2009(1)：34−45.

19．Wang Zhengbing, Xu Ting, Sun Haojie, Allan Rae. The Study on Yangling Farmer Profession Associations.[J].Chinese Business Review,2010（6）：53−58,64.

王征兵主持的主要课题

主持各类科研项目40余项，主要课题如下：

1. 国家自然科学基金项目“村干部在农村经济管理中的激励与制约机制研究”（编号：70273035）,时间：2003.1—2005.12。

2. 国家林业局948项目（联合主持）“软木热—化学膨胀技术引进”（编号：2005-4-68），时间：2005.6—2008.6。

3. 教育部新世纪优秀人才支持计划课题“村干部激励与制约机制研究”（编号：NCET-05-0859）,时间：2006.1—2008.12。

4. 教育部人文社会科学研究规划基金项目“村干部在农村社区管理中的职务行为规律及规范研究”（编号：12YJA630138），时间：2012.1—2014.12。

5. 陕西省“十二五”规划重大问题研究课题“陕西省粮食安全保障研究”（编号：SXFGW·20），时间：2009.8—2009.12。

6. 陕西省软科学研究计划项目“陕西省农业经营方式与农业经营形式创新研究”（编号：2015KRM070），时间：2015.06—2018.05。

7. 陕西省哲学社会科学基金年度项目“基于三变改革背景下的陕西省农村两委干部激励与制约体系构建”（编号：2018S04），时间：2018—2019。

8. 世界银行第四期技术合作项目“国家杨凌农业高新技术产业示范区可持续发展”（编号：SYL0401，总经费30万美元，总主持人美国加州大学Colin教授）子项目“杨凌示范区农民专业协会为主的新型农村合作经济组织体系构建研究”，时间：2004.10—2005.10。

王征兵的主要社会职务

各类社会职务60余个，主要社会兼职如下：

1. 国务院学位委员会第六届学科评议组成员

2. 国家“长江学者奖励计划”通讯评审专家

3. 全国优秀博士学位论文通讯评议专家

4. 中国人民大学《农业经济研究》期刊顾问

5. 全国农业推广硕士专业学位教育指导委员会农业科技组织与服务领域委员

6. 《农业经济问题》期刊审稿专家

7. 《农业技术经济》期刊审稿专家

8. 武汉轻工大学“常青学者”特聘教授

9. 陕西理工大学“汉江学者”特聘教授

10. 新乡学院特聘教授。

11. 陕西省学位委员会第三届学科评议组成员

12. 陕西广播电视台特邀评论员

13. 杨凌现代休闲农业产业联盟第一届理事会会长。

王征兵主要获奖及社会荣誉

1. 1993年10月，《兴平市土地利用总体规划》，获陕西省土地管理优秀成果一等奖，唯一执笔人。

2. 1994年2月，《兴平市土地利用总体规划》获国家土地管理局优秀成果三等奖。

3. 1998年12月，《中国农业经营方式：精细密集农业》（论文），获陕西省第五届哲学社会科学优秀成果三等奖。

4. 2004年9月，专著《中国农业经营方式研究》获陕西省第七届哲学社会科学优秀成果三等奖。

5. 2005年入选“教育部新世纪优秀人才支持计划”。

6. 2005年11月，指导的“村干部工资标准研究”获第九届“挑战杯”全国大学生课外学术科技作品竞赛一等奖。获优秀指导教师称号。

7. 2006年1月，“价格策划应用软件V1.0”获国家版权局软件著作权登记证书，排名第一。

8. 2006年12月，入选“西北农林科技大学拔尖人才支持计划”。

9. 2009年获第二届“全国高校校园社团十佳指导老师”。

10. 2010年获第三届“全国高校十佳社团指导老师”。

11. 2017年9月，主讲的视频课程“农业供给侧结构性改革”被中共中央组织部评为全国干部教育培训好课程，并在中组部主办的中国干部网络学院上使用。

12. 2017年11月，被教育部选为“全国万名优秀创新创业导师”。